UT *metro*

Christopher G. Moore

Nana Plaza

UT *metro* wird
herausgegeben von
Thomas Wörtche

Zu diesem Buch

Calvino und Pratt bekommen Verstärkung aus Los Angeles: Jessada Santisak ist zwar Thai, aber auch Cop beim LAPD. In Bangkok sterben auffällig viele amerikanische Touristen mit einer Nadel im Arm. Fast sieht es so aus, als ob ein Serienmörder sein Unwesen treibt. Aber das wäre zu einfach, zumal noch ein merkwürdiger Anwalt aus Kalifornien einfliegt, um einen Grundstücksdeal abzuwickeln. Während Bangkok im Schlamm der Regenzeit versinkt und an jeder Ecke Bomben hochgehen, haben Calvino und die Seinen ganz schön zu rudern, um in dem Chaos wenigstens den Kopf über Wasser zu halten.

»Calvino ist eine wundervolle Privatdetektivfigur! Dazu konsequente Action, meisterhafte Sprache und angelsächsischer Humor at its best.« *Lutz Bunk, DeutschlandRadio, Berlin*

Der Autor

Christopher G. Moore (www.cgmoore.com) war früher Juraprofessor, bis er Theaterautor und später Romancier wurde. Der gebürtige Kanadier kam mit zwei Koffern nach Bangkok und avancierte schnell zum Kultautor. Moore arbeitet an der Calvino-Serie weiter und ist, wenn nicht in Bangkok, in Manila oder Oxford anzutreffen. Seine Bücher finden seit neuestem auch in China großen Anklang.

Von Christopher G. Moore sind im Unionsverlag außerdem lieferbar: »Haus der Geister«, »Stunde null in Phnom Penh«.

Mehr über Buch und Autor im Anhang
oder auf *www.unionsverlag.com*

Christopher G. Moore

Nana Plaza

Aus dem Englischen von
Peter Friedrich

Unionsverlag

Die Originalausgabe erschien 1999
unter dem Titel *Cold Hit*
bei Heaven Lake Press, Bangkok.

Deutsche Erstausgabe

Im Internet
Aktuelle Informationen
Dokumente, Materialien
www.unionsverlag.com

Unionsverlag Taschenbuch 204

Rieterstrasse 18, CH-8027 Zürich
Telefon 0041-44-283 20 00, Fax 0041-44-283 20 01
mail@unionsverlag.ch

Umschlaggestaltung: Heinz Unternährer, Zürich
Umschlagfoto: Alain Evrard
Druck und Bindung: Clausen & Bosse, Leck
ISBN 978-3-293-20204-7

Die äußeren Zahlen geben die aktuelle Auflage
und deren Erscheinungsjahr an:
3 4 5 6 - 10 09 08 07

Mein besonderer Dank gilt Four's Studio Co., Ltd. für die Genehmigung, den Text des Songs *Hello, hia* zu verwenden. Der Song wurde durch die thailändische Sängerin Yui in dem Zeitraum populär, in dem diese Geschichte spielt.

Ebenso bedanke ich mich herzlich bei folgenden Personen:

Darrell K. Woolley, der mir ein großartiger Führer durch Los Angeles war und dabei half, die Verbindung zum Los Angeles Police Department herzustellen.

Pete Phermsangngam vom Los Angeles Police Department, der mir großzügig seine Zeit und sein Wissen über Polizeiarbeit in Los Angeles zur Verfügung stellte.

Pater Joe Maier, dessen Mut und Mitgefühl zeigen, was ein einzelner, hingebungsvoller Mann gegen alle Widerstände an Gutem erreichen kann.

Richard Dirans, der mir hilfreiche Einblicke in das Leben eines Expatriierten gab und ein guter Führer durch den Washington Square war.

Norman Smith und Fred Wunderlich, die all meine Fragen zu Waffen und Sprengstoffen beantworteten.

1

Der Rausch überwältigte ihn wie ein ins Unendliche gesteigerter Orgasmus, trieb ihn immer höher, schneller, als stürzte er in den Sonnenuntergang hinein und wirbelte auf der anderen Seite der Wolken in einen strahlend blauen Himmel hinaus. Er hatte die Pillen geschluckt. Aber erst, nachdem sein Freund es ihm vorgemacht hatte, erst da fühlte er sich sicher und zuversichtlich genug, die blauen Tabletten einzunehmen. Sein Freund sagte, dass es Viagra-Pillen waren und dass die Göttin es liebte, was sie aus den Männern machten. Er würde nicht enttäuscht werden. Das war jetzt dreißig Minuten her, aber er hatte jedes Zeitgefühl verloren. Hier in diesem Raum schien das Verstreichen der Zeit nicht viel zu bedeuten. Er verspürte keine Angst oder Unsicherheit mehr; er war entspannter als jemals zuvor.

Wenn er die Augen schloss, sah er Schockwellen aus Licht, die sich verbanden, wieder trennten, explodierten. Obwohl es ihm schwer fiel, öffnete er die Augen weit genug, um das Gesicht seines Freundes erkennen zu können. Der Freund zwinkerte ihm zu und lächelte. Beruhigt schloss er die Augen wieder. Ein Bruder, der in der Vereinigung »Moondance« genannt wurde.

Er war ebenfalls ein Mitglied der Verbindung. Mit Moondance zusammen im selben Raum zu sitzen, erschien ihm wie ein Wunder; er schätzte sich glücklich, dass Moondance ihn bei seiner allerersten Reise nach Thailand empfangen hatte. Die lange Vorbereitungszeit, die er online beim Studium all der Fotos verbracht hatte, im Bewusstsein, dass er ein neues, gewaltigeres, einfacheres Universum betreten würde, hatte seine Erwartungen ins Unermessliche gesteigert.

Moondance hatte gesagt, dass die Drogen zu dieser Erfahrung gehörten.

Er sah zu, wie Moondance die Vene in seinem ausgestreckten Arm abgriff. Zuerst versuchte er, den Arm wegzuziehen, aber er hatte nicht mehr die Energie dazu. Er dachte an die wunderschönen Lichter und Farben und die Musik und bemerkte kaum, wie Moondance die Nadel in die blaue, blaue Vene schob. Langsam drückte Moondance den Kolben in die Spritze. Komisch, dachte er später, die Nadel steckte immer noch in der Vene. Aber er geriet deswegen nicht in Panik. Er war angestochen. Plötzlich kam ihm das völlig normal vor. Er legte den Kopf zurück und lauschte der Musik. Moondance hatte eine CD in seinen tragbaren CD-Player eingelegt. New-Age-Musik. Die Klänge von Enigma halfen ihm, seinen Körper zu verlassen, zu schweben und mit Lichtgeschwindigkeit über die Stadt zu fliegen.

Moondance hatte ihm versprochen, dass sie jeden Augenblick erscheinen würde. Die Göttin. Die Göttin, die er im Internet ausgewählt hatte. Achtzehn Jahre alt, von zarter Gestalt, langes, dunkles Haar und schüchterne, sanfte Augen. Auf der JPG-Grafik hatte sie einen Arm erhoben, um sich durchs Haar zu streichen. Er hatte ihr strahlendes Lächeln als Bildschirmschoner in seinen Computer gebannt, und Tag für Tag leuchteten ihm diese Augen vom Monitor entgegen, dieses Lächeln. Moondance hatte ihr geholfen, E-Mails auf Englisch zu verfassen.

Sie hatte auf ihn gewartet, um ihn zu beglücken, ihn zu lieben und bei ihm zu sein, so lange er wollte. Das war sein Traum.

Dies war der Wendepunkt. Der Punkt ohne Wiederkehr.

2

Bangkok. Pechschwarze Nacht, neun Uhr abends, der Regen wurde zu einem feinen, grauen Nebel zerblasen. Einige der kleineren Sois hatten sich schon knöcheltief mit schlammigem Wasser gefüllt. Ein paar Autos waren abgesoffen und steckten bei der Ding-Daeng-Kreuzung fest. Eine scheußliche Nacht, um nach einer jungen Frau zu suchen, die Geburtstag hatte. Sie war ein Bargirl der gehobenen Klasse und arbeitete in einer der *Dead Artists Bars* auf der Soi 33. Ihr australischer Liebhaber hatte die Kosten für die Zustellung bezahlt, und er wollte – nein, er forderte –, dass sie ihre Geburtstagskarte nicht morgen oder übermorgen, sondern genau heute, am Abend ihres Geburtstags, bekam. Ein Farang in Bangkok, von seinen Hormonen aufgeputscht, halb durchgedreht und rasend vor Ungeduld. Und sein Geld brachte einen anderen Mann dazu, sich auf die Suche nach einem Engel zu machen, der ohne ein Wort verschwunden war, und dafür durch die Gosse zu schwimmen.

Vincent Calvino sollte eine Frau finden, die bei einem Berufseinsatz abgetaucht war, und er sollte ihr auch noch eine Geburtstagskarte überreichen. Sogar für seine Verhältnisse war das ein merkwürdig verdrehter Auftrag, den er gegen seinen Instinkt angenommen hatte. Aber jetzt war er hier draußen, die Postkarte in der Tasche. Er fuhr durch Straßen, die zu Abwasserkanälen geworden waren, in denen der ganze unterirdische Schmutz an die Oberfläche stieg und Richtung Meer rauschte. Die halbe Menschheit war verschwunden oder wurde vermisst, aber nur wenige hatten jemanden, der nach ihnen suchte, und schon gar nicht jemanden mit genügend Geld, um einen Privatschnüffler zu beauftragen, sie in einer verregneten Nacht aufzuspüren. Um jeden Preis. Den Klienten hatte es offenbar erwischt – nichts gegen ihn, schließlich hatten Farang mit dieser Krankheit schon mehr als eine Privatdetektivrechnung bezahlt.

Calvino warf einen Blick in den Rückspiegel – eine Neonreklame füllte ihn ganz aus: HELL, die Hölle. In fetten Großbuchstaben. Die Buchstaben sollten doch verkehrt herum stehen, dachte Calvino.

Aber er las ein leuchtendes, seitenrichtiges rotes HELL im Rückspiegel, wie bei einem Rettungswagen, den man sofort identifizieren konnte, wenn man die Sirene hörte und in den Spiegel sah. Er wandte sich um und hängte einen Arm über die Sitzlehne. Tatsächlich war das HELL an dem Gebäude ein ⅃⅃ƎH.

Links vom Hauptschild schimmerte eine kleinere Neonreklame in kaltem Blau. Zwei Worte: *The Cause.* Sie tauchten seit einiger Zeit an Klubs, Bars und Restaurants auf. Die Mitglieder des *Cause* beschränkten sich meistens darauf, auf dem *Causeway,* ihrer Amüsiermeile, zu essen und zu trinken. Aber andere wollten sich auch ein Stück vom Kuchen abschneiden und hatten angefangen, das *Cause*-Zeichen anzubringen. Man sah es immer häufiger.

Internet-Terminologie: Der *Cause,* der *Causeway,* MF, GTF; diese Farang brachten einen ganz neuen Geschäftszweig in Gang. Die URL – www.causemember.com – war im Cyberspace bereits Legende, das machtvolle Nervenzentrum der Kommunikation zwischen den Angehörigen des *Cause,* der gerechten Sache. Mitglied wurde man, indem man hundert Mäuse pro Jahr löhnte, dafür ein Passwort und eine User-ID bekam und unbegrenzten Zugang zu Tipps, Kommentaren und Informationen über die richtigen Yings, Hongs und Bars – die wesentlichen Dinge des Lebens eben. Dazu gehörte auch ein einjähriges Abonnement des Online-Ying-Magazins – des unübertroffenen Insider-Leitfadens zu den Yings – den Frauen der Philippinen, von Kuba, Indonesien, Thailand. Jedes Land hatte seinen eigenen *Causeway.* Das *Cause*-Geschäft war eine Goldgrube. Doch diese Miniaturbar lag abseits der ausgetrampelten Pfade. Calvino fragte sich, ob schon irgendein Farang diese Kneipe entdeckt hatte. Ob sie ein Mitglied im Bericht über seinen zehntägigen Eroberungsfeldzug auf dem schwarzen Brett des *Cause* beschrieben hatte? Er bezweifelte es. In der Hölle war nicht viel los, aber es war regnerisch und noch früh am Abend. *Hell* schien der Ort zu sein, wo man strandete, wenn man alles andere hinter sich hatte.

Jetzt war es Frühstückszeit für die Jäger der Nacht, die nach dem Zeitplan von Vampiren lebten.

Er hatte mehrere Klienten, die *Cause*-Mitglieder waren; sie landeten in Don Muang, logierten im *Dynasty, Nana, Brandy* oder einem von Dutzenden anderer *Causeway*-Hotels, die sie als Ausgangspunkt zum Trinken und Spielen auf der Unterhaltungsmeile der Nana Plaza nutzten. Sie aßen an Garküchen oder in einem von Hunderten von Restaurants in den Sois abseits der Sukhumvit Road. Sie wussten schon bevor sie aus dem Flugzeug stiegen, wo sie Massagen bekamen, wo man die Freischaffenden aufgabeln konnte, sie kannten das volle Menü mit den Preisen für jede Art von Vergnügung. Das Gebiet, das zu erkunden die Mitglieder um die halbe Welt reisten, war insgesamt nur ein paar Kilometer lang: Die Sukhumvit Road mit ihren Querstraßen von Soi 1 bis Soi 33. Die Mitglieder blieben ständig in Verbindung, tauschten ihre Erfahrungen aus, ihre Vergnügungen, Enttäuschungen und Kümmernisse, oft in Form eines täglichen Tagebucheintrags per E-Mail. Die meisten Mitteilungen befassten sich mit Yings: Beschreibungen, Fotografien in verschiedenen Stadien der Entkleidung, Maße, Formen, geleistete Dienste, Stellungen, ob für schnelle Nummern oder für die ganze Nacht. Manchmal systematisierten sie ihre Erfahrungen in Bar-Diagrammen, farbigen Charts, die Preis-Leistungs-Verhältnisse verglichen und analysierten.

Ein Mitglied des *Cause* hatte Calvino mit seinem gegenwärtigen Auftrag betraut. Einer seiner typischen Millenniums-Klienten. Vor ein paar Jahrzehnten hätte derselbe Typ auf der Suche nach dem großen Kick einen anderen Weg eingeschlagen. Damals wäre er vielleicht der ewige Surfer gewesen, der auf der Suche nach der perfekten Welle um den Erdball zog. Aber die Surfer waren alle alt geworden, fett, geschieden, mit fünfzig entlassen, und so wurde eine neue Art der Magie erfunden, eine neue Landkarte der Ausdrucks- und Erfahrungsmöglichkeiten, die die Suchenden nach Bangkok, Manila, Angeles, Phnom Penh und Djakarta führte. Eine Route für Abenteurer auf der Suche nach dem Monster-Fick (Internet-Kürzel: MF). Andere nannten die Erfahrung lieber Großer Tsunami-Fick (GTF). Die Sprache veränderte sich, die Kürzel schwirrten durch die Luft wie Granaten, und es war unklar, wer den Krieg der Worte gewinnen würde oder wer die Männer waren, die die neue Sprache erfanden. Natürlich waren es nicht nur Männer; es gab auch Yings darunter. Der *Cause* war keine homogene Einheit, repräsentierte nicht eine einzelne Nationalität oder ethnische Gruppe, sondern viele verschiedene Parteien, die sich in denselben Monster-Traum flüchteten: sexsüchtige, geschiedene, getrennte, verwitwete Männer, politisch korrekte Ausgeflippte, Vegetarier, Exknastis, Glücksritter, Homöopathen, Psychopathen, Kriegstreiber, Langweiler, Trinker, Terroristen, Gelehrte, Skinheads, Bankiers, Punker. Männer, die nach Jahren im Grabenkrieg der Emanzipation abgestumpft waren, Dicke, Kahlköpfige, Abgewiesene, Verwundete, Missbrauchte, Frustrierte, Enttäuschte, unheilbare Romantiker, durch Viagra wieder geborene Dinosaurier – alte Knaben, alte Frauen, die Dorian Grays, die Peter Pans, Lastwagenfahrer, Krüppel, erlebnishungrige Abenteurer … Die Liste war unendlich. Der *Cause* war eine amorphe Masse in stetigem Wandel, die sich nicht fassen ließ.

Für den einen oder anderen war es der letzte Traum.

Während der vergangenen zehn Monate hatte es fünf tote Farang gegeben. Ein paar der Leichen hatte man in einer abgelegenen, dunklen Soi gefunden, ein paar Meilen vom Flughafen Don Muang entfernt. Die anderen waren in einem Guesthouse und einem Stundenhotel entdeckt worden. Calvino glaubte, dass die Morde das Werk eines Serienkillers waren, der es auf ausländische Reisende abgesehen hatte.

»He, schließlich stamme ich aus New York. Ich kann einen Mord riechen. Ein Serienmörder, Pratt!«

Pratt ließ sich von Calvinos olfaktorischen Fähigkeiten nicht beeindrucken. »Wir sind hier nicht in New York, Vincent. Jeder der Toten ist an einer Überdosis Rauschgift gestorben. Und alle hatten ihre Pässe, ihr Geld und ihre Wertsachen noch bei sich. Wo ist das Motiv? Wo kein Motiv ist, da stinkt auch nichts.«

Calvino musste lächeln, während er überlegte, ob das irgendein Shakespeare-Zitat war.

»Das Motiv finde ich noch. Lass mir etwas Zeit.« Pratt hatte ihn auf dem falschen Fuß erwischt. Ein Thai würde einen Farang nur wegen Geld töten, oder weil er durch die Schuld des Farang das Gesicht verloren hatte und es deswegen zum Kampf gekommen war. Aber da waren keinerlei Anzeichen von Gewalt. Die toten Männer hatten nicht einmal eine Schramme. Nur eine Nadel im Arm und eine tödliche Dosis Heroin im Blut. Aber es gab auch einen roten Faden: Alle Opfer waren Amerikaner, ledig und eingetragene *Cause*-Mitglieder, die innerhalb von vierundzwanzig und achtundvierzig Stunden nach ihrer Landung auf dem Flughafen umgekommen waren.

Fakt eins: Alle waren Amerikaner. Fakt zwei: Alle waren an einer Überdosis gestorben. Einer Spritze voll Heroin, die in die Vene in der Armbeuge eingeführt worden war. Die Nadel hatte jedes Mal noch im Arm gesteckt, als die Bullen die Leiche mit bläulich verfärbten Lippen fanden. Fakt drei: Alle waren sie Mitglieder des Internet-Klubs für allein reisende Männer namens *The Cause*.

Calvino machte die Fälle zu seinem Steckenpferd, nachdem die Angehörigen eines Opfers ihn engagiert hatten, den Polizeibericht und den Totenschein zu verifizieren. Das Opfer war ein Typ aus San Francisco in mittlerem Alter gewesen, der nie zuvor mit Heroin zu tun gehabt hatte. Wie hatte Pratt gesagt? »Dann hat der Farang seine Sucht eben gut verborgen. Oder er wollte mal was erleben, hat aber nicht begriffen, wie gefährlich Heroin ist, und gleich beim ersten Mal eine Überdosis erwischt.«

»Und ich bleibe dabei, Pratt, die hier sagt mir, dass sie umgelegt wurden.« Er berührte seine Nase. »Ein Weißer aus guten Verhältnissen fängt nicht plötzlich an zu fixen, nur weil er eine Reise nach Thailand macht.« Polizeibericht und Totenschein waren in Ordnung, aber die Zweifel nagten weiter.

Während Calvino in seinem geparkten Wagen saß, dachte er darüber nach, wie es kam, dass niemand die toten Farang ausgeraubt hatte. Etwas daran irritierte ihn, so wie ihn der Schriftzug »Blumen« im oberen Teil des Schaufensters dieses Ladens störte. Er studierte die Auslage: Teddybären, Stoffelefanten und -hunde, Keramik-

Sparschweine und auf Plastikbügeln Miniröcke für Bargirls. Keine einzige Blume. Ein Blumenladen, der keine einzige Blume verkaufte, nicht einmal eine unechte, war wie ein Mord, bei dem weder Geld noch Pass gestohlen wurden. Die einzigen Blumen in Sichtweite baumelten an seinem Rückspiegel. Eine Blumengirlande aus zwei kurzen Strängen von Jampee-Blüten; lange, schmale, elegante Blütenblätter, die einen schwachen, weichen Duft verströmten. Jampee noi hieß dieses Zwillingsanhängsel von Blüten auf Thai. Gleichzeitig war es Thai-Slang für das männliche Glied. Der Penis eines kleinen Jungen. Die Jampee waren vertrocknet, und zur Farbe von blankem Kupfer verwelkte Blütenblätter fielen auf das Armaturenbrett. Der anfänglich durchdringende Duft der Blumen war zu einem schwachen Hauch verblasst.

Rechts von dem Blumenladen, der keine Blumen verkaufte, war ein Mini-Markt. Er führte tatsächlich Lebensmittel, also stand die Welt doch noch nicht völlig Kopf. Gegenüber lag ein Friseursalon mit einem halben Dutzend Stühlen und einem Wartebereich mit Fernseher. Die kleine Ladenstraße lag am einen Ende eines Parkplatzes und bediente zwei der Wohntürme von Grand Villas. Ebenso wenig wie der Blumenladen mit Blumen hatten diese Wohnsilos mit echten Villen zu tun. Zwölf Geschosse mit ein paar hundert Zimmern – bewohnt von Studenten, Angestellten und Prostituierten. Drei Thais in Schlappen kämpften im leichten Nieselregen mit einer Queen-Size-Matratze und blieben an der Ecke des Mini-Markts stehen, um wieder zu Atem zu kommen. Ein anderer Mann folgte ihnen mit einem Großbild-Fernseher, begleitet von ein paar Yings mit der Art Abendkleidung, die der Blumenladen feilbot. Der Ort war wie ein eigenes kleines Dorf, in dem immer etwas los war. Jetzt war gerade die hektische Phase am Monatsende, Mieter zogen aus, andere ein.

Calvinos Auftrag war einfach – Pao finden und ihr eine Geburtstagskarte von Frank Hogan aushändigen. Heute war Paos Geburtstag, jedenfalls wenn man diesem Australier glauben durfte. Frank war eingetragenes Mitglied des *Cause*. Er hatte sechstausend Baht berappt, damit Calvino die Geburtstagskarte persönlich zustellte. Warum nicht per Kurier oder Eilzustellung? Warum sie nicht selbst abgeben? Die Fragen waren angebracht, aber Hogan hatte plausible Antworten: Er wollte aus erster Hand erfahren, wie Pao auf die Karte reagierte. Da er Streit mit Pao gehabt hatte und sie nicht mehr mit ihm redete, wollte er die Karte nicht persönlich überbringen. Hogan wusste auf alles eine Antwort, und sechstausend Baht war gutes Geld mitten in der Regenzeit und während einer Wirtschaftskrise. Hundertfünfzig Dollar – und Calvinos Bedenken waren ausgeräumt. Pao war »walkabout« gegangen – das war Franks australischer Ausdruck –, und zwar drei Tage vor ihrem Geburtstag, war nicht mehr bei der Arbeit in der *Dead Artists Bar* aufgetaucht und hatte auch nicht angerufen.

Calvinos Sekretärin Ratana äußerte, dass sie kein gutes Gefühl habe, was Hogan betraf. »Das ist ein Haufen Geld, um eine Karte zu überbringen«, sagte sie. Tief in ihren chinesischen Genen war ein Abakus eingebaut, der den Wert von Dienstleistungen oder Waren schneller berechnen konnte als ein Supercomputer der NASA.

Er lächelte. Sie war schnell, klug und lag meistens richtig. »Es sind nur zehn Minuten Arbeit.«

»Warum bittet er nicht einen Freund um Hilfe und gibt ihm dafür fünfhundert Baht?« Sie wartete auf Calvinos Antwort, aber es war ihr klar, dass er sich bereits entschieden hatte, weil ihm die Kunden zurzeit nicht gerade die Tür einrannten.

»Männer wie Frank haben keine Freunde. Und wenn doch, vertrauen sie ihnen nicht. Jedenfalls nicht, wenn es um Yings geht.«

»Ich habe kein gutes Gefühl bei Männern, die keine Freunde haben.«

»Werden Sie etwa abgebrüht?«, fragte er sie.

Sie lächelte matt und blickte in ihren Kaffee. Calvinos Gesetz: Abgebrüht wird ein Mensch an dem Tag, an dem er erkennt, dass sein Zynismus bezüglich der Menschheit völlig gerechtfertigt ist.

»Sie sehen müde aus, Khun Vinee. Ich werde die Karte abliefern. Es dauert ja nur zehn Minuten …«

Der Knauf seines 38er-Colt Police Special fiel nach vorn, als er sich über den Schreibtisch beugte und zum Telefon griff. Sie wussten beide, dass es keine Angelegenheit von zehn Minuten war. »Vielleicht dauert es doch länger. Und es sieht nach Regen aus.« Er nahm den Hörer ab und wählte die Nummer von Frank Hogans Büro.

»Frank. Hier ist Vincent Calvino. Ich liefere heute Abend die Geburtstagskarte ab«, sagte er, während er Ratana nicht aus den Augen ließ. »Ja, ich bringe sie selbst hin.« Er legte auf und zog ein Foto des Geburtstagsmädchens aus dem Stapel auf seinem Schreibtisch. Ratana kehrte in ihre Hälfte des Büros zurück und ließ ihn allein mit dem Foto. Was kann ein Farang bloß an so einem primitiven Bauernmädel vom Land finden, dachte sie.

Pao trug eine grün-schwarze Uniform und ein weißes Hemd mit schwarzer Fliege. Calvino musterte das eingefrorene Lächeln, die großen Augen mit nachgezogenen Brauen und die vollen Lippen. Die Uniform eines *Dead-Artists*-Bargirls. Irgendetwas fehlte auf dem Bild. Calvino studierte ihre Gesichtszüge. Ein Kennzeichen: ein kleines, braunes Muttermal an der rechten Seite ihres Kinns. Was bedeutete diese Frau für Frank Hogan? Was konnte die aufwändigen Arrangements und die sechstausend Baht für eine Geburtstagskarte erklären? An Pao war nichts Besonderes. Es ergab keinen Sinn. Dann erinnerte er sich daran, was sein Vater immer zu seiner Mutter zu sagen pflegte: »Zeig mir den Ort im Universum, wo alles einen Sinn ergibt. Dann ziehen wir mit der ganzen Familie dorthin.«

Calvino sah auf die Uhr. Bei Beschattungen blieb die Zeit stehen. Neun Uhr vierzehn. Die Kerle mit der Matratze schleiften das Ding herum wie ein lebloses Etwas, das sie aus einem Schiffswrack gezerrt hatten. Ein paar Taxis mit hin und her klappenden Scheibenwischern und beschlagenen Scheiben krochen auf der Suche nach Fahrgästen vorbei. Warten, warten. Dann tauchte sie auf dem Treppenabsatz auf. Die Überwachung war beendet. Er konnte liefern und dann nach Hause gehen. Pao war allein. Sie trug einen leuchtend blauen Minirock, der aussah, als wäre er aus Plastik, eine dazu passende

Weste und hochhackige Schuhe. Er stieg schnell aus dem Wagen und schlängelte sich zwischen ein paar Dutzend Motorrädern hindurch. Als er das Fußende der Treppe erreicht hatte, war eine Freundin neben ihr aufgetaucht; offensichtlich eine Berufskollegin: enge schwarze Hosen und ein durchsichtiges weißes Oberteil, das ihre Schultern entblößte. Pao rauchte eine Zigarette und schnippte die Asche weg, während sie sich mit ihrer Freundin unterhielt.

»Happy Birthday, Pao!«

Ihr Kopf fuhr zu Calvino herum, und sie starrte ihn mit einem umwölkten Gesichtsausdruck an, der besagte: Wer zum Henker bist denn du?

»Kenne ich Sie?«

Calvino, Haare und Gesicht nass vom Regen, erreichte den Treppenabsatz. »Frank Hogan wollte, dass Sie seine Karte an Ihrem Geburtstag bekommen.« Er reichte Pao einen weißen Umschlag, eines dieser gefütterten Dinger, die ein Bündel Geld oder Rauschgift oder getrocknete Blumen verhießen. Frank hatte ihren Namen auf Englisch draufgeschrieben und jemand anders »Pao« in thailändischer Schrift unter die englischen Buchstaben setzen lassen. Sie untersuchte den Umschlag mit einer Mischung aus Angst und Neugier, ihre langen roten Fingernägel tickten darauf.

»Willst du ihn nicht aufmachen?«, fragte ihre Freundin und wippte in ihren engen Lederhosen gewichtslos hin und her.

Sie trat zurück in die Lobby des Gebäudes, und Calvino folgte ihr. »Es ist nur eine Geburtstagskarte«, sagte er. »Frank wollte, dass Sie sie bekommen.«

»Frank ist ein verrückter Hurensohn«, sagte Pao. »Kein Mädchen kann lange bei so einem Mann bleiben. Oder sie wird irre.« Sie versuchte, Zeit zu gewinnen, während sie überlegte, ob Hogans Bote Teil einer Verschwörung war, sie in den Wahnsinn zu treiben. Huren haben das Misstrauen vielleicht nicht erfunden, aber nach neun Uhr abends kann sich jeder eine gute Portion davon bei ihnen abholen.

Sie zog die Karte aus dem Umschlag und klappte sie mit einem langen, rot lackierten Fingernagel auf. Es war eine dieser kitschigen

Musikkarten, die »Happy Birthday« im Donald-Duck-Stil, halb Stimme, halb Geräusch spielen. Sie schüttelte die Karte. Nichts fiel heraus. Nichts war darin. Kein Geld, kein Scheck. Nur eine musikalische Geburtstagskarte. »Billiger Jakob«, sagte Pao. »Erzählen Sie diesem billigen Jakob, dass ich ihn nie wieder sehen will. Dass ich ihn hasse!«

Paos Freundin lachte. »Kein Geld?«

Paos Zorn steigerte sich, und ihr Gesicht lief rot an, während sie die Hände zu Fäusten ballte. Das war die Reaktion, die er seinem Klienten berichten musste. Die Arbeit war getan, er konnte endlich nach Hause gehen und wieder trocken werden. Calvino war gerade dabei, sich abzuwenden, und daher aus dem Gleichgewicht, als ihn, ohne dass er Zeit zum Reagieren gehabt hätte, ein Schlag in Nasenhöhe erwischte. Ein zweiter Hieb traf ihn in den Unterleib, er krümmte sich zusammen und ging langsam in die Knie. Zwei Stöße trafen seine Rippen, während er sich zu schützen versuchte. Er lag flach auf dem Bauch, und als er aufstehen wollte, lief ihm Blut in die Augen und nahm ihm die Sicht. Er spuckte rot, während er sich bemühte, den Mann, der aus dem Nichts gekommen war, ins Auge zu fassen. Sein erster Eindruck war, dass der Kerl entweder Inder oder Iraner war. Als es ihm endlich gelang, sich wieder hochzurappeln, sah er den Mann. Sein Angreifer hatte einen Schnauzer und einen Zwei-Tage-Bart; er trug Shorts, Designer-Laufschuhe, ein T-Shirt der Chicago Bulls und schien Ende Zwanzig zu sein. Muskulöse Arme und Schultern, durchtrainiert mit dickem, gebräuntem Hals; das Brusthaar des Kerls reichte ihm wie ein Teppich bis an die Kehle.

»Du mieser *Cause*-Perversling, lass die Finger von meinem Mädchen, sonst bring ich dich um«, sagte er.

Mit pochendem Gesicht, blutend, den Bauch von den Schlägen schmerzverkrampft versuchte Calvino, sich auf den Angreifer zu konzentrieren, der auf den Fußballen tänzelte wie ein Boxer. Es schien nicht, als wollte der Mann von ihm ablassen. Der wollte ihn fertig machen. Als Pao das Blut auf Calvinos Gesicht sah, trat sie dazwischen. Calvino wollte den Kerl in Stücke reißen. Dieser Bursche hatte ihn mit zwei Schlägen zu Boden gestreckt, zwei soliden, harten Schlägen. Das Schlimmste war nicht der Schmerz, sondern dass er sich alt und langsam vorkam. Calvino hatte sich in seine Vierziger verbissen wie ein Hund in seinen Knochen.

»Hör auf, T.J.! Siehst du nicht, dass du ihm schon genug wehgetan hast? Außerdem ist das nicht Frank. Ich kenne den Kerl nicht einmal, okay?« Sie musterte Calvino wie der Schiedsrichter einen zusammengeschlagenen Boxer, unmittelbar bevor er dessen Gegner zum Sieger durch technischen K.o. erklärt. »Sie verschwinden hier besser, Opa.«

Calvino starrte sie an. Opa. Sie hatte ihn Großvater genannt, Alterchen. Karte abgeliefert, Nase gebrochen, dickes blaues Auge. Zeit zu verschwinden; seinen Stolz runterzuschlucken, sich einzugestehen, dass er nicht mehr länger in diesem seltsamen Zwischenalter war, zu alt, um ein Junge zu sein, zu jung, um Opa genannt zu werden. Er könnte ihr Vater sein, und der des Kerls, der ihn verprügelt hatte. Calvino nickte Pao zu, wischte sich das Blut aus dem Gesicht und wandte sich zum Gehen. Sechstausend Baht, dachte er. Job erledigt.

»Wenn ich dich jemals dabei erwische, wie du mit alten Knackern auf der Suche nach dem Monster-Fick herumbumst, kannst du noch mehr davon haben.«

T.J. schlug Pao mit der flachen Hand ins Gesicht. Sie begann zu weinen, und ihre Freundin stimmte mit ein. Sie hatte Geburtstag, es goss in Strömen, sie bekam eine musikalische Geburtstagskarte ohne Geld von einem Fremden überreicht, ihr Freund brach eine Schlägerei vom Zaun, und dann ohrfeigte er sie auch noch – ihr Leben hatte eine hässliche Wendung genommen, und die Würfel waren gefallen für ein unglückliches neues Lebensjahr. Calvino schloss einen Moment lang die Augen, dachte nach, und bevor er noch wusste, wohin seine Gedanken sich entwickeln würden, hatte er schon seine Ferse hart auf T.J.s rechten Fuß gestampft und einen Tritt in die Leiste folgen lassen. T.J. ging aufjaulend zu Boden. Calvino stemmte sich mit einem Knie in T.J.s Rücken, zog ein Paar Handschellen hervor und ließ sie erst um das rechte und dann das linke Handgelenk einschnappen.

»Entschuldige dich bei Pao«, sagte Calvino.

»Was bist du, ein beschissener Bulle?«

Calvino gab ihm eins aufs Ohr. »Ich höre keine Entschuldigung.« Er presste sein Knie fester in T.J.s Rückgrat. »Vielleicht sollte ich einfach die Polizei rufen. Damit sie dein Visum kontrolliert und dein Appartement nach Rauschgift durchsucht.«

»Schon gut, Pao. Es tut mir Leid. Okay?«

Pao steckte sich eine Zigarette an und ließ sich Zeit, während Calvinos Knie einen Nerv im Rücken ihres Freundes drückte. Am Ende war es doch kein so schlechter Geburtstag.

»Scheiße noch mal, sag ihm schon, dass es gut ist. Bitte!«

Das Wort gefiel ihr. Bitte.

»Sie kann dich nicht hören«, sagte ihre Freundin.

»Bitte!«, brüllte der Freund.

»Ist gut«, sagte Pao und sog lächelnd an ihrer Zigarette.

Calvino nahm die Handschellen ab und schob sein Jackett zurück, um sie wieder an den Gürtel zu hängen. T.J. rollte sich auf den Rücken und dachte, dass es an der Zeit wäre, ein wenig Rache zu nehmen, als er den 38er Police Special in Calvinos Schulterhalfter erblickte. Sein Kampfgeist erlosch. Seine Fäuste öffneten sich. Offensichtlich war ihm klar geworden, dass Calvino ihn nach seinem ersten Schlag hätte erschießen können. Er wich zurück, wich weit zurück, humpelte zur Couch, die im Foyer stand, und setzte sich hin.

Und so endete die Nacht der Geburtstagskarte: mit Pao, die auf der Couch T.J.s Hand hielt und ihn auf die Wange küsste. Vielleicht war es weniger ein Kuss als eines dieser Schnupper-Rituale, die Thai-Yings gelegentlich vollführen; den Geruch eines anderen Menschen einzuatmen. Wie eine Löwin an ihrem Jungen schnuppert, um sicher zu sein, dass es auch das eigene ist.

Als Calvino zu seinem Wagen zurückkam, fischte er in seinen Taschen nach dem Schlüssel, bis ihm klar wurde, dass er innen steckte und er sich ausgesperrt hatte. Er betastete seine Nase. Sie war unter T.J.s hammerartigem Schlag gebrochen. Er spürte den Regen im Gesicht. Er hatte keine große Wahl. Er konnte einen Chang suchen – eine Art Straßenhandwerker, den die Thais manchmal auch als »Ingenieur« bezeichneten –, um die Tür zu knacken, aber das wäre nur ein, zwei Stufen besser gewesen, als sich von einem Fremden k.o. schlagen zu lassen. Der Chang würde ihm einen Farang-Preis berechnen, Regenzuschlag, und zweifellos würde er die Tür ruinieren, den Lack zerkratzen, das Blech verbeulen und die Gummidichtung um die Scheibe kaputtmachen. Calvino rechnete aus, dass die Alternative ungefähr gleich viel kosten würde, er damit aber sofort in sein Auto kam. Also zog er den 38er Police Special aus dem Halfter, packte ihn am Lauf und zerschmetterte die Scheibe mit einem einzigen Schlag des Knaufs. Er öffnete die Tür des Wagens, wischte die Glasscherben vom Sitz, glitt hinters Steuer und ließ den Motor an. Ende eines einfachen Auftrags: einen Geburtstagsgruß zustellen … zehn Minuten Arbeit.

Er telefonierte mit Frank Hogan, während er im Krankenhaus darauf wartete, dass sie ihn zusammenflickten.

»Sie hatten mir nicht gesagt, dass die Kleine mit einem Terroristen aus dem Mittleren Osten zusammen ist«, sagte er.

»T.J. ist ein Yankee-Trottel. Arbeitet freischaffend als Mann fürs Grobe im *Hollywood.*«

»Er hat mir die Nase gebrochen.«

Frank lachte. »T.J. war Golden-Gloves-Meister in Chicago. Ein harter kleiner Trottel.«

»Darum haben Sie also mich geschickt«, sagte Calvino. Ein Arzt kam mit einer Spritze auf ihn zu, die spitz, gemein und unerbittlich aussah. »Pao hat Recht. Sie sind verrückt, Frank.«

»Glauben Sie denn, ich hätte gewusst, dass T.J. Ihnen auflauert? Ich hatte Gerüchte über sie und den Schwachkopf T.J. gehört. Pao hat mir aber nie gesagt, dass der amerikanische Bubi ihr Kerl ist.«

»Und Sie dachten, die Karte wäre eine Möglichkeit, es herauszufinden. Leider haben Sie versäumt, mich in ein paar Details einzuweihen.«

»He, Sie sind doch der Privatdetektiv, Vinee. Wenn Sie was wissen wollen, brauchen Sie nur zu fragen.«

Calvinos Gesetz betreffend Klienten und Yings: immer die Sorgfaltspflicht walten lassen. Keine Ausnahmen. Calvino hatte das Gesetz auf einen Zettel geschrieben und ihn an den Badezimmerspiegel geklebt. Die Ecken hatten sich im Lauf der Jahre hochgerollt, und er las seine eigenen Warnungen nicht mehr.

»Frank, ich muss Ihnen etwas sagen. Ich weiß, warum Sie keine Freunde haben.«

Er konnte Frank am anderen Ende atmen hören.

»Weil Sie ein Arschloch sind.«

Der Arzt stach die Nadel seitlich in Calvinos Gesicht, drückte langsam den Kolben hinunter und injizierte die Chemikalie, die Gesichter in eine gefühllose Knetmasse verwandelte.

»Mein Gott, das tut weh«, zischte Calvino und biss die Zähne zusammen. Er zerquetschte fast sein Handy und schloss die Augen.

Als Calvinos Haushälterin ihn in dieser Nacht sah, legte sie die Hand vor den Mund und heulte laut auf. Ein halbes Dutzend Hunde in der Nachbarschaft fielen ein und begannen zu jaulen. Im Hof stand das Wasser so tief, dass er Mühe hatte, die Autotür zu öffnen. Endlich stieg er aus, und als er die Tür zuschlug, klatschte eine kleine Welle gegen sein Bein. Er hatte sich die Hosenbeine bis zu den Knien hochgerollt, und als er durch die überschwemmte Einfahrt watete, hinterließ er ein Kielwasser, das gegen den Treppenaufgang schlug. Er hielt Schuhe und Strümpfe in der Hand und tastete sich langsam vorwärts, damit er nicht in etwas hineintrat. Hautkrankheiten, auf Thailändisch Hong-Kong-Fuß genannt, waren eines der Risiken der Regenzeit in Bangkok. Der Wasserspiegel reichte schon über die erste Treppenstufe hinaus. Drei Stufen weiter oben erwartete ihn Frau Jamthong in einem alten, verblichenen Morgenmantel mit einem trockenen Handtuch für seine tropfenden Beine. Vier ihrer Hunde beschnüffelten winselnd und zitternd Calvinos Füße, als ob der herumschwimmende Abfall, der an seinen Knöcheln kleben geblieben war, etwas Fressbares enthalten könnte.

Sie reichte ihm das Handtuch. »Die Kamoy Sie böse schlagen. Zu viel Verbrechen. Machen kaputt Ihr Auto. Machen kaputt Ihr Gesicht. Auch stehlen Ihr Geld?« Sie leuchtete mit einer Taschenlampe durch die zersplitterte Scheibe seines Autos.

»Das war nicht das Werk von Kamoys«, sagte Calvino. Einheimische Wegelagerer trieben sich in jeder Soi herum, seit die Rezession zugeschlagen hatte und die einzige Möglichkeit zu überleben darin bestand, jemandem etwas wegzunehmen, der mehr besaß als man selbst, und dem immer noch genug zum Essen blieb, wenn er das bisschen Bargeld, einen Fernseher, einen Kühlschrank oder ein Auto verloren hatte. »Das war ein missglückter Geburtstagsgruß.«

»Tut mir so Leid, Khun Vinee. Es regnet und regnet. Ich niemals sehe so viel Regen. Und Ihr Gesicht!«

Als Calvino endlich in seinem Appartement ankam, war der Schmerz in seine Rippen, Schultern und sein Gesicht zurückgeschossen. Er warf sich eine Schmerzpille ein, die er mit einem Glas Coke mit Mekong-Whisky hinunterspülte. Der Ton des leise gestellten Fernsehers wehte durch sein Appartement. Er hielt einen Spiegel hoch und untersuchte sein Gesicht: zugeschwollenes, aufgedunsenes Auge, gebrochene Nase. Zerschlagene Gesichter sahen alle gleich aus. Eine Sechstausend-Baht-Visage, dachte er. Ein Schnelles-Geld-in-zehn-Minuten-Gesicht. Wie viel Gewinn blieb ihm? Viertausendachthundert für Arzt und Krankenhaus, elfhundert für die Reparatur des Fensters. Glatte einhundert Baht Gewinn. Zwei und ein halber Dollar. Dazu allerdings die Befriedigung, T.J. verletzt auf den Rücken gelegt zu haben, einen Mann, der sein Sohn hätte sein können. Der würde künftig dem Alter Respekt bezeugen. Aber das finanzierte weder die Miete, Ratanas Gehalt noch den Sprit für seinen 87er Honda Accord.

Calvino legte sich ins Bett und spürte, wie der Mekong und die Schmerzpillen ihre Wirkung taten. Ein Auge war bereits zugeschwollen. Er schloss auch das andere und holte tief Luft, während er dem Regen draußen lauschte.

Es klopfte laut an der Türe. Calvino öffnete sein gutes Auge, griff zum Nachttisch und sah auf seine Armbanduhr. Es war zehn Uhr morgens. Die Schmerzpillen hatten ihn umgehauen, aber jetzt war der Schmerz wieder da. Er kletterte aus dem Bett, zog ein Hemd über und schlüpfte in die Hosen.

Als Calvino durch den Türspalt starrte, blickte ihm Pratt entgegen. Hinter ihm stand ein zweiter Thai.

»Ich bin schlimm erkältet«, sagte Calvino. »Du willst dich bestimmt nicht anstecken.«

»Dein Hausmädchen hat mir erzählt, dass dich jemand zusammengeschlagen hat«, sagte Pratt. Hausmädchen waren die größte Sicherheitslücke in jedem Farang-Haushalt.

»Nur ein paar kleine Schrammen. Aber die Erkältung ist schrecklich.« Calvino probierte seine beste Hustenimitation, was sein ganzes Gesicht vor Schmerzen pochen ließ, und er stöhnte auf – dieser Teil der Vorstellung war echt.

»Vinee, ich möchte, dass du einen Freund von mir kennen lernst«, sagte Pratt.

»Ich bin noch ansteckend. Ein schlimmes Virus.«

»Er hat Arbeit für dich. Gut bezahlte Arbeit.«

Calvino hängte die Kette an der Tür aus und öffnete.

»Das Virus scheint dir die Nase gebrochen und ein blaues Auge verpasst zu haben«, sagte Pratt, zog die Schuhe aus und wartete, dass Calvino ihn in sein Appartement bat. »Ratana erwähnte etwas von einer Geburtstagskarte«, sagte Pratt. Eine Sekretärin war das zweitgrößte Sicherheitsleck. Der andere Thai folgte Pratt in die Wohnung.

»Na schön, ich hatte gestern Nacht ein kleines Geburtstagsfest. Es hat sich anders entwickelt als geplant. Aber so ist das Leben.«

»Muss ja eine lausige Karte gewesen sein«, sagte Pratt. »Kein Geld drin, richtig?«

»Woher weißt du das?« Sein gutes Auge blinzelte, während er Pratt ansah. »Du hast etwas von Arbeit gesagt?«

Pratt nickte zu dem großen, gut gebauten Thai hin, der ein blaues Sportjackett, blaues Hemd und Jeans trug. Er war unmittelbar hinter der Schwelle stehen geblieben und sah sich in dem unordentlichen Appartement um. Es sah aus wie der Schauplatz eines Verbrechens. Nur das gelbe Polizei-Absperrband fehlte.

»Das ist Jess Santisak«, sagte Pratt und strahlte, als würde er ein Familienmitglied vorstellen.

»Ich habe nie viel von Geburtstagen gehalten. An meinem letzten Geburtstag ist einer mit dem Messer auf mich losgegangen, Sir«, sagte Jess und hob den Hemdsaum, um eine lange Narbe auf seinem Bauch zu zeigen.

»Mit dem Messer? Da fühle ich mich gleich besser.« Hatte der Kerl ihn gerade »Sir« genannt? Das brachte Calvino ein wenig aus dem Gleichgewicht, und er setzte zu einer Bemerkung an, ließ es dann aber sein.

Frau Jamthong hatte in Calvinos Appartement seit ein paar Tagen nicht sauber gemacht, weil sie damit beschäftigt war, das Wasser aus ihrem eigenen Zimmer unter dem Treppenaufgang zu schöpfen, während ihre Hunde auf Transportkisten standen. In diesen paar Tagen der Vernachlässigung hatten sich Calvinos Zeitungen, angebissenes Obst, Socken, Unterwäsche, leere Mekong-Flaschen, schmutziges Geschirr und »Domino Pizza«-Schachteln zu beachtlichen Haufen getürmt. Durch die offene Tür konnte Jess die Rückwand des Schlafzimmers sehen, wo ein schwarzer Spitzen-BH über einem Poster der New-York-Yankees-Mannschaft von 1968 hing. Eine Straße roter Ameisen flutete aus einer »Domino Pizza«-Schachtel über den Fußboden wie eine Armee auf dem Marsch. Babypuder war über den Fußboden im Schlaf- und Wohnzimmer verteilt. Eine Spur kleiner Fußabdrücke endete vor dem schwarzen BH und bog dann zum Schrank und zum Badezimmer ab. Calvinos Gesetz betreffend Bar-Yings: Zahl nie die Bargebühr für eine, die dir nicht in die Augen sieht. Sieht sie dir in die Augen, zahl die Bargebühr, aber folge ihren Fußspuren auf dem Boden, um zu sehen, was sie wirklich vorhat.

Calvino bahnte sich einen Weg durch den Unrat zum Kühlschrank. »Fühlt euch wie zu Hause«, sagte er und machte eine Geste zur Sitzgruppe hin. Ein Sofa, ein Kaffeetisch und zwei alte Sessel. »Durch die Überschwemmung ist die Hausarbeit ein wenig im Rückstand.«

Er holte eine Plastikflasche aus dem Kühlschrank und schenkte zwei Gläser Wasser ein. Auf dem Kühlschrank waren seine Schmerzpillen. Er spülte zwei Tabletten mit einem Schluck aus der Plastikflasche hinunter. »Der Arzt sagt, wenn ich brav meine Medizin nehme, ist die Erkältung in drei Tagen vorbei.« Er wollte die Gläser auf dem Kaffeetisch abstellen, aber es war zu viel Zeugs im Weg, also gab er jedem sein Glas und ließ sich in seinem Sessel nieder. »Schmeißen Sie den ganzen Mist einfach auf den Boden«, sagte Calvino. »Sie machen nichts kaputt. Ehrlich.«

Jess transferierte sorgfältig einen Haufen Zeitschriften auf den Boden und legte einen Stapel ungeöffneter Werbepost und Bücher obenauf. Ein ordentlicher Bursche, dachte Calvino. Einer, bei dem im Büro, zu Hause und im ganzen Leben alles gut aufgeräumt war.

»Jess ist seit fast zehn Jahren beim Los Angeles Police Department«, sagte Pratt. »Mit vierzehn war er Kickboxmeister im L.A. County.« Beachtlicher Stolz schwang in Pratts Stimme mit.

Calvino legte den Kopf schief und dachte nach. Kickboxen. Los Angeles Police Department. Na großartig. Und was sucht er in meinem Appartement? Einen Sparringpartner? »Seit wann engagiert Los Angeles thailändische Cops für seine Polizeitruppe?«

»Es gibt ein paar, Sir.«

Schon wieder dieses »Sir«.

»Wie viele Farang-Polizisten habt ihr hier in Bangkok?«, fragte Calvino Pratt, der mit Daumen und Zeigefinger eine Null formte. Pratt war ein Colonel der Königlich-Thailändischen Polizei und wusste genau, dass hier ein Farang unmöglich Polizist werden konnte. »Was macht dann ein thailändischer Cop aus L.A. in Bangkok? Bewirbt sich als Pratts neuer Partner?«, fragte Calvino weiter.

Jess schüttelte den Kopf. »Nicht direkt. Ich habe Urlaub für einen privaten Auftrag, Sir.«

»Bitte nennen Sie mich nicht Sir. Das macht mich nervös. Sie sind also freischaffend hier. Wusste gar nicht, dass ihr Jungs das dürft.«

»Es geht um Personenschutz.«

Pratt fiel ein: »Er hat mich gefragt, wen ich für diesen Auftrag empfehlen könnte.«

»Was hast du gesagt?«

»Dass Vincent Calvino in den Straßen von New York groß geworden ist und sein Wissen jetzt in den Straßen von Bangkok einsetzt. Und bisher überlebt hat. Na ja, mehr oder weniger.«

Calvino starrte Jess in die Augen. »Sehe ich aus wie einer, der sich auf der Straße durchsetzt? Letzte Nacht hat mich ein Kerl so hart getroffen, dass ich dachte, ich fliege bis Wyoming.«

»Pratt hat Sie empfohlen, Vincent Calvino. Das genügt mir.«

»Im Augenblick stehe ich auf der Krankenliste. Außerdem arbeite ich nicht als Leibwächter. Das muss ich Ihnen gleich sagen. Es ist schlecht bezahlt, und am Ende wünscht man sich, jemand würde endlich die Leute umlegen, die man bewachen soll.«

»Mein Prinzipal zahlt eintausend Dollar am Tag.«

»Andererseits habe ich nicht gesagt, dass ich nie als Leibwächter arbeiten würde«, sagte Calvino. »Wer genau ist denn Ihr Auftraggeber, und wozu braucht er einen Bullen vom LAPD und einen Farang, um ihn in Bangkok zu beschützen? Wer hat ihn bedroht? Was sollen wir dabei tun? Auf was lassen wir uns ein?«

»Das sind eine Menge Fragen«, sagte Jess. Etwas beunruhigte ihn. Es war der Puder auf dem Boden. Er sah zur Zimmerdecke, als käme er von dort. »Was ist mit Ihrem Fußboden passiert?«

Calvino rümpfte die Nase. »Babypuder. Wenn ich ein Mädchen mit hierher bringe, nehme ich zuerst eine Dusche, aber ich bin ein vorsichtiger Mensch. Ich folge ihren Spuren, und wenn ich weiß, wohin sie gegangen ist, habe ich einen ziemlich genauen Eindruck, woran sie interessiert ist. Geld, Fotos einer anderen Frau, Pass, Ringe, Gold, Kameras, das Übliche. Während der letzten paar Nächte war mir nicht nach Aufräumen. Außerdem habe ich keine Gäste erwartet.« Er sah Pratt an, der beunruhigend still geworden war, dann wieder Jess. Er versuchte, sich die Nase zu wischen, und stöhnte unter der Qual, die die Berührung verursachte. Er sog die Lungen voller Luft und blies sie langsam wieder aus.

»Wenn man sich ein paar Mal im Bett umdreht und dabei vergisst, dass man eine gebrochene Nase und ein genähtes Auge hat, dann fängt man an, sich nach dem Sinn des Lebens zu fragen«, fuhr Calvino fort. »Wie bin ich da nur hineingeraten? Warum habe ich keine Spur von diesem Kerl entdeckt, bevor er mir die Fresse einschlägt? Einfache, grundlegende Fragen, die einen an sich selbst zweifeln lassen.«

»Es ist gut, dass Sie Fragen stellen, aber ich glaube nicht, dass ich alle Antworten kenne, Sir.«

»Sir, Sir! Hören Sie schon auf mit dem Quatsch!« Calvino erhob sich mühsam vom Sofa und ging zum Kühlschrank, wo er sich einen Eisbeutel holte und gegen sein Gesicht drückte.

»Wenn Sie die Arbeit nicht übernehmen können, dann eben nicht«, sagte Jess.

Calvino schloss das gesunde Auge, während er den Eisbeutel auf seine Nase presste. »Wer ist der Kerl? Ihr Prinzipal, wie Sie ihn nennen?«

»Der Prinzipal ist Dr. Nat. Der Name der Zielperson ist Wes Naylor. Ein Anwalt aus L.A. Naylor geht Dr. Nat bei einem Geschäftsabschluss hier zur Hand, den einige Aktionäre verhindern wollen. Er hat mehrere Drohungen erhalten. Sein Klient übernimmt die Kosten. Zahlbar im Voraus. Wir holen ihn am Sonntag vom Flughafen ab und bringen ihn am Donnerstag wieder zurück und setzen ihn ins Flugzeug nach L. A.«

Jess zog einen Umschlag heraus, zählte vierzig Hunderter mit Benjamin Franklins Porträt ab und fächerte sie neben der Pizzaschachtel auf wie eine Spielzeug-Zugbrücke für die Ameisen. Calvino beugte sich vor, um das Geld zu inspizieren.

»Sie kommen hierher, sehen mich in meiner augenblicklichen Verfassung, sehen, in was für einem Zustand meine Wohnung ist, und Sie wollen immer noch vier Riesen investieren?«

Jess nickte.

»So läuft das nicht im wirklichen Leben. Pratt, sags ihm, dass keiner durch die Tür kommt und dir vier Riesen auf den Tisch knallt, nur weil irgendjemand glaubt, dass du die Straßen von Bangkok kennst.«

Pratt lauschte ihrem Wortwechsel und fragte sich, wer besser dazu geeignet sein mochte, das Leben eines Mannes in den Straßen von Bangkok zu schützen: der amerikanisierte Thai oder der thaiifizierte Farang. Beide waren bewusst ausgewählt; jeder das Gegenstück des anderen. Jeder hatte sein zweites Ich, eine erst spät im Leben erworbene, unterschiedliche Wesenshälfte, mit einer Menge neuer Erlebnisse und Wahrnehmungen, die sie einordnen und mit dem in Einklang zu bringen versuchten, was für wahr und richtig zu halten sie in ihrer Jugend gelernt hatten. Sie mussten sich vereinen und zusammenarbeiten, für vier Tage und Nächte eine gemeinsame Basis finden. Es konnte viel geschehen oder gar nichts, dachte Pratt. Vielleicht entstand aus reiner Notwendigkeit ein Band des Verständnisses. Pratt erinnerte sich an ein paar Zeilen aus Macbeth und sagte: »Der Vorsatz, nicht die Tat verdirbt uns. Ich hab die Tat getan. – Hörst du nicht was?«

»Sehen Sie, Sie müssen Pratt nur eine Frage stellen, die er nicht beantworten will, und schon wird er ganz Thai. Und was tut er, wenn er ganz Thai wird? Er zitiert Shakespeare.«

3

Als Calvino die Tür zu seinem Büro öffnete, stand Ratana nur einen halben Schritt entfernt und erwartete ihn. Sie erblickte die Verwüstungen in Calvinos Gesicht – die gebrochene Nase, die Stiche, aufgedunsene, abgeschürfte Haut um die Augen –, verzog aber keine Miene. Innerlich weinte sie. Um dem Ganzen die Krone aufzusetzen, hatte Vinee seinen blauen Totmanns-Blazer angezogen, den er bei einem Höker auf der Amarin Plaza für hundertneunundneunzig Baht gekauft hatte. Das hatte er jedenfalls erzählt, aber sie war nie sicher, wann es ihm ernst war und wann er ihr einen Bären aufband. Und die unscharfe Linie zwischen Wahrheit und Fiktion, so hatte Vinee ihr anvertraut, war ständig in Bewegung. Die meiste Zeit wusste er selbst nicht, was wahr und nicht wahr war. Da ging es ihm wie allen anderen Farang, die in den Vergnügungsvierteln von Thailand lebten.

Eines war Tatsache: Am Jackett fehlten alle Knöpfe, als Calvino damit ankam, und ein Ärmel war durchgescheuert, als hätte der Vorbesitzer ihn mit Sandpapier bearbeitet. Vincent hatte das Jackett gekauft, ohne zu bemerken (oder es war ihm einfach egal gewesen), dass alle Knöpfe abgeschnitten waren. Hatte man sie dem toten Mann auf die Augen gelegt? Oder getrennt auf dem Sonntagsmarkt verkauft? Waren sie durch einen Unfall verloren gegangen, in einem Kampf, durch die Nachlässigkeit der Reinigung? Manchmal schossen ihr solche Gedanken durch den Kopf. Ratanas Verstand hörte nie auf, über die Gründe nachzudenken, warum die Dinge so waren, wie sie waren.

Sie fragte sich, ob er bemerkt hatte, dass sie vor einer Woche einen Satz Knöpfe angenäht hatte. Er war zu einem ausgedehnten Mittagessen auf dem Washington Square verschwunden und hatte das Jackett über dem ebenfalls secondhand gekauften Aktenschrank im Büro hängen lassen.

»Da war ein Anruf«, sagte sie. »Die Nachricht liegt auf dem Schreibtisch. Gute Neuigkeiten!«

Vincent gefiel es, dass sie kein Wort über sein lädiertes Gesicht verlor. Sie hatte das volle Ausmaß der Zerstörung erkannt, aber ihre Selbstkontrolle, ihre angeborene Art, zu verbergen, was sie dachte, verhinderte, dass es ein Drama gab. Darum gehörte sie zu den wenigen, die Calvino respektierte. Keine Vorwürfe, keine Schuldzuweisungen, keine Fragen, ob es noch wehtat. Das war nicht Ratanas Stil. Sie hatte Recht behalten, er hätte den Geburtstagskarten-Auftrag ablehnen sollen. Aber nichts verriet ihre Gefühle. Es gefiel ihm auch, dass sie nicht sagte, wer die Nachricht hinterlassen hatte, die auf seinem Schreibtisch wartete. Sie überließ es ihm selbst, kleine Entdeckungen wie diese zu machen. Schließlich wusste sie, dass Männer es hassten, wenn Yings sie steuern wollten. Ihr Schweigen würde dafür sorgen, dass Calvino die Nachricht sofort las. Er war ein neugieriger Mann, und das bewunderte sie an ihm. Nach vielen Jahren der Zusammenarbeit waren sie ein eingespieltes Team, kannten die Gewohnheiten des anderen, wussten, was sie sagen durften und was besser unausgesprochen blieb. Obwohl sie ihr Jurastudium abgeschlossen hatte, bezeichnete sie sich weiterhin als Khun Vinees Sekretärin. Wann immer ihre Eltern – besonders ihre Mutter – von ihr verlangten, dass sie etwas aus ihrem Abschluss machte und für eine Kanzlei arbeitete, oder, noch besser, ihre eigene eröffnete, sagte sie ihnen, sie würde darüber nachdenken. Sie hatte jetzt schon viele Jahre darüber nachgedacht und war dem Entschluss, aus Vincent Calvinos Leben zu treten, nicht einen Schritt näher als am Tag ihres Examens.

»Alles wird gut, Ratana. Vergessen Sie mein Gesicht. Auch ich habe gute Neuigkeiten.« Er warf sein Jackett über einen Aktenschrank. Die Metallknöpfe am Ärmel klackten gegen das Metall. »Zunächst einmal: Sie hatten Recht, was die Geburtstagskarte angeht.« Sie sagte nichts. Er hob seinen Jackettärmel in die Höhe und sah Ratana an. »Anscheinend hat eine gute Fee Knöpfe an mein Jackett genäht. Sie wissen nicht zufällig, wer das war?«

Ein paar Minuten später kam sie in sein Büro und stellte ein schwarzes Lacktablett auf den Schreibtisch. Darauf standen mehrere chinesische Schalen und ein Kistchen mit Wattebäuschen. Und irgendeine Medizin in einem eigenartigen Krug.

»Wir haben einen neuen Fall. Keine Geburtstagskarte diesmal. Ein viertägiger Auftrag, wie Sie sicher gerne hören werden. Gutes Geld. Legale, leichte Arbeit.« Er breitete die vierzig Scheine auf dem Schreibtisch aus. »Gegen Vorauszahlung.«

»Welche Art Arbeit?«, fragte sie.

Er lehnte sich in seinem Stuhl zurück und schloss das gute Auge. Ratana öffnete das schwarze Lack-Kistchen mit eingelegten Blumen aus Perlmutt auf dem Deckel. Sie tauchte einen Wattebausch in eine Wasserschale und sprenkelte einen feinen, braunen Puder aus dem Krug darüber.

»Ein Job als Leibwächter. Das ist diesen Monat schon der zweite Auftrag, den wir über L.A. bekommen.« Er öffnete das gesunde Auge halb und beobachtete, wie sie den Wattebausch vorbereitete. Schnell schloss er es wieder. »Die gute Neuigkeit ist, dass es einen Riesen pro Tag bringt. In US-Dollar. Vier Tage. Vier Riesen. Die schlechte Nachricht ist, dass es ein Auftrag rund um die Uhr ist. Vierundzwanzig Stunden am Tag. Wer weiß, vielleicht bleibt so viel hängen, dass ich ein Zweigbüro in L.A. eröffne.«

Ein schlechter Zeitpunkt für schlechte Witze. Er zuckte zusammen, als die kalte, nasse Watte das Lid seines verletzten Auges berührte.

Ein Zweigbüro in L.A., dachte sie. Sein Gesicht war zerschlagen, und er riss Witze, als wäre nichts geschehen. Die Fälle aus L.A. und die Geburtstagskarte waren die einzigen neuen Fälle, die er diesen Monat hatte. Ratana wusste sehr wohl, wie das Geschäft lief. Lange Phasen, manchmal mehrere Wochen, hielt einen nur Gewohnheit und Hoffnung von einem Tag auf den anderen aufrecht, und dann wurde man plötzlich von Fällen überschwemmt wie von einem Heer von Spinnen, die aus den gummiartigen, feuchten Eiern eines Nestes krochen.

»Welche gute Fee hat Ihr Gesicht zusammengenäht, Khun Vinee?«, fragte sie.

»He, das Zeug brennt!« Calvino wand sich in seinem Stuhl. »Es war keine gute Fee, es war ein Arzt vom Bumrungrad-Krankenhaus.«

Die selbst gemachte Arznei bestand aus gemahlenen Mangostanenkernen, Ginseng, Pfirsichkern und einigen anderen Ingredienzen, die Ratanas Mutter nicht verriet – alles zusammen war zu einem feinen Pulver vermahlen. »Es ist fungizid und entzündungshemmend. Und es tötet Bakterien ab«, sagte Ratana.

»Klingt sehr nach New Age. Oder steinalt.«

»Sie haben noch nie als Leibwächter gearbeitet«, sagte sie und flippte den ersten Wattebausch mitten in den Papierkorb. Volltreffer. Sie nahm einen frischen Bausch und tunkte ihn ein.

»Es scheint sich irgendwie in die Haut zu fressen, oder?«, fragte er. »Na schön, dann ist es eben das erste Mal. Was soll das heißen? Dass ich keine vier Riesen wert bin? Oder dass ich mit einer schwierigen Lage nicht fertig werde, wenn es darauf ankommt?«

»So empfindlich ...«, sagte sie. »Die Haut, meine ich.«

Sie tauchte den zweiten Wattebausch in das Pulver. Langsam strich sie damit über seinen Nasenrücken bis hinauf zu der Wundnaht. Sie drückte den Bausch auf die Verletzung und ließ ihn dort ein paar Minuten einwirken, während die Arznei in die Haut einzog. Ihre Großmutter glaubte, dass man spezielle Regeln befolgen musste, wenn man chinesische Kräuter anwendete. Auch ihre Mutter war davon überzeugt. Das Wasser war kein gewöhnliches Wasser, sondern Nam Mon, heiliges Tempelwasser. Der Abt hatte es Ratanas Mutter gegeben, und weil sie ein gutes Herz hatte und ihre Tochter liebte, gab sie es an Ratana weiter mit der Auflage, es weise zu verwenden. Ob sie Calvino erzählen sollte, wo das Wasser herkam? Er würde es wohl nicht verstehen. Und sie wollte sich nicht wieder anhören müssen, dass kein Wasser heiliger war als jedes andere. Es gab Dinge, über die sie sich nie einig sein würden. Sich mit ihrem Chef auf eine Diskussion einzulassen, das konnte nicht gut gehen. Fragen des Glaubens beließ man am besten tief im Innersten, ohne sie analytisch zu durchleuchten.

»Sie können die Augen aufmachen«, sagte sie. »Das heißt, wenn Sie können.«

Ein Auge ging problemlos auf, das andere blieb auf halbem Weg stecken, halbmondförmig verhängt von klebrigen Fäden. Lächelnd hob er den Kopf. »Fühlt sich schon besser an. Ich möchte die Nachricht mit den guten Neuigkeiten lesen«, sagte er.

Sie schaute das auf dem Schreibtisch ausgebreitete Geld an. Sie hatte noch nie so viele Hundert-Dollar-Scheine auf einem Haufen gesehen. »So viel Geld bedeutet, dass jemand entweder sehr reich ist oder in sehr großen Schwierigkeiten. Oder beides.«

Eine Thailänderin namens Noi hatte die telefonische Nachricht hinterlassen. Calvino blickte zu Ratana auf. »Ist das dieselbe Noi, die wir seit zwei Wochen aufzuspüren versuchen?« Sie hatte auch eine Nummer hinterlassen, unter der man sie erreichen konnte.

Ein Amerikaner namens Gabe Holerstone hatte Vincent Calvino angeheuert, um eine vermisste Frau zu finden. Seine vermisste Frau. Nois Foto lag auf seinem Schreibtisch: Sie hatte sich in ein weißes Laken gewickelt, das dichte Haar auf dem Kissen ausgebreitet, die Augen geschlossen. Durch das Fenster sah man Dutzende von Booten im Hafen ankern. Das Foto war wohl in Pattaya aufgenommen. Noi schien Anfang dreißig zu sein, schlank, mit einem weichen, sinnlichen Gesicht. Auf dem Foto hatte sie die Augen zu. Er versuchte, sich vorzustellen, wie sie wach aussah. Was das für ein Gesicht war, das so viel Emotionen weckte. Sie war Sängerin in Gabes Nachtklub in L. A. gewesen, bevor sie mal schnell Zigaretten holen ging und erst in Thailand wieder auftauchte. So lautete Gabes Geschichte.

Er war verrückt nach ihr und wollte, dass sie wieder in seinem Nachtklub sang. Das war der zweite Teil der Geschichte.

Es musste einen dritten Teil geben, den er ausgelassen hatte. Warum hatte Gabe ihm nicht ein Porträtfoto geschickt, wie es Sängerinnen für ihre Agenten, Klubs, Fans und Freunde machen lassen? Er musste Dutzende davon haben. Und dieses eine, das sie schlafend zeigte, hatte er per Kurier nach Thailand geschickt. Das sollte Calvino an den Billardtischen von Patpong herumzeigen, wo Noi höchstwahrscheinlich zu finden war. Alle paar Tage hatte Gabe per Ferngespräch nach Neuigkeiten gefragt, und jedes Mal musste ihm Calvino erzählen, dass er daran arbeitete, aber es nicht leicht war, in Thailand jemanden zu finden, der nicht gefunden werden wollte.

»Ich dachte, das würde Sie aufmuntern«, sagte Ratana.

Eine Minute später hatte er Noi am Apparat. »Noi, hier spricht Vincent Calvino.«

»Nennen Sie mich Diane. Gabe nennt mich Diane. Farang nennen mich Diane. Das ist mein Künstlername.« In ihrer Stimme klang eine gesunde Dosis Arroganz.

»Gut, Noi, wenn Sie Diane sein wollen, gerne. Aber Gabe möchte, dass Sie mit ihm Kontakt aufnehmen. Sie können ihn per R-Gespräch anrufen. Sie können ihn gleich jetzt anrufen. Reden Sie einfach mit ihm.«

»Worüber?«, fragte sie.

»Er mag Ihre Stimme. Er hält Sie für eine große Sängerin. Er möchte, dass Sie zurückkommen und wieder in seinem Nachtklub auftreten. Der Mann möchte einfach von Ihnen hören. Wo ist denn das große Problem? Gibt es da etwas, das Sie mir über Gabe erzählen möchten?«

»Er will mich wieder in Los Angeles haben. Aber ich gehe nicht zurück. Ich will nicht mit ihm streiten. Sagen Sie ihm, es ist aus. Sagen Sie ihm, er soll mich in Frieden lassen.« Sie verstummte.

»Nicht auflegen«, sagte Calvino. »Ganz ruhig erst mal. Ich habe Wochen damit verbracht, nach Ihnen zu suchen. Besprechen wir die Sache, ohne uns allzu sehr aufzuregen. Jedenfalls nicht beide zugleich. Niemand will Sie zu irgendetwas zwingen. Verstehen Sie, was ich sage, Diane?«

»Ich verstehe«, sagte sie.

»Es ist leicht, den Kerl einfach anzurufen. Per R-Gespräch. Das heißt, dass Gabe dafür bezahlt.«

»Ich bin kein blöder Trampel vom Land. Ich weiß, was ein R-Gespräch ist.«

»Tut mir Leid. Wenn Sie nicht nach L.A. zurück wollen, warum dann nicht Gabe anrufen und ihm sagen, dass Sie mit ihm fertig sind? Was ist denn so schwierig daran?«

»Ich weiß nicht. Ich bin etwas durcheinander. Ich kenne Sie nicht. Aber ich kenne Gabe und die Leute aus seiner Umgebung. Er ist ein schlechter Mensch und hat schlechte Freunde. Sie wissen nicht, wozu er fähig ist.«

Ratana war auf der anderen Seite der Trennwand, und sie konnte nicht vermeiden, seine Seite des Gesprächs mitzuhören. Es klang, als würde er jemanden verlieren, der am Ertrinken war. Er streckte seine Hand einer Person entgegen, die nicht schwimmen konnte, aber Angst hatte, danach zu greifen. Noi am Telefon überzeugen zu wollen, mit Gabe Kontakt aufzunehmen, war hoffnungslos. Calvino musste sich mit ihr treffen. Ratana kam zu seinem Schreibtisch und reichte ihm einen Zettel: »Bitten Sie sie, Sie zu treffen. Persönlich. In Bangkok.«

Calvino warf einen Blick darauf.

»Warum treffen wir uns nicht?«, fragte er Diane. »Ich werde nichts ohne Ihre Zustimmung unternehmen. Aber vielleicht ist es gut, das von Angesicht zu Angesicht zu bereden. Wo sind Sie jetzt?«

»In Roi Et.«

Er konnte eine Stereoanlage im Hintergrund hören. Es war eine Strophe aus dem populären Luk-tung-Song *Hello, hia.* Es ging um eine Mia noi, die ihren Mann anrufen wollte, aber er nahm das Gespräch nicht an, weil seine Mia luang, die Hauptfrau, neben ihm saß. Die Sängerin fragte: »Warum sagst du nichts?« Und ihr Liebhaber antwortet mit einer Lüge: »Weil die Leitung unterbrochen ist.«

»Wann sind Sie wieder in Bangkok?«

»Morgen«, erwiderte sie.

»Dann treffen wir uns morgen.«

Sie schwieg, als dächte sie darüber nach. »Morgen ist schlecht«, sagte sie. »Ich komme mit einem späten Bus an.«

»Dann am Freitag.« Er dachte, dass der Auftrag als Leibwächter dann abgeschlossen sein würde.

»Ich fahre am Mittwoch nach Hongkong weiter.«

Als Privatdetektiv musste man mit der einen oder anderen Überraschung leben. »Also sagen wir Dienstag. Kommen Sie in mein Büro.«

»Lieber nicht. Es ist besser, wenn wir uns an einem öffentlichen Ort treffen«, sagte sie.

»Was schlagen Sie vor?«

»Das *Emporium,* erster Stock. Ich sage Ihrer Sekretärin, wie man hinkommen.« Das »wie man hinkommen« war ihr erster grammatikalischer Fehler. Sie hatte sich weit von ihren Isan-Wurzeln entfernt. Aber das war nur sprachlich. Wie weit war sie in anderer Hinsicht gekommen?

»Wenn wir uns treffen, können Sie mir erzählen, warum Sie *Hello, hello, hia* mögen, und anschließend reden wir über Gabe.«

»Kennen Sie Thai-Musik?«, fragte sie. Ihr ganzer Tonfall hatte sich verändert.

»Ich liebe Thai-Musik.« Er mochte tatsächlich einige der Songs, aber vor allem wusste er, dass man das Vertrauen einer Thailänderin eher gewinnen konnte, wenn man den Text von einem Luk-tung-Song kannte, als mit Süßholzraspeln – dem sie augenblicklich misstraute. »Ich habe nur ein Foto von Ihnen, auf dem Sie schlafen.«

»Dieser Mistkerl von Gabe. Ich habe einen UCLA-Button auf meiner Handtasche. Und wie erkenne ich Sie?«

»Ich bringe das Video von *Hello, hia* mit. Ein kleines Dankeschön dafür, dass Sie sich die Zeit nehmen.«

Calvino hatte sein Büro am Samstag halbtags geöffnet, und es war beinahe zwölf, als er das Gespräch mit Diane beendete. Ratana arbeitete auch einen halben Tag, obwohl er ihr sagte, dass es nicht nötig war. Sein Schädel pochte, während er die *Bangkok Post* durchblätterte. Da war ein Foto von einer Frau, die mit ihrem Kind an der Hand durchs Hochwasser watete. Das Wasser reichte der Kleinen ungefähr bis zur Brust, und sie sah verängstigt drein. Die Mutter trug Lippenstift, Schmuck und ein teures Kleid; sie lächelte in die Kamera. Eine Lektion fürs Leben, dachte er. Wenn sie das Kind hochnimmt, ruiniert sie sich das Kleid. Also läuft die Kleine.

»Warum haben Sie mir nicht gleich gesagt, dass sie Gabe nicht anrufen will?«, fragte Calvino und sah von seiner Zeitung auf.

»Ich dachte, Sie sollten erst mit ihr sprechen. Und dass Sie sie vielleicht dazu bringen, ihre Meinung zu ändern.«

»Aber Sie wussten, dass sie Gabe nicht anrufen würde.«

»Das Gefühl hatte ich«, sagte Ratana.

»Wie bei der Geburtstagskarte.«

»So ähnlich.«

Nois Fall lag seit ein paar Wochen auf dem Schreibtisch, und Calvino hatte schon überlegt, ob er ihn verschwinden lassen sollte wie einen Fisch, der zu stinken anfing. Die Suche hatte Gabes Anzahlung von fünfhundert Dollar bereits aufgefressen. Und was hatte der Klient für sein Geld bekommen? Gar nichts, und das gab Calvino das Gefühl, dass er ihn übers Ohr gehauen hatte. Das meiste Geld war für Informanten draufgegangen, Leute, die sich am Rande der Vergnügungsviertel herumtrieben, einschließlich Pattayas, wo das Foto offensichtlich aufgenommen war. Sie hatten das Geld genommen und Versprechungen gemacht. Die Informanten waren wie ein Rudel räudiger Soi-Köter, die um die Knochen kämpften, die Calvino ihnen zuwarf. Und sie hinunterschlangen. Und neue Wege fanden, um mehr Knochen zu bekommen. Gabe hatte immer wieder von L.A. aus angerufen und sich beschwert, dass es keine neuen Erkenntnisse gab. Und plötzlich tauchte sie auf. Wie die Assistentin bei einem Zaubertrick. Puff, eine Menge Rauch, und da war sie. Noi, die sich Diane nannte und plötzlich erfahren hatte, dass er sie suchte, ihn aber nicht vor Dienstag treffen konnte. Am Dienstag hatte er Dienst als Leibwächter. Rund um die Uhr. Er hatte sich darauf eingelassen, sie an einem Tag zu treffen, den er schon anderweitig verkauft hatte. »Am Mittwoch fliege ich nach Hongkong«, hatte sie gesagt.

Unnötig zu fragen, warum sie flog. Zu einem neuen Nachtklub. Vielleicht würde sie sogar ein bisschen singen. Aber hauptsächlich war es ein neuer Anfang im horizontalen Gewerbe, weitab von Gabes Organisation. Warum vergaß er sie nicht einfach? Warum vergeudete er seine Zeit für dieses Arschloch in L. A., während er einen echten Job hatte, der einen Riesen pro Tag brachte? Weil es egal war, dass die Ying eine kleine Nutte und der Klient ein halbseidener Gauner war. Er hatte sein Wort gegeben, sie zu finden. Also war es eine Frage der Ehre, nicht einfach auszusteigen, weil irgendjemand ihn mit ein paar großen Scheinen köderte. Nächster Punkt der Tagesordnung war, einen Weg zu finden, um die Verabredung mit Noi am Dienstagmorgen in seinen Terminplan zu zwängen, und wie er das Jess klarmachen konnte, der zweifellos glaubte, dass er seine Ehre bereits an ihn verpfändet hatte.

Sehr zur Überraschung der Stammkunden war es dem thailändischen Koch gelungen, Black Hawk, der der amerikanische Chefkoch war, dazu zu überreden, am Samstag Hühnerpastete zu kochen (ein Wahrsager hatte ihm versichert, dass es ein gutes Geschäft werden würde). Hühnerpastete war noch nie am Samstag serviert worden. Jeder wusste, dass es das Dienstags-Tagesgericht war. Es hatte zwar Tradition in der *Lonesome Hawk Bar,* am Samstag kostenloses Essen zu servieren, aber Tagesgerichte hatte es an diesem Tag noch nie gegeben. Dies war unerforschtes Neuland. Calvino schloss die Tür hinter sich und trat in die Bar, die beinahe leer war. Ein Haufen Hühnerpasteten zu sechzig Baht und kaum Abnehmer. Black Hawk stand mit gerunzelter Stirn in der Tür.

»Scheiß-Wahrsager. Null Ahnung haben die«, sagte er, als Calvino an ein paar leeren Nischen vorbeischlenderte.

»Hat man Ihnen in der Lotterie eine Niete angedreht?«, fragte Calvino.

»Mann, ich hab hier dreißig Scheiß-Pasteten und kaum einen Abnehmer«, sagte Black Hawk. »Lieber ne Niete in der Lotterie. Der fette Ralph ist stinksauer auf mich wegen der Pasteten.«

»Neunundzwanzig«, sagte Calvino. »Bringen Sie mir eine davon.«

Die meisten Barhocker am Tresen waren unbesetzt. Ein Mann mittleren Alters, dem der Bauch fünfzehn Zentimeter über den Gürtel hing, saß vornübergebeugt, das Gesicht fast in seiner Hühnerpastete, und blickte nur auf, um einen Schluck aus seiner Flasche Singha-Bier zu trinken. Ein anderer Stammkunde namens Ricky saß zusammengesunken, das Gesicht in die gekreuzten Arme gelegt, und weinte um die Vietnamesen, die er während des Krieges getötet hatte. Er schlug seine Stirn auf den Tresen. Einmal, zweimal, als wollte er den dumpfen Einschlag entfernter Mörsergranaten simulieren. Ein Freund auf dem nächsten Barhocker hatte einen Arm um Rickys Schulter gelegt und versuchte, ihn zu trösten. Ricky schien nicht gerade in Stimmung für Hühnerpastete zu sein. Ein paar Bargirls saßen in den Nischen und sahen zum Fernseher, der an der Wand befestigt war. Zwei Weitere saßen auf Barhockern und starrten an die Decke. Eine Serviererin kam mit einer dampfenden Pastete auf dem Tablett aus der Küche geschlurft. Sie ging an Calvino vorbei und stellte die Pastete vor dem fetten Ralph auf den Tisch.

»Gottverdammt, wer hat Sie denn ins Gesicht getreten?«, fragte der fette Ralph. Er saß unter einem enormen, gehörnten Schädel, der in ferner Vergangenheit einmal einem Wasserbüffel gehört hatte. Geblähte Nüstern, glasige Augen, die Ohren halb aufgerichtet. Wie die Vietnamesen, die Ricky getötet hatte, hatte auch diese Trophäe ihr Stückchen Erde besessen, den Wunsch zu leben, zu essen, trinken, ficken, schlafen. Stattdessen würde sie jetzt alle Ewigkeit in der Bar des fetten Ralph verbringen – oder bis der Pachtvertrag ablief.

»Nur ein Kratzer«, sagte Calvino. Er sah zu Ricky, dessen Gesicht ganz rot und nass vom Weinen war. Es gab wesentlich schlimmere Verletzungen. Er hätte Rickys innere Wunden nicht gegen das eintauschen wollen, was ihm letzte Nacht zugestoßen war.

»Wenigstens können Sie reden. Neulich war so ein Typ hier, dem hatten sie den Kiefer an vier Stellen verdrahtet. Versuchen Sie mal, Hühnerpastete mit verdrahtetem Kiefer zu futtern. Das ist jetzt die dritte verdammte Pastete, die ich esse. Der Scheiß-Koch macht am Samstag diese ganzen Scheiß-Pasteten. Ich brauche Geld. Und was habe ich? Lauter Scheiß-Pasteten, die keiner fressen will!«

Eines der Animiermädchen war achtundzwanzig, knapp einsfünfzig groß und wog nur vierzig Kilo. Ein Freund und Star-Wars-Fan aus Austin, Texas, an den sich keiner mehr erinnern konnte, hatte ihr den Spitznamen Ewok gegeben. Sie warf das lange Haar zurück. »Spendier mir was zu trinken«, sagte Ewok zu Calvino.

»So früh am Tag sollten Filmgeschöpfe wie Ewoks noch nichts trinken«, tönte eine Stimme von der Bar.

Ewok zeigte den Stinkefinger. »Fick dich, McPhail«, sagte sie. Dann wandte sie ihre Aufmerksamkeit wieder Calvino zu. »Ein Drink, okay?«

Überflüssige Frage. Jedem Achtzigpfünder, der fünf Glas Mekong-Whisky kippen und noch aufrecht Hühnerpastete aus der Küche tragen konnte, gehörte seine volle Bewunderung. Sie lief zur Bar und bestellte ihren Mekong mit einem Glas Wasser dazu.

»Hey, Daddy-O, das grenzt ja an Verführung Minderjähriger. Stimmts, Ewok? Du würdest gerne für unter achtzehn durchgehen, dabei bist du eine uralte Special-Effects-Figur«, sagte McPhail aus seiner Ecknische. Eine importierte Marlboro qualmte im Aschenbecher vor sich hin, daneben stand ein Teller mit einem Club-Sandwich. McPhail war der Einzige in der *Lonesome Hawk Bar,* der nie Hühnerpastete bestellte, nicht einmal am Hühnerpasteten-Tag. McPhail hatte ein schwarzes T-Shirt an, auf dem Kalaschnikow in englischen und kyrillischen Buchstaben stand. Die Abbildung eines AK-47 erstreckte sich von einer Seite seines Brustkorbs zur anderen. Ein paar technische Daten waren auch aufgedruckt: Kaliber 7,62 mm, Länge 880/645 mm und das Gewicht: 3,8 kg.

»Fick dich, McPhail«, sagte Ewok und zeigte ihm wieder den Finger.

»Ich sags dir immer wieder, du musst deinen Wortschatz erweitern. Du kannst nicht durchs Leben gehen und immer nur ›Fick dich, McPhail‹ sagen und so tun, als würdest du mehr als diese drei Worte Englisch verstehen. Den Finger zu zeigen, ist eine nette Geste, aber wenn du sie ständig wiederholst, verliert sie an Bedeutung. Außerdem fängst du doch sonst nicht mit schmutzigen Worten an, bevor du nicht mindestens drei Frühstücksschnäpse intus hast.«

Calvino setzte sich McPhail gegenüber und starrte sein T-Shirt an. »Sieht so aus, als hätten Sie Ihren Kalaschnikow-Tag.«

»Mann, Sie sehen verboten aus, Calvino. Als hätte Ihnen jemand mit einem Sturmgewehr die Scheiße aus dem Gesicht geprügelt«, sagte McPhail und verdrückte ein Eck Doppeldecker-Toastbrot mit Tomaten, Salatblatt, Schinken und Huhn dazwischen. Dann langte er nach der Zigarette und nahm einen tiefen Zug. Seine Bierflasche war beinahe leer, und er hob sie hoch und winkte der Bar für Nachschub.

»Ich habe eine Geburtstagskarte abgeliefert«, sagte Calvino. »Und im nächsten Moment krachte eine Faust in mein Gesicht.«

»Die Arbeit als Postbote kann in den schlechteren Vierteln wirklich ätzend sein. Wusste gar nicht, dass Sie umgesattelt haben. Ich wusste auch nicht, dass man als Farang eine Arbeitserlaubnis als Postbote kriegt. Ist das nicht so ein geschützter Beruf, wie Amulette basteln oder Reis anpflanzen? Egal, ich würde sagen, Sie sind für den Zustelldienst nicht geschaffen. Jesses, aus der Nähe ist Ihr Gesicht noch schlimmer beieinander.« McPhail inhalierte, legte die Zigarette ab und griff nach dem Sandwich.

»Danke für den Rat, McPhail. Ich werds in meine Karriereplanung einbeziehen.« Er hatte halb gehofft, McPhail in der Bar zu treffen (wo er häufig war), weil er dachte, damit vielleicht das Problem lösen zu können, das aus seiner Verabredung mit Noi entstanden war.

»Gern geschehen.« Er biss von seinem Sandwich ab und winkte dann Ewok. »Bring dem fetten Ralph noch ein Singha, Süße, okay? Er hat einen schlechten Tag.«

»Erinnern Sie sich, dass ich Ihnen von meinem Problem erzählt habe, eine Frau namens Noi zu finden?«, fragte Calvino.

McPhail knabberte an seinem Sandwich. »Sie haben sie gefunden, und dann hat sie Ihnen das angetan?«

»Nein, ich habe sie nicht getroffen. Noch nicht. Sie hat von Roi Et aus angerufen, und wir haben uns am Dienstag im *Emporium* verabredet.«

»Ich wusste, dass Sie sie finden. So, wie Sie mit Geld um sich geschmissen haben, muss hinter jedem Busch eine Noi vorgekrochen sein. Vielleicht sollten Sie einen Leibwächter engagieren, wenn Sie hinter Yings her sind.«

Ewok lieferte McPhails Singha ab und warf ihm einen bösen Blick zu, bevor sie neben Calvino in die Nische glitt. Sie hob ihren doppelten Mekong, prostete ihm zu, setzte das Glas an die Lippen und schüttete den Inhalt in einem Zug hinunter. Sie zuckte zusammen, schnitt ein Gesicht und trank einen Schluck Wasser nach. Ihr Gesicht blieb todernst, als vollziehe sie eine religiöse Handlung.

»Schon mal bemerkt, dass der Mekong aus Ewok fast ein menschliches Wesen macht?«

Ewok verschwand zur Bar, um sich ein zweites Glas Mekong zu bestellen. Sie wusste, dass Calvino dafür geradestehen würde, und nach dem ersten Glas fing sie schon an zu vergessen, wie schlimm sein Gesicht aussah, wie schlimm sie sich selbst fühlte, wegen ihres Kindes, ihrer Mutter, ihrer Freunde. Sie sah zu Ricky, der seinen Kopf gegen den Tresen schlug, und wusste genau, wie er sich fühlte.

»Tun Sie mir einen Gefallen, McPhail?«

»Womit kann ich dienen? Waffen, Munition, Weiber?«

»Ich möchte, dass Sie sich am Dienstag an meiner Stelle mit Noi treffen.« Er legte ihr Foto auf den Tisch und ließ es zu McPhail gleiten.

McPhail musterte die Frau auf dem Foto, goss frisches Bier in sein Glas und nahm einen tiefen Schluck.

»Sieht nicht schlecht aus. Aber im Schlaf sehen sie immer besser aus, als wenn sie wach sind und versuchen, einem die Augen auszukratzen oder alles mitzunehmen, was nicht niet- und nagelfest ist.« Er fragte sich, warum Calvino ihn bat, sich mit dieser Frau zu treffen. Was steckte hinter der Sache, und warum gerade er, McPhail? Erst riss er sich ein Bein aus, um diese Frau aufzutreiben, und jetzt wollte er McPhail den Lohn der Mühe überlassen? Das ergab keinen Sinn. Ewok kuschelte sich wieder an Calvinos Schulter und streckte McPhail die Zunge heraus.

»Das verstehe ich nicht«, sagte McPhail. »Warum gehen Sie nicht selbst? Dafür werden Sie doch bezahlt, oder?«

»Ein Terminkonflikt. Sie kann nur am Dienstag. Diesen Dienstag. Einzige Möglichkeit. Mittwoch sitzt sie im Flugzeug nach Hongkong. Also heißt es Dienstag oder nie. Und dienstags habe ich Dienst als Leibwächter.«

McPhail kniff die Augen vor der Rauchsäule zusammen, die von seiner Zigarette aufstieg, und betrachtete Ewok durch den Nebel hindurch. Zum ersten Mal zeigte sich der blasse Hauch eines Lächelns um ihre Mundwinkel. Es verhielt sich zu einem Lächeln wie die Staubwolke vor vier Milliarden Jahren zum Planeten Erde, der aus ihr entstanden war.

»Gut, aber was soll ich mit Noi anfangen? Ihr ein paar Drinks spendieren und sie wieder ins Bett bringen?«

Calvino hatte nicht viel Appetit. Seine Hühnerpastete war fast unberührt. Ewok legte ihm die Hand auf die Stirn, dann drückte sie ihren Kopf sanft gegen seine Schulter. »Ich möchte, dass sie jemanden anruft. Ein einziger Anruf, McPhail. Das ist alles.«

»Es geht bloß um einen Anruf? Mann, das Privatschnüfflerdasein ist auch nicht mehr das, was es mal war. Geburtstagskarten zustellen, Prostituierte zum Telefonieren bringen. Vielleicht sollten Sie noch Fahrunterricht für neu angekommene Farang geben.«

»Also machen Sies?«

»Na klar mach ichs.«

»Haben Sie jetzt ein bisschen Zeit?«

»Sehe ich so aus, als hätte ich eine Audienz beim Premierminister?«

»Gut, machen wir einen Einkaufsbummel.«

4

Der fette Ralph drohte damit, die neunundzwanzig verdammten unverkäuflichen Hühnerpasteten einzeln auf die Straße zu schmeißen, den Hunden zuzusehen, wie sie vom vielen Fressen kotzen mussten, und dann ein Kopfgeld auf diesen Scheißkerl von Wahrsager auszusetzen. McPhail folgte Calvino auf dem Fuß, während sie das *Lonesome Hawk* und das Geschimpfe des fetten Ralph hinter sich ließen. Sie gingen die Straße hinunter; überall aufgebrochenes Pflaster. Die Parkplätze waren mit Müll zugestellt, und an den Metalltoren hing die Wäsche zum Trocknen. Calvino nahm sich vor, ein Lotterielos mit der Nummer 29 zu kaufen. Das war so ein Thai-Aberglaube; wann immer jemand starb oder sonstwie das Schicksal zuschlug, entdeckte man die Glückszahl an der Wand, an der Tür oder auf dem Nummernschild des Opfers. Er sah nicht ein, warum dieses Prinzip nicht auch für Hühnerpasteten gelten sollte. Das Pech des einen Mannes war das Glück des anderen. Auf diese Art blieb das Universum im Gleichgewicht.

Calvino hatte seinen Wagen vor dem Weinladen geparkt, der nie irgendwelche Kundschaft zu haben schien. McPhail steckte sich eine neue Zigarette an der alten an, die er bis zum Filter heruntergeraucht hatte. Er warf den Stummel auf die Straße, setzte seinen Fuß darauf und zermalmte ihn auf dem heißen Zement, als wollte er damit etwas Bestimmtes zum Ausdruck bringen. McPhail liebte demonstrative Gesten. Er blies eine Lunge voll Rauch in die Luft und musterte einen Thai Anfang dreißig mit einem langen, harten, gemeinen Blick. Calvino wusste, dass der Mann, den McPhail mit dem bösen Blick bedachte, ein Undercover-Polizist war. In McPhails Schädel dröhnte irgendein schlecht eingestellter Jazz-Sender mit voller Lautstärke, und er sah aus, als wollte er gleich auf den Polizisten losgehen.

McPhail stieg auf der Beifahrerseite ein, knallte die Tür zu und schob den Sitz zurück, um Platz für seine langen Beine zu schaffen. Dann rückte er seine Sonnenbrille zurecht, bis sie ihm kerzengerade auf der Nase saß. Er machte ein grimmiges, abwesendes Gesicht. Am liebsten hätte er ein Nickerchen gemacht, an seiner Zigarette genuckelt und davon geträumt, in irgendeinem abgelegenen Dschungelkaff mitten in Burma sein Glück zu machen.

»Sie sind so still geworden«, sagte Calvino.

»Sehen Sie den Kerl da hinten?«

»Den Sie so angestarrt haben?«

»Genau das Arschloch meine ich.«

»Er ist ein Bulle. Sein Name ist Surat.« Calvino bemerkte, dass McPhail überrascht war.

Aber es war nicht cool, Überraschung zu zeigen. McPhail gab ein Rauchwölkchen von sich. »Ich weiß, dass er ein verdammter Bulle ist. Aber ich wusste es nicht, als ich es hätte wissen müssen. Falls Sie verstehen, was ich meine.«

Surat arbeitete als Zivilbulle auf der Plaza. Er hing meistens bei den Massagesalons herum. Jetzt lehnte er in einem Hauseingang nur ein paar Meter von Calvinos Wagen entfernt. Er verschmolz mit seiner Umgebung, und für einen Zufallsbesucher oder einen Stammgast, der einen über den Durst getrunken hatte, wirkte er wie einer von vielen, die einfach so auf dem Platz herumlungerten. Einfach ein weiteres belangloses Gesicht zwischen all den Sicherheitsposten, Schleppern, Rausschmeißern, Boten, Kellnern, Händlern, Hökern, Zuhältern und Gaunern. Oder er mochte ein Chauffeur sein, der vor dem Massagesalon wartete, während sein Boss sich drinnen einen blasen ließ. Calvino war er sofort aufgefallen. Auf den ersten Blick hatte er den Bullen in Surat erkannt. Er trug das traditionelle Hemd mit dem Nehru-Kragen über der Hose, verbarg damit aber nur unzulänglich die Wölbung der .357 Magnum in seinem Gürtel. Er hatte die Haare sehr kurz geschnitten, als wäre er erst vor einem Monat aus dem Kloster ausgetreten. Seine Augen waren hart und ständig in Bewegung, während sie dem Kommen und Gehen der Farang in den Bars folgten. Vor einigen Wochen hatte Calvino Pratt auf den Schießplatz begleitet, und sie hatten Surat zugesehen, wie er seine .357 Magnum zog und abfeuerte. Der Mann war ein guter Schütze.

»Na schön, Sir Ratte also«, sagte McPhail und verdrehte Surats Namen auf unschöne Weise. »Der Mistkerl hatte mich mit einem Joint gesehen. Ich sah ihn kommen und versuchte, das Ding in den Gulli zu schmeißen. Aber daneben, verdammt noch mal. Mieser Zeitpunkt für einen schlechten Wurf. Sir Ratte bückt sich, hebt das Ding auf und sagt: ›Ich bin Polizist. Sie sind verhaftet.‹ Ich schau ihn mir so an und denke, Mann, das ist doch kein Bulle, der Kerl will mich bloß ausnehmen. Er hielt mich an den Armen gepackt. Also mache ich eine klitzekleine Bewegung, um mich loszureißen. Wirklich ganz harmlos. Und dann gehe ich weg. Übler Fehler. Er kommt mir hinterher, echt stocksauer meine ich, reißt seine Riesenknarre raus und drückt sie mir an den Kopf. ›Also schön, Sie sind wirklich ein Bulle‹, sage ich. Aber er war zu sauer, um sich mit zweitausend Baht zufrieden zu geben. Er hängte sich an sein Walkie-Talkie und rief einen Streifenwagen auf die Plaza. Ich saß ganz tief in der Scheiße. Sie haben mich verhaftet, meine Fingerabdrücke genommen und mich eingelocht. Ich musste ein paar Gefälligkeiten von Leuten einfordern, die ich nicht gerne belästige. Schließlich kamen meine Thai-Freunde und haben verhandelt. Sie brauchten zwei Stunden, um mich freizukaufen. Ich kochte vor Wut. Vierzigtausend Baht. Zuerst hatten sie hunderttausend verlangt.« McPhail stieß einen langen und schweren Seufzer aus.

»Ich habe Surat auf dem Schießstand gesehen. Er ist ein Ass mit der .357«, sagte Calvino.

»Scheiße, Calvino, wo waren Sie, als ich Sie gebraucht hätte?«

Calvino bog auf die Rama IV. ein und landete hinter einem Kipplader, der in einer Wolke von Staub dahinfuhr und Schotter und Bauschutt verstreute. Ein Schwall heißer, staubiger Luft schoss wie ein Feuersturm durch das zerbrochene Fenster; McPhail würgte, hustete trocken und bedeckte Mund und Nase. »Transportiert der Kerl Giftmüll, oder was?«, fragte er.

Der Pestgestank hing schwer in der Luft. Calvino versuchte, durch die Staubwolken hindurch die Straße im Auge zu behalten. Schließlich wurde er den Kipplaster los, als er von der Rama IV. in die Soi 22 abbog. Mit dem Auto durch Bangkok zu fahren, war ein wenig so, als befände man sich auf einem dieser FBI-Trainingsgelände gegen Stadtguerillas, wo sie einem einen Revolver in die Hand drückten und dann durch eine extra aufgebaute Häuserzeile schickten. Hinter dem einen Fenster tauchte ein düsterer Pappkamerad in Gestalt eines schnurrbärtigen Mannes auf, der mit einer Uzi das Feuer eröffnete, während daneben in der Tür die Sperrholzsilhouette eines neunjährigen Mädchens mit Schulbüchern hochklappte. Es gab keine Vorwarnung. Motorräder wechselten ansatzlos die Spur, schossen vom Bürgersteig herunter oder fuhren in der falschen Richtung durch die Straße. Pick-up-Laster standen in der Gegend herum, wo immer das Gehirn des Fahrers sich abgeschaltet hatte. Busse rasten über die Überholspur und hielten dann mitten im Verkehr an, um die Passagiere aussteigen zu lassen. Verkehrsalltag in Bangkok. Nach ein paar haarigen Ausweichmanövern nahm Calvino die Abkürzung durch den President-Park. Er fuhr die Rampe zur Tiefgarage des *Emporium* hinunter und parkte in der Nähe der Aufzüge auf Ebene B1. Er stieg aus und knallte die Tür zu. Ein paar lose Glassplitter fielen auf den Zementboden, und der Kopf des Wächters fuhr zu ihnen herum. Aber es waren nur Scherben, die in noch kleinere Splitter zersprangen.

»Macht wohl nicht viel Sinn, die Tür abzusperren«, sagte McPhail mit einer Kopfbewegung zu dem zerbrochenen Fenster hin. »Außerdem, welcher Thai würde den Karren schon stehlen wollen? Man verliert das Gesicht, wenn man sich mit so einem Wrack blicken lässt.«

Sobald sie das Einkaufszentrum betraten, ließen sie Thailand hinter sich – kein Qualm, kein Schmutz und kein Chaos mehr. Hier im Erdgeschoss war die Welt von Louis Vuitton, Celine, Christian Dior, Hermès, Escada und Versace. Calvino behielt seine Sonnenbrille auf; er war sich peinlich bewusst, dass er schrecklich aussah, und hoffte, die Brille würde ein wenig helfen. Aber er hätte sie auch ohne sein zerschlagenes Gesicht aufbehalten. Warum? Er hasste Einkaufszentren, er fand die ganze Idee abstoßend. Er wollte hier niemandem begegnen, den er kannte. Es war so, als hätte ein außerirdisches Raumschiff, das über der Stadt schwebte, die Schaufensterauslagen ausgespuckt. Außerirdische Namen, außerirdische Mode und außerirdische Preise. Ein Vater schob seinen Einkaufswagen an der Celine-Auslage vorbei. Ein fetter chinesischer Knabe mit dreckigen Knien rannte in seinen Designer-Shorts herum. Er sprang immer wieder auf die erste Stufe der Rolltreppe und zurück.

»Verpiss dich, du kleiner Scheißer«, sagte McPhail, als der Junge ihn streifte.

Ein zentraler Innenhof reichte fünf Stockwerke in die Höhe. Calvino beugte sich über das Geländer und starrte zur Decke empor. Die Rundbogenfenster waren mit Stoffbahnen verhängt, die Innenbeleuchtung war gedämpft und warf ein weiches, sanftes, gleichmäßiges Licht, als existierte in dieser Designer-Welt kein Regen. Aber das Management konnte nicht alle Sturmwolken vertreiben. Da waren die Springer. Verzweifelte Thais, die über das Geländer kletterten und kopfüber in jemandes Cesar's-Salat stürzten oder auf dem polierten schwarz-weißen Marmorboden zerschellten. Man hatte die Vorfälle so weit wie möglich heruntergespielt, um nicht weitere Selbstmörder zur Nachahmung anzuregen.

McPhail war Calvinos Blick gefolgt. »Heute noch keine Springer«, meinte er.

»Letzte Woche habe ich einen gesehen«, sagte Calvino.

»Mein Gott, das ist vielleicht eine Schweinerei. Unglaublich, wie schnell die Sicherheitsleute die Überreste wegputzen. Ich meine, überall kollern Zähne herum, und das Blut spritzt sechs Meter weit. Wenn man fünf Stockwerke hoch auf diesen Marmor knallt, dann gibts keine weiche Landung.«

Calvino war nicht überrascht, dass McPhail die grausigen Details kannte. Calvinos Gesetz über Hartgesottenheit: Hartgesotten wird, wer so viel Tod, gewaltsamen Tod sieht, dass all seine normalen Gefühle abblättern.

Die meisten der Schaufensterbummler waren austauschbar mit

Schaufensterbummlern auf der ganzen Welt. Eingehüllt in sanfte Musik und weiches Licht spazierten sie durch die Gänge auf der Suche nach Dingen, die käuflich waren. Das Einkaufszentrum war ein Thailand ohne Bauern, ohne Bauarbeiter, Tuk-Tuk-Fahrer und Schlepper; hier sah man keine sonnengegerbten, verhutzelten Gesichter mit vom Betelkauen rot gefärbten Zähnen. Und es war still wie in einer Vorstadtkirche. Kein allgegenwärtiges Summen von Leuchtstoffröhren mit Schwärmen von Fliegen, die pausenlos gegen die Lampen bumsten. Kein Verkehrslärm, keine fliegenden Händler, keine blinden Losverkäufer, keine beinlosen Bettler mit triefnasigen Kindern. Keine Mütter von irgendeinem entlegenen Bergstamm, in einem Arm ihr halb verhungertes Kind, die andere Hand nach milden Gaben ausgestreckt.

McPhail folgte Calvino auf die Rolltreppe, die sie zu der entsprechend ausgeschilderten »Fashion-Etage« trug, wo gerade ein Laufsteg aufgebaut wurde. Das war der von Noi angegebene Treffpunkt. »Wenn sie ein Model ist, wird mir dieser Auftrag glaube ich gefallen«, sagte McPhail.

»Sie ist Sängerin und hat in L. A. gearbeitet.«

»Sängerin, Quatsch. In L. A. gearbeitet, ja. Das kaufe ich ihr ab.«

»Sie müssen ihr gar nichts abkaufen, McPhail. Mein Klient möchte, dass sie ihn anruft. Das ist alles. Ganz einfach.«

»Wir sind hier nicht in L. A. Und in Bangkok ist nichts so einfach, wie es aussieht. Sehen Sie sich Ihr Gesicht im Spiegel an, dann fällts Ihnen vielleicht wieder ein.«

Er ignorierte McPhails Bemerkung und umrundete den Innenhof, während er überlegte, ob McPhail vielleicht Recht hatte und an der Geschichte doch etwas faul war und dass er, Vincent Calvino, jemand anders in eine Falle laufen ließ, die für ihn gestellt worden war. Der Gedanke beunruhigte ihn.

»Sie wird dort warten.« Calvino deutete auf eine Tür neben der Hauptbühne. »Achten sie auf einen UCLA-Button auf ihrer Handtasche.«

»Machen Sie Witze?«

»Kein Witz.«

»Und wenn hier zwei Miezen mit UCLA-Buttons rumlaufen?«

»Fragen Sie, welche Diane heißt. Und singt. Wenn zwei Sängerinnen namens Diane da sind, die UCLA-Buttons tragen, spendiere ich Ihnen ein Essen im *Lonesome Hawk.*«

»Verausgaben Sie sich nur nicht. Man kann nie wissen«, sagte McPhail.

McPhail hatte Recht. Man konnte nie wissen. Calvinos Handy klingelte, er fischte es aus der Jackentasche und hielt es ans Ohr.

»Sehen Sie nach oben. Am Ende der Rolltreppe«, sagte die Stimme.

Calvino wandte sich um, schob die Sonnenbrille auf die Nasenspitze herunter und erkannte Jess, der sich eine Etage höher über die Brüstung beugte und ihm zuwinkte.

»So ein Zufall«, sagte Calvino und rückte die Sonnenbrille wieder zurecht.

»Ich lade Sie zum Kaffee ein. Sagen wir im fünften Stock, in fünf Minuten?«

Es war eine Frage, aber bevor Calvino antworten konnte, war die Verbindung tot.

Calvino steckte das Handy ein. »Ich muss los, McPhail. Sind Sie sicher, dass Sie zurechtkommen?« Er reichte ihm einen Zettel. »Das ist die Nummer des Kerls. Schaffen Sie sie zu einem Telefon und melden Sie ein R-Gespräch an. Dann geben Sie ihr den Hörer. Sobald sie ›Hallo‹ gesagt hat, ist die Sache gegessen. Er hat mit ihr gesprochen. Mein Job ist erledigt, und ich bin Ihnen was schuldig.« Er drückte McPhail einen Tausend-Baht-Schein in die Hand.

»Kinderspiel. Was sollte da schief gehen?«

Jess saß allein an einem Tisch im *Burger King* und verkörperte Calvinos Gesetz vom Alleinsein: Es ist besser, allein und einsam zu sein, als sich in einer Menge zu verlieren, der man nicht entkommen kann. Schwer zu entscheiden, ob er einsam war oder verloren in einem Fluchtversuch, den nur er selbst begreifen konnte. Am

Nebentisch mampften zwei alte chinesische Damen ein paar Whopper. Fett und Ketchup quollen ihnen zwischen den Fingern hindurch, und sie hielten nur inne, um an den Strohhalmen zu saugen, die aus ihren riesigen Cola-Bechern ragten. Die Burger wirkten größer als ihre Köpfe. Aufgedunsene Teenager saßen in ihren Schuluniformen um die Tische und sahen aus, als wären sie aus einer amerikanischen Fernsehserie entsprungen.

»Fast wie in L. A.«, sagte Calvino und zog sich einen Stuhl heran. Seltsam, dass Jess auch hier war. Noch seltsamer, dass er Calvino zu einem Kaffee einlud. Aber am seltsamsten war sein Schweigen. Calvino beschloss, erst einmal abzuwarten und Jess Zeit zu geben. Was immer ihm auf der Seele lag, es würde sich mit der Zeit zu seinen Stimmbändern vorarbeiten.

Calvino nippte an dem Kaffee, den Jess vor ihn hingestellt hatte.

»Colonel Prachai meinte, dass Sie sich hier wirklich auskennen. Ich war froh, das zu hören«, sagte Jess und ließ zum ersten Mal seinen Kaffeebecher los. Er sah Calvino an, doch sein Gesichtsausdruck gab seine Gedanken nicht preis.

»Nennen Sie ihn einfach Pratt. Das geht in Ordnung. Ich sage schon seit mehr als zwanzig Jahren Pratt zu ihm. Wussten Sie, dass sogar seine Frau ihn Pratt nennt?«

»Nein, das wusste ich nicht.«

»Aber Sie haben Vorbehalte, mich für diesen Job anzuheuern.«

Jess presste die Lippen zusammen und nickte. »Kann man sagen. Ich konnte nicht ganz verstehen, warum der Auftraggeber darauf bestand, dass ich mit Ihnen zusammenarbeite.«

Calvino trank einen Schluck Kaffee. Er war leicht überrascht. »Ich dachte, Pratt hätte mich empfohlen.«

Jess grinste. »Er ist ein großer Fan von Ihnen. Aber der Job kommt aus L. A. Mein Auftraggeber erwähnte, dass jemand namens Gabe Sie empfohlen hat. Als ich erfuhr, dass Sie von unserem Auftraggeber noch nie gehört hatten, war ich …« Seine Stimme verklang.

»Misstrauisch. Voller Zweifel. Unsicher. Sie fragten sich, was geht da eigentlich vor? Warum erhalte ich den Befehl, in Bangkok, meiner

Heimatstadt, mit einem Farang zusammenzuarbeiten? Warum ein Farang? Warum dieser Farang? Was soll das? Und warum kennt dieser Farang den Chef nicht?«

»So ähnlich.«

»Ich kenne Gabe, obwohl ich keine Ahnung habe, warum er mich empfehlen sollte. Meine Arbeit für ihn war bis jetzt nicht gerade von Erfolg gekrönt«, sagte Calvino. Eine Weile lang studierte er den Dampf, der von seiner Kaffeetasse aufstieg, und ordnete seine Gedanken. »Und ich wundere mich, dass ein Thai, der für das LAPD arbeitet, an meine Tür klopft, um mir einen Riesen pro Tag anzudienen. Niemand zahlt so viel Geld ohne Grund. Der Kerl, den wir schützen sollen, Wes Naylor, ist ein drittklassiger Anwalt aus L.A., der wahrscheinlich im ganzen Leben noch keinen Riesen pro Tag verdient hat. Das passt alles nicht zusammen. Außer, jemand will uns mit der Höhe des Lohns etwas sagen. Versucht, uns einen Rat zu geben, indem er mit Geld nur so um sich wirft, und wenn Sie klug sind, und wenn ich klug bin, dann sollten wir uns diesen Rat zu Herzen nehmen.«

»Naylor ist nur nebenbei Anwalt. Er ist hauptsächlich Geschäftsmann. Es hat etwas mit E-Commerce zu tun, Sie wissen schon, Handel über das Internet.«

»Handel kann sehr vieles bedeuten.«

»Er organisiert eine dieser Websites für allein reisende Männer.«

Vincent ging ein Licht auf. »Er verkauft Informationen darüber, wo man Yings findet.«

»So kann man es auch sehen. Der Hotelkauf ist eine Erweiterung seines Geschäfts. So hat es mir Kowit erklärt. Und ich glaube, er war in der Hinsicht ziemlich aufrichtig. Er hätte mir ja nichts von Naylors Hintergrund erzählen müssen. Aber Naylor ist lediglich als Anwalt hier«, sagte Jess. »Das hat Kowit bestätigt.«

»Wer ist Kowit?«

»Ein persönlicher Freund von Dr. Nat.«

»Und wie passt Dr. Nat ins Bild?«

»Er will ein Hotel in Bangkok kaufen.«

Jess trank noch einen Schluck von seinem Kaffee und lächelte; kein breites Grinsen, sondern ein Lächeln, das andeutete, dass bestimmte Tatsachen nun einfach so waren, wie sie waren.

»Das passt alles nicht zusammen, Jess. Denken Sie doch mal nach.«

»Ich höre«, sagte Jess.

Jess konnte als Mitarbeiter des LAPD ja wohl nicht so dumm sein, die Lage so zu akzeptieren, wie sie ihm dargestellt worden war. Er musste irritiert sein. Er musste verdammt noch mal schlaflose Nächte haben deswegen.

»Erinnern Sie sich an den Grisham-Roman *Die Firma,* wo der Dreh- und Angelpunkt der Geschichte die Gründung einer GmbH in Hongkong aus Steuergründen ist? Hongkong ist eine Steueroase. Wer würde dort eine Gesellschaft mit beschränkter Haftung gründen? Die Antwort ist: niemand. Was ich ausdrücken möchte, ist, dass die meisten Amerikaner internationale Beziehungen und Geschäfte nicht kapieren. Sie verstehen die Vorgänge nicht. Sie begreifen nicht, wie das System funktioniert, wie viele Spuren durch Memos, Briefe, Erklärungen und Akten hinterlassen werden. Und jetzt nehmen Sie den Personenschutz. Ein Riesengeschäft in Amerika. Thai-Gangster haben aber auch Leibwächter. Und der Kerl, der unser Geschäft hier finanziert, ist Thai. Aber kommt er nach Thailand? Nein, er schickt einen Teilzeit-Anwalt aus der Schmuddelbranche, um die Verhandlungen zu führen. Er selbst bleibt zu Hause und zahlt vier Riesen plus Spesen pro Leibwächter. Von denen er einen nicht einmal kennt. Jess, nichts passt hier zusammen, das ist wie in einem amerikanischen Roman oder Hollywoodfilm, wo es offensichtlich niemanden kümmert, dass die Story hinten und vorn nicht stimmt. Wo das Publikum einfach die Action verfolgt und das Hirn abschaltet. Ich lebe hier, und Sie wurden hier geboren, Jess. Und wir müssen scharf nachdenken. Was man von uns verlangt, wird niemand, der hier lebt, jemals glauben. Keine Sekunde lang. Also müssen wir uns die Frage stellen, wer die Leute sind, die uns angeheuert haben, und was sie wirklich von uns wollen. Und warum sie mit Geld nur so um sich werfen. Kein Klient hat jemals vier Riesen im Voraus geblecht und dann nicht mehr verlangt, als er zuerst behauptet hatte.«

»Wie lautet Ihre Theorie, Vincent?«

»Diese Leute wollen uns ein Szenario verkaufen, das auf ein amerikanisches Publikum zugeschnitten ist.«

»Wer sagt denn, dass wir Wes Naylor morgen hier in Empfang nehmen? Wenn wir glauben, dass uns die Sache über den Kopf wächst, genügt ein kurzer Anruf. Absagen und den Job sausen lassen.«

Calvino beobachtete ein vorbeischlenderndes Pärchen, das sich einen Fruchteisbecher mit Erdnuss und Schokolade teilte. Jeder arbeitete sich von seiner Seite aus mit seinem kleinen roten Plastiklöffel zur Mitte vor. »Sie hätten nicht den langen Weg hierher gemacht, wenn Sies sausen lassen wollten.«

»Und ich stelle fest, dass Sie auch nicht in die Tasche langen und die vier Riesen zurückgeben«, sagte Jess.

»Wie wollen Sie vorgehen?«, fragte Calvino und betrachtete den weiblichen Teil des Pärchens, wie sie das rote Löffelchen in den Mund steckte, die Augen in Eiskrem-Ekstase halb geschlossen. Er fragte sich, ob sie im Bett denselben Gesichtsausdruck hatte.

»Wie es sich ergibt.«

»Sehr thailändisch.«

»Ich bin Thai. Ich weiß sehr genau, was ich tue.«

Jetzt kommt wieder diese rechtslastige nationalistische Scheiße, dachte Calvino. Teils Protest, teils Drohung, teils Gesprächskiller. Mit dem Tenor: Nicht nur, dass ich Thailänder bin, sondern du bist auch noch ein Farang, und ein Farang findet in Thailand nicht mal die Toilette; Farang haben keine Ahnung von gar nichts. Sie haben kein Thai-Blut in den Adern.

Die Spannung zwischen ihnen näherte sich einem kritischen Punkt. Calvino war fast so weit, die vier Riesen auf den Tisch zu werfen und diesen miesen Konsumtempel und den miesen Fall hinter sich zu lassen. Jess befingerte seinen Pappbecher mit Kaffee so heftig, dass man sich fragte, wann das Ding Löcher kriegen würde. Er sah nicht glücklich aus. Calvino wirkte auch nicht gerade fröhlich. Der Auftrag schien sich zu etwas zu entwickeln, das dem *Emporium* selbst ähnelte – einer unechten Welt mit künstlichem Klima und künstlichem Licht. In Jess' weit entfernter Welt von Los Angeles mochte das noch Sinn machen, aber draußen im sehr realen Gestank von Bangkok brach das Konstrukt in sich zusammen. Wo standen sie also? Mitten in einem Comic-Strip, gezeichnet von den Jägern des schnellen Geldes.

»Wenn Sie aussteigen wollen, kann ich in L.A. anrufen und die Lage erklären.«

»Mit anderen Worten, Sie wollen, dass ich für Sie mit entscheide.«

»Dann sind Sie also dabei?«

Im Leben jedes Menschen gibt es bestimmte Wendepunkte, und Calvino hatte das Gefühl, dass dies einer war. Zeit, den Fisch an Land zu ziehen oder den Köder zu kappen. Er starrte Jess an und fragte sich, ob der Cop offen zu ihm gewesen war oder ihm etwas verheimlichte. Aber Pratts Empfehlung musste ihren Grund haben.

»Ich habe dieses Wochenende gerade nichts Besseres vor.« Calvino erhob sich.

»Dann sehen wir uns morgen am Flughafen«, sagte Jess. »Mr. Naylors Flug kommt genau um zwölf Uhr mittags an.«

»Und was für ein Polizist sind Sie genau?«

Jess schob seinen Kaffeebecher zurück. »Rauschgift. Ich arbeite Undercover beim Rauschgiftdezernat.«

»Dann ist so ein Job als Leibwächter sicher ein Kinderspiel.«

Jess legte eine kleine Plastiktüte auf den Tisch. »Da irren Sie sich gewaltig. Wenn jemand ernsthaft die Absicht hat, einen Mord zu begehen, ist es schwer, den Täter zu stoppen.« Jess zog einen kleinen Funksender aus der Tüte, stöpselte ein Miniaturmikro und schließlich einen Fernbedienungsschalter ein. »Wenn er lediglich aus geschäftlichen Gründen einschüchtern will, ist es ein wenig anders. In beiden Fällen kann ich Ihnen eines versprechen: Ein Kinderspiel wird es nicht.« Zuletzt holte er einen fleischfarbenen Funk-Ohrhörer heraus, der wie ein Zäpfchen geformt war, und ließ ihn auf der

Handfläche hin- und herrollen, bevor er ihn Calvino hinhielt. »Schon einmal so ein Ding benutzt?«, fragte Jess. »Heißt Induktions-Ohrhörer.«

Calvino pickte den Ohrhörer aus Jess' Hand. »Drahtlos. Das Signal wird über eine Induktionsspule übertragen.«

»Das A und O einer Überwachung ist, mit Ihrem Partner in Verbindung zu bleiben. Wenn Sie irgendetwas sehen oder hören, was ich wissen sollte, drücken Sie einfach den Sprechknopf der Fernbedienung. Und ich mache dasselbe. Wir arbeiten zusammen, indem wir auf verschiedenen Seiten der Zielperson operieren und sie in die Mitte nehmen. Der Sender kommt an den Gürtel, die Induktionsspule und das Minimikro verstecken Sie in Ihrem Jackett.«

»Darf ich raten? Das Teil hier kommt ins Ohr«, sagte Calvino.

Jess lächelte nicht. Er stand auf Spielzeuge.

Na schön, lass ihm seinen Spaß, dachte Calvino. Er begann zu begreifen, dass Jess kein besonders guter Befehlsempfänger war. Hier ging es um mehr als die Frage, wer bei dem Tanz führte und wer folgte. Es ging darum, wer zur Zielscheibe wurde, wenn ein Scharfschütze auftauchte. Offensichtlich hatten all die Jahre in den Staaten Jess' Weltbild verändert. Oder wollte er nur Calvino oder sich selbst etwas beweisen? Vielleicht war es ja auch ganz anders: Er traute Calvino schlicht und einfach nicht zu, der Aufgabe gewachsen zu sein.

5

Lek arbeitete hinter der Theke, die Arme nass bis zu den Ellbogen, und spülte Cocktailgläser und Bierkrüge. Der Spiegel war vom Dampf der Kaffeemaschine beschlagen. Da ihr damit die klare Sicht auf die Bar genommen war, hatte sie Mühe, gleichzeitig abzuspülen und zu bedienen. Sie stand mit dem Rücken zur Tanzfläche und zur Tür. Sie hatte sich mit tropfenden Händen halb von der Spüle abgewandt, um einen Blick auf das Lokal zu werfen, bevor sie sich dem nächsten Glas widmete, als sie Calvino entdeckte, der auf einem Barhocker saß und mit den Fingerspitzen auf den Tresen trommelte.

»Was ist denn mit dir passiert, Khun Vinee?«, fragte Lek und trocknete sich die Hände an einem Geschirrtuch ab.

»Ich bin vom Motorrad gefallen«, sagte er auf Thai.

Sie lächelte ihn an. Die Geschichte vom Motorradunfall war eine bewährte Bar-Ying-Lüge.

»Oder jemand war wütend auf dich. Willst du was trinken, Khun Vinee?«

»Wenn du Zeit hast.«

»Ich spüle nur die Gläser. Das nimmt kein Ende. Also höre ich einfach auf. Schluss. Siehst du meine Hände? Sehen aus wie die Hände einer alten Frau.« Sie schenkte ihm einen Mekong ein, füllte sein Glas mit Eis und goss einen Schuss Cola darüber.

»Lass dir doch von einer der Yings helfen.«

Sie lachte. »Die können sauber nicht von dreckig unterscheiden. Gib einem Gast ein schmutziges Glas, und wenn er nicht betrunken ist, beschwert er sich und kommt nie wieder. Nein, ich spüle die Gläser. Außerdem habe ich viel Zeit. Und ich war heute beim Arzt. Er checkt alles durch. Brüste, Bauch, weiter unten. Nimmt mir Blut ab. Alles in Ordnung. Kein HIV, kein Problem. Er sagt, Baby kein Problem. Es ist Zeit, denke ich.«

»Du und Jack, ihr seid langsam überfällig«, sagte Calvino. Jack Mellows, ein achtundfünfzigjähriger Amerikaner aus Alaska, war Leks Mann, und er hatte die Bar aus dem Verkaufserlös seines Fischerbootes finanziert, das *Lovejoy* hieß. So nannte er dann auch die Bar. Vom wirtschaftlichen Standpunkt aus gesehen war das *Lovejoy* wahrscheinlich weniger seetüchtig, als es das Boot *Lovejoy* gewesen war, aber er schaffte es, das Geschäft über Wasser zu halten, indem er hie und da Nebenjobs annahm.

Single zu sein, bedeutete nicht, dass man keine feste Beziehung hatte. Es hieß, dass man mindestens fünf Nächte die Woche allein im eigenen Bett schlief. Jedes andere Arrangement bedeutete schon eine Art putativer Ehe. Es gab viele »Ehen«, die in einer Grauzone existierten; Männer, die weder Single noch verheiratet waren, wie lebende Tote oder ein Benz-Kombi – merkwürdige Kompromisse, die das Schlimmste aus beiden Welten zu vereinen schienen. Aber Jack und Lek waren anders »verheiratet« als die meisten Farang, die mit einer Thai-Frau verheiratet waren. Die beiden hatten ihre Heirat tatsächlich auf dem Standesamt registrieren lassen und die Ehe damit so offiziell gemacht, wie es nach thailändischem Gesetz möglich war. Es gab keinen Zweifel an der Legalität ihrer Beziehung; aber der Alltag des Ehelebens war für beide voller Widersprüchlichkeiten.

»Jack kann keine Kinder machen.«

»Echt«, sagte Calvino und zog eine Augenbraue hoch. »Wo liegt das Problem?«

»Er schießt Platzpatronen«, sagte Lek und formte ihre Hand mit ausgestrecktem Zeigefinger zu einer Pistole. Zweifellos hatte sie diesen Ausdruck und die Geste von Jack aufgeschnappt.

Calvino erhob sein Glas und berührte ihren Zeigefinger. »Nicht schießen«, sagte er lächelnd. »Mir geht es auch ohne Schusswunden nicht besonders.«

»Weißt du, was Platzpatrone ist?«, fragte sie ihn.

»Eine, die nur knallt.«

Sie schüttelte den Kopf. »Falsch. Platzpatrone heißt, Sperma taugt nichts.«

So lernte man Englisch in der Bar. Er wollte nicht mit ihr diskutieren. »Und wer soll dann der glückliche Vater sein?«

»Weiß noch nicht, wen ich nehme. Willst du ein Baby, Khun Vinee?«

»Ich bin Solist. Und schau mich doch an. Sehe ich so aus, als wollte Darwin meine Gene für die nächste Generation haben?« Calvino winkte nach einem weiteren Drink.

»Du meinst Dwayne?« Von Darwin hatte sie noch nie gehört, aber mit Dwayne hatte sie geschlafen.

»Wo ist Jack eigentlich?«

»Oben. Er schaut *Larry* an und isst Pizza. Warum esst ihr Amerikaner alle Pizza?«

»Weil *Larry* und Pizza gut zusammenpassen.«

Sie lachte ihr offenes Lachen. Lek war drei- oder vierundzwanzig, und es war an der Zeit, ihrer Karriere eine neue Richtung in Richtung Mutterschaft zu geben. Eine Bar zu führen, war die beste Vorübung zur Kindererziehung. Und schließlich war die Mutterschaft mit einem Farang ein guter Ausweg, wenn die Konkurrenz der jüngeren Yings in der Bar größer wurde. Nicht dass eine verheiratete Frau wie Lek in der Bar nach Kunden suchen würde ... aber es hatte Dwayne gegeben und noch ein paar andere Gelegenheiten, Romantik und Geldverdienen zu verbinden. Tatsächlich eine ganze Menge.

»Wer steht denn auf deiner Prioritätenliste? Die Kerle, von denen du glaubst, dass sie gutes Vatermaterial abgeben?«

Ein Ausdruck der Verwirrung huschte über ihr Gesicht. »Was für Liste?«

»Die drei Typen, von denen du dir am liebsten ein Kind zeugen lässt.«

»Nur drei? Zu wenig.«

»Hab mir schon gedacht, dass deine Prioritätenliste ziemlich lang sein könnte. Du hast alles geplant, was? Du kriegst eine kleine Lukkrueng, ein entzückendes Mischlingsmädel, dann bringst du sie direkt aus dem Kreißsaal ins Fernsehstudio, drehst eine Werbung für Johnson & Johnson-Babypuder und steckst im Rausgehen den fetten Gagenscheck ein. Wenn sie dann älter ist, bekommt sie einen tollen CD-Vertrag bei Grammy Records. Und du musst nie wieder arbeiten.«

Das Fernsehen hatte der Höhe des Gagenschecks, den kürzlich die Eltern einer Luk-krueng für einen Werbespot kassiert hatten, eine Menge Sendezeit gewidmet. Und seit die Nachricht bei den Yings angekommen war, dass ein Luk-krueng zu haben den kürzesten Weg zu einem Pikup-Truck, einem Motorrad und neuer Garderobe bedeuten konnte, stieg die Geburtenrate sprunghaft an.

»Wenn ein Farang zu lange in Thailand ist, weiß er zu viel über Thai-Mädchen. Ganz schlecht.«

Am frühen Samstagabend war im *Lovejoy* nicht viel los. Ein paar Stammgäste hielten sich im Hintergrund und beachteten die Yings nicht. Oder wurden sie von den Yings ignoriert? Es gab ein paar Touristen – die denselben Eindruck machten wie jemand, der zum ersten Mal auf Rollschuhen steht. Unsicher, unbeholfen und aus dem Gleichgewicht gebracht, schlingerten sie durch die halbdunkle Bar und waren sofort an ihrem Forrest-Gump-Grinsen zu erkennen. Das waren für Lek die interessanten Gäste. Die Yings konnten eine Menge Geld aus ihnen herauskitzeln. Fast so gut wie Geld vom Internationalen Währungsfonds, nur ohne den ganzen Papierkrieg, lästige Vorschriften und Rechenschaftsberichte.

»Schon zwei Yings gebucht. Die Geschäfte scheinen gut zu gehen«, sagte Calvino und sah auf die schwarzen Ziffern 31 und 45 auf dem weißen Brett.

»Nicht besonders.«

»Vielleicht stehen die Nummern noch von letzter Nacht da und du hast über dem Abspülen vergessen, die Tafel abzuwischen«, meinte Calvino. Manchmal schrieb die Mamasan aus demselben Grund Nummern auf die Tafel, aus dem ein Bettler ein paar Münzen in seinen Hut legte. Es machte es einem leichter, wenn man sah, dass man nicht der Erste war, dass es ganz in Ordnung war, die Bargebühr für ein Mädchen zu zahlen. Das Bewusstsein, auf sicheren, ausgetretenen Pfaden zu wandeln, ist eine der großen Hilfen des Lebens. Und eine der größten Ängste ist, dass am Ende keine Yings mehr übrig sind, wenn man nicht schnell genug handelt.

»Du glaubst, ich mache Witze wegen Baby?«

Die Yings in ihren Bikinis auf der Bühne sahen aus wie die Vornummer für einen Superstar, der noch auf sich warten ließ. Bis ungefähr neun Uhr würden sie nicht viel von ihren Reizen zeigen. Das *Lovejoy* rekrutierte seine Talente hauptsächlich aus einer Hand voll Dörfern in Isan, dem Norden Thailands, daher auch die beinahe familiäre Atmosphäre, in der die Yings ihre Probleme und ihre gegrillten Heuschrecken miteinander teilten. Aber das hinderte sie nicht daran, sich gegenseitig die Augen auskratzen zu wollen, wenn die eine im Revier der anderen wilderte und ihr die Kunden ausspannte.

»Nein, aber ich glaube, du musst die Geschichte noch ein bisschen aufpolieren. Ist noch nicht der große Wurf.«

»Welcher Wurf?«

»Deine Geschichte holpert. Du bist zu lange aus dem Geschäft.«

»Nur mit Jack verheiratet.«

»Egal. Wenn du einen Hengst suchst, musst du dich schon besser verkaufen.«

»Verkaufen. Was wissen Sie denn vom Verkaufen?«, fragte Jack Mellows.

Er stand in Sandalen, Springeranzug und mit sauber gebügeltem rotem Hemd am Fuß der Treppe. Jack ging hinter die Bar, ergriff ein frisch gespültes Glas, hielt es unter den Spender mit der Johnny-Walker-Black-Label-Flasche und füllte sich einen großzügigen Schuss ab. Es war nicht zu erkennen, wie lange er schon am Fuß der Treppe gestanden und gelauscht hatte.

»Auf der Plaza gibt es einige Weltklasseverkäufer.«

Jack ließ sich das durch den Kopf gehen und überlegte, ob Calvino ihn verarschen wollte. Er kam zu dem Schluss, dass es am gescheitesten war, es zu vergessen. Schließlich schuldete Calvino ihm Geld, und er schuldete ihm die Fotos von ein paar toten Farangs, und jede Diskussion übers Verkaufen würde sie auf ein Gleis führen, wo er nicht hin wollte. Aber der Schnaps verleitete ihn, auf die Vernunft zu pfeifen und auf dieses Arschloch loszugehen, dem seine Frau ihre ungeteilte Aufmerksamkeit schenkte.

»Warum sind Sie nicht raufgekommen?«

»Mitten in der *Larry King Live Show*?« Calvino wusste, dass Jack ein Fernseh-Fanatiker war und sich die Show nie entgehen ließ.

»Larry hatte so einen Typ zum Interview, der die Anonymen Sexsüchtigen leitet, kalifornische Sektion. Der Kerl konnte sich gar nicht mehr einkriegen, dass er total abhängig ist und in den letzten zwölf Monaten vierundachtzig Yings gebumst hat, und ich denke mir: Was denn, vierundachtzig in zwölf Monaten? Hat er Potenzprobleme, oder wie? Der Kerl weiß einen Scheißdreck, was es heißt, süchtig zu sein. Und was zum Teufel ist schlecht am Bumsen? Meine Fresse, der Kerl hat eine Selbsthilfegruppe der Anonymen Sexsüchtigen gegründet. Anonym? Er ist live auf Sendung und quatscht über all die Yings, die er gebumst hat. Das ist nicht gerade anonym, das ist reine Angeberei. Und Selbsthilfe? Hilfe bei was eigentlich? Hocken die Typen jede Woche zusammen, um sich gemeinsam zu schämen und gegenseitig die Nase zu wischen? Ist Amerika inzwischen wirklich derartig am Hund? Aber dann erinnere ich mich, dass ich hier in Thailand gerne für Sex bezahle, weil kostenloser Sex in Amerika arschteuer ist. Kein Wunder, dass der Kerl bei Larry seine Geschichte erzählt. Wenn er seinen Sexualverkehr nicht einschränkt, landet er eines Tages im Armenhaus. Schlecht gefickt, aber total pleite. Stimmts, Süße?« Er sah Lek an und prostete ihr zu. Offensichtlich hatte er sich oben bei *Larry* auch schon dem Black Label gewidmet.

»Lek hat Ihnen erzählt, dass sie ein Kind haben will«, sagte Jack. Er nippte an seinem Glas und lehnte sich auf den Ellbogen weit genug vor, dass Calvino die Kekskrümel in seinem weißen Bart erkennen konnte. »Und auch, dass ich mit Platzpatronen schieße?«

Er hat schon eine ganze Weile gelauscht, dachte Calvino. »Jack, ich bin nicht hier, um über Larry King zu schwatzen oder Ihre Zeugungsprobleme. Es ist geschäftlich.«

»Tschuldigung. Ich wollte nur klarstellen, wie kaputt die Amis sind und wie viel Glück wir haben, dass wir nicht in ihrem feministischen Nazi-Staat leben müssen.« Er kippte seinen Doppelten.

Nach einem langen Seufzer schoss Calvino die Frage ab, die ihn eigentlich ins *Lovejoy* geführt hatte: »Was haben Sie für mich in Phuket herausgefunden?«

Jack war ein grobknochiger Mann mit blaugeäderter Knollennase und hängenden Backen. Er griff in seinen Springeranzug, zog einen braunen, whiskybefleckten Umschlag heraus und warf ihn auf die Theke. Calvino konnte sich ihn gut vorstellen, wie er mit Lachs gefüllte Netze über die Bordwand von *Lovejoy* zog. *Lovejoy,* dem Boot.

»Die Fotos sind da drin. Ich weiß nicht, ob Ihr Mann dabei ist oder nicht. Ein paar von den Leichen liegen schon seit mehr als zwei Wochen in der Schublade. Ein paar sind auch schon ziemlich überreif. Sie stapeln sie zu zweit oder dritt pro Schublade.«

Calvino öffnete den Umschlag und blätterte die Fotos durch. Aufgequollene, verfärbte, verzerrte Totenmasken von verstorbenen Farang-Männern in den Zwanzigern. Ihre nackten Körper schienen die anderen Körper in der Schublade zu umarmen, die Glieder ineinander verschlungen, die Haare an der Brust eines fremden Körpers klebend. Das Gesicht, nach dem er suchte, gehörte Dale Macdonald, einem jungen kanadischen Rucksacktouristen aus Toronto. Dale wurde seit der Vollmond-Party vermisst. Jeden Monat trafen sich in Koh Pha Ngan Tausende junger Touristen, um am Strand zu übernachten, Drogen einzuwerfen, miteinander zu schlafen und den Vollmond über dem Meer zu betrachten. Jeden Monat starben ein paar von ihnen an einer Überdosis. Calvino hatte den Auftrag, den einundzwanzigjährigen Dale zu finden, der gerade die Universität von Toronto absolviert hatte und nach Thailand gekommen war, nachdem er im Internet von der Vollmondparty gehört hatte. Dales Vater, ein Zeitungsredakteur, hatte Calvino engagiert, seinen Sohn zu suchen, die Strände durchzukämmen, Leute zu befragen und vielleicht jemanden in der örtlichen Szene zu finden, der etwas von Dale wusste. Aber niemand hatte von Dale gehört, und entweder logen sie alle oder Dale war nicht auf Koh Pha Ngan.

Ratana hatte das Leichenschauhaus in Phuket ins Gespräch gebracht. Gute Idee, nur hatte Calvino keine Lust, in den Süden zu fahren und Leichenhallen zu überprüfen. Also hatte er Jack für diese Arbeit angeheuert.

Calvino breitete die Fotos der Toten auf der Bartheke aus, als wären es Spielkarten. Siebenunddreißig Joker aus den Leichenhallen von Phuket. Die Körper stammten von Koh Pha Ngan und waren nach Phuket verschifft worden. Auf der Insel selbst gab es keine Möglichkeit, die Leichen zu lagern oder zu beseitigen.

Ein gutes Geschäft? Wohl kaum. Niemand erhob Anspruch auf die Leichname, und sie begannen sich zu stapeln, wurden zu einer gesundheitlichen Gefährdung und sorgten für schlechte Presse. Die Vorstellung von all den toten Farang schadete dem Tourismus. Aber noch schlimmer wäre es gewesen, die Leichen am Strand zu begraben oder sie mit einem Gewicht an den Füßen im Meer zu versenken.

Calvino entdeckte Dale unter den Fotos. Er sah aus, als läge er in tiefem Schlaf. Sein Körper war in wesentlich besserer Verfassung als die meisten anderen. Wonach hatte Dale gesucht? Abenteuer, Erleuchtung, Sex, Liebe und Freundschaft? Eine Suche, die im Leichenschauhaus geendet hatte. Die Familie würde verständigt und die Überführung der Leiche zur Beisetzung in Kanada in die Wege geleitet werden.

»Das ist er«, sagte Calvino und drehte das Foto so, dass Jack es sehen konnte. Jack wirkte abwesend, als würde er gar nicht begreifen, was er da ansah. Calvino hatte halb gehofft, dass der Junge nicht auf den Fotos sein würde. Jetzt stand er vor der unangenehmen Aufgabe, in Toronto anzurufen und die Familie ins Bild zu setzen.

Bald drängten sich ein halbes Dutzend Bar-Yings um Calvino, stützten sich mit den Ellbogen auf die Theke und ließen die Fotos herumgehen.

»Jack, glaubst du nicht, dass ein Baby von Khun Vinee süß wäre?«, fragte Lek.

»Da liegen Bilder von Toten auf der Bar, die in besserem Zustand sind als Vinee.«

Calvino zog einen Hundert-Dollar-Schein heraus und schob ihn Jack hin.

»Für wen wollen Sie die Bargebühr bezahlen, für meine Frau?« Er blinzelte den Schein an, hob dann den Blick zu Calvino.

»Das ist für die hier.« Calvino schob die Fotos in den Umschlag zurück.

Jack hielt den Schein gegen das Licht. Es war einer der neuen, auf dem die Graveure Benjamin Franklin aussehen ließen wie den Mann im Mond.

Jetzt, da er innerhalb von vierundzwanzig Stunden zwei Vermisstenfälle aufgeklärt hatte (und nur einmal zusammengeschlagen worden war), außerdem ein Auftrag als Leibwächter für einen Riesen am Tag anstand, hatte Calvino das Gefühl, aus einem dunklen Tunnel aufzutauchen; einem Tunnel wie jenem albtraumhaften Ort, wo die Einheimischen tote Farang verbrannten. Er sah zu, wie Jack den Hunderter zusammenfaltete und in die Hemdtasche schob. Dann beugte Jack sich vor und gab Lek einen Klaps auf den Hintern. »Du platzt langsam aus den Nähten, Lek.«

Sie streckte zwei Finger wie eine doppelläufige Pistole aus und knickte den Daumen als Hammer mehrmals in schneller Folge ab. »Peng, Peng.« Sie lachte. »Keine Angst, nur Platzpatronen.«

»Wenn ich dich beim Rumhuren erwische, schieße ich nicht mit Platzpatronen«, sagte Jack.

Das wäre doch ein nettes Thema für die *Larry King Show,* dachte Calvino. Besitzer der *Lovejoy Bar* läuft Amok in Bangkok. Sie schlang ihre Arme um Jacks dicken Fischerhals und küsste ihn auf die bärtige Wange. Doch an ihrem Gatten vorbei nahm sie Calvino ins Visier und zwinkerte ihm entschlossen zu. Wenn ein Blick so viel aussagt wie zehntausend Worte, hatte Leks Zwinkern etwa den Umfang des Brockhaus. Calvinos Handy klingelte und lieferte ihm einen Vorwand, die Bilder einzustecken und den Anruf draußen entgegenzunehmen.

»Hier ist Pater Andrew. Ich habe eine Flasche ziemlich guten französischen Wein übrig und niemanden hier, der ihn zu schätzen weiß. Also habe ich an Sie gedacht. Und ich bin gerade am Kochen. Können Sie in etwa einer Stunde vorbeikommen?«

»Heute ist Samstag. Samstagabend gehen Sie nie aus dem Haus.«

»Genau. Darum bitte ich Sie, mich zu besuchen.«

»Keine Überschwemmung bei Ihnen?«, fragte Calvino.

Pater Andrew lachte. »Nanu? Vincent Calvino hat Angst, sich die Füße nass zu machen?«

»Abendessen?«

»Abendessen. Und der Bordeaux ist sehr gut.«

»Abgemacht. Ich bringe eine zweite Flasche mit. Der Herr war mir heute wohlgesinnt.«

»Erstaunlich, dass der Herr einen Termin frei hatte, Vincent Calvino.«

Der gute Pater teilte gerne den Wein und brach das Brot mit einem Juden, dessen Vater römisch-katholisch war.

Calvino knallte die Autotür hinter sich zu und stand eine Weile in der Dunkelheit, während er die Silhouette des alten Schlachthofes betrachtete. Es standen mehr Autos als üblich zwischen den großen Tiefladern auf dem Gelände geparkt. Seit die Behörden ihn geschlossen hatten, war hier nicht mehr viel los. Das Hochwasser war gesunken. Ein paar Holzplanken bildeten eine Brücke zum Hauptteil des Slums. Er ging durch ein Labyrinth schmaler Laufstege, die zwischen den Holzhütten verliefen, Behausungen ohne Fensterscheiben oder Vorhänge. Drinnen saßen alte Menschen und kleine Kinder vor dem Fernseher. Die Altersgruppe zwischen sechzehn und fünfunddreißig war wie vom Erdboden verschluckt. Keine Spur von ihnen bis in die frühen Morgenstunden. Wäsche hing zum Trocknen aus. Hunde schnüffelten auf der Suche nach Essensresten an den Rändern der Laufstege. Er kam an einem Laden vorbei, der das Lebensnotwendige verkaufte – Reis, Süßigkeiten, Soda, Wasser –, alles auf ein paar Regalen gestapelt, und für Kunden, die der Händler gut kannte, eine Auswahl von Drogen unter der Theke. Calvino wusste den Weg zu Pater Andrews Haus durch die engen hölzernen Gassen. Der Slum war auf Pfählen über sumpfigem Grund gebaut. Nach einem Regen stand hier das Wasser immer besonders hoch, ein ungesunder schwarzer Pfuhl, in dem halbversunkene Flaschen, Dosen, Schuhe und Papier wie in einer zähen Teersuppe herumschwappten. Moskitos prallten gegen Leuchtstofflampen. Nach ein paar Minuten stand Calvino vor Pater Andrews Holzhaus. Es brannte kein Licht, und kein Laut war aus dem Inneren zu hören. Calvino gefiel die Stille gar nicht. Seltsam, aber gerade jetzt fiel Calvino ein, dass Pater Andrew mit ausländischen Journalisten über die Willkür gesprochen hatte, mit der Behörden und Polizei die Slumbewohner behandelten. Hatten sie jemanden geschickt, um ihn zum Schweigen zu bringen? Calvino sah sich nach einem Menschen um, den er fragen konnte, ob er Pater Andrew gesehen hätte, aber der Laufsteg war verlassen. Nichts regte sich. Calvino griff langsam nach seinem 38er Police Special und wollte gerade die Tür eintreten, als drinnen die Lichter aufflammten. Jemand blies in eine Plastiktrompete. Und alle sangen sie *Happy Birthday*.

Pater Andrew trat heraus und legte seinen Arm um Calvino. »Wir wollten eigentlich warten, bis Sie durch die Tür kommen. Aber dann sagte jemand: ›Er hat seine Waffe gezogen.‹ Also hielt ich es für das Beste, die Sache ein bisschen zu beschleunigen. Vincent, Sie können das Ding jetzt wegstecken. Herzlichen Glückwunsch!«

Calvino steckte seinen Revolver ins Halfter zurück und zog die Schuhe aus, bevor er die Küche betrat. In Pater Andrews kleiner Hütte hatten sich viele bekannte Gesichter zusammengefunden. Er wechselte einen Blick mit dem Pater, dann lächelte er Ratana an, die schnell wegsah. Zweifellos hatte sie eine Hauptrolle beim Organisieren dieser Überraschungsparty gespielt, dachte er. Pratt und seine Frau Manee, McPhail, Black Hawk, der fette Ralph, Ricky und ein paar andere Oldtimer, Langzeit-Farang vom Washington Square, aus dem Klub der Auslandskorrespondenten, einem Büro an der Silom Road, Geschäftsleute. McPhail stand neben Ewok. Mit dem Scheitel reichte sie McPhail gerade bis zur Mitte des Brustkorbs.

Diese Gruppe von Menschen war für ihn das, was einer Familie am nächsten kam, dachte Calvino. Sie waren die ganze Strecke hierher zu Pater Andrews Slumbehausung gefahren, nur um ihm zum

Geburtstag zu gratulieren, ohne zu wissen, ob es nicht wieder regnen, neue Überschwemmungen geben würde. Halb verdeckt hinter Pratt und Manee erblickte er Jess.

»Dein vierter Zyklus, Vincent«, sagte Pratt. Zwei Zyklen zuvor, in New York, als Pratt noch Student war, hatte er ihm erklärt, dass sich alle zwölf Jahre nach der Geburt ein eigener Zyklus vollendete, und dass Thais, Chinesen und überhaupt alle Asiaten dem Übergang vom einen Zyklus zum nächsten eine große Bedeutung beimaßen.

»Wo sind nur die letzten beiden Zyklen hingekommen?«, fragte Calvino.

»Die Kamoy haben sie gestohlen.« Pater Andrew benutzte das Thai-Wort für Dieb. Er ließ selten eine Gelegenheit aus, einen Witz zu machen.

Ewok kam zu Calvino gelaufen und reichte ihm eine rote Rose. »McPhail zahlt Bargebühr. Sagt, es gibt Party. Happy Birthday Khun Vinee.«

McPhail schüttelte betrübt den Kopf. »Dabei habe ich Ewok gebeten, vor Pater Andrew nicht zu erwähnen, dass ich ihre Bargebühr bezahlt habe.«

»Ich weiß. Nur vergessen, okay?«, sagte Ewok.

»Ist schon in Ordnung«, sagte Pater Andrew. »Ich bin sicher, dass Edwards Motive ohne Tadel sind.«

Jess war beim Fenster gestanden und hatte Calvino seinen 38er ziehen sehen. »Sie haben einen wichtigen Hinweis übersehen«, sagte er. »Etwas, das draußen gefehlt hat.«

»Und was sollte das sein?«, fragte Calvino.

»Schuhe. Es waren keine Schuhe da. Es stehen immer Schuhe vor einem thailändischen Haus«, sagte Jess und lächelte selbstzufrieden. »Pater Andrew ließ uns unsere Schuhe mit hineinnehmen.«

»Wie Vincent Ihnen sagen könnte, empfehle ich meinen Gästen immer, sie sollen ihre Schuhe mit hereinbringen. Sonst sind die Schuhe weg«, sagte Pater Andrew. »Die meisten Menschen im Slum sind sehr arm. Nicht gerade die Mittelklasse, die Sie aus Bangkok und L.A. kennen. Aber es leben auch ein paar Millionäre hier.

Hauptsächlich die Chefs der Drogenkartelle. Die Leute stehlen Schuhe, damit sie ihre Dealer bezahlen können.«

»Gute Idee«, sagte Jess, schluckte schwer und sah beiseite, als hätte er sehr an Gesicht verloren.

»Aber ich habe eine Menge anderer Hinweise übersehen«, warf Calvino rasch ein. »Ich komme mir schon den ganzen Tag vor wie ein Schlafwandler.«

Die Geburtstagsüberraschung begann unerwartete Wirkung zu zeigen. Calvino klammerte sich an seine Vierziger wie ein betrunkener Koch an einen fettigen Löffel, den er am falschen Ende hält. Und seine Freunde hatten sich versammelt, um dabei zu sein, wenn er langsam loslassen musste. Mit seinem zerschlagenen Gesicht, der frischen Wundnaht, blass und müde, wirkte er plötzlich ganz elend. Was ihm entgangen war, war Pater Andrews Zeitplan. »Warten Sie noch eine Stunde«, hatte er am Telefon gesagt. Ein mehr als deutlicher Hinweis. Und dann waren da noch die vielen Autos auf dem Parkplatz gewesen. Autos, die da nicht hingehörten.

Am anderen Ende des Raumes sah er, wie Ratana und Ewok, die sich dazu auf die Zehenspitzen stellen musste, sich über den Tisch beugten und die Kerzen ansteckten. Die anderen kamen ihnen zu Hilfe. Jeder schien plötzlich ein Streichholz oder Feuerzeug in der Hand zu haben und lehnte sich über den Tisch, um eine Kerze anzuzünden. Es dauerte nicht lange, und all die kleinen Flammen auf Pater Andrews Küchentisch begannen eine verblüffende Wirkung zu erzeugen. Eine Weile waren sie alle erdrückt von der Anzahl der flackernden Kerzen. Eine Kerze für jedes der achtundvierzig kleinen Törtchen. Und dann gab es noch einen großen Kuchen mit achtundvierzig weiteren Kerzen. Schließlich fing McPhail an, Happy Birthday zu singen, und bald fielen erst der fette Ralph und endlich auch die anderen ein. Jemand machte das Licht aus, und Pater Andrews Küche war nur noch von den Kerzen auf Calvinos Geburtstagskuchen erhellt. Calvino lauschte ihrem Gesang und dachte, dass schon wieder ein Jahr verstrichen war und er den fünften Zyklus seines Lebens begann. Jess hatte Recht. Es war ihm etwas entgangen.

Ungefähr ein ganzer Lebenszyklus. Er nahm sich vor, den neuen Zyklus bewusster zu leben, nicht wieder all die Jahre verstreichen zu lassen, bis er feststellen musste, dass er jetzt sechzig war. Ein sechzig Jahre alter Privatdetektiv war absurd. Innerhalb der nächsten zwölf Jahre musste er sein Leben in Ordnung bringen, oder es würde zu spät sein.

»Wünschen Sie sich etwas, und blasen Sie die Kerzen aus«, sagte Manee. »Wenn Sie es schaffen.«

Er gab sich Mühe, den richtigen Wunsch zu finden. Mit seiner geflickten Nase fiel es ihm nicht ganz leicht, die Kerzen auszublasen.

Er beugte sich vor und pustete eine Flamme nach der anderen aus; seine Freunde kamen ihm zu Hilfe, bis nur noch eine brennende Kerze übrig war. Er richtete sich auf und betrachtete die einsame Kerze auf dem großen Kuchen. Calvino lächelte, bückte sich, spitzte die Lippen und blies sie aus. Einen langen Augenblick standen sie schweigend in der Dunkelheit. Als Pater Andrew das Licht wieder anmachte, sah man vor der offenen Tür eine Traube von Kindern, die in den umliegenden Hütten lebten. In ihren T-Shirts und kurzen Hosen drängelten sie sich vor, um ein Törtchen zu ergattern.

»Khun Vinee, jetzt können Sie sich Verdienste erwerben«, sagte Ratana. Es war ihre Art, dafür zu sorgen, dass er seinen fünften Zyklus überstand. Und um sich Verdienste zu erwerben, so viel musste er zugeben, war das hier alle Mal besser, als in irgendeinem Tempel Spatzen aus ihren kleinen Käfigen in die verschmutzte Luft zu entlassen oder Schildkröten in einen stinkenden Kanal. Calvino nahm ein Törtchen in jede Hand. Er kauerte sich im Eingang nieder und reichte die Törtchen an die beiden ersten Kinder weiter. Ratana gab ihm zwei weitere, und fünf Minuten später waren alle achtundvierzig Törtchen durch die Tür und die meisten Kinder in der Dunkelheit verschwunden. Achtundvierzig Törtchen in fünf Minuten. Nicht viel schneller, als all die Jahre vergangen waren, dachte er im Aufstehen.

Pater Andrew reichte Calvino ein Glas Rotwein. »Wie versprochen, es gibt guten Wein zu trinken.« Calvino nahm das Glas und erhob es auf Pater Andrew, dann auf Pratt, Ratana und seine Freunde. Schließlich stieß er mit dem Pater an und begann mit der obligaten Ansprache.

»In meinem Beruf bin ich schon oft irgendwohin gelockt worden. Häufig lande ich dabei im Krankenhaus. Aber diesmal war es eine wirklich schöne Überraschung. Ich weiß nicht recht, was ich sonst sagen soll. Ich meine, ich habe mir nichts aufgeschrieben und auch nicht gedacht, dass ich eine Rede halten muss. Was ich zu sagen versuche, ist, dass ihr heute nach dieser Überschwemmung zu Pater Andrew gekommen seid, bedeutet mir viel. Sehr viel. Niemand hätte euch einen Vorwurf machen können, wenn ihr zu Hause geblieben wärt. Aber ihr seid gekommen. Und das will etwas heißen. Freundschaft ist sehr wichtig.«

»Wir sind nur gekommen, weil Pater Andrew gesagt hat, dass wir sonst in der Hölle landen«, rief jemand im Hintergrund. Alle lachten.

»Mein Geburtstagswunsch ist, dass Pater Andrew dieses Jahr seine Schule fertig bauen kann.« Das war eine Chance, das Konto mit Pater Andrew auszugleichen.

»Es heißt, wenn man den Wunsch ausspricht, erfüllt er sich nicht«, sagte Jess.

»Das riskiere ich, Jess.«

Pater Andrew füllte Calvinos Glas wieder auf. Es war ein guter Wein. Während Pater Andrew ihm einschenkte, bemerkte Calvino ein etwa achtjähriges Mädchen, das eines der Törtchen bekommen hatte. Aus riesigen schwarzen Pupillen blickte sie zwischen Calvino und dem Törtchen, das er ihr gegeben hatte, hin und her.

»Stimmt etwas nicht mit dem Kuchen?«, fragte er.

Sie nickte.

»Das ist Dew«, sagte Pater Andrew. »Sie ist gestern Nacht mit ihren beiden Brüdern aufgetaucht. Jüngeren Brüdern. Seit Dews Eltern gestorben sind, ist sie der Haushaltsvorstand.«

Dew starrte den kleinen Kuchen in ihrer hohlen Hand an. Zwei jüngere Brüder. Aber nur ein Törtchen. Was sollte sie tun?

Calvino sah sie an und blickte dann über die Schulter zum Esszimmertisch. Er stand auf und holte den großen Kuchen, auf dem in rosa Zuckerguss »Happy Birthday Vincent Calvino« stand, mit den noch qualmenden achtundvierzig Kerzen. Die Torte in den Händen, verschwand die Kleine wie ein Schatten und ohne ein weiteres Wort. »Danke« war in den Slums ein ungebräuchliches Wort. Man hatte nicht viel Zeit für Höflichkeiten.

Jess sagte: »Ich habe Sie vielleicht falsch eingeschätzt.« Er reichte ihm ein in grünes Geschenkpapier gewickeltes Päckchen mit roter Schleife.

Calvino zuckte die Achseln, als er das Geschenk entgegennahm. »Jetzt ist Ihnen etwas entgangen. Ich hasse Kuchen. Ich hätte ihn den Hunden vorgeworfen. Sentimental zu werden, ist das Schlimmste, was einem in Bangkok passieren kann. All die Jahre seit ich hier bin, habe ich fast nie ein Happy End erlebt. Sie können sich darauf verlassen, dass kaum etwas, was man Ihnen erzählt, den geringsten Bezug zur Wirklichkeit hat. Die Kleine hat wahrscheinlich gelogen. Ich wette fünf zu acht, dass sie jetzt an irgendeiner Ecke steht und den Kuchen verkauft. Von dem Geld wird sie Drogen für sich und ihre Brüder beschaffen. Glauben Sie immer noch, dass Sie mich falsch eingeschätzt haben?«

»Machen Sies auf«, sagte Jess.

Calvino riss das Papier auf und hielt ein offizielles LAPD-T-Shirt in die Höhe.

»Ich dachte, das könnte Ihnen gefallen«, fügte Jess hinzu.

»Hübsch. Ist es kugelsicher?«, fragte Calvino. Er durchschaute das Spielchen. Pratt hatte Jess zum Kommen überredet. Ein Slum war in Bangkok besser geeignet, um einen Mann beurteilen zu können, als ein Fast-Food-Tempel wie das *Emporium*. Im *Emporium* konnte jeder eine gute Figur machen und mit hoch erhobenem Kopf herumlaufen. Aber auf den Laufstegen über dem Sumpfland von Klong Toey zeigte sich, was einer wirklich wert war.

Außerdem hatte Jess seine eigenen Gründe gehabt zu kommen, aber die sparte er sich bis zum Schluss auf.

»Ich habe mit Wes Naylor gesprochen. Es gab eine weitere Morddrohung. Ernsthafter diesmal. Jemand hat seinen Wagen zusammengeschossen und eine Nachricht hinterlassen: Wenn Sie nach Bangkok gehen, enden Sie wie Ihr Wagen – voller Löcher.«

»Hat er abgesagt?«, fragte Calvino und meinte schon zu spüren, wie die vier Riesen sich aus seiner Tasche verflüchtigten.

Jess schüttelte den Kopf. »Ich habe ihm geraten, in L. A. zu bleiben. Sich wegen des Hotelgeschäfts erschießen zu lassen, ist idiotisch. Lohnt es sich, für ein Hotel zu sterben?« An Jess' Tonfall war deutlich abzulesen, dass Naylor nicht auf ihn gehört hatte.

»Wir bleiben also im Zeitplan. Wir holen ihn morgen am Don Muang ab«, sagte Calvino.

»Richtig.« Er zog sich zurück, als Pater Andrew den letzten Tropfen Wein in Calvinos Glas goss.

Eine weitere Weinflasche wurde geöffnet und die Gläser wieder gefüllt. Dann trollten sich die Freunde nach und nach aus Pater Andrews Wellblechbehausung, und Kinder aus dem Slum führten sie mit Taschenlampen über die schmalen Laufstege in die Nacht. Nachdem alle gegangen waren, setzten Pater Andrew und Calvino sich an den Esstisch und sprachen über die Probleme, die der Priester beim Bau seiner Schule hatte. Schließlich begleitete Pater Andrew Calvino zu seinem Wagen zurück. Ein paar Meter vor dem Parkplatz sah Calvino das kleine Mädchen und blieb stehen.

»Das ist das Mädchen, dem Sie den großen Kuchen geschenkt haben«, sagte Pater Andrew.

»Dew. Sie heißt Dew. Sie gehört zur neuen Gattung der allein erziehenden achtjährigen Mütter.«

»Sie haben gut zugehört«, sagte Pater Andrew.

»Ich habe mit Jess gewettet, dass sie den Kuchen verkauft.«

»Sie haben verloren.«

»Oder auch gewonnen.« Er lächelte und richtete den Kegel seiner Taschenlampe auf die Brüder. Zwei kleine Jungen kauerten auf der

Erde. Brennende Kerzen erhellten ihre Gesichter. Sie waren vielleicht vier, fünf Jahre alt. Sie hatten keine Teller und Gabeln oder Löffel. Alles, was sie hatten, waren ihre ausgestreckten Hände, während ihre Schwester mit einem Taschenmesser den Kuchen zerteilte. Sie gab dem ersten Bruder ein Stück, dann dem zweiten. Sie aßen wie Kinder, die den ganzen Tag nichts zu essen bekommen haben. In den Schatten lauerten reglos die Hunde. Ein paar andere Kinder drückten sich in der Nähe herum und beobachteten, wie sie den Kuchen schnitt. Als Calvino und der Priester weitergingen, blickte Dew auf.

»Kop khun ka«, sagte sie. Danke, Sir.

Calvino kehrte um, griff in seine Tasche und gab ihr einen Fünfhundert-Baht-Schein. Sie sah das Geld an, dann Pater Andrew, und in ihren Augen stand eine Mischung aus Misstrauen und Überraschung.

»Es ist gut«, sagte Pater Andrew. »Du kannst das Geld behalten.«

»Ich zahle immer meine Wettschulden, Pater Andrew. Und ich bin sicher, dass Jess sein Geld gerne für den guten Zweck stiften würde.«

Pater Andrew übersetzte sehr frei in perfektes Isan und sagte, dass Calvino wollte, dass sie das Geld dazu verwendete, um in den nächsten paar Wochen für sich und ihre Brüder Essen zu kaufen, und es keinen größeren Kindern oder Erwachsenen zu zeigen, und wenn jemand versuchen sollte, ihr Geld zu stehlen, sollte sie sagen, dass der große Farang namens Calvino zurückkommen und ein wirklich ernstes Wort mit den Dieben reden würde.

Am Wagen angekommen, fragte Calvino: »Und was wird aus ihr?«

»Was geschieht schon mit den meisten Straßenkindern wie ihr? Sie gehen zu Grunde. Aber ich habe das merkwürdige Gefühl, dass dieses Kind es schaffen könnte. Seltsame Dinge geschehen in den Slums. Väter und Mütter, die unter einem Dach mit ihren Kindern leben und sie aufziehen, das gibt es kaum mehr. Die Mütter verkaufen Drogen und sich selbst. Niemand hat Zeit oder Interesse daran, ein Kind großzuziehen. Heute erziehen Kinder die Kinder. Kein Wunder, dass sie Speed nehmen. Es gibt keinen einzigen Haushalt, in dem nicht mindestens einer Drogen nimmt oder verkauft.«

»Sie hat den Kuchen nicht verkauft.«

In der sternenschimmernden Nacht schüttelte Calvino den Kopf und wusste plötzlich, was der richtige Geburtstagswunsch gewesen wäre. Der eine, der ihm hätte einfallen können, bevor er die Kerzen ausblies. Wenn er ein besserer Mensch wäre. Hoffnung.

6

Lieutenant Colonel Pratt war in Uniform am Flughafen erschienen. Und er wirkte darin ausgesprochen eindrucksvoll. Er war der Erste, der Wes Naylor begrüßte, als er den langen, breiten Gang zur Passkontrolle entlang kam. Naylor war unrasiert und blinzelte mit den viel zu eng zusammenstehenden Augen, als Pratt ihm gegenübertrat. Die Hemdzipfel hingen ihm aus der zerknitterten Hose, und sein Anzug sah aus, als hätte er darin geschlafen. An seinem Mantelaufschlag steckte eine blaue, halbmondförmige Anstecknadel – wie sie vielleicht zu einem türkischen Offizier oder einem Freimaurer gepasst hätte. Sein weißer Panamahut saß ihm tief im Gesicht und berührte die Augenbrauen. Er hatte eine Reisetasche und einen Aktenkoffer dabei. Pratts erster Eindruck war, dass Naylor problemlos als ausgebrannter Landstreicher durchgehen konnte, der bei der Heilsarmee aß und mit der Zeitung über dem Gesicht auf Parkbänken übernachtete. Er ähnelte einem Anwalt aus L. A. nicht im Entferntesten – oder der Vorstellung, die Pratt von einem solchen hatte. Er war füllig um die Hüften, mit dicken, weichen Lippen; ein seltsam verlorener und orientierungsloser Mann, der ständig blinzelte, als ob seine hellblauen Augen unter dem grellen Licht der Flughafenbeleuchtung schmerzten.

Es konnte nicht allzu schwer sein, einen Mann umzubringen, der wirkte, als hätte er die Reise ins nächste Leben bereits angetreten. Bei jemandem, der so viele Morddrohungen wie Naylor erhalten hatte, hätte man eine gewisse Härte erwartet, das Jao-pah-Benehmen eines Mafia-Bosses mit dessen selbstverständlicher Autorität, der Fähigkeit, durch einen scharfen Blick Respekt einzuflößen. Aber wenn Naylor auch nicht gerade der Stoff war, aus dem Jao pah gemacht wurden, sah er dennoch nicht aus wie ein gewöhnlicher Farang. Er besaß einen gewissen Stil. Wie ein einstmals berühmter Kinderdarsteller, der vierzig Jahre später zu einer Fernseh-Talkshow eingeladen wird.

»Mr. Naylor«, sagte Pratt in perfektem Englisch, als er nur noch einen knappen Meter entfernt war.

Wes Naylor blieb stocksteif stehen, als hätte ihm jemand einen Pistolenlauf gegen das Genick gedrückt. Lieutenant Colonel Pratt trat näher.

»Gibt es ein Problem, Sir?«, fragte Naylor mit angespannter, dünner Stimme. Er kannte all die Geschichten von Amerikanern, Mitgliedern seiner Website, die in Leichensäcken zurückgekehrt waren, nachdem sie sich am Don-Muang-Flughafen mit Fremden eingelassen hatten.

»Willkommen in Thailand. Ich bin Lieutenant Colonel Prachai. Ein Freund von Officer Jessada vom LAPD. Folgen Sie mir. Ich begleite Sie durch Zoll und Passkontrolle.«

Naylor lud seine schwere Reisetasche auf einen Gepäckwagen. »Ich kenne keinen Jessada. Können Sie sich ausweisen?« Seine rechte Hand begann zu zittern.

Pratt zeigte ihm seinen Dienstausweis. »Sein Spitzname ist Jess. Vielleicht kennen Sie ihn als Jess.«

Naylor betrachtete Pratts Foto auf dem Ausweis, drehte ihn um, ohne ein Wort davon lesen zu können, und gab ihn dann mit zitternder Hand zurück. »War es Jess' Idee, den roten Teppich auszurollen?«

Pratt nickte. »Aber es gibt keinen roten Teppich. Wir möchten vermeiden, dass Sie auf dem Weg vom Flughafen zu Ihrem Hotel ein Problem haben.«

Das war die Aufgabe mächtiger Leute: für die weniger mächtigen »Probleme« zu vermeiden. Die Basis gegenseitiger Beziehungen war, dem anderen Probleme zu ersparen. Kleine Buschfeuer auszutreten, bevor sie sich zum Waldbrand auswachsen konnten.

»Sie meinen, Sie sind hier, damit ich am Leben bleibe. Ich habe ein paar Freunde in dieser Stadt verloren. Als so genannte Heroinsüchtige. Ich glaube, sie sind ermordet worden. Und was tut die Polizei, um die Mörder zu finden?«, fragte er und verwandelte seinen müden Scherz in eine Forderung.

Pratt sah es lieber, wenn »Probleme« vage und undefiniert blieben. Ein Problem zu benennen, bedeutete an sich schon ein »Problem«. Er ignorierte Naylors Aufforderung, auf die Todesfälle einzugehen. Naylor erntete stattdessen nur einen langen, kalten Blick.

»Jess wartet auf uns. Hier entlang bitte«, sagte Pratt und wies den Weg.

»Sie machen nicht viele Worte, was?«, fuhr Naylor fort, und seine Augen linsten unter der Hutkrempe hervor.

Andere Passagiere überholten sie, während Naylor langsam dahinzockelte und seinen Gepäckwagen vor sich her schob. Pratt eskortierte ihn zu einem speziellen Abfertigungsschalter. Der Beamte am Schreibtisch blickte mit der Andeutung eines Lächelns zu Naylor auf, dann sah er Pratt und die Rangabzeichen auf seiner Uniform. »VIP«, sagte Pratt. Die Buchstaben blieben ihm ein wenig im Hals stecken, aber Pratt brachte sie heraus, langsam, einen nach dem anderen. »VIP.« Der Zollbeamte nickte Pratt zu, nahm Naylors Pass, erledigte den Papierkram, stempelte den Pass, und nach ein paar Minuten war alles erledigt.

Sie gingen einen Gang entlang, bis sie vor einer ungekennzeichneten Tür ankamen. Pratt wechselte ein paar Worte mit einem bewaffneten Wachtposten, der aufsperrte. Keuchend unter der Last seines Gepäcks trat Naylor in die heiße Luft eines frühen Nachmittags in Bangkok. Jess und Calvino hatten hinter der Tür gewartet.

»Da habt ihr ihn«, sagte Pratt und warf Calvino mit hochgezogener Augenbraue einen Blick zu, bevor er sich abwandte. »Wir fahren mit einer Polizeieskorte voraus.« Er ging zu einem wartenden Polizeiwagen.

Naylor blinzelte und kniff die Augen unter dem Sonnenlicht zusammen. Er zog Geld aus seiner Brieftasche. Jess ergriff Naylors Hand mit dem Geld und schüttelte sie.

»Nein, nicht Sie. Er.«

Pratt hatte sich schon halb umgewandt, als Calvino einen Schritt machte und ihm die Sicht auf Naylor und Jess versperrte. Naylor auf dem Gehsteig, das Gepäck neben sich auf dem Boden und ein Bündel amerikanischer Dollarscheine in seiner Faust lockte bereits eine kleine Menschenmenge an.

»Willkommen, Wes. Guten Flug gehabt?«, fragte Jess. Und mit einem Blick auf die Banknoten: »Stecken Sie das Geld weg.«

»Junge, bin ich froh, dass Sie da sind. Das ist vielleicht ein komischer Vogel, dieser Bulle. Nimmt kein Geld. Was ist denn passiert? Hats eine Revolution gegeben?« Er wies auf Pratt, der neben dem Polizeiwagen mit dem funkelnden Blaulicht stand. Zwei Beamte stiegen auf die beiden Polizeimotorräder, die vor Pratts BMW parkten, und schnallten die Kinnriemen ihrer Helme zu.

»Es gibt eine Menge guter, ehrlicher Polizisten, man hört leider nur selten von ihnen.«

Naylor schob die Unterlippe vor. »Klar, und Sie werden sie mir sicher gleich alle vorstellen.«

Jess schüttelte den Kopf. Es hatte keinen Sinn, mit Naylor zu diskutieren. Der konnte im Moment an nichts anderes denken als die intensive Angst, die er gespürt hatte. »Einen Augenblick lang dachte ich, es wäre eine Falle. Ich dachte wirklich, das wars, ich bin mausetot. Direkt hier im Flughafen. Dieser Bulle hat mich durch eine ganze Reihe kleiner Gänge geführt, durch versteckte Türen. Ich dachte, es wäre eine Falle. Peng, peng. Und niemand würde jemals meine Leiche finden.«

»Sie haben eine lebhafte Fantasie«, sagte Calvino.

»Wer sind Sie?«, fragte Wes Naylor. »Und was zum Henker ist mit Ihrem Gesicht passiert?«

Jess sagte: »Das hier ist Vincent Calvino, und er arbeitet mit mir zusammen. Vincent ist ein Profi. Er hilft mir in den nächsten Tagen, auf Sie aufzupassen.«

»Er sieht eher aus wie ein verkrachter Reiseführer. Gehen Sie doch um Himmels willen mal mit Ihrem Gesicht zum Arzt. Die Wunde sieht aus, als hätte Ihre Freundin sie genäht. Schlechte Arbeit. Sollen wir Sie im Krankenhaus absetzen, damit Sie sich zusammenflicken lassen?« Schweißtropfen lösten sich von der Krempe seines Hutes.

»Sehen Sie zu, dass Sie den Hut loswerden«, sagte Calvino.

»Was stimmt nicht mit meinem Hut?«

Calvino beschloss, den Klienten nicht herauszufordern und lieber noch einmal zu versuchen, einen Draht zu ihm zu bekommen. Dann überlegte er es sich anders. Zum Teufel, er würde Naylor eine Dosis Realität verpassen und zusehen, wie er sie schluckte. »Es geht nicht darum, dass Sie mit dem Hut mehr wie ein Zuhälter aussehen als wie ein Anwalt. Das Ding mag in L. A. als originell durchgehen. Hier in Bangkok macht es Sie lediglich zur leichten Zielscheibe. Wenn jemand Sie abknallen will, muss er bloß nach einem weißen Panamahut Ausschau halten«, sagte Calvino.

»Jai yen, Bruder!«, sagte Jess.

»Bewahren Sie ein kühles Herz«, sagte Naylor. »Wie Sie sehen, verstehe ich Thai.«

Offensichtlich konnten Naylor und Calvino sich gegenseitig nicht ausstehen. Ein schlechter Anfang.

Wes Naylor lächelte, setzte seinen Hut ab und wischte sich mit einem Taschentuch den Schweiß von Stirn und Gesicht, bevor er sich hineinschnäuzte. Er war kahl bis auf einen tonsurartigen blonden Haarkranz. »Zuhälter? Das gefällt mir. Klingt wie die Pointe von einem dieser schrecklichen Anwaltswitze.« Seine Stimme hatte einen tiefen, dumpfen Klang angenommen, seit er ein halbes Kilo Rotz ausgeschnäuzt hatte.

»Da drüben steht mein Wagen«, sagte Calvino und machte eine Kopfbewegung zu dem ramponierten Honda hin.

»Wenn das ein Wagen sein soll, ist er gut getarnt«, sagte Naylor. »In L.A. würde man in so einem Auto nicht tot über dem Lenkrad hängen wollen.«

»Kleiner Unfall«, sagte Calvino.

»Nicht nur einer, würde ich sagen. Erinnern Sie mich daran, dass ich Ihnen meine Karte gebe.«

Die Spannung ließ nach. »Wir haben Sie im *Oriental Hotel* einquartiert«, sagte Jess, während er mit Naylor hinten einstieg. »Es ist alles arrangiert. Das beste Hotel in Bangkok.«

Die beiden Polizeimotorräder scherten vor Calvinos Wagen ein, und Lieutenant Colonel Pratts Wagen blieb hinter ihm, während sie mit Blaulicht den Flughafen verließen.

»Moment, mein Freund. Wer hat Sie gebeten, mich im *Oriental* einzuquartieren? Ich habe in einem anderen Hotel reserviert«, sagte Naylor.

Calvino sah ihn im Rückspiegel an. »Welches Hotel?«

»Natürlich das *Brandy*. Ich wohne immer dort.«

»Aber das *Oriental* ist das beste Hotel in Bangkok. Vielleicht auf der ganzen Welt. Ihre Sicherheit kann dort viel besser gewährleistet werden.«

Calvino war nicht überrascht, dass Naylor im *Brandy* logieren wollte. Er hatte die halbmondförmige blaue Anstecknadel an Naylors Aufschlag erkannt. Diese Typen mit ihren blauen www.causemember.com-Anstecknadeln benutzten ein Dutzend verschiedener »*Cause*-freundlicher« Hotels an der Sukhumvit Road. Das *Brandy Hotel* war ein Paradies für Sextouristen, und die *Cause*-Vereinigung hatte dem Hotel ihre höchste Fünf-Starlet-Wertung verliehen. Unter Sicherheitsaspekten war das *Brandy* der reinste Albtraum. Die ganze Nacht war ein einziges Kommen und Gehen schwer arbeitender Yings in den Zimmern. Eine Diskothek im Keller lockte Hunderte von Besuchern an. Kein Zweifel, dass Wes Naylor genau wusste, warum er sich im *Brandy* einquartieren wollte, wenn er es von früher kannte.

»Nat hat euch angeheuert, damit ihr meine Babysitter spielt. Es war nicht meine Idee. Ich halte es für verdammte Geldverschwendung. Auch wenn Nat das Geld aus eigener Tasche bezahlt, ich bin kein Baby. Ich kenne mich aus in Bangkok. Ich bin absolut in der Lage, selbst zu entscheiden, wo ich wohnen werde. Und ich wohne im *Brandy*. Ende der Geschichte.«

»Das muss wohl ein neues Fünf-Sterne-Hotel sein«, sagte Jess ratlos.

»Es hat mehr als fünf Sternchen«, sagte Calvino. »Und die meisten von ihnen treiben es für einen grauen Lappen.«

Jess hatte Thailand im Alter von dreizehn Jahren verlassen und bei seinen Besuchen immer bei Verwandten weit entfernt von der Sukhumvit Road gewohnt. Und er war nicht mehr hier gewesen, seit der graue Tausend-Baht-Schein im Umlauf war. Es war ihm ein wenig peinlich, dass er Calvino um eine Erläuterung bitten musste.

»Das *Brandy* ist ein ›*Cause*-freundliches‹ Hotel auf dem *Causeway*«, fuhr Calvino fort. »Stimmts Mr Naylor?«

Jetzt hatte er die Aufmerksamkeit des Mannes geweckt. Er beugte sich vor und klopfte Calvino auf die Schulter. »Sie wissen von der *Cause*-Verbindung? Sind Sie vielleicht Mitglied?«

»Ich habe Ihre blaue Nadel gesehen. Und ich kenne die Website. Aber hauptsächlich weiß ich von Ihrem Klub durch eine Anzahl von Klienten, die auf dem *Causeway* gestrandet und abgebrannt sind. Sie wollten unbedingt mit Vollgas durchs Rotlichtviertel. Bis sie wo gegengeknallt sind.«

»Jesus, Sie sind vielleicht ein Wonneproppen. Muss damit zusammenhängen, was Ihrem Gesicht zugestoßen ist.«

Calvino rief Pratt von seinem Handy aus an. »Plan ist leicht geändert. Mr. Naylor will nicht ins *Oriental*. Er hat im *Brandy* reserviert.«

Ein Augenblick der Totenstille. »Pratt, bist du da?«

»In diesem Fall haben wir auch eine leichte Planänderung. Die Eskorte ist beendet. Er trifft seine Entscheidungen, wir treffen unsere. Und pass auf dich auf, Vinee. Ruf mich an, wenn ihr ihn abgeliefert habt.«

Pratts Wagen schoss davon, und die Motorradeskorte folgte ihm dicht auf.

»Wo will er hin?«, fragte Naylor.

»Die Jägereskorte hat beschlossen, unserem Bomber nicht zu den neuen Zielkoordinaten zu folgen«, sagte Calvino. »Unter keinen Umständen wird die Polizei eine VIP-Eskorte zum *Brandy Hotel* fahren. Es wäre weniger peinlich, wenn Sie erschossen würden, Wes. Nehmen Sies nicht persönlich.«

»Würde mir vielleicht mal jemand erzählen, was der *Causeway* ist?«, fragte Jess.

Sie ließen sich mit dem Verkehr über die Schnellstraße treiben, und das Thai International Building blieb links hinter ihnen zurück.

»Ich habe eine genaue Karte des *Causeway* im Kopf«, sagte Wes

Naylor. »Ich habe www.causemember.com aufgebaut und finanziert. Wir haben etwa zehntausend Mitglieder weltweit, die sich rund um die Uhr einloggen, und die Anzahl steigt ständig. In zwei Jahren könnte die Gesellschaft an die Börse gehen. Es wäre die Internet-Neuemission, auf die alle gewartet haben.«

»Ich dachte, Sie wären Anwalt«, sagte Jess.

»Ich mache dies und jenes. Gelegentlich auch Jurisprudenz. Wie bei diesem Geschäft mit Nat. Aber die entscheidenden Dinge spielen sich heute im Internet ab.«

»Und«, sagte Jess noch verwirrter als zuvor, »was suchen Sie nun auf dem *Causeway*?«

»Den Monster-Fick«, sagte Calvino. »Stimmts, Wes?«

»Volltreffer.« Naylor klatschte Beifall.

»Ich wurde informiert, dass Sie hier einen Vertrag für Khun Nat aushandeln sollten.«

»Genau. Mit dem Geld aus unseren Mitgliedsbeiträgen suchen wir nach geeigneten Hotels. Dann kam Nat mit seinem Vorschlag. Ich sagte: ›Gut, ich denke darüber nach.‹ Und Nat sagte: ›Wir stehen kurz vor dem Abschluss. Ein paar Dinge müssen noch geregelt werden. Nichts Ernstes. Schließen Sie das Geschäft ab. Wir sind Partner.‹ Und hier bin ich nun. Aber im Unterschied zu meiner Website arbeite ich keine vierundzwanzig Stunden am Tag«, sagte Wes Naylor. »Außerdem glaube ich nicht an den Bocksmist mit dem Killerkommando. Nat ist ein ziemlich seltsamer Vogel. Er muss alles unter Kontrolle haben. Er ist nervös. Er stand nie im Geschäftsleben. Hatte immer nur seine Arztpraxis. Kaum gibts ein paar Reibereien, schon kriegt er die Panik. Ich habe das schon tausendmal erlebt. Darum will er, dass ich das Geschäft abschließe. Ich besitze die Cleverness, den gesunden Menschenverstand und eine Firma, die das Hotelgeschäft ankurbeln kann. Eine Hand wäscht die andere.«

Was ihm vollständig abging, war Bescheidenheit.

Naylor hatte die Situation klargelegt. Die Zielperson, die sie beschützen sollten, war ebenso am Monster-Fick interessiert wie daran, ein Geschäft für Khun Nat zum Abschluss zu bringen. Khun Nat, der plötzlich ein Partner war und nicht nur ein Klient. Wenn sie klug waren, dachte Calvino, schmissen sie dieses Arschloch am *Brandy Hotel* raus und sagten Khun Nat Bescheid, dass sie unter keinen Umständen diesen Volltrottel aus L.A. bewachen würden.

»Wie ist Ihr Pseudonym bei www.causemember.com?«, fragte Calvino.

»Heckschütze7«, sagte Wes Naylor beinahe quieksend vor Vergnügen, als würde er ihnen ein tiefes Geheimnis anvertrauen. »Und Ihrer?«

»Der für Geld nicht alles tut«, sagte Calvino, und eine Welle von Zorn rollte über ihn hinweg.

»He, das ist zu lang für ein Pseudonym.«

»Deshalb bin ich nie Mitglied geworden«, sagte Calvino. »Immer wenn ich ›Nur für Mitglieder‹ an einer Tür geschrieben sehe, und sei es auch eine Tür im Cyberspace, dann werde ich unruhig. In den alten Zeiten hieß das meistens, dass Juden keinen Zutritt hatten. Meine Mutter war Jüdin. Deshalb meide ich Orte, die Mitgliedern vorbehalten sind. Und ich bin nie auf eine Vereinigung gestoßen, die eine natürliche Existenzberechtigung gehabt und trotzdem Mitglieder hätte anwerben müssen, um existieren zu können.«

»Das ist sehr edel von Ihnen, Mr. Calvino. Aber Sie sind sehr schlecht informiert über die *Cause*-Vereinigung.« Offensichtlich hatte er genug von Calvino und richtete seine Aufmerksamkeit auf Jess. »Wir liefern hervorragende Infos darüber, wo man am besten übernachtet und isst, über die besten Bars und Stundenhotels, die Preise für eine schnelle Nummer, authentische Berichte von Männern, die sich verliebt hatten. Von Leuten, die dabei waren. Männer, die wissen, wovon sie sprechen. Sie tauschen ihre Erfahrungen aus. Bangkok ist einsame Spitze. Darum sparen viele unserer Mitglieder das ganze Jahr lang für ihre Wallfahrt nach Bangkok.«

Jess hatte die Hände auf die Knie gestützt und schaute geradeaus. »Mein einziges Ziel ist es, Sie lebendig nach Los Angeles zurückzubringen«, sagte Jess.

Wes Naylor lächelte gekränkt und setzte seinen weißen Panamahut wieder auf. »Damit machen Sie mich glücklich.«

Das konnte Calvino von sich selbst nicht gerade behaupten. Der Laster hinter ihm fuhr zu dicht auf, irritierte ihn und machte ihn nervös. Minuten nachdem Pratt mit Blaulicht und der Motorradeskorte davongeschossen war, hatte er ihn im Rückspiegel bemerkt. Calvino wechselte auf die äußerste linke Spur und ließ die schnelleren Fahrzeuge passieren. Er beobachtete den Laster im Rückspiegel, wechselte auf die Mittelspur, aber der Fünfachser klebte weiter an seinem Heck. Er bremste und ging zurück auf die langsame Spur. Der Lastwagenfahrer ging vom Gas, bis der Laster zurückfiel und sich wieder hinter Calvinos Honda einordnen konnte. Dann kam der Truck immer näher. Kein Zweifel, dass er ihn rammen wollte.

»Wir haben einen Notfall«, sagte Calvino. »Jess, runter mit ihm.«

Jess reagierte sofort und zwang Naylors Kopf mit der flachen Hand nach unten, wobei er den Panamahut flach quetschte, und fasste nach, bis er Naylor unterhalb der Fensterebene hatte.

»Was soll das, zum Teufel!«

»Unten bleiben!«

Jess sah in dem Augenblick zurück, als der Laster krachend auf Calvinos Wagen auffuhr. Jess zog eine 9mm Automatik aus einem versteckten Halfter unter seinem Jackett und richtete die Waffe nach hinten.

»Auf die Standspur«, sagte Jess.

Calvino trat aufs Gaspedal und versuchte, von dem Lastwagen weg zu beschleunigen. Aber binnen Sekunden holte der Truck wieder auf. »Frisierte Maschine«, meinte Calvino, während er die Standspur entlangraste.

»Die Schrottkarre hier hat keinen Dampf«, sagte Naylor. Der Lastwagen touchierte die hintere Stoßstange erst leicht, dann rammte er sie hart. »Das darf doch nicht wahr sein«, sagte Naylor, als sein Kopf vom Aufprall zurückgerissen wurde. Jess musste ihn nicht länger nach unten zwingen.

»Da kommt er wieder«, sagte Calvino. »Ein Riesenkübel von Lastwagen.«

Ein Thai Anfang zwanzig mit dichtem schwarzem Haar, das im Fahrtwind flatterte, lehnte sich aus dem Beifahrerfenster des Lasters und feuerte mehrere Schüsse aus einer Pistole ab, die er mit beiden Händen gepackt hielt. Er war ein schlechter Schütze. Außerdem lag die Führerkabine des Lasters zu hoch und zwang ihn, in steilem Winkel von oben herab auf ein bewegliches Ziel zu feuern. Eine Kugel traf die Tür, und eine andere schlug in die Kopfstütze des Beifahrersitzes neben Calvino ein. Ein weiterer Schuss zerschmetterte seine Heckscheibe. »Können Sie ihn erwischen?«, brüllte Calvino von vorn.

»Ich kann ihn nicht sehen.« Jess saß direkt unter dem riesigen Kühlergrill des Lastwagens. Er konnte keinen Schuss anbringen.

»Können Sie nicht schneller fahren?«, schrie Naylor vom Rücksitz.

Calvino wechselte wieder auf die Hauptfahrbahn und kreuzte die Spuren, den Laster immer hart auf den Fersen. Dann, als er auf die Standspur zurückfuhr und der Lastwagen hochschaltete, riss Calvino im letzten Augenblick das Steuer wieder scharf nach rechts. Der Lastwagen krachte frontal mit einem Motorradpolizisten zusammen, der mit hoher Geschwindigkeit in Gegenrichtung auf der Standspur dahinraste. Da er zur »Truppe« gehörte, meinte er offenbar, sich nicht an die Regeln halten zu müssen. Niemand würde je erfahren, was in der letzten Nanosekunde im Kopf dieses Polizisten vorgegangen war, als er diesen Riesenlaster auf sich zubrausen sah und bevor er wie ein Käfer an dessen Kühlergrill zerquetscht wurde. Er hinterließ keine Bremsspuren. Sein Motorrad zerknitterte wie ein billiges Blechspielzeug, schlitterte unter den Laster und versprühte einen Funkenregen über den Zementbelag der Schnellstraße. Calvino ging vom Gas, blickte zurück und sah, wie der Lastwagen nach links ausscherte, mitsamt dem Motorrad, das sich unter dem Chassis verklemmt hatte, und die Schnellstraße über die Ausfahrt Suttisan verließ.

»Jesus, die haben den Bullen erledigt«, sagte Naylor, während er zum Rückfenster hinausstarrte. »Richtig zermatscht. Hat man schon mal so einen verrückten Fahrer gesehen? Der Kerl muss wahnsinnig sein oder er ist auf Speed.«

Calvino wählte Pratts Nummer auf seinem Handy und erklärte, was geschehen war. Pratt sagte, er würde die Sache in die Hand nehmen.

Der ganze Vorfall hatte keine fünf Minuten gedauert.

»Wollen Sie immer noch ins *Brandy?*«, fragte Jess.

Wes Naylor richtete sich auf, seinen Hut in den Händen, und nahm den Schaden in Augenschein. »Ich kanns kaum erwarten, im Internet über diese Höllenfahrt zu schreiben. Todesfahrt vom Don Muang.«

Calvino schüttelte den Kopf. »Also zum *Brandy Hotel.*« Er nahm die Ausfahrt zur Sukhumvit Road. Es lagen so viele Glasscherben auf dem Boden, dass sie bei jedem Spurwechsel verrutschten und leise klirrten wie Eiswürfel, die am anderen Ende einer Bartheke in ein leeres Glas gekippt wurden.

»Sie nehmen die Sache nicht ernst genug«, sagte Jess.

Naylors Augen wurden plötzlich groß. »Ernst? Soll das ein Witz sein? Die Kerle waren bis zur Halskrause voll mit Drogen. Calvino hat sie geschnitten. Sie wurden sauer. Typischer Fall von Road Rage, wenn Sie mich fragen. In Amerika passiert das laufend, das wissen Sie doch selbst, Jess. Fünfmal am Tag allein in L.A. Die wollten nicht mich erschießen. Die wollten Sie umbringen.« Ein eigenartiges Gelächter drang aus seiner Kehle, als wäre er plötzlich übergeschnappt.

»Interessante Theorie«, sagte Calvino. »Aber purer Schwachsinn.« Es war Zeitverschwendung, mit einem simplifizierenden Arschloch zu diskutieren. Was war das bloß für ein Mensch, dieser Anwalt aus L.A., Besitzer, Betreiber und Mitglied der *Causemember*-Website. Nicht einmal in den schlimmsten Gegenden der Bronx oder von Brooklyn war Calvino jemandem begegnet, den es so kalt zu lassen schien, wenn auf ihn geschossen wurde. War Naylor eine Art kalifornischer Volltrottel? Nichts an ihm schien zusammenzupassen. Er präsentierte sich wie die verstreuten Teile eines Puzzlespiels, ohne dass eine Struktur erkennbar wurde. Die ganze Geschichte wurde unberechenbar.

Fünfzehn Minuten später hielt Calvino auf dem Parkplatz des *Brandy Hotels*. Es war ein altes Rest & Recreation Hotel, gebaut während des Vietnamkriegs und damals hauptsächlich von amerikanischen Soldaten auf Urlaub frequentiert. Im Hintergrund schien die Silhouette des neuen *Marriott* zu schweben wie ein außerirdisches Raumschiff, neben dem sich das *Brandy* zwergenhaft ausnahm, als würde es gleich mit Haut und Haaren verschluckt werden. Eine Reihe kleiner, verkrüppelter Bäume – unter Wasser- und Sauerstoffmangel leidend, vergiftet von Verkehrsabgasen – hatte es irgendwie geschafft, in der Mitte des Parkplatzes vor dem Eingang des *Brandy* zu überleben.

Jess holte Naylors Gepäck aus dem Kofferraum. Er ging demonstrativ hinten um den Wagen herum und setzte es vor Naylors Füßen ab. »Ihre Sachen.« Mehr war nicht nötig. Naylor musste begreifen, dass Jess weder für einen noch für zehn Riesen am Tag sein Gepäck tragen würde. Wahrscheinlich hatte Calvino Recht: Der Kerl war ein komplettes Arschloch. Es war schwer, mit dem Herzen bei der Sache zu sein, wenn man ein komplettes Arschloch beschützen sollte.

»Wunderbar«, sagte Naylor, griff nach seiner Aktentasche, ließ aber die schwere Reisetasche auf dem Pflaster stehen. »Genau, wie ich es in Erinnerung hatte. Die wirklich guten Dinge im Leben ändern sich nie. Wenn Sie in hundert Jahren nach Bangkok kommen, wird das *Brandy* immer noch da sein.«

»Was soll denn an dem Kasten dran sein?«, fragte Calvino. Er fand, das Ding war ein scheußlicher, steriler Betonbunker, der mit zu viel Sand und zu wenig Zement gebaut war und keinerlei Aussicht hatte, in hundert Jahren noch zu stehen.

»Sie verstehen das nicht. Dieser Ort existiert in einer Zeitschleife aus dem Universum der Sechziger. Hier könnte genauso gut 1968 sein.«

»Wenns Ihnen nichts ausmacht, Captain Kirk, würden wir Sie jetzt gerne einchecken«, sagte Calvino.

»Und vergessen Sie Ihr Gepäck nicht«, sagte Jess. Er stieß mit der Fußspitze gegen die schwere Tasche. Naylor grunzte und bückte sich, um sie aufzuheben.

Naylor ging direkt zum Schalter, setzte sein Gepäck ab und sagte der Hotelangestellten, dass er reserviert hatte. Sein Name erschien auf dem Computerbildschirm, und Naylor reckte den Hals, um besser sehen zu können. »Das bin ich. Naylor, Wes. Ich bin nicht zum ersten Mal hier. Erinnern Sie sich an mich?« Die Angestellte schaute Naylor an, als hätte sie ihn noch nie im Leben gesehen. Nicht wiedererkannt zu werden, schien Naylor wesentlich mehr zu bestürzen als die Schießerei auf der Schnellstraße.

Das *Brandy* war nicht gerade der Ort, an dem man Schutz vor Morddrohungen suchen würde. Zwischen Eingang und Restaurant verlief eine Reihe großer Fenster. In der gesamten Lobby standen Stühle verteilt. Vor den Fenstern waren Stühle mit hohen, senkrechten Lehnen gruppiert. Ein halbes Dutzend alter Knacker saß zusammengesunken in den viel zu dick gepolsterten, mit beigem Kunstleder bezogenen Sesseln. So hatte es früher im *Thermae* ausgesehen. Die alten Knaben verkörperten das, was die *Cause*-Mitglieder als Pfizer-Gang bezeichneten, nach dem Hersteller der Viagra-Pille. Die Yings nannten sie Jurassics, nach dem Dinosaurier-Film. Eine Gruppenreise von Pensionisten, online arrangiert und gebucht. Sie waren in einem Alter, wo ihr Schwanz ohne chemische Nachhilfe schlaff geblieben wäre. Sie trugen die inzwischen zu Klassikern gewordenen *Causeway*-T-Shirts mit dem V-Zeichen. Die meisten trugen die blaue, halbmondförmige Anstecknadel. Die kleine blaue Pille mochte die Falten aus ihrem Glied bügeln, aber sie hinterließ tiefe Gräben der Erschöpfung in ihren Gesichtern. Die alten Männer in der Lobby wirkten todmüde. Einige dösten mit offenem Mund, und ohne ihr Schnarchen hätte man sie für tot halten können. Pfizer-Männer machten nie in ihrem Hong ein Nickerchen. Das gehörte zum Ehrenkodex – ins Bett zu gehen, hätte bedeutet zuzugeben, dass man alt war. Aber in einem gepolsterten Sessel vor sich hin zu schnarchen war akzeptables Benehmen, denn sobald man die Augen wieder aufmachte, hatte man freien Blick auf die wartende Auswahl, viel versprechend, lockend und verführerisch.

Jetzt war der richtige Augenblick für ein Schläfchen, denn es waren nur wenige Yings in der Lobby, sodass sie nichts verpassten. Hinter der Pfizer-Gang standen zwei künstliche Weihnachtsbäume auf Tischen. Beide mit roten Schleifen und blauen Kugeln bedeckt. Vier oder fünf der Yings trugen Abendkleider und dickes Make-up. Sie saßen im Kreis um einen Tisch und tranken Orangensaft. Vornüber gebeugt auf ihren handgeschnitzten chinesischen Stühlen voller Schnörkel, Wirbel und Blumenornamenten warfen sie gelegentlich einen Blick auf die Pfizer-Gang, ob einer endlich aufwachte, eine Pille einwarf, zu ihnen herüberschlurfte und eine von ihnen mit in sein Hong hinaufnahm. Eine der Yings strich ihr langes, fließendes Haar zurück und enthüllte ein paar blauer V-Ohrringe. Geschenk eines *Cause*-Mitglieds.

Calvino beugte sich über den Schalter und sprach zu der Hotelbediensteten. »Wir brauchen drei nebeneinander liegende Zimmer«, sagte er auf Thai.

Die Frau hinter der Theke zuckte nicht mit der Wimper. »Bar oder Kreditkarte?«

»Schreiben Sie die Zimmer auf Mr. Naylors Kreditkarte«, sagte Calvino. »Alle drei Zimmer.«

»Jetzt warten Sie mal, Calvino!«

»Die Hongs im *Oriental* wurden im Voraus bezahlt. Der Normaltarif hier beträgt nur etwa das Dreifache Ihres Stundensatzes. Ich glaube, unter den Umständen könnten Sie Ihrem Klienten gegenüber großzügig sein und die Hongs spendieren, wenn Sie schon das Hotel selbst aussuchen wollen.«

»Ich werde nicht mit Ihnen diskutieren.« Er ignorierte Calvino und ging direkt an ihm vorbei zu der Pfizer-Gang. »Jungs, wie gehts? Ich bin Heckschütze7.« Er zwinkerte ihnen zu.

Einer der alten Knaben richtete sich in seinem Stuhl auf und öffnete die Augen. »Habe das Zeug auf Ihrer Website gelesen. Großartig. Hoffe, Sie können den Zwist zwischen Wiesel und Schleim beilegen.« Die *Cause*-Mitglieder hatten Online-Pseudonyme, die CB-Funker vor Scham hätten erröten lassen.

»Ich werde es versuchen. Ich bin hier, um Friedensgespräche einzuleiten. Freut mich, dass ihr Jungs in der Stadt seid und euch gut amüsiert. Wenn ihr irgendetwas braucht, ich bin in Hong 501.«

Calvino wechselte einen Blick mit Jess. »Friedensgespräche«, meinte er. Jess zuckte die Achseln.

»Khun Nat sagte mir, Sie wären wegen des Kaufs eines Hotels hier«, sagte Jess.

»Stimmt auch. Aber ich bin ein viel gefragter Mann«, erklärte Naylor.

Ein Hotelpage ergriff Wes Naylors Taschen. Zwei weitere Pagen ließen die Blicke auf der Suche nach Calvinos und Jess' Gepäck umherschweifen, begriffen aber bald, dass es nichts zu verdienen gab, ließen sich zurückfallen und schlurften wie wunderliche Aufziehspielzeuge mit abgelaufenen Sprungfedern zurück zum Eingang.

Die beiden Leibwächter nahmen Naylor zwischen sich. Naylor sah auf die Uhr. »Ich bin in zwei Stunden auf der Plaza verabredet.«

»Haben Sie morgen nicht eine wichtige Besprechung?«, fragte Jess.

»Ich habe mich vorbereitet. Zu gut, vielleicht. Ich muss mich entspannen. Es war ein langer Tag. Man hat auf mich geschossen. Mein ganzes Leben ist vor meinen Augen abgelaufen, als dieser Bulle auf dem Flughafen meinen Namen gerufen hat. Und jetzt will ich mich amüsieren.«

Calvino und Jess wechselten einen kurzen Blick.

Kaum zwei Minuten später, nachdem sie ihre Hongs bezogen hatten, klopfte Jess an Calvinos Tür und trat ein. Calvino stand mit dem Rücken zur Tür und sah aus dem Fenster. »Was hat Khun Nat gesagt?«

»Wir sollen weitermachen.«

»Ich würde wetten, dass Wes Naylor etwas weiß, das er uns verschweigt.«

»Zum Beispiel?«

»Zum Beispiel, warum er sich auf der Schnellstraße nicht in die Hosen gemacht hat.«

»Was meinen Sie damit?«

»Irgendetwas stimmt hier ganz und gar nicht. Ich weiß nicht, was es ist, aber ich meine, dass wir ein paar Fragen stellen sollten. Angefangen bei Ihrem Freund Khun Nat. Warum hat er Ihnen nicht erzählt, dass Naylor sein Geschäftspartner ist und mit der *Causemember*-Website zu tun hat?«

»Khun Nat stammt noch aus der Generation vor dem Fernsehen. Von Computern und Websites hat er keinen Schimmer. Und Naylor wird uns nichts erzählen, was wir nicht schon wissen«, sagte Jess.

»Aber ich kann Ihnen sagen, wohin das hier führen wird. Er war garantiert mit seinen *Cause*-Kumpels online, und ein Dutzend Kerle wissen genau, wo er hingehen will, mit wem er sich treffen will, ganz zu schweigen von seinem Aufenthalt im *Brandy*. Er hat in der Lobby seine Zimmernummer gesagt. Jemand, der unsichtbar bleiben will, posaunt so eine Information nicht in die Welt hinaus. Und dann müssen wir auch noch feststellen, dass er hier einen Streit zwischen *Cause*-Mitgliedern schlichten will. Der Kerl legt es darauf an, abgemurkst zu werden.«

»Und Sie wollen damit sagen, dass Sie aussteigen wollen?«

Calvino starrte ihn an. »Ich denke, Sie sollten mir besser etwas mehr über Khun Nat und seine Geschäfte in L.A. erzählen, und über diese Übernahme, die zu den Morddrohungen geführt hat.«

7

Doktor Nat war ein schmächtiger, ziemlich kleiner Thai mit rundem Mondgesicht. Er wog etwa sechzig Kilo und maß nicht mehr als einen Meter achtundsechzig. Dr. Nat wirkte, als hätte er im Alter von vierzehn Jahren entschieden, mit dem Wachsen aufzuhören, als hätte er da genug von der Kindheit gehabt und beschlossen, dass es an der Zeit war, erwachsen zu sein. Nach seinem Medizinstudium besuchte er einen Onkel in L.A. Er kehrte nie zurück. Er absolvierte sein Praktikum und eröffnete eine kleine Praxis im vierten Stock eines heruntergekommenen Gebäudes mitten in L.A. Für Dr. Nat war die Zeit zweiundzwanzig Jahre zuvor stehen geblieben. Poster mit Ansichten von Phuket und Krabi waren mit Reißnägeln an die Wände seines kärglich möblierten Wartezimmers gepinnt. Eine thailändische Rezeptionistin saß hinter einem Schalter am Eingang und blätterte in Magazinen. An einem guten Tag warteten ein oder zwei Patienten im Vorzimmer auf ihren Termin. Aber meistens gab es keine Wartezeiten, man wurde direkt zum Doktor vorgelassen. Beinahe alle von Dr. Nats Patienten waren Thais aus der ersten Einwanderergeneration, die ihre Schuhe auszogen und – an den seltenen Tagen, an denen man warten musste – barfuß dasaßen und in alten thailändischen Zeitschriften blätterten. Und sich gegenseitig ihr Leid klagten, wie sehr sie Thailand vermissten. Nat war Jess' Hausarzt seit seinen Teenagertagen. Nat trug ein Geheimnis in seinem Herzen, das er Jess eines Tages anvertraut hatte: »Sobald mein jüngster Sohn nächstes Jahr mit dem College fertig ist, gehe ich nach Hause.« Er meinte Thailand. Es klang, als ob er seit zweiundzwanzig Jahren darauf wartete, seine Rückfahrkarte zu kaufen. Er hatte seine Zeit in L.A. so erlebt wie die Patienten in seinem Wartezimmer, auf einen Termin wartend. Sein wahres Leben, sein geheimes, inneres Leben blieb fest in Thailand verwurzelt.

Sonntags fuhr er mit seiner Familie ins Valley, ging in Wat Thai, dem thailändischen Viertel, spazieren, lief den Hang bis zur Senke hinunter und aß Nudeln mit grünem Curry. Nach all den Jahren war

Dr. Nat in der thailändischen Gemeinde zu einer Art Institution geworden. Aber seine Praxis florierte nicht, das Büro blieb schäbig und lag in einem Teil von L.A. mit niedrigen Mieten. Er verdiente genug, um sich ein bescheidenes Haus und zwei neue Autos leisten zu können, seine Söhne studieren zu lassen und Geld zurückzulegen, damit er sein Leben in Thailand weiterführen konnte. Seine Frau arbeitete nicht. Sie blieb zu Hause, kochte, kümmerte sich um den Garten und versorgte die Kinder. Sie waren anständige, hart arbeitende, bescheidene Menschen und gingen sparsam mit ihrem Geld um.

Dann kam Viagra, und plötzlich hatte Dr. Nat eine völlig neue Schicht von Kunden: Farang, die nach Thailand reisen wollten. Zum ersten Mal in seinem Leben flossen die Honorare so richtig, und bald fühlte er sich sicher genug, daheim in Thailand zu investieren. Seine Patienten, alte wie neue, überhäuften ihn mit Tipps für Investitionsmöglichkeiten in Thailand; Immobilien, Aktien, Reismühlen, petrochemische Betriebe, Fischereiunternehmen. Jeder hatte einen Bruder, eine Schwägerin oder einen Onkel, der im Besitz von Insiderinformationen über ein todsicheres Geschäft war. Dr. Nat hörte sich alles an und rief Dr. Dumrong an, seinen jüngeren Bruder, der Arzt am Bumrungrad Hospital war. Und Dr. Dumrong überprüfte jeden einzelnen Tipp, aber mit schöner Regelmäßigkeit rief er eine Woche später zurück und berichtete von Betrug, Inkompetenz, nichtexistentem Inventar, Überschuldung. So blieb er während der Jahre des Booms konservativ, war vorsichtig und skeptisch, während andere den Kopf verloren und ihr gesamtes Vermögen in einer Orgie der Gier verpulverten. Ein Jahr nach Beginn der Rezession wurde ihm ein Geschäft angetragen, nicht von einem Patienten, sondern von seinem jüngeren Bruder, der noch vorsichtiger war als er selbst.

Es gab da ein kleines Hotel in einem halbwegs guten Teil der Sukhumvit Road, das von einer thai-chinesischen Familie jahrelang heruntergewirtschaftet worden war, und nach dem Tod des Vaters – einem tragischen Unfall – stritten sich die Erben bis aufs Messer. Durch die Streitereien zwischen den Brüdern und Schwestern kam das Management aus dem Tritt. Das Hotel verwahrloste und fuhr inzwischen beachtliche Verluste ein. Der älteste Bruder, Kasem, war Patient bei Dr. Dumrong und vertraute ihm seine traurige Familiengeschichte an. Ein Bruder war von einem Heckenschützen angeschossen worden. Eine Schwägerin hatte Morddrohungen erhalten. Die Familie bekriegte sich. Kasems zweitjüngster Bruder, Prapat, hatte angedeutet, dass er für den Verkauf zu haben sei. Er hatte auch angedeutet, dass seine Stimme käuflich war.

Ja, warum nicht das Hotel verkaufen? Gab es einen besseren Weg, die Familie wieder zu versöhnen? Letzten Endes heilte Geld alle Wunden. Und es bedeutete gutes Karma für die Familie, das Hotel an zwei brave Ärzte zu verkaufen, die überall bewundert und geachtet waren.

Kasem lud also Dr. Dumrong ein, sich das Hotel anzusehen. Er ging durch die große Lobby voller vertrockneter Pflanzen und vergammelter Möbel, Kakerlaken huschten über den Boden. Man zeigte ihm einige Hongs in den oberen Stockwerken. Der Lift funktionierte nicht, also mussten sie die Treppen bis zum vierten Stock hinaufklettern. Die ersten drei Stockwerke waren wegen eines Problems mit der Elektroinstallation gesperrt, wie die ältliche Rezeptionistin mitteilte. Das hieß, dass das Hotel wegen Gefahr für die öffentliche Sicherheit schon vor Jahren hätte geschlossen werden sollen. Aber wer hätte gehört, dass in Bangkok je irgendetwas aus diesem Grund geschlossen worden wäre? Dr. Dumrong betrat eine zellenartige Kammer, die säuerlich und ungelüftet roch. Die Wände waren feucht, und die blaue Tapete schälte sich in ganzen Bahnen ab. »Wir haben im oberen Stock ein kleines Problem mit dem Wasser. Aber es betrifft nur dieses Hong«, sagte die alte Frau. Sie steckte sich einen Stumpen an und lehnte sich lächelnd gegen die offen stehende Tür. Das Toilettenbecken war seit Monaten nicht gereinigt, und auf dem Wasser schwamm ein gelber Schmutzfilm wie Vanillesauce. Vielleicht war es Vanillesauce. Dicke Staubflocken bedeckten das Fensterbrett. Die Kissen rochen verschimmelt. Ganz offensichtlich war das Hotel eine bessere Ruine. Aber das eröffnete auch Möglichkeiten. Die Gelegenheit war günstig, die Geisel aus den Händen der übergeschnappten Familie zu befreien. Dr. Dumrong konnte es kaum erwarten, seinen Bruder anzurufen.

Auf dem Weg zurück in die Lobby blieb die Rezeptionistin auf einem Treppenabsatz stehen, blies eine Wolke blauen Dunstes in die Luft und sagte mit einem Lächeln in ihren alten, gelben Augen, dass es hundertzwanzig Hongs gebe, von denen etwa acht belegt waren. Vielleicht waren aber auch nur acht bewohnbar. »Wir haben bereits Renovierungspläne, die im Verkaufspreis enthalten sind«, sagte Kasem und schoss auf die alte Frau einen bösen Blick ab.

Dr. Nat hatte seinen Bruder noch nie so aufgeregt erlebt. Für ein und eine halbe Million Dollar konnten sie ein Hundertzwanzig-Zimmer-Hotel im Herzen des Farang-Ghettos an der Sukhumvit Road erwerben. Das war die Gelegenheit, auf die sie gewartet hatten. Nach diesem Geschäft konnte Dr. Nat in Ehren L.A. verlassen und nach Thailand zurückkehren. Kasem wollte einen schnellen Verkauf. Papiere wurden vorbereitet und an Dr. Nat geschickt, und er telefonierte mit Prapat, der nach L.A. geflogen war, und verabredete sich mit ihm zum Lunch. Ein weiterer Patient und geschäftlicher Berater, Kowit, nahm ebenfalls an dem Essen teil. Kowit, ein Thai, der noch länger als Dr. Nat in L.A. lebte, besaß ein Bestattungsunternehmen, einen Golfplatz, einen Nachtklub und verschiedene Läden. Er war es, der dem Doktor vorschlug, einen Anwalt namens Wes Naylor mit ins Boot zu nehmen, mit etwa fünf Prozent und Erfolgsprämie. Der Farang konnte die Dokumente prüfen, die Details erörtern, die Verträge ausarbeiten, mit der Familie in Bangkok verhandeln und helfen, Farang-Besucher zu gewinnen. »Sagen wir lieber fünf Prozent von fünf Millionen Dollar. Das entspricht eher dem wahren Wert. Warum dem Farang etwas schenken?« Das klang nach einer guten Idee: ein Farang-Frontmann würde das gesamte Geschäft abwickeln, dazu Geld für eine kleine Beteiligung an dem Hotel einbringen und die Hongs mit reichen Farang auffüllen. Das alles sah nach einem wirklich guten Geschäft aus. Bis dann, kurz vor Naylors Reise nach Bangkok, um drei Uhr morgens die erste Morddrohung einging.

Naylor wälzte sich im Halbschlaf zum Telefon und hörte wie in einem Traum die Stimme eines Mannes mit ausländischem Akzent: Er könne sein Testament machen, wenn er nach Bangkok fuhr. Nach einigen hitzigen Telefongesprächen stellte sich heraus, dass eine Splittergruppe, bestehend aus einem jüngeren Bruder und einer älteren Schwester, gegen den Verkauf sei, dass sie aber innerhalb der Familie nicht genügend Einfluss besäßen, um das Geschäft zum Scheitern zu bringen.

»Dann stammen die Morddrohungen vom kleinen Bruder und von seinem Hausdrachen von Schwester?«, fragte Calvino, als er aus dem Badezimmer kam, wo er sich Wasser ins Gesicht gespritzt hatte. Er tropfte den Fußboden voll.

»Wir wissen es nicht sicher. Aber es sieht so aus«, sagte Jess. »Wenn der Vertrag erst einmal unterzeichnet ist, ist die Gefahr vorüber. Der Kampf ist verloren. Sie können nur gewinnen, indem sie Wes Naylor abschrecken.« Er ließ den Parkplatz vor dem Hotel nicht aus den Augen.

»Wenn sie ihn umbringen, gewinnen sie auch. Auf ein Familienmitglied ist bereits geschossen worden. Ein anderes wurde bedroht. Klingt überzeugend genug.« Calvino nahm das Handtuch vom Fußende seines Bettes und trocknete sich das Gesicht.

»Bis alles unterschrieben ist, müssen wir uns auf mehr von dem gefasst machen, was auf der Schnellstraße passiert ist.« Jess wich vom Fenster zurück, als er ein paar Männer das Hotel in Richtung Nana Plaza verlassen sah.

»Wer immer hinter Naylor her ist, weiß, dass er ihn ohne Risiko bedrohen kann«, sagte Calvino. »Fürs Bedrohen von Farang gibt es Freifahrscheine.«

Calvinos Gesetz betreffend Drohungen: Bedrohe nie jemanden, der eine Uniform trägt, der mehr Einfluss hat oder eine Waffe mit höherer Mündungsgeschwindigkeit trägt. Den letzten Teil konnte man weglassen, wenn man besser und schneller schoss als der Revolvermann.

»Ich glaube, ich verstehe, warum Naylor eine Beteiligung an diesem Hotel will.«

»Es ist eine Ergänzung für seine Website. Macht sie noch wertvoller für die Mitglieder. Das Hotel als Klubhaus für den *Cause*. Und sonst?« Calvino schlüpfte in sein Jackett.

»Dr. Nat hat sicher noch nie vom *Cause* gehört.«

»Seit er Viagra an die Farang verteilt, muss ihm der Gedanke doch schon mal durch den Kopf geschossen sein: ›He, warum tragen all diese Kerle die gleiche Anstecknadel?‹«

Jess nickte. »Es gibt jede Menge Kulte in Kalifornien. Niemand nimmt Notiz davon.«

»Und Sie?«, fragte Calvino.

Jess schüttelte den Kopf.

»Kommen Sie, suchen wir Naylor, und sehen wir zu, dass er die Nacht überlebt.«

Die schmale Zufahrt zur Plaza war mit Tuk-Tuks, Motorrädern, Lieferwagen, den Karren der Straßenhändler und Autos zugestellt – ein zwei Fahrzeuge breiter Schlund, der in einen u-förmigen Wanst mündete, der mehr verschluckte, als er verarbeiten konnte: eine brodelnde Überfülle aus neonleuchtenden Bierschwemmen, Go-Go-Bars, Restaurants, Garküchen, Massagesalons, Stundenhotels und Diskos. Drei Stockwerke voller ungeahnter Möglichkeiten, ein festliches Büffet für alle, die sich durch diese schmale, verstopfte Öffnung in den knurrenden Magen der Nacht zwängten. Das Wichtigste waren natürlich die Yings, die die Ränder säumten, sich in den Eingängen drängten, plaudernd in den Treppenhäusern standen und Zigaretten rauchend in ihren knappen Barkleidchen über die Balkongeländer hingen.

Jess traf es wie ein Schock. Er hätte sich nicht im Traum einfallen lassen, dass so ein Ort existierte. Er bekam den Mund nicht mehr zu. Wie viele Thais aus der Mittelklasse waren wohl schon da gestanden, wo er jetzt stand, und hatten einen Blick in diesen Farang-Ort geworfen? Nicht viele. Wo hinsehen, was tun? Er wandte sich um zu

Calvino, der Naylor folgte. »Das kann doch wohl nicht wahr sein, oder?«, sprach er in das Mini-Mikrofon. Dann verstummte er. Zu Hunderten warteten die Yings auf die Ankunft der Freier und lauerten in den Schatten auf den richtigen Augenblick, sich an einen Farang zu hängen und ihn erst loszulassen, wenn sie ihm das Geld aus der Tasche gelockt hatten. Tuk-Tuk-Fahrer schwärmten über Soi Nana aus und rannten mit kartonierten Fotos von Yings aus den Massagesalons herum. Dann stießen sie auf das nächste Hindernis, die Plaza-Schlepper: »Kommen Sie herein, kostenlose Show. Schöne Girls. Freier Eintritt!«

»Sie können den Mund wieder zumachen, Jess«, sagte Calvino ins Mikro. »Keine Sorge, ich sichere ihn.«

»Ich bleibe auf elf Uhr. Ich sichere Sie von vorn, bis er sich wieder in Bewegung setzt«, sagte Jess. »Sie müssen nicht ihn beobachten. Nur jeden, der in seine Nähe kommt.«

Calvino beobachtete Jess, der sich vergeblich bemühte, mit der Menge zu verschmelzen. Aber er fiel auf wie ein Pickel auf einem ansonsten makellosen Teint, wirkte unbeholfen, gehemmt. Er verfiel in das verlegene Schweigen und den Schockzustand eines Mannes, der nicht glauben wollte, dass so etwas in seinem Heimatland existierte. Solche Dinge gab man nicht zu, man sprach nicht darüber, außer auf vage und abstrakte Weise. Er hatte Mühe, seine Umgebung zu ignorieren, zu verdrängen und nach Gefahren und Bedrohungen Ausschau zu halten.

»Ich verliere ihn«, sagte Calvino ins Mikro.

»Ich habe ihn«, erwiderte Jess und drängte sich durch die Menge.

Zwischen Calvino und Jess befand sich ein Wall von Kindern, die Kaugummi verkauften, Garküchen, die lautstark alles von gebratenen Shrimps bis gebratenen Heuschrecken feilboten, blinde Losverkäufer, Yings auf dem Weg in den Großen Schlund, die Nana Plaza oder zurück – Yings, deren Bargebühr bezahlt war und die Arm in Arm mit ihren Kunden einen Bogen um die Gruppen von arschkneifenden Touristen machten und ihre Freier von der Plaza führten. Kandidaten für eine schnelle Nummer, für die nächste Party, für

Saufgelage und den nächsten Fick. Und Kandidaten für bösartige, exotische Krankheiten – sie alle wuselten durcheinander wie eine einzige zähe Masse, die hierhin und dorthin floss und quoll.

Bei jedem Schritt, den sie sich weiter in die Betonschlucht der Plaza vorarbeiteten, erkannte irgendeiner aus dem Passantenstrom Calvino: »Khun Vinee, sabbai dee?« Dazu die Begrüßungsgeste, bei der die mit den Handflächen zusammengelegten Hände zur Stirn gehoben wurden. Calvino erkannte die Gesichter, wusste die Namen.

Der vorausgehende Jess staunte. »Sie kennen ja eine ganze Menge Thais hier.«

»Verblüffend, nicht wahr? Und in L.A., kennen Sie da auch Amerikaner, Jess?«, flüsterte Calvino ins Mikrofon.

»Lassen Sie sich nicht ablenken. Lassen Sie die Hände der Leute nicht aus den Augen«, sagte Jess.

»So etwas wie hier gibts in L.A. nicht«, sagte Naylor, als Calvino ihn einholte. »Die Scheiß-Gewerbeaufsicht würde alles dichtmachen und die Leute in den Knast stecken. Ehrlich, manchmal hasse ich es, dass es in Amerika für alles und jedes Regeln und Gesetze gibt.«

Wes Naylor arbeitete sich voran, Jess an der Spitze und Calvino im Schlepp. Sie drängten sich durch die Menge und zwischen Dutzenden von Motorrädern durch, die im Weg herumstanden. Ein junges Mädchen mit ausladendem Vorbau unter dem dünnen Baumwoll-T-Shirt, auf dessen Vorderseite in fetten Buchstaben »Die Größe machts« gedruckt stand, betätigte ihr Feuerzeug und hielt die Flamme an ein paar Räucherstäbchen. Sie neigte den Kopf vor dem großen Geisterhaus, vor der *Spirit House Bar.* Zwei fliegende Händler saßen Naylor im Nacken. »Nee, ich will keinen Kaugummi oder Scheißblumen oder Massagen. Haut ab«, sagte er und bahnte sich weiter seinen Weg. Dann kaufte er von einem Händler mit traurigen Augen, türkischen Vorfahren und einem über die Oberlippe hängenden Schnurrbart ein Shwarma. »Wollt ihr Jungs auch eines?«, fragte Naylor. Calvino schüttelte den Kopf. Während Naylor in sein Shwarma biss, trat Jess näher zu Calvino. »Tut mir Leid, dass ich Sie in diesen Auftrag mit hineingezogen habe. Offensichtlich gibt es keine Chance, ihn unter Kontrolle zu halten. Er hört auf nichts, was Sie oder ich sagen. Ich weiß, dass Sie sich nicht um die Sache gerissen haben. Ich nehms Ihnen nicht übel, wenn Sie gehen wollen. Behalten Sie das Geld. Ich regle das schon mit Khun Nat.«

Calvino lächelte. »Ich habe den Auftrag angenommen. Also lassen Sie uns das Beste daraus machen. Soweit das möglich ist, wenn man so ein Arschloch beschützen soll.«

Naylor blieb an einem Treppenaufgang stehen, wischte sich die Hände an einer Papierserviette ab, knüllte sie zusammen und warf sie auf den Boden. Er wartete am Fuß der Treppe, während Jess zwei Stufen über ihm stand. »Ich weiß, dass Sie über mich geredet haben. Aber ich habe ein dickes Fell.«

»Wo wollen Sie hin, Wes?«, fragte Calvino.

»Ins *Lovejoy*. Kennen Sie es?«, fragte Naylor.

»Ja, kenne ich«, sagte Calvino. Er teilte Jess mit, wo die Bar lag.

»So, wie man Sie hier auf der Plaza begrüßt, könnte man meinen, Sie wären ein Prominenter statt einer meiner Leibwächter«, sagte Naylor. »Ein prominenter Leibwächter. Mal was anderes.«

Als er das *Lovejoy* betrat, saß Jess schon in der hintersten Ecke. Der DJ spielte *Another Brick in the Wall* von Pink Floyd. An der Bar schlängelte sich eine etwa achtzehnjährige Tänzerin in einem Mikro-Bikini und knotete ihre schmalen Arme und Beine um Hals und Taille eines Gastes, als wäre sie ein außerirdisches Wesen, das nach einer Möglichkeit sucht, in seinen Körper einzudringen. Naylor ging direkt zur Bar und bestellte einen doppelten Wodka mit Eis.

»Freunde von dir, Vinee?«, fragte Lek mit einem Blick auf Naylor.

»Geschäftsfreunde«, sagte Naylor. »Der Typ da hinten in der Ecke ist auch ein Geschäftsfreund.« Er nickte entlang der Bar zu Jess hin.

Aber Naylor war nicht aufzuhalten. »Jess ist mein Verbindungsmann in L.A. Er ist Khon Thai, gebürtiger Thailänder, und ich bin Wes Naylor, Amerikaner.«

»Die Bar gehört Lek und ihrem Mann«, sagte Calvino, mehr an Jess als an Naylor gerichtet.

Lek grüßte Jess mit einem Wai und reichte Naylor die Hand. »Freut mich, Sie kennen zu lernen.«

»Und wo ist Ihr Mann?«, fragte Naylor. »Jack?« Er wartete, ob sie überrascht war, weil er den Namen kannte; aber an Leks Gesichtsausdruck war nichts abzulesen. Sie blieb immer cool.

»Jack ist oben und sieht fern.« Sie hauchte Calvino einen Kuss zu, und ihre Lippen formten das Wort »später«.

Der Song dröhnte aus den Lautsprechern in der Decke. Auf der Bühne schoben drei gelangweilt wirkende Tänzerinnen die Füße hin und her und hielten sich an den Chromstangen fest, als wären es Haltgriffe in der New-Yorker U-Bahn. Als wären sie auf dem Heimweg nach einem langen Arbeitstag hinter der Supermarktkasse.

Der Lärm der Rotoren anfliegender Helikopter erstickte einen Augenblick lang jegliches Gespräch. Als die Hubschrauber sich wieder in die Musikanlage zurückzogen, wies Naylor auf die Bar. »Wie kann man fernsehen, wenn unten schöne Yings tanzen?«

»Woher wollen Sie wissen, ob Jack nicht seine privaten Tänzerinnen oben hat?«, fragte Calvino.

»Weil unsere gute Mrs. Jack ihm sonst den Schwanz abschneiden und an die Enten verfüttern würde«, sagte Naylor. »Stimmts, Jess? In euren Thai-Albträumen quaken die ganze Nacht lang die Enten.«

Jess beobachtete die Tür, musterte die Gäste. Er war hellwach und aufmerksam. Eine der Tänzerinnen näherte sich ihm versuchsweise und bat ihn, ihr einen Lady's Drink zu bestellen. Sie sprach ihn automatisch auf Thai an. Ein weiterer Stein in der Mauer ... wie im Lied. Erst ignorierte Jess sie; sie fragte abermals, diesmal nickte er zustimmend, und sie dankte ihm mit einem Wai. Bis jetzt hatte er kein Wort mit ihr gewechselt, und die Tänzerin war nicht sicher, ob Jess ihr Thai verstand oder ob er aus einem anderen Teil Asiens stammte.

«Wes möchte einen Brief für eine eurer Yings abliefern«, sagte Calvino.

»Wie heißt sie?«, fragte Lek.

»Jep«, erwiderte Naylor. »Nummer 17. Ich habe mich schon umgeschaut, aber ich sehe keine Tänzerin mit Nummer 17.«

Lek lachte und deutete auf ein schlankes, schönes junges Mädchen in Blue Jeans und langärmeligem Hemd, die allein in einer dunklen Ecke saß, die Arme verschränkt, den Blick in die Ferne gerichtet, als wäre sie in einem Traum versunken. »Da hinten an der Wand ist Jep. Sie ist mas sabbai«, sagte Lek und stellte ein frisches Glas Orangensaft vor Calvino hin.

»Was zum Henker soll das heißen? Mas sabbai.«

»Sie ist krank«, erläuterte Lek.

Naylor beäugte sie, während er an seinem Glas nippte und das Eis zwischen den Zähnen zerknackte. Sein Gesichtsausdruck vermittelte den Eindruck, als liefen Denkprozesse in seinem Kopf ab. Aber das mochte täuschen. »Was stimmt denn nicht mit ihr? Ich meine, von hier aus sieht sie ganz in Ordnung aus.« Seine Kiefermuskeln spannten sich plötzlich, und die Härchen in seinem Nacken richteten sich auf. »Sie hat doch nicht Aids oder sowas?«

Jess' Tänzerin kehrte mit einem Getränkebon zurück, den sie in die Quittungsbox aus Bambus steckte. In der anderen Hand hielt sie ihren Lady's Drink – eine Cola mit einem einzelnen Eiswürfel – und stieß mit Jess auf sein Wohl an. »Chok dee«, sagte er. Es waren die ersten Thai-Worte, die er zu ihr sagte, und sie reagierte darauf, indem sie sich zwischen seine Beine schmiegte. Sie entspannte sich, lächelte und lehnte ihren Kopf vertraulich an seine Brust, als würden sie sich seit Monaten, wenn nicht gar seit Jahren kennen. Instant-Intimität, weil das Mädchen mit jemandem schlafen würde, den es verstand. Was er wollte, was er erwartete, was er bereit war zurückzugeben. Jemand, der in Thai Geld zählen konnte. Ihre Zufriedenheit dauerte weniger als zehn Sekunden, dann schob er sie von seinem Schoß, hob sie auf den nächsten Barhocker und befahl ihr, ganz still zu sein. Aber so schnell ließ sie sich nicht abschütteln.

»Nein, kein Aids. Keine unserer Yings hat HIV. Jep ist krank, weil sie mehr als zweihundertfünfzig Moskitostiche hat«, sagte Lek. »So etwas habt ihr noch nicht gesehen. Ihre Beine, ihr Arsch, ihre Arme, ihr Bauch, alles voller roter Beulen.«

»Wie ist das passiert?«, fragte Naylor.

»Sie geht gestern Nacht, nachdem wir schließen, noch zum Trinken mit ihren Freunden, und weil sie sehr traurig ist, trinkt sie eine halbe Flasche Mekong Whisky und geht dann allein zurück zu ihrem Hong. Sie geht auf ein leeres Grundstück, weil sie pissen muss. Sie hockt sich hin und klappt zusammen. Drei Stunden später wacht sie auf. Sie hat im Gebüsch geschlafen. Überall um sie herum sind Millionen Moskitos.

»Haben Sie sowas schon mal gehört?«, fragte Wes Naylor mit einem Blick zu Calvino.

»Geben Sie ihr den Brief, und dann zurück ins Hotel«, sagte Calvino.

»Mann, Sie sind vielleicht eine Stimmungskanone«, meinte Naylor. Er rief Jep zu: »He, Süße, komm hier rüber. Ich habe einen Brief von Eric Hull für dich. Sind auch ein paar Bilder drin.« Naylor sah aus, als würde er den Verkehr regeln, wie er sie so mit beiden Armen zu sich winkte. Sie blieb sitzen, sah sich aber um, ob Naylor jemand anders gemeint hatte. Erst als Lek hinter der Bar ihr zurief, dass der Farang ihr eine Cola spendieren wollte, kam sie langsam näher. Der dicke Umschlag mit ihrem Namen in großen Buchstaben lag auf der Theke. Jep sah darauf ihren Namen, drehte den Umschlag um, erkannte Erics Namen und warf den Umschlag wieder auf die Theke.

»Du scheinst nicht gerade begeistert zu sein.«

»Eric hat Frau in Amerika«, sagte Jep, an ihrer Cola nippend. »Ich mag keinen Schmetterling.«

»Sie haben den Brief abgegeben, jetzt lassen Sie uns ins Hotel zurückgehen«, sagte Jess.

»Immer langsam, Jess. Ich bin noch nicht fertig. Sie hat den Brief noch nicht aufgemacht.«

»Vielleicht will sie ihn nicht aufmachen«, meinte Calvino. »Soll sie ihn doch in ihrem Hong aufmachen.«

»Scheiße, vielleicht ist Geld drin.«

Vielleicht aber auch nicht, dachte Calvino und erinnerte sich an eine verdammte musikalische Geburtstagskarte.

Ein Patt schien sich anzubahnen. Ein Gast im Muscle-Shirt und mit kurz gestutztem Bart, der ein paar Barhocker weiter saß, hatte angefangen, das Bikinioberteil der Tänzerin herunterzuziehen, und starrte auf ihre Brüste. Mr. Bizeps beugte sich herüber und schrie Naylor über die Länge der Bar zu: »Ihre Titten wirken kleiner.«

»Oder sie ist insgesamt geschrumpft«, meinte Naylor.

Der Kerl mit den gewaltigen Bizeps klemmte sich die barbusige Ying unter den Arm und kam auf Naylor zu.

»Gehen Sie dazwischen. Jetzt«, sagte Jess, der bereits seinen Mantel zurückgeschlagen hatte.

Als er ankam, hatte sich Calvino zwischen Naylor und den Gast gequetscht, und Jess war direkt hinter ihm.

»He, was soll das? Hab ich euch angepinkelt, oder wie? Gehört die hier etwa zu Ihnen?« Er zwinkerte dem Mädchen unter seinem Arm zu und blickte dann hoch zu Calvino.

»Sind Sie etwa ein *Cause*-Mitglied?«, fragte Naylor.

Der Mann nickte. Naylor sagte: »Okay, lasst ihn in Ruhe. Er ist einer von uns.«

Jess hatte den Gast nach Waffen abgetastet. Er war sauber. Jetzt trat der Mann an Naylor heran und stieß mit dem Finger gegen dessen *Cause*-Nadel. »Sind Sie auch *Cause*-Mitglied?«

»Die Website gehört mir«, erwiderte Naylor. »Heckschütze7 ist mein Pseudonym.«

»Ohne Scheiß?«

»Ich schwörs auf die Bibel.«

»He, freut mich, Sie kennen zu lernen. Ich liebe Ihre Site. Daheim in den Staaten surfe ich täglich drin, lade mir die Bilder herunter und die Geschichten, die die Kumpels schreiben. Ich hab auf Ihrer Site von der Kneipe hier gelesen. Wusste gar nicht, dass Sie mit Leibwächtern reisen. Ich gebe Ihnen und Ihren zwei Freunden einen aus.«

»Wie ist Ihr Online-Pseudonym?«

Breites Grinsen. »Wiesel.« Das Mädchen schmiegte sich in seine Armbeuge und sah aus, als ob sie schliefe. Das war also der Typ, der die Bargebühr für das Mädchen eines anderen *Cause*-Mitglieds bezahlt und damit eines der Zehn Gebote des ungeschriebenen Regelwerks ethischer Grundsätze des *Cause* verletzt hatte: Du sollst nicht die Frau, Freundin oder Gefährtin deines *Cause*-Bruders ficken. Die Brüderschaft hatte geschworen, diesen Kodex zu achten, der JINGS genannt wurde – Jagdregeln für Internationalen Normalen Gesunden Sex. Verletzungen waren verpönt.

Naylor sah sich in der Bar nach Schleim um.

»Ich weiß, dass Sie gekommen sind, um die Dinge zwischen Schleim und mir ins Reine zu bringen. Aber er ist zu sauer, um sich blicken zu lassen. Ich habs vor einer Stunde gehört. Er will keine Friedenskonferenz. Dachte, Sie sollten das vielleicht wissen.« Wiesel wollte offensichtlich nicht darüber reden, was zwischen ihm und Schleim vorgefallen war. Naylor konnte sich des Eindrucks nicht erwehren, dass das Mädchen unter seinem Arm das Beweisstück für die Notwendigkeit einer Friedenskonferenz war. Wiesel verschwand mit seinem Fang unter dem Arm zum anderen Ende der Bar. Sie hatte die ganze Zeit kein einziges Wort gesagt.

Naylor richtete sein Augenmerk auf Jep und beugte sich zu ihr, bis ihre Nasen sich berührten. »Und wenn du gar keine Moskitostiche hast? Wenn du die Hosen runterlässt und es sind mehr als ein Dutzend Stiche auf deinem Hintern, zahle ich deine Bargebühr. Ist das ein Vorschlag?« Naylor zog einen Fünfhundert-Baht-Schein aus der Brieftasche und knallte ihn auf die Theke.

»Und wenn sie verliert, was dann?«, fragte Lek hinter der Bar.

»Dann zahlt sie mir einen Drink.«

»Lass die Hosen runter«, sagte Lek auf Thai zu Jep. »Zeig dem Farang deinen Hintern.«

Sie löste ihren Gürtel, drehte sich um, schob Jeans und Unterwäsche über die Hüften herunter und beugte sich vor. »Heilige Scheiße, haben Sie sowas schon mal gesehen?«

Calvino warf einen Blick auf Jeps nackte Hinterbacken, verschwollen, gerötet und wundgekratzt. »Sie hat gewonnen, Naylor. Geben Sie ihr das Geld.«

Das Mädchen, das sich an Jess kuschelte, schüttelte sich und vergrub ihr Gesicht an seiner Brust.

»Was für Stiche«, murmelte Naylor.

»Sai sui-ah«, sagte Calvino zu Jep. Zieh dich an.

Ein Typ namens Jerry legte die gewölbte Hand an den Mund und brüllte, dass Jep Aids hätte. Er hielt das für komisch. Zwei weitere Gäste lachten und rissen grobe Witze über ihre angebliche HIV-Erkrankung. Calvino war wie der Blitz von seinem Hocker herunter, beugte sich über den Tisch und riss einen der Gäste an der Hemdbrust hoch. »Nur der übelste Abschaum würde sich über ein Mädchen lustig machen, das so gut es eben kann seinen Lebensunterhalt zu verdienen versucht. Du hältst dich wohl für etwas Besseres? Warum packst du nicht einfach deinen Kumpel und haust ab?«

»Legen Sie sich nicht mit denen an«, ertönte Jess' Stimme in seinem Ohr. »Das ist nicht unsere Aufgabe.«

Aber es war zu spät. Die Musik war verstummt, und Totenstille breitete sich in der Bar aus. Einen Augenblick zuvor hatten sie alle nichts als einen schönen Fick im Kopf gehabt. Jetzt sahen sie sich schon mit einem Loch im Kopf im Krankenhaus landen. Die beiden Scherzbolde warfen schräge Blicke auf Calvinos zerschlagenes und genähtes Gesicht, die Kiefermuskeln hart vor Zorn im Halbdunkel des Raumes, zahlten ihre Rechnung und gingen. Drei andere Farang rutschten unruhig auf ihren Stühlen herum, zahlten unauffällig und verschwanden durch den Perlenvorhang hinaus in die Nacht. Plötzlich hatte sich die Bar geleert. Sogar Wiesel, der so mit seinem Mädchen schmuste, dass es aussah, als würde er seine eigene Achselhöhle küssen, zahlte und folgte den anderen.

»Das war doch nur Spaß, Heckschütze. Sie sollten Ihre Freunde mal aufklären«, sagte Jerry und spannte seine Bizeps-Muskeln auf dem Weg nach draußen.

»Du bist wirklich großartig fürs Geschäft, Calvino«, sagte Lek.

»Herrgott, Calvino, wollen Sie meinen Ruf ruinieren?«, fragte Naylor. »Diese Jungs blicken zu mir auf. Wie kann ich eine Friedenskonferenz abhalten, wenn sie keinen Respekt mehr vor mir haben?«

Calvino zog einen Fünfhundert-Baht-Schein hervor und gab eine Runde Lady's Drinks für die Bar aus. Außerdem bestellte er einen

Gin-Tonic für Lek und ließ Jack einen Johnny Walker Black Label nach oben schicken.

Jep sank über der Bar zusammen und ließ den Kopf auf die gekreuzten Arme fallen. Tränen liefen ihr übers Gesicht, tropften auf ihre nackten Arme und die Theke. Sie weinte leise.

»Warum weinst du, Süße? Dieser Mr. Calvino macht nichts als Schwierigkeiten, nicht wahr?«, fragte Naylor. Er hatte den Arm um ihre Hüfte gelegt.

Sie hob den Kopf und schnäuzte sich in eine Papierserviette. »Kein anderer hat mir vorher je geholfen«, sagte sie.

Naylor dachte, dass sie ihn meinte. »Wenn irgendjemand auf dir herumhackt, kümmern sich meine Leibwächter um den Dreckskerl«, sagte er, das Gesicht voller Mitgefühl. Er tätschelte ihr die Schulter.

Sie stellte seinen Irrtum nicht richtig. »Ich denke, du bist ein guter Mann.« Warum sollte sie sich die Gelegenheit entgehen lassen.

»Wes Naylor ist ein guter Mann.«

»Weißt du, in meinem Leben, ich helfe mir immer nur selbst. Weißt du, warum ich mich betrinke letzte Nacht?«

»Keine Ahnung. Vielleicht hat dein Freund dir das Herz gebrochen«, sagte Naylor.

Sie schüttelte den Kopf. »Meine Schwester stirbt. Motorradunfall mit ihrem Freund. Sie stirbt. Er ist in Ordnung. Ich denke zu viel nach… Hast du eine Frau?«, fragte Jep und schloss ihren Gürtel. Es war, als hätte sie bereits auf einen anderen Kanal umgeschaltet, zap, zap, mit der Fernbedienung. Sie war wieder zur Standard-Barkonversation zurückgekehrt.

Naylor gab einen seiner dröhnenden, donnernden Gelächterstürme von sich. »Ich eine Frau? Machst du Witze? Ich bin überzeugter Junggeselle. Ein einsamer Reiter. Der ewige Heckschütze. Wir gehen ins Hotel zurück. Die Jungs hier begleiten uns. Aber keine Sorge, sie haben ihre eigenen Hongs.«

»Wo wohnt ihr?«, fragte Lek, während sie die Theke abwischte.

»Im *Brandy*. Alle drei. Auch der Thai und der Italiener da.« Er zeigte mit dem Finger auf Jess, stieß ihn dann in Calvinos Richtung.

Lek lächelte Calvino zu. Die Art von bedeutungsvollem Lächeln, hinter dem sich ein Plan, eine Drohung oder eine Verheißung verbergen konnte.

Jep drückte Naylors Hand. »Ich komme mit dir. Du hast die Bargebühr bezahlt.«

»Das war nur eine Wette. Du hast sie klar und eindeutig gewonnen. Aber du kannst natürlich mitkommen. Ich will damit sagen, Eric meinte, du bist wirklich nett und aufgeweckt, und es ist ja nicht weit. Das *Brandy* ist gleich über die Straße.« Er dachte an den Ehrenkodex der *Cause*-Bruderschaft. Sie war ja Erics Mädchen, und Wiesel, dessen eigener Ruf in Gefahr stand, weil er Schleim das Mädchen ausgespannt hatte, hat ihn hier in der Bar gesehen. Aber sie war so verdammt verlockend. Er würde sie ins Hotel schmuggeln. Er konnte immer noch behaupten, dass sie mit Jess oder Calvino gegangen war.

»Keine gute Idee«, sagte Jess zu Naylor, während er Jep musterte.

»Ich kann mich nicht erinnern, Sie nach Ihrer Meinung gefragt zu haben. Das Mädchen gefällt mir. Ich nehme sie mit, ob es Ihnen passt oder nicht«, sagte Naylor.

»Danke für deine Hilfe«, sagte Jep zu Calvino und streifte seine Hand. Eine schnelle, unauffällige Geste.

»Jep, tu mir einen Gefallen«, sagte Calvino auf Thai.

»Alles, was du willst«, erwiderte sie.

»Halt ihn heute Nacht von der Straße fern. Sorg dafür, dass er in seinem Hong bleibt«, bat Calvino. Da die Begleichung von Jeps Bargebühr zumindest technisch gesehen ein Bruch der JINGS war, standen die Chancen gut, dass Naylor sich mit Jep nicht in der Öffentlichkeit blicken lassen würde. Bei seinen *Cause*-Kumpanen in Ungnade zu fallen, wäre vernichtend für seine Internet-Geschäfte.

Jess war wenig begeistert, dass Calvino sich auf diese Art einmischte und die Führung übernahm. Aber es hatte keinen Zweck zu versuchen, sich durchzusetzen. Ein Thai gegen zwei Farang: Sie würden gewinnen. Also erinnerte sich Jess an seine Polizeiausbildung und blieb ruhig; er zeigte keine Gefühlsregung und erhob auch die Stimme nicht. »Also gut«, sagte er. »Aber nur heute Nacht.«

»Heute Nacht, morgen Nacht. Der Augenblick zählt! Ihr Jungs solltet mal anfangen zu leben. Nehmt euch doch auch eine Kleine mit. Ich spendiere die Bargebühr.«

»Wir sind im Dienst«, sagte Jess. »Kein Alkohol, keine Yings.«

»Eins muss ich Dr. Nat lassen: er hat die einzigen beiden Männer in Thailand gefunden, die so einen Job ernst nehmen.« Er nahm die beiden Kassenbons aus der Bambusbox und addierte sie im Kopf. »Vergessen Sie nicht die zehn Prozent Rabatt für *Cause*-Mitglieder.«

Calvino tauschte einen Blick mit Lek. Sie stand vornüber gebeugt, die Hände mit gespreizten Fingern flach auf die Theke gestützt. Die vielen Stunden Arbeit, die sie ihren Nägeln widmete, kamen voll zur Geltung. »Der Rabatt war Jacks Idee«, sagte sie. »Wir sehen uns nach Geschäftsschluss.«

»Ich muss arbeiten.« Calvino sah zu, wie sich ihr Zeigefinger schlangengleich auf ihn richtete.

»Ich werde nicht stören«, sagte sie.

Nichts, was er sagte oder tat, würde Lek davon abhalten, in sein Hong zu kommen. Er musste einfach versuchen, mit der Situation fertig zu werden, wenn sie an die Tür klopfte. Jack hatte einmal über seine Frau gesagt: »Sie ist eine Zeitratte. Die würde jedem Mann die Zeiger von seiner Lebensuhr wegfressen.« Dann hatte er die Grimasse eines Fischers aufgesetzt, der ein leeres Netz einholt. »Alle Yings sind Zeitratten, Zeiträuber. Wenn man ihnen den Magen aufschneidet, findet man die Minuten und Sekunden aus den Leben von Hunderten von Männern. Lauter unverdaute Stunden- und Minutenzeiger in ihren Bäuchen. Das macht einen Mann zum Säufer.«

Beim Verlassen der Bar ging Naylor voraus und hielt Jeps winzige Hand in seiner riesigen Pranke. Er war fast doppelt so groß wie sie.

In seinem Zimmer streckte sich Calvino auf dem Bett aus und verschränkte die Hände hinter dem Kopf. Das einzige Licht kam von den Neonlampen vor dem Hotel und dem CNN-Programm, das über den Bildschirm flackerte. Er fürchtete, dass er zu hart mit dem Farang im *Lovejoy* umgesprungen war. Warum bloß hatte er das getan! Die meisten dieser Burschen kamen einsam und verunsichert hier an. Das Internet hatte den Sex globalisiert, und jetzt konnten sie sich darauf konzentrieren, die Jagd auf Yings zur Vollzeitbeschäftigung zu machen. Sie hatten sich mit den ganzen Mails aus dem Internet hochgeputscht, aber es war ihnen völlig entgangen, dass unter all den Mails nie eine von den Yings war, die tatsächlich in der Szene arbeiteten. Sie hatten keine Stimme. Es waren immer die Freier, die für sie sprachen. Die ihnen Worte in den Mund legten, ihnen Motive, Sehnsüchte und Erwartungen andichteten. Sie so zeichneten, wie es ihnen in den Kram passte. Aber keiner der *Cause*-Mitglieder fragte danach, was für menschliche Wesen sich hinter dem Schweigen verbargen.

Pratt klopfte leise an Calvinos Tür, gerade als der die Lautstärke aufdrehte, um die Sorgen zu vergessen, die der Gedanke an Naylor ihm bereitete. Pratt klopfte abermals, mit harten Knöcheln, das laute, bestimmte Klopfen des Polizisten.

»Lek, ich schlafe nicht mit verheirateten Yings. Geh nach Hause«, rief Calvino. Das Klopfen wiederholte sich. Er rollte aus dem Bett, fluchte unterdrückt, hängte die Kette aus und rief durch den Türspalt: »Jesus, kannst du ein Nein nicht als Nein akzeptieren?« Er schaute durch den Spion. Pratt wartete entspannt, die Hände an den Seiten. Er trug Zivilkleidung. Seine Waffe steckte in einem Schulterhalfter. Calvino öffnete die Tür.

»Erwartest du jemanden namens Lek?« Sein Lächeln wurde immer breiter, während er auf die Antwort wartete.

»Jemanden, der auf mich scharf ist.«

»Das Pfund Fleisch eines Farang-Privatdetektivs?«, fragte Pratt und deklamierte lächelnd: »Darum bereite dich, das Fleisch zu schneiden. Vergieß kein Blut, schneid auch nicht mehr noch minder, als grad ein Pfund; ists minder oder mehr, als ein genaues Pfund, seis nur so viel, es leichter oder schwerer an Gewicht, zu machen um ein armes Zwanzigstteil, von einem Skrupel, ja wenn sich die Waagschal', nur um die Breite eines Haares neigt, so stirbst du, und dein Gut verfällt dem Staat.«

Pratt durchquerte das Zimmer und setzte sich, während Calvino die Tür wieder sicherte und über den *Kaufmann von Venedig* nachsann. Dann verbannte er Pratts Rezitation von Portias Rede aus seinen Gedanken, denn er war sicher, dass sie eine Botschaft enthielt, die ihn nur von seiner Mission ablenken würde.

»Ich hatte gerade ein langes Gespräch mit Jess.«

Calvino fragte sich: Warum das? Was brüteten die beiden aus? »Die Plaza hat Jessada umgehauen. Es hat seinem Weltbild nicht gerade gut getan, als er Naylors andere Geschäftsinteressen im Internet herausfand. Eine Website für Sextouristen in Bangkok. Eine Friedenskonferenz wegen JINGS-Verletzungen.«

Pratt nickte. Das verstand er.

»Hat er dir erzählt, was in der Bar passiert ist? Dass ich Mist gebaut habe?«

Pratt zuckte in seiner typischen Art die Achseln. Wie er es tat, wenn seine Kinder ihm eine Halbwahrheit erzählten, die ihn ärgerte. »Jess sagte, dass du etwas getan hast, was er einem Farang nie zugetraut hätte. Du hast eine Bar-Ying in Schutz genommen. Das waren seine Worte.«

»Jess hat das völlig missverstanden. Mir hat nur nicht gefallen, wie der Kerl mich angesehen hat. Das war alles. Es hatte nichts mit dem Mädchen zu tun. Nur ein Arschloch in einem Muscle-Shirt.«

»Sicher, Vincent«, sagte Pratt und öffnete seinen Aktenkoffer. »Ich habe dir etwas mitgebracht, das dir dabei helfen kann, Wes Naylor am Leben zu erhalten. Nachdem er wieder weg ist, kann er sich von mir aus umbringen lassen wo und wie er möchte. Aber ich will nicht, dass er hier in Bangkok stirbt.« Er warf einen Aktenordner aufs Bett. Calvino öffnete ihn langsam und sah den Bericht eines Buchprüfers über das Hotel, das Dr. Nat, sein Bruder und Wes Naylor zu kaufen beabsichtigten. Der Bericht war mehrfach als »vertraulich« und »privat« gestempelt. Calvino blätterte den Bericht durch, kehrte dann zur Zusammenfassung zurück. Die Konten der Gesellschaft liefen auf die Namen der einzelnen Direktoren, nicht auf das Hotel selbst. Die Gesellschaft hatte Millionen von Baht eingenommen, aber das Hotel besaß keine offiziellen Quittungen. Alle möglichen Vorschüsse und Barauszahlungen waren getätigt worden, ohne dass es Dokumente oder Erklärungen gab, wer sie aus welchem Grund empfangen hatte. Die Betriebskosten lagen in astronomischen Höhen. Millionen von Baht waren zu viel an Gläubiger bezahlt worden. Weitere Millionen waren in die Wartung der Aufzüge und die Unterhaltung der Räumlichkeiten geflossen, ohne dass es Belege für die Ausführung dieser Arbeiten gab. Als bezahlt ausgewiesene Rechnungen waren unquittiert. Sieben BMWs waren auf Kosten der Gesellschaft angeschafft und auf die Namen von Familienmitgliedern zugelassen worden. Dreiundvierzig Isan-Namen mit Adressen aus der Provinz standen auf einer fiktiven Angestelltenliste.

»Nicht gerade ein gesundes und blühendes Unternehmen«, sagte Calvino. »Eine Menge klebriger Finger in ein und derselben Reisschale. Ich treffe die ganze Woche schon falsche Entscheidungen. Der Naylor-Auftrag ist nicht mein erster Fehler.« Calvino legte den Bericht zurück. »Hast du das schon Jess gezeigt?«

»Keine Überraschung. Dr. Nat hat ihm schon eine Kopie des Berichts geschickt.«

»Wenn jemand versucht, mich zu töten, also einen Killer beauftragt, dann würde ich nicht den Briefträger für Bar-Yings spielen. Ich wäre nicht in Thailand. Verstehst du, was ich meine?«

»Du hast Recht. Naylor hat keine Angst. Und wie du sagst, das bedeutet, er ist entweder sehr dumm, sehr gerissen oder verrückt«, sagte Pratt.

»Ich halte Wes Naylor nicht für dumm. Und auch nicht für verrückt. Nicht ganz jedenfalls.«

Als Pratt aus der Tür trat, sah Calvino, wie Lek den Gang entlanggeschlendert kam. Sie hatte ihre Arbeitskleidung abgelegt und trug ein enges, rotes, verführerisches Kleid. Zurechtgemacht für eine andere Art von Arbeit. Keine Unterwäsche zeichnete sich unter dem Kleid ab. Keine Nylonstrümpfe. Sie wiegte sich beim Gehen in den Hüften; lange, schlanke Beine in hochhackigen schwarzen Schuhen mit Riemen am Knöchel. Pratt blockierte den Eingang, als Lek stehen blieb, eine Hand in die Hüfte gestützt, die Augen leuchtend im

Ganglicht, die vollen Lippen zu einem Lächeln geteilt. Die Rundung ihrer Brüste zeichnete sich unter dem dünnen Stoff ab. Die Zeitratte hat nie zuvor so verlockend ausgesehen, dachte Calvino. Und ihr Ehemann Jack betrog sie nach Strich und Faden, als wüsste er nicht, was für ein Geschöpf da zu Hause auf ihn wartete, oder als wäre es ihm egal. Aber jetzt hatte ihre Suche nach geeigneter DNA sie ins *Brandy* geführt. Pratt hatte die Situation erfasst, sobald Lek Calvino anlächelte. »Wie ich schon sagte, ich glaube, die Infektion sollte in ein paar Tagen abgeklungen sein«, sagte Pratt. »Aber denken Sie daran, Ihre Pillen zu nehmen.«

»Und was ist mit Sex, Doktor?«, fragte Calvino.

»Sie wollen doch damit niemanden anstecken, oder? Kein Sex.«

»Aber die Pillen, die Sie mir gegeben haben, wirken?«

Pratt zuckte die Achseln. »Wollen wirs hoffen, um Ihretwillen. Ich bekomme morgen den vollständigen Laborbericht. Kommen Sie morgen Nachmittag in die Sprechstunde. Und verlieren Sie nicht die Hoffnung, Mr. Calvino. Verlieren Sie nicht die Hoffnung.« Pratt zwinkerte ihm zu, dann gab er die Tür frei und ging den Korridor hinunter. Er drückte den Fahrstuhlknopf, und noch bevor der Lift ankam, stand die Dame im roten Kleid neben ihm. Sie hatte sich eine Zigarette angesteckt und schüttelte den Kopf.

»Sie haben mir gerade das Leben gerettet«, sagte sie zu Pratt. »Farang mai dee.« Ausländer taugen nichts. Sie erwartete die übliche konspirative Zustimmung unter Thais in diesem Punkt.

Aber nicht heute Nacht, nicht bei diesem Polizisten, der den Arzt spielte. Der Lift kam. »Wenn ich einen Ausländer aufschneide, dann sieht es in ihm oder ihr genauso aus wie in mir oder Ihnen. Also kann ich nicht beurteilen, ob sie nichts taugen und wir besser sind. Unter dem Messer sind wir alle gleich. Herz, Leber, Lungen und Nieren, alles gleich. Da gibt es keinen Unterschied.«

Während sie schweigend nach unten fuhren, fragte sich Pratt, ob er selbst daran glaubte.

8

Calvino nickte ein, und das Kinn sank ihm auf die Brust. Ein paar Minuten später dröhnte ein lauter Knall durch den Korridor. Er hob den Kopf, rieb sich die Augen. Ein paar Meter weiter hatte eine Ying nach der Arbeit die Tür hinter sich zugeknallt und stakste unsicher in ihren hochhackigen Schuhen den Gang entlang, als hätte sie zu viel getrunken oder stünde unter Drogen. Wenig später kamen weitere Yings aus den Türen. Es ging zu wie in einem Taubenschlag. An Schlaf war nicht mehr zu denken. Yings kamen und gingen, Türen klappten, und ein Konzert von Stöhnen und Schreien drang durch die Wände auf den Korridor. Leidenschaftliche Küsse und Umarmungen unter der Tür, dann wechselten Geldscheine den Besitzer, die Tür wurde geschlossen, die Ying zündete sich eine Zigarette an, sammelte sich, stieß einen schweren Seufzer aus und setzte sich dann in Bewegung, um den Lift zu erreichen.

Eine wütende amerikanische Stimme kam aus dem Zimmer gegenüber. »Tim. Ich will mit Tim sprechen. Nein, nicht Kim. Tim. Ich sagte doch gerade, es heißt Tim und nicht Kim. Ich will ihn sprechen. Tim mit T wie in Thailand, nicht K wie Killer. Sie wissen, was ein Killer ist? Gut, ich buchstabiere. T wie Thailand, I wie Indien und M wie Mickymaus. TIM.«

Das waren nicht die alten Hasen, die schon lange in Asien lebten, dachte er. Die Yings verwandelten diese Touristen in launische, laute Teenager. Der Vorteil der alten Hasen war, dass sie sich in der Umgebung von reichlich verfügbaren schönen Yings eingelebt hatten. Es gab keine Rationierung. Diese Geschöpfe, schön wie Göttinnen, hatten plötzlich die Tür in eine Welt eröffnet, wo der gesellschaftliche Status eines Mannes, Alter, Nationalität, Erziehung und Dialekt nicht länger zählten. Der Überfluss schuf einen riesigen Spielplatz mit gleichen Chancen für jeden Mann, solange er zwei, drei Worte Thai sprach und etwas Bargeld bei sich hatte. Eifersucht war sinnlos, da ja ein unerschöpflicher Vorrat zur Verfügung stand. Konkurrenzverhalten unter den Männern wurde als unreif betrachtet. Die alten

Hasen – jedenfalls die meisten von ihnen – gaben ihr Ego am Bareingang ab und nahmen die Sache gelassen.

Ungefähr um vier Uhr morgens öffnete Naylor die Tür einen Spalt und bat Calvino, etwas für Jeps Moskitostiche zu besorgen. Sie kratzte sich, dass die Laken blutig wurden. Calvino klopfte bei Jess, er warf einen Blick ins Zimmer. Jess zog die Tür weiter auf.

»Komm doch einen Moment herein«, sagte Pratt.

»Was geht hier vor?« Er wechselte einen Blick mit Pratt.

Jess setzte sich wieder an den Tisch, der mit Computerausdrucken bedeckt war, mit Fotos und einem Laptop, auf dem eine Excel-Datei mit einem Diagramm geladen war. »Wie Sie wissen, arbeite ich als Undercover-Agent beim Drogendezernat in L.A.«, sagte Jess. »Pratt und ich vergleichen unsere Aufzeichnungen.«

Pratt ergänzte. »Wir glauben, dass einer der Männer, die Jess mit einem Kilo Heroin verhaftet hat, mit einem der Bosse hier im Norden zu tun hat. Sie stellen das Heroin in Burma her, und dann wird es durch Thailand geschleust.«

»In letzter Zeit haben wir festgestellt, dass sehr viel Heroin in L.A. auf die Straße gelangt. Wir sind ziemlich sicher, dass es über Thailand kommt«, sagte Jess. »Aber wir konnten bis jetzt nicht feststellen, was zwischen Burma und L.A. damit geschieht.«

»Das Heroin von der burmesischen Grenze verschwindet einfach«, ergänzte Pratt. »Wir glauben, dass der Kerl, den Jess verhaftet hat, uns helfen könnte.«

»Du willst damit also sagen, dass mein Einsatz als Naylors Leibwächter nur die Tarnung für einen Undercover-Einsatz des Drogendezernats von L.A. ist«, sagte Calvino. »Ich kanns einfach nicht glauben, dass ich mich so habe verarschen lassen. Irgendjemand hätte mich vielleicht informieren können.«

Er starrte Pratt unverwandt an. Sie hatten seit vielen Jahren eine ungeschriebene Abmachung: Aufrichtigkeit und Loyalität über alles. Immer mit offenen Karten spielen. Pratt wusste, was Calvino jetzt dachte: dass er ihn verraten hatte, ihn in eine Lage gebracht hatte, die er mangels Information nicht hatte einschätzen können.

»Niemand hat dich hereingelegt, Vincent. Das ist ein ganz normaler Personenschutz«, sagte Pratt.

»Colonel Pratt hat Recht. Es war meine Idee, dass wir uns zusammensetzen und den Drogenfall durchgehen, solange ich hier bin«, erklärte Jess und drehte den Computerbildschirm so, dass Calvino ihn sehen konnte. »Das ist der Anstieg des Heroinkonsums in L.A. in den letzten zwei Jahren.« Die Kurve schoss nach oben wie der Börsenkurs einer Internet-Neuemission.

»Ich habe immer noch keine klare Antwort. Ist Naylor die Tarnung für eine Drogenfahndung?«, fragte Calvino.

Jess biss sich auf die Unterlippe und schüttelte langsam den Kopf. »Nicht direkt.«

»Ja und nein. Nicht direkt. Vielleicht. Eine dieser nichts sagenden Thai-Antworten. Herrgott, ich hätte es wissen müssen. Vier Riesen am Tag, da muss etwas wie Drogen im Spiel sein.«

»Niemand weiß, dass ich in Thailand bin«, sagte Jess. »Nicht einmal meine Frau.«

»Ihr habt mich ausgenutzt«, sagte Calvino. Nicht einmal seine Frau, dachte er. Ein paar Puzzleteilchen fügten sich zusammen. Sollten nicht eigentlich die DEA und die Botschaft bei der Drogenfahndung mitarbeiten? Wenn das LAPD hier aktiv wurde, musste der Verdacht bestehen, dass eine dieser Organisationen in Bangkok infiltriert war.

»Naylor hat nichts mit der Sache zu tun. Sagen wir mal, wir haben uns die Situation zu Nutze gemacht.«

»Ihr hättet euch mit der DEA oder der Botschaft in Verbindung setzen können, aber das habt ihr nicht getan. Dafür gibt es sicher gute Gründe.« Er ging aus dem Zimmer, ohne eine Erwiderung abzuwarten.

Nichts funktionierte in Thailand jemals geradlinig, immer gab es Hintergedanken, und zu glauben, dass hinter den Kulissen nicht ein zweites Spiel gespielt wurde, war ein Anfängerfehler. Wie eine Geburtstagskarte abzuliefern und zu glauben, es wäre nichts als eine Geburtstagskarte. Auf dem Weg zum Bumrungrad Hospital war Calvino nahe daran, den Krempel hinzuschmeißen, heimzufahren, sich in sein eigenes Bett zu legen und Pratt und Jess zu Ende bringen zu lassen, was sie angefangen hatten. Aber er ging ins Krankenhaus, ließ sich von einem Arzt ein Rezept für Schmerzpillen und eine Salbe für die Stiche geben, und kehrte dann ins *Brandy* zurück. Er reichte Naylor die Salbe durch die halb geöffnete Tür. Pratt war verschwunden, und Jess schlief.

Als der Morgen graute, saß Calvino immer noch mit verschränkten Armen da und dachte nach.

Jess klopfte ihm auf die Schulter. »Schlafen Sie jetzt ein bisschen.« Er richtete einen kleinen Detektor von der Größe einer Zigarettenschachtel auf die Tür von Naylors Zimmer.

Calvino sah langsam hoch. »Beamen Sie sich jetzt gleich hoch aufs Raumschiff Enterprise, oder ist das ein neues Videospiel?«

»Ich scanne nach Strom führenden Schaltkreisen, elektrischen Feldern und möglichen Sendern im Umkreis von dreihundert Metern. Wenn es blinkt, hat jemand Naylors Zimmer verwanzt.«

»Entschuldigen Sie die Frage«, sagte Calvino und drehte sich wortlos um.

Calvino klopfte an Naylors Tür. Ein paar Minuten später öffnete er, und Calvino sah Jep, die sich im Bett zusammengerollt hatte. Allen Erwartungen zum Trotz hatte sie es nicht bei einer schnellen Nummer belassen – jenen maximal zwei knapp bemessenen Stunden. Sie war die ganze Nacht geblieben, was bedeutete, dass ein anderer Kurs galt, falls nicht einfach die Schmerzpillen sie umgehauen hatten.

»Zeit zu gehen«, sagte Jess.

»Ja, ich weiß. Bin spät dran.« Er hatte einen Tiegel in der einen Hand, und die Finger der anderen waren mit Salbe beschmiert. Über Nacht war er in die Rolle des mitfühlenden Krankenpflegers verfallen.

»Aber Sie haben schon vor, das Geschäft heute abzuschließen?«, fragte Calvino.

»Klugscheißer. Dazu bin ich in Bangkok. Ihr Jungs seht ganz schön fertig aus«, sagte Naylor.

»Sie sind auch nicht gerade das blühende Leben«, sagte Calvino.

»Bald sitzen Sie wieder im Flugzeug nach Los Angeles«, sagte Jess. »Dann können wir unseren Schlaf nachholen.«

Naylor knallte die Tür zu und verriegelte sie von innen.

Calvino kehrte der Tür den Rücken und entfernte sich ein paar Schritte, bevor er sich wieder zu Jess umwandte. »Von Ihrem Drogenfall will ich nichts wissen. Ich bin kein Bulle.«

»Meine Ermittlungen in L.A. haben nichts mit Ihnen oder Ihrem Auftrag zu tun. Das sind zwei völlig getrennte Dinge.«

»Und wenn diese beiden Dinge irgendwie auf dasselbe hinauslaufen sollten, wären Sie zweifellos der Erste, der mich davon informiert«, sagte Calvino.

»Ich kann Sie jedenfalls informieren, dass wir heute Morgen im Hotel mit Problemen rechnen müssen«, sagte Jess.

»Garantiert.«

»Nichts, was sich mit Geld nicht regeln ließe«, sagte Jess. Er lächelte mit verschränkten Armen und lehnte sich zurück gegen die Tür von Naylors Hong.

»Weiß Doktor Nat, dass er eine Drogenfahndung des LAPD finanziert? Oder ist das auch eine völlig getrennte Sache?«, fragte Calvino.

Jess legte Calvino lächelnd eine Hand auf die Schulter. »Völlig getrennt. Dr. Nat bekommt, wofür er bezahlt hat. Ich glaube nicht, dass er mit meinen Ermittlungen irgendwelche Probleme hätte. Und das Geschäft selbst? Er hat uns nicht angeheuert, es zu überprüfen. Das ist seine Angelegenheit. Nur nichts komplizieren. Wir lassen sie einfach den Kauf abwickeln und tun, wofür Dr. Nat uns engagiert hat. Die Zielperson beschützen.«

»Vielleicht ist es nicht direkt unser Problem. Aber warum Naylor schicken? Warum ist er nicht selbst gekommen? Wozu braucht er einen Farang, um mit einer zerstrittenen chinesischen Familie fertig zu werden? Die Mitglieder dieser Familie haben sich jedes überhaupt denkbaren Wirtschaftsverbrechens schuldig gemacht und noch ein paar neue dazu erfunden.«

»Sie verstehen die thailändische Mentalität nicht. Wenn es ein Problem gibt, schickt man jemand anders vor. Warum keinen Farang? Es ist teurer, einen Farang umzubringen. Ich dachte, das hätten Sie in all den Jahren hier gelernt.«

Die Soi führte sie zunächst zwischen leeren, überwucherten Grundstücken hindurch. Fünf Minuten später fand Calvino die Auffahrt zum Hotel, das leicht zurückversetzt lag. Zur Linken war ein offener Nudel-Imbiss, wo ein halbes Dutzend Einheimische in Shorts und Schlappen auf Plastikstühlen saßen und ihre Nudeln schlürften. Rechts vom Hotel war ein neuer Büroblock hochgezogen worden, zu dem ein verziertes Tor mit Wächterhäuschen führte. Vor dem Eingang des *Grand Rose* hatten sich Lebensmittelhändler breit gemacht, Plastikstühle und Klapptische aufgestellt. Strandschirme dienten gleichermaßen als Schattenspender und inoffizielle Grenzmarkierungen.

»Sieht eher aus wie ein zum Guesthouse umgebautes Hotel«, sagte Naylor und reckte den Hals, um einen besseren Blick zu bekommen.

»Sieht nicht aus wie in den Farbprospekten, die die Besitzer nach Kalifornien expediert haben«, bemerkte Calvino. Er versuchte, das Gelächter hinunterzuschlucken, das plötzlich in seiner Kehle aufstieg. Er hüstelte in die hohle Hand und sah zur Seite.

»Ich bin schockiert«, sagte Jess und nahm die Sonnenbrille ab. Er lächelte.

Das Hotelgelände war von Unkraut und Hunderten verwilderter Rosenbüsche überwuchert. Dunkelrote, blasslila und reinweiße Rosen wuchsen in dichten Büscheln, und die Stängel bogen sich bis in den Dreck. Überall riesige Unkräuter. Es sah aus wie ein Garten des Bösen. Ein verwünschter Ort, von den Geistern heimgesucht. Ein paar Hühner scharrten im Dreck. Eine an einen Baum gebundene Ziege beäugte sie mit hängendem Kopf, während sie an ein paar sehr trocken aussehenden Grasbüscheln zupfte. Einige Hunde mit rosa Abschürfungen auf den Bäuchen schliefen auf dem Rücken unter einem Betontisch mit Steinbänken und ignorierten sie völlig.

»Das ist doch eine verdammte Müllhalde! Jemand will mich umbringen, weil Dr. Nat diesen Steinhaufen kaufen will! Wegen eines Fünf-Sterne-Hotels auf sich schießen zu lassen – aber dafür? Ich fasse es nicht!«

Naylor blieb im Wagen sitzen, bis Calvino und Jess sichergestellt hatten, dass im unmittelbaren Umkreis keine Gefahr bestand. Als er endlich vom Rücksitz kletterte, wäre er beinahe über einen einbeinigen Bettler gestolpert, der auf dem Gehsteig hingestreckt lag, einen blechernen Becher hochhielt und eine kleine Tempelglocke läutete. Der Klang der Glocke erfüllte die Luft mit einer leisen Warnung, klar und rein wie ein Gebet zum Allmächtigen.

»Das Hotel hat einen gewissen Charme«, sagte Calvino. Er ließ ein paar Münzen in den Becher fallen. »Ist das nicht das Credo des *Cause*? Lokalen Charme zu kaufen?«

»Reiben Sie nur Salz in meine Wunden. Hauptsache, Sie fühlen sich dann besser«, sagte Naylor.

Die drei Männer standen am Fuß der Treppe, und jeder wartete darauf, dass der andere den ersten Schritt machte. Überflüssig, das Offensichtliche auszusprechen: Das *Grand Rose Hotel* war kein funktionierendes Hotel mehr.

»Ich sehe mich erst einmal um«, sagte Calvino. Hinter dem Empfangsschalter stand eine winzige, uralte chinesische Frau mit schwarzen Zähnen. Sie trug ihre silbernen Haare in einem Knoten auf dem Hinterkopf zusammengebunden und hatte eine Art grünen Pyjama aus Seidenbrokat an.

Calvino sprach in sein Mikrofon: »Alles klar.« Klar war nicht ganz das richtige Wort, dachte er.

Die alte Frau sah von ihrer chinesischen Zeitung auf und starrte ohne zu zwinkern die beiden Farang an. Dann glitt ihr Blick zu Jess, und sie fragte ihn, wie viel Kommission er dafür verlangte, dass er die beiden Farang in dieses Hotel brachte. Sie runzelte die Stirn, als er erwiderte, dass er keine Kommission wolle und Naylor eine geschäftliche Besprechung mit den Besitzern habe.

Die alte Frau zwinkerte zum ersten Mal, als sie auf Naylors riesige Goldkette starrte. Ihre Augen lächelten das selbstgefällige Lachen von jemandem, der weiß, dass der andere gleich in eine Falle rennen wird. »Ich weiß, was diese Farang wollen«, lachten die Augen. »Aber sie verschwenden nur ihre Zeit.«

»Ich habe eine Verabredung mit den Besitzern des Hotels«, sagte Naylor langsam. »Ich kaufe das Hotel. Ich bin Ihr neuer Boss. Also seien Sie nett, sonst werden Sie die nächsten sechs Monate Rosen beschneiden. Alles klar, Soldat?«

Jess übersetzte das, etwas frei, ins Thailändische, während die alte Frau gemächlich ein Telefon abhob und auf Chinesisch mit jemandem am anderen Ende sprach. Ein paar Minuten später erschien ein Mann Ende dreißig an der Rezeption. Er trug ein weißes, am Kragen geöffnetes Hemd mit Goldkettchen und Amuletten, die beim Gehen klimperten.

»Ich bin Khun Kitti«, sagte er, während er die Männer musterte und sich in den Fersen wiegte. »Meine Tante haben Sie ja schon kennen gelernt. Ich fürchte, ihr Thai ist nicht besonders gut.«

»Ich glaube, sie versteht mehr, als Sie denken«, sagte Naylor. Er streckte Kitti die Hand entgegen. »Ich bin Dr. Nats Anwalt. Partner, wenn Sie so wollen. Ich komme aus L.A., um das Geschäft zum Abschluss zu bringen.«

»Ja, ich weiß.« Kitti hatte ein nervöses Lachen. Aber seine Augen waren so tot wie die eines Fisches auf dem Markt. Offensichtlich war er von anderem Schlag als seine Tante. »Meine Brüder und Schwestern verspäten sich ein wenig. Der Verkehr in Bangkok. Aber ich freue mich natürlich, dass Sie pünktlich da sind.« Mit pünktlich meinte er zu früh.

Kitti führte sie zum Treppenhaus. Ein alter, handgeschriebener Zettel am Aufzug, vergilbt und mit welligen Rändern, besagte auf Englisch »Außer Betrieb«. Der Teppich des Konferenzraums roch verschimmelt, und eine Ratte huschte über den Boden und zwischen Naylors gespreizten Beinen hindurch.

»Bitte setzen Sie sich«, sagte Kitti und deutete zum Tisch.

»Was für eine Art Hund war das denn?«, fragte Naylor mit einem Blick in die Richtung, in die die Ratte verschwunden war. Er zog sich einen Stuhl ohne Armlehnen heran.

»Die Rasse heißt ›Urban Legend‹«, grinste Calvino. »Krokodile in der Kanalisation und so.«

Jess blieb in der Tür stehen und schwenkte seinen Scanner mit erhobenem rechtem Arm durch den Raum, ohne Kitti ein einziges Mal aus den Augen zu lassen. Im Ohrhörer vernahm Calvino Jess' Flüstern. »Sauber.«

Kitti ging zum Kopfende des Tisches, zog den Stuhl des Aufsichtsratsvorsitzenden heraus, so ein Ding mit Armlehnen und teurem Lederpolster, das aussah wie ein kleiner Thron, und setzte sich. Vor ihm auf dem Tisch waren säuberlich Papiere aufgereiht. Ein paar Minuten später erschienen zwei junge Isan-Frauen und brachten Tabletts mit Wasser und Kaffee. Anscheinend existierten zumindest zwei der Isan-Angestellten nicht nur auf dem Papier, dachte Calvino.

»Gibts hier auch elektrischen Strom?«, fragte Naylor und beäugte mit zusammengekniffenen Lidern seinen Kaffee.

Kittis Stuhl machte ein Geräusch wie Kreide auf einer Schultafel, als er ihn zurückschob. Er stand auf und schaltete das Licht an. Mehrere lange Neonröhren an der Decke erwachten flackernd zum Leben. Unter dem Tisch war der Teppich entfernt worden, und die nackten Holzdielen lagen frei.

»Besser so?«, fragte Kitti mit nervösem Auflachen.

»Ja, jetzt kann ich etwas erkennen, wenn Sie das meinen.« Die Vorhänge waren von Ratten angenagt, und die Unterkanten hingen in Fetzen. Staubbällchen hingen in den Spinnweben in den Ecken. In einer Ecke stand ein leeres Aquarium mit gelblich verfärbten Scheiben. Drinnen konnte man ein paar Steinbrocken und etwas erkennen, was wie vertrocknetes Unkraut aussah. Es mochte ein Rattennest sein.

An der Wand direkt hinter Kittis Sitz hing das gerahmte Gemälde eines alten Chinesen in grauem Hemd mit Mao-Kragen. Er hatte riesige Ohren und trug eine altmodische Brille mit Goldrand. Seine Haut war pockennarbig und hing in losen Falten an seinem Hals herunter. Hunderte von Rosen verzierten Vorder- und Hintergrund. Der Künstler war zweifellos ein besserer Blumen- als Porträtmaler.

»Mein verstorbener Vater«, sagte Khun Kitti.

»Herzanfall oder Krebs?«, fragte Naylor.

Kitti biss sich auf die Lippen, schob Papiere hin und her und überlegte, ob er die Frage ignorieren sollte. »Ein höchst unglückseliger Unfall.« Kittis Stimme kam flüsternd vom Kopfende des Tisches.

Ein kleiner Altar war vor dem Gemälde aufgebaut. Ein paar weißblaue chinesische Vasen mit frischen Rosen, ein Glas Wasser, eine Tasse Tee und mit Sand gefüllte Schalen, in denen Räucherstäbchen qualmten. Im Konferenzsaal roch es schal nach abgebrannten Räucherstäbchen, und die Augen des alten Mannes schienen einem zudringlich und misstrauisch überallhin zu folgen. Calvino hatte den Verdacht, dass die Familienmitglieder diesen Raum ungern betraten, außer zu den wichtigsten Anlässen, die nach dem Status und der Autorität des toten Vaters verlangten. Der alte Herr wirkte ausgesprochen bedrohlich, und Calvino fragte sich, ob sein Unfall reiner Zufall gewesen war.

»Jess und Vincent sind meine Leibwächter. Ich hatte mehrere Morddrohungen. Anscheinend wollte jemand verhindern, dass ich hier auftauche und das Geschäft abwickle. Sie haben nicht zufällig eine Ahnung, wer das sein könnte?«

Kittis Gelächter verwandelte sich in ein rasselndes Geräusch tief in seiner Kehle.

»Ich bin mir nicht bewusst, dass ich gerade etwas besonders Komisches gesagt hätte. Ich sagte, dass jemand die Abwicklung dieses Geschäfts verhindern will. Und ich dachte, Sie wollten uns vielleicht Ihre Gedanken zu dem Thema mitteilen. Weil wir nicht mehr viel Zeit bis zum Eintreffen der anderen haben, lassen Sie uns ohne Umschweife zur Sache kommen. Wer könnte versuchen, mich zu töten, weil Doc Nat und Doc Dumrong und ich dieses nette Hotel kaufen wollen?«

»Nein, nein. Nichts dergleichen. Ich glaube, Sie schätzen uns ganz falsch ein. Es gibt einige Konflikte zwischen meinen Brüdern und Schwestern. Das ist normal. In welcher Familie gibt es nur Harmonie? Leben in Amerika alle Menschen in Eintracht miteinander? Ich glaube nicht. Es gibt immer jemanden, der nicht einverstanden ist. Dann versucht man, denjenigen mit Vernunftgründen zu überzeugen. Unsere Familie setzt keine Drohungen ein.«

»Dann sagen wir mal, es war ein großes Missverständnis«, sagte Naylor. »Offensichtlich haben Sie Ihre Familie überzeugen können, dass es ein gutes Geschäft ist. Das macht die Dinge einfacher.« Naylor schien prächtig mit der Situation klarzukommen. Er trommelte mit den Fingern auf den Tisch, während Kitti die Augen schloss und seine Gedanken ordnete.

»Einfach und doch schwierig.« Kitti grinste, diesmal ohne zu lachen.

»Was denn nun? Es kann nicht beides zugleich sein.«

»Grau ist schwarz und weiß zugleich. Viele Dinge auf der Welt haben mehr als eine Farbe oder Bedeutung.«

Nach und nach begann sich der Raum mit weiteren Mitgliedern der Familie zu füllen. Jess überprüfte jeden von ihnen mit seinem Metalldetektor. Schließlich hatten alle am Tisch Platz genommen. Fünf Männer und drei Frauen. Alle in Alltagskleidung. Die Frauen hatten ihren Schmuck angelegt, waren stark geschminkt und trugen Frisuren im helmartigen Khunying-Stil. Kitti plauderte weiter mit den Gästen auf Englisch. Die Neuankömmlinge schienen weder zu verstehen, was er sagte, noch schien sie das zu stören. Sie überließen es Kitti, das englische Sprachrohr der Familie zu spielen. Das war leicht, denn nichts, was auf Englisch gesagt wurde, zählte. Mit Englischkenntnissen konnte man zwar glänzen, aber darüber hinaus hatte es keinerlei Wert.

»Doc Nat hat mir Ihre Vollmacht gezeigt. Sie besagt, dass Sie für alle Anteilseigner unterzeichnen dürfen. Ihre Unterschrift ist für sie alle bindend. Sie können die Vollmacht nicht einmal widerrufen, ohne Dr. Nat zwei Wochen im Voraus zu verständigen.« Wes Naylor ließ seinen Blick über die, wie er annahm, gesamten restlichen Anteilseigner der Familie schweifen.

»Ich kann unterschreiben. Aber bevor ich unterschreibe, muss ich meine Brüder und Schwestern konsultieren.« Kitti ging um den Tisch herum und stellte sie alle vor. »Unsere Familie unternimmt alles im Einverständnis. Wir lassen uns nicht unter Druck setzen.«

Wes Naylor vergaß sofort wieder, welcher Name zu welchem Gesicht gehörte, und trommelte mit dem Daumenknöchel ungeduldig auf die Tischplatte. Jess lehnte an der Tür und Calvino in der gegenüberliegenden Ecke des Konferenzzimmers.

»Fragen Sie sie, ob sie das hier haben wollen.« Naylor zog einen Umschlag aus seiner Aktentasche. Darin war ein Scheck. Er legte ihn auf den Tisch und ließ ihn vor die Familie hingleiten. »Anderthalb Millionen Dollar. Das war Ihr Preis für das Hotel. Lassen Sie uns die Verträge unterzeichnen.«

»Was ist mit unseren Angestellten?«, fragte einer der Brüder in holprigem Englisch.

»Außer der alten Dame an der Rezeption und zwei Tee-Yings konnte ich keine Angestellten entdecken«, erwiderte Naylor.

»Auf unserer Lohnliste stehen dreiundsiebzig Angestellte«, sagte der Bruder mit dem kleinen Schnurrbart. Er sah aus wie eine schlechte Kopie des alten Mannes auf dem Gemälde. »Sie müssen ihnen den Arbeitsplatz für fünf Jahre garantieren.«

Naylor fuhr hoch. »Das ist nicht Teil des Vertrages«, sagte er, und seine Augen verengten sich zu Schlitzen.

»Und meine Schwester bewohnt mit ihrer Familie drei Zimmer im vierten Stock. Wir wollen für sie ein Wohnrecht für die nächsten zehn Jahre.«

Naylor ließ sich langsam wieder in den Stuhl sinken und stützte die Stirn in die Hände. Der Scheck lag unberührt auf dem Tisch. »Hat sonst noch jemand Fragen?«, fragte Naylor. »Er möchte bitte die Hand heben. Ich schreibe mit. Ein Ruhestandsplan für die Rezeptionistin vielleicht?«

»Mein jüngerer Bruder Viravat möchte, dass der Wartungsvertrag zwischen dem Hotel und seiner Firma um fünf Jahre verlängert wird.«

»Welche Wartung?«

»Das Gelände, das Hotel und der Aufzug.«

»Damit alles im jetzigen Fünf-Sterne-Zustand bleibt? Hören Sie, der einzige Zweck dieses Treffens war die Vertragsunterzeichnung zwischen Kitti und mir. Außerdem die Übergabe des Schecks, und dass ich Ihre Unterschrift auf der Vereinbarung beglaubige. Aber nicht, das Geschäft neu zu verhandeln. Doc Nat und sein Bruder Dumrong haben bereits unterzeichnet. Sehen Sie? Das sind ihre Unterschriften. Ich habe das Geld mitgebracht. Und jetzt erzählen Sie mir, dass Sie neu verhandeln wollen?« Naylor lehnte sich mit vor Zorn gerötetem Gesicht zurück.

»Wir bitten Sie nur, flexibel zu sein. Versuchen Sie doch, uns zu verstehen.«

»Der Kasten ist ein einziger Slum. Die Fahrstühle funktionieren nicht. Sie haben gerade mal zehn Gäste für hundertfünfzig Zimmer. Und da erwarten Sie von uns auch noch Zugeständnisse. Jetzt. Beim Abschluss. Wir sollten eher eine Million vom Kaufpreis abziehen.«

»Meine Brüder und Schwestern haben nur sehr unwesentliche Änderungen vorgeschlagen, Mr. Naylor«, sagte Kitti. »Sie haben Vollmacht. Sie können einfach ein paar Worte zu dem Vertrag hinzufügen. Dann ist alles bestens. Wir wollen keine Probleme schaffen. Unser Vater hat dieses Hotel erbaut. Er liebte Rosen. Er liebte Gärten. Wir müssen alles tun, um das Andenken unseres Vaters in Ehren zu halten. Sie müssen verstehen, dass uns der Entschluss zu verkaufen schwer gefallen ist. Es ist das Lebenswerk meines Vaters, das er für seine Familie aufgebaut hat.«

Während Kitti sprach, knackte der Bruder, der Kettenraucher war, ständig mit den Fingergelenken und bog dabei einen Finger so weit zurück, bis die Nägel das Handgelenk berührten.

»Was genau wollen Sie und Ihre Brüder und Schwestern?«, fragte Naylor.

»Wir dachten, dass ein Joint Venture für alle viel vorteilhafter wäre.«

»Ein Joint Venture?« Naylor stopfte den Scheck in seine Aktentasche zurück.

»Ein 51-zu-49-Prozent-Joint-Venture. Natürlich werden wir mit dem Preis heruntergehen. Nur noch eins Komma zwei Millionen.«

»Und Sie behalten 51 Prozent des Hotels?«

Das nervöse Lachen begleitete Kittis heftiges Kopfnicken. Auf bizarre Art hatte auch Kitti eine starke Ähnlichkeit mit dem toten Vater – dieselben großen Ohren und dieselbe unreine Haut. »Ja, natürlich.« Rosenblüten von demselben abgestorbenen Zweig.

»Nur über meine Leiche«, rief Naylor.

Die anderen Familienmitglieder starrten ihn reglos und mit steinernen Mienen an. Einer gähnte und rieb sich die Augen. Ein anderer zündete sich eine Zigarette an. Einer schälte eine Orange, saugte mit langen, gelben, rattenähnlichen Zähnen eine Schnitte aus und spuckte die Kerne auf den Boden. Ein anderer nahm ein Stück Würfelzucker aus einer großen, reich verzierten Schüssel in der Tischmitte, wickelte es aus und steckte es in den Mund. In Kürze rauchte, aß und gähnte die ganze Familie und unterhielt sich untereinander.

»Ich glaube, Sie nehmen die Sache nicht ernst«, schrie Naylor.

Er wurde wütend. Seinen Ärger zu zeigen oder schlimmer noch, Leute in die Enge zu treiben, war in Thailand tabu. Ein schlechter Anfang, der kein gutes Ende nehmen konnte.

»Wir haben für Sie und Ihre beiden Freunde Mittagessen vorbereitet«, sagte Kitti. Ein Vorschlag, mit dem er das Gesicht wahren und die Lage entschärfen wollte.

»Das sind nicht meine Freunde. Und ich esse im *Brandy,* wo wenigstens irgendjemand in den letzten sechs Monaten versucht hat, Teller und Besteck abzuwaschen.«

»Wir wünschen guten Appetit«, sagte Kitti. Falls Ironie jemals eine Waffe gewesen war, diese Familie war absolut immun dagegen.

Naylor stemmte sich kaum gegen die Idee, eine Essenspause einzulegen. In Gedanken war er schon wieder zurück im Hotelzimmer und schmierte Salbe auf Jeps Hintern. Die Gier, die Moskitostiche am Hintern einer Teenagerin einzureiben, brachte die Verhandlungen zu einem abrupten Halt.

Als die Familie begann, den Konferenzraum ebenso still und unauffällig zu verlassen, wie sie ihn betreten hatte, klingelte Calvinos Handy. McPhail war am Apparat. »Mann, das ist vielleicht eine beknackte Zicke, mit der Sie mich da zusammengebracht haben, Calvino. Sie weigert sich, den Anruf nach L.A. zu machen.«

»Warum?«

»Sie will Sie persönlich hier im *Emporium* bei sich haben, großer Meister, wenn sie mit Gabe telefoniert. Anscheinend hat sie eine Heidenangst vor ihm. Ich sagte, dass ich ihm den Kiefer an fünf verschiedenen Stellen brechen würde. Aber nichts zu machen, mein Freund. Sie sagt, entweder Vincent Calvino bewegt seinen faulen Arsch hierher, oder sie düst nach Hongkong ab und kümmert sich einen Scheiß darum, ob sie je wieder mit diesem Mistkerl redet. Das waren ihre genauen Worte.«

»Ich habe hier ein Problem.«

»Nein, Sie haben hier ein Problem, da wo ich jetzt stehe. Aber es liegt bei Ihnen. Was soll ich tun? Sie wegschicken oder ihr sagen, dass Sie unterwegs sind?«

Calvino überlegte und fing Jess' Blick auf. »Sagen Sie ihr, dass ich in fünfzehn Minuten komme. Wenn Sie das Gebäude verlässt, folgen Sie ihr. Besser wäre, Sie fänden einen Weg, sie so lange aufzuhalten.«

»Keine Sorge, ich nagle sie fest. Ich schmeiße sie auf den Boden und setzte mich drauf. Sie steht neben mir. Wollen Sie mit ihr sprechen?«

»Wozu sollte das gut sein?«

»Sie könnten versuchen, sie zu überreden.«

»Fünfzehn, zwanzig Minuten. Bleiben Sie im zweiten Stock. Da, wo Sie verabredet waren. Warten Sie dort auf mich.«

Kitti erhob sich aus seinem Sessel. »Ich schlage vor, dass wir um 14 Uhr weitermachen«, sagte er.

Naylor lächelte höhnisch. »Das muss ich mir erst überlegen.« Er dachte einen Moment lang nach. »Ja, mit 14 Uhr kann ich leben.«

9

Naylor war übler Laune und zeigte das auch. Er schob seinen schlabbrigen Truman-Capote-Hut in gefährlichem Winkel nach vorn, bis er praktisch auf den Augenbrauen auflag, und erhob die nackten, tätowierten Arme mit nach oben gewandten Handflächen, als wäre er ein Fernsehprediger. Sein Blick glitt über die knorrigen Rosenbüsche, die Hühner, die Ziege, die schlafenden Hunde und den zerlumpten Kerl, der am Ende der Auffahrt Müll verbrannte. Das *Grand Rose Hotel* war sein Traum gewesen. Seine große Chance zu expandieren, mit seinem eigenen Penthouse im obersten Stock. Aber welches *Cause*-Mitglied im Vollbesitz seiner geistigen Kräfte würde in ein Hotel ziehen, das eine Art Addams-Family beherbergte. Sie schienen Geldgier, Dummheit, Faulheit und Korruptheit erfunden zu haben.

»Ist Ihnen der Kerl mit dem Fingerbiege-Trick aufgefallen? Die ganze Familie hat etwas Gespenstisches.«

»Wahrscheinlich wollen sie auch die Rosen behalten«, sagte Calvino. »Fahren wir.«

Naylor trat mit der Schuhspitze in den Dreck, und eine kleine Wolke roten Staubs stob auf. Er schüttelte die Faust gegen das Hotel, schnaufte und murmelte vor sich hin und stieg schließlich hinten ein. Die Hühner rannten in alle Richtungen davon, als Calvino mit aufheulendem Motor das Gelände des *Grand Rose* hinter sich ließ.

Calvino erwähnte beiläufig, dass er für ein paar Minuten jemanden im *Emporium* treffen müsse. »Ich muss etwas Persönliches erledigen. Es dauert nur zehn Minuten, und anschließend lade ich Sie zum Lunch ein«, sagte er.

»Ach ja? Ich dachte, Sie arbeiten für mich. Und auf einmal müssen Sie etwas Persönliches erledigen, und ich soll auch noch Ja dazu sagen, dass Sie meinen Lunch mit Jep ruinieren?«

»Wir kommen auf dem Rückweg zum Hotel am *Emporium* vorbei«, warf Jess ein. Aus heiterem Himmel kam plötzlich Rückendeckung vom LAPD. Das hatte Calvino nicht erwartet. Vielleicht hatte Jess es langsam satt, für Naylor den Babysitter zu spielen. »Ich brauche neue Batterien.« Er spielte mit dem Apparat herum, der die versteckten Sender aufspürte.

Naylor wollte etwas einwenden, aber Jess kam ihm zuvor. »Und Sie finden in einem der Läden sicher etwas Hübsches für Jep.«

Calvino lächelte in sich hinein und tauschte über den Rückspiegel einen Blick mit Jess. »Sie wollen doch nicht mit leeren Händen zu ihr zurückkommen«, sagte er.

»Habe ich denn eine Wahl?«, fragte Naylor, während Calvino in die Tiefgarage des *Emporium* abbog.

Sie nahmen den Aufzug zum zweiten Stock. Während die Tür aufglitt, wählte Calvino die Vorwahl für die USA und Los Angeles und tippte Gabes Privatnummer ein. Jetzt musste er nur noch die OK-Taste drücken, und die Verbindung würde hergestellt. Als sie aus dem Lift traten, holte ein Farang Ende zwanzig mit Cowboyhut, Muscle-Shirt und flachem Bauch mit der Faust aus und traf Naylor zielsicher seitlich am Kiefer, sodass er zurücktaumelte. Naylor knallte gegen die Wand und rutschte daran herunter wie ein angeschlagener Preisboxer. Calvino stellte sich vor Naylor, auf den erneuten Angriff des Farang gefasst. Er musste nicht lange darauf warten. Jess reagierte mit einem Kickbox-Manöver, und sein rechtes Bein traf den Cowboy mit einem Sprungtritt, als er gerade wieder auf Naylor losgehen wollte. Der Farang steckte den Tritt, der ihn an der Brust erwischt hatte, einfach weg. Er griff Jess mit fliegenden Fäusten an, doch der wich den Schlägen mühelos aus und wartete auf den richtigen Augenblick, als der Farang vorübergehend aus dem Gleichgewicht war. Dann landete er drei, vier präzise Treffer mit den Fäusten auf Hals und Kopf, schwang den Mann herum und erwischte ihn mit einem hohen Fußtritt am Kiefer. Die Zähne klackten so laut gegeneinander, dass es von den Wänden und Fenstern der Lobby vor dem Aufzug widerhallte. Der Farang knallte auf den Marmorboden und rührte sich nicht mehr. Bewusstlos.

Calvino kniete sich vor Naylor hin. »Gehts?«

Ein Ring von Schaulustigen begann sich zu bilden.

»Wer war der Scheißkerl?«, fragte Naylor nach Atem ringend.

»Er wirkte auf mich nicht gerade chinesisch«, sagte Calvino. »Ich will damit sagen, er kommt nicht von Kittis Familie. Diese Leute heuern keine Farang an, um andere Farang zusammenzuschlagen.«

»Ich hatte gleich das Gefühl, dass es ein Fehler war, hierher zu kommen«, sagte Naylor.

Jess half ihm auf die Beine. »Hier ist Ihr Hut.«

»Verschwinden wir hier«, sagte Calvino. Die Menge schwoll immer mehr an, und der Farang auf dem Boden begann den Kopf zu regen.

»Ich habe noch nie erlebt, dass jemand so hart und schnell zugeschlagen hat«, sagte Naylor zu Jess. »Wo lernt man denn solche Scheißtricks?«

Jess hatte schon mit zwölf die Kunst des Kickboxens gelernt und im Alter von vierzehn Jahren die Meisterschaft von Los Angeles gewonnen. Sein Vater hatte Regale gebaut, wo er stolz die Trophäen seines Sohnes zur Schau stellte.

»Sie kennen den Kerl nicht?«, fragte Jess und überging die Frage nach den »Scheißtricks«.

»Nie gesehen. Er muss mich mit jemandem verwechselt haben.«

»Er ist direkt auf Sie losgegangen«, sagte Calvino. »Sah nicht gerade nach einer Verwechslung aus.«

Naylor untersuchte seinen Hut nach Schäden, glättete ihn schließlich und setzte ihn sorgfältig auf. Er lächelte und bewegte mit der Hand seinen Unterkiefer hin und her. Dann trat er einen Schritt vor und trat dem Farang in den Unterleib. Ein pfeifendes Zischen wie aus einem angestochenen Reifen entwich dem Mund des Mannes. Als es so aussah, als wollte Naylor ein zweites Mal zutreten, packte Calvino ihn am Arm und zog ihn zurück.

»Das reicht.« Der Farang blieb zusammengerollt auf dem polierten Marmorboden unter einem Geldautomaten liegen. Er sah aus, als würde er schlafen.

»Der Drecksack hat mich überfallen«, sagte Naylor. »Nur noch einen winzigen Tritt!«

Jess kam Calvino zu Hilfe, und gemeinsam dirigierten sie ihn von dem bewusstlosen Farang weg. Calvino war klar, das war ein zielbewusster, geplanter Akt gewesen. Eine Einschüchterung, wie bei dem Lastwagen auf der Schnellstraße.

Als sie ein ganzes Stück vom Schauplatz entfernt waren, sagte Calvino zu Jess: »Sie sind gut.«

»Ich denke, wir sollten hier weg, Vincent. Soll ich Ihnen sagen, woher der Farang wusste, dass wir kommen?« Jess hielt ein kleines Gerät hoch, das wie eine Fernbedienung aussah. »Damit hat er die Strahlung von meinem Detektor aufgefangen. Sie haben uns die ganze Zeit überwacht.«

»Die Straße von Damaskus nach Tel Aviv verläuft auch von Tel Aviv nach Damaskus«, meinte Calvino.

Als sie die »Fashion-Etage« betraten, erblickte McPhail sie und rief Calvinos Namen. »Vinee, da bin ich!«

»Da ist mein Mann. In einer Minute sind wir hier verschwunden.«

McPhail stand neben einer Ying in männermordendem Outfit: Schwarze, enge Hosen, hohe Absätze und ein schulterfreies Oberteil mit Spaghettiträgern. Sie wirkte wie ein Showstar hinter der Bühne, rauchte abwesend eine Zigarette, sah auf die Uhr. Lange rote Fingernägel akzentuierten ihre Hände. Mit dem schimmernden, langen, schwarzen Haar, das ihr halb über den Rücken reichte, wirkte sie wie eine Sängerin oder ein Model. In der Werbebranche hießen solche Yings »Hübsche«. Sie wurden für Automobilausstellungen, Konferenzen oder Kongresse ausgeliehen. Während Calvino auf sie zuging, drückte er die Wähltaste. Beim dritten Läuten nahm Gabe ab und meldete sich mit schleppender, vom Schlaf belegter Stimme.

»Verdammt, es ist ein Uhr nachts, du Arschloch. Wer ist da?«

»Vincent Calvino. Ich stehe hier neben Noi, und sie will mit Ihnen sprechen.«

»Noi? Was sagen Sie, wo Sie sind?« Er klang, als stünde er unter Drogen.

»In Bangkok.«

»Bangkok, weiß ich. Aber wo?«

»In einem Einkaufszentrum«, sagte Calvino. »Und jetzt reden Sie mit ihr. Das war unsere Abmachung. Das Mädchen finden, sie ans Telefon bringen. Das war mein Auftrag. Fall abgeschlossen.«

Calvino streckte ihr das Handy hin, und sie starrte erst das Gerät an, dann Calvino, wobei sie langsam eine Lunge voll Rauch aus ihrer Zigarette einsog. Einen Unterarm hielt sie quer über den Bauch gelegt und stützte den Ellbogen des anderen Arms darauf. Rauch kringelte sich aus ihren Nasenlöchern, als wäre sie die Königin aus *Alice im Wunderland.*

»Es ist Gabe in L.A., und er will mit Ihnen sprechen.«

»Was will er von mir? Ich arbeite nicht mehr für Gabe.« Ein gelangweilter Ausdruck glitt über Nois Gesicht wie ein Schatten am späten Nachmittag. Als ob eine Gruppe lästiger Fans ihr gerade ein Autogramm abgerungen hätte. Ihre Stimme kippte leicht, als sie das Wort »mir« aussprach; so als ob es auf der Welt keinen Platz für jemand anders als sie gab.

»Fragen Sie ihn selbst.« Er stand mit ausgestrecktem Arm neben ihr, aber sie traf keine Anstalten, das Telefon zu nehmen. Calvino hob den Apparat ans Ohr. »Sie will wissen, was Sie von ihr wollen.«

»Ich will mit ihr reden.«

Calvino starrte sie unverwandt an. »Er sagt, er will mit Ihnen reden.«

»Wenn die Ying nicht reden will, will sie eben nicht reden«, sagte Naylor.

»Wer ist das Arschloch?«, wollte McPhail wissen.

»Ich bin sein verdammter Boss. Und unter was für einem Stein sind Sie vorgekrochen?«

Die Lage begann sich unselig zuzuspitzen. McPhail und Naylor konnten sich auf den ersten Blick nicht ausstehen.

»Ihr Freund hat Recht«, sagte Noi. »Ich muss mit überhaupt niemandem reden.«

Gabe brüllte Calvino ins Ohr: »Holen Sie die verdammte Schnalle ans Telefon!«

»So läuft das nicht, Gabe. Vielleicht sollten Sie sich einen plausiblen Grund einfallen lassen, warum Sie sie sprechen wollen«, sagte Calvino. »Was soll ich ihr ausrichten?«

»Ich möchte, dass sie nach L.A. zurückkommt. Ich erhöhe ihr Gehalt. Sagen Sie ihr das.«

Noi zündete am Stummel der alten Zigarette eine neue an. »Er möchte Sie wieder in L.A. haben und erhöht Ihr Gehalt.«

Sie ließ es sich durch den Kopf gehen. »Wie viel?«

Gabe hatte ihre Antwort mitgehört und schrie ins Telefon. »Zweihundertfünfzig die Woche!«

»Zweihundertfünfzig pro Woche«, wiederholte Calvino.

Calvino kam immer näher mit dem Handy, und einen Augenblick später hatte sie es am Ohr und sprach mit Gabe. »Dreihundert«, sagte sie. »Oder ich nehme den Flug nach Hongkong. In Hongkong kann ich mehr als dreihundert am Tag verdienen.«

Calvino bedeutete ihr, ihm das Handy zurückzugeben, aber sie tat so, als bemerkte sie ihn nicht. »In meiner Abmachung mit Gabe steht nichts von Tarifverhandlungen per Ferngespräch auf meine Kosten. Rufen Sie ihn per R-Gespräch an.«

»Ich bin gleich fertig«, sagte sie. »Es gefällt mir nicht, wie du mich behandelt hast.« Sie sprach ins Telefon.

Calvino verlangte abermals sein Telefon von Noi zurück, als ein heftiger Knall durch den zweiten Stock hallte. Glas zersplitterte unter der Explosion. Calvino riss Naylor augenblicklich zu Boden. Die Wucht des Sprengsatzes sog eine dichte Wolke von Staub und Geröll durch den Schacht des Innenhofs. Die Sprengkraft hatte die Hauptstromversorgung unterbrochen, und die Notbeleuchtung ging an, flackerte und fiel dann ebenfalls aus. Die Luft war von dichtem Staub erfüllt und ließ nur noch Dämmerlicht durch.

»Was zum Henker war das?«, fragte Naylor.

»Schaffen wir Naylor hier raus«, sagte Jess und zerrte an Naylors Arm. »Sofort!«

Calvino rappelte sich auf und streckte die Hand aus, um Noi sein Handy abzunehmen. »Ich bin noch nicht fertig mit Sprechen.«

»Mach keine Schwierigkeiten«, sagte Calvino. Er griff nach dem Telefon, aber sie wich aus.

McPhail lachte. »Schaut mal, die Leute rennen alle wie die Hasen.« Er schüttelte den Kopf, zog ein Päckchen Zigaretten hervor und bot Noi eine an. »Wenn Sie wieder mal was brauchen, Vinnie, rufen Sie mich einfach an. Falls Sie Ihr Telefon zurückbekommen.« Mit einer schnellen Bewegung aus dem Handgelenk entriss er Noi das Handy und warf es Calvino zu. »Man sieht sich.«

Während Calvinos Handy noch durch die Luft segelte, war Jess mit Naylor im Schlepptau schon losgelaufen und zerrte ihn zur Treppe neben dem Aufzug. Der Lift war ausgefallen. Sie rannten auf eine dichte Mauer aus Kunden und Angestellten zu, die sich gegenseitig stießen und schoben, um das Treppenhaus zu erreichen. Sicherheitsbeamte versuchten, ein gewisses Maß an Ordnung aufrechtzuerhalten; Frauen schrien und weinten und umklammerten ihre Kinder, während Verkäufer sich gegenseitig beim Versuch, die Treppe zu erreichen, zu Boden rissen. Ein Sicherheitsbeamter ließ vergeblich seine Pfeife schrillen und winkte ohnmächtig mit den Armen. Der Geruch nach Kordit, Staub und Verschmortem – Plastik, Polster, Kabelisolierungen – erfüllte die Luft. Die Menschen husteten, stolperten mit brennenden Augen und Kehlen vorwärts.

»Die zweite Bombe in dieser Woche«, sagte Calvino. Er hatte die Berichterstattung über die letzten Bombenanschläge verfolgt: eine Explosion im Democracy Monument, ein Anschlag auf eine Polizeistation, auf eine Bar. Niemand vermochte zu sagen, welche Mächte dahinter steckten, wie sie ihre Ziele auswählten, was sie erreichen wollten oder welche Zugeständnisse nötig wären, um den Terror zu beenden. Calvino war einigermaßen sicher, dass die Bombenexplosionen miteinander in Zusammenhang standen und nichts mit Naylor und seinen Geschäften zu tun hatten.

»Nichts Persönliches«, sagte Calvino zu Naylor. »Wir waren einfach zur falschen Zeit am falschen Ort.«

»Und was ist mit dem Detektor, den Jess bei dem Kerl am Aufzug gefunden hat?«

Jess hatte die Unterhaltung über Calvinos Mikro mitgehört. »Naylor hat Recht, Vinee. Der Kerl könnte einer von den Bombenlegern gewesen sein.«

»Nichts wie raus«, sagte Calvino. Sie mussten sich einen anderen Rückweg zur Tiefgarage überlegen, dachte er. »Ich weiß eine Abkürzung«, sagte er.

Naylor stimmte ein: »Dann nehmen wir Ihre Abkürzung. Ich hasse Menschenmengen. Bringen Sie mich hier raus.«

Calvino rannte voran die stillstehende Rolltreppe hinauf, wobei er zwei Stufen auf einmal nahm.

»Herrgott, doch nicht nach oben. Wir wollen runter«, sagte Naylor hinter ihm und würgte in der staubigen Luft. »Jesses, ich krieg keine Luft.«

Jess folgte dicht hinter Naylor. Er war nicht so sicher, dass es richtig war, sich von der Menge zu entfernen. Manchmal war es leichter, eine Zielperson in einer Menge zu beschützen als an einem menschenleeren Ort, den man nicht kannte. Aber Calvino hatte entschieden, und außerdem hatte er keine bessere Idee.

Als sie den fünften Stock erreichten, war der Fastfood-Bereich verlassen – keine Kunden, keine Kassierer, kein Licht außer einem düsteren Schein vom Atrium her. Aus dem Innenhof drangen die entfernten Laute von schreienden, weinenden und schimpfenden Menschen herauf.

Dann das Klappern von Schuhsohlen auf den geriffelten Metallstufen der Rolltreppen. Calvino hielt inne und ließ sich auf ein Knie fallen. Jess und Naylor kauerten neben ihm. Naylor wollte etwas sagen, aber Calvino hielt dem massigen Mann mit einer Hand den Mund zu. Mit der anderen Hand legte er einen Finger an die Lippen. Langsam nahm er seine Hand von Naylors Mund und zog den 38er Police Special unter seinem Sportjackett hervor. Sie zogen sich ins *Burger King* zurück, glitten schnell zwischen den Tischen hindurch und duckten sich hinter den Tresen. Naylor griff nach oben und nahm einen Hamburger aus dem Behälter. Er öffnete die Verpackung und begann zu essen. »Ein Bier wäre wohl zu viel verlangt«, flüsterte er Calvino zu.

Wenige Augenblicke später erklangen männliche Stimmen. Drei Männer unterhielten sich auf Thai in kurzen, abgehackten Sätzen. Sie standen in der Nähe der Rolltreppe, die zum sechsten Stock und zu den Kinos emporführte. Einer von ihnen gab den Befehl, sich zu verteilen und das Stockwerk zu durchsuchen. Die drei schwärmten mit automatischen Waffen aus. CAR-15. Die kurzläufige Version des M-16-Sturmgewehrs. Leicht zu schwenken unter beengten Bedingungen. Der Lauf blieb nicht so leicht im Gebüsch und an Ästen hängen. Oder an Elektrokabeln, die zu Coke- und Kaffeemaschinen führten.

Jess spähte um die Ecke des Tresens und zeigte Calvino und Naylor drei Finger. Naylor knabberte weiter an seinem Burger. Sie hatten sich in die Küche zurückgezogen. Dann formte Jess seine Finger zu einer Pistole und fuhr sich damit über den Oberkörper: Die drei trugen schusssichere Westen. Einer wandte sich nach links zu den Aufzügen und Toiletten, ein anderer durchkämmte die Tische vor dem *Burger King*, während der Dritte sich schnell nach rechts zur Halle bewegte. Calvino war sich ziemlich sicher, dass das Mordkommando ihnen vom zweiten Stock aus über die Rolltreppen gefolgt war.

»Farang, rauskommen«, rief einer der Männer auf Englisch. »Wir Polizei. Wir bringen nach unten in Sicherheit.« Gebrochenes Englisch, gebrochene Versprechungen. Aber klar doch, dachte Calvino und duckte sich. Einer der Männer stieß einen Tisch um, nur ein paar Schritte von Naylor entfernt. Jetzt war Calvino am Zug. Noch hatten sie das Überraschungsmoment auf ihrer Seite. Die Frage war nur, wie sie es nutzen und am Leben bleiben konnten.

Jess dachte in ähnlichen Bahnen. »Wachsamkeit. Balance. Selbstkontrolle. Geschicklichkeit. Timing.« Die Worte gingen Jess durch den Kopf wie ein Mantra. Er hatte sie zum Kern seiner Polizeiausbildung beim LAPD gemacht. »Wende sie an, und du wirst überleben, vergiss sie, und du bist tot. Sie müssen ein Teil von dir werden. Teil deines Denkens und Fühlens. Du musst sie träumen. Du musst sie leben, jeden Augenblick eines jeden Tages.« Sein Ausbilder auf der Akademie hatte behauptet, das wäre New-Age-Unsinn. Jess hatte erwidert, dass sie aus uralten Zeiten stammten. Den Geist wecken – das ist die Lehre des Buddhismus.

Naylor hatte sich zum Ball zusammengerollt und klammerte sich an seiner fünfzehn Baht schweren Goldkette fest.

»Euch geschieht nichts«, sagte dieselbe Thai-Stimme. Der Typ, der auf sie zukam, war nur ein paar Schritte entfernt, aufrecht, zuversichtlich, die Waffe an der Seite, und er ließ den Blick langsam im Halbkreis schweifen, während er sich vorarbeitete. Dann betrat er die Küche. Calvino griff nach oben, nahm eine Henkeltasse und tauchte sie in den Bottich mit Frittieröl. Zwei Drahtkörbe mit rohen Pommes balancierten über dem Öl. Er wartete, während das Mitglied des Kommandotrupps direkt neben ihm anhielt. Dann drehte der Mann sich um und schien sich zu entfernen. Jess folgte Calvinos Blick und nickte. Calvino kroch vorwärts. Langsam schob er sich mit angehaltenem Atem um die Ecke des Tresens. Der Mann schien es sich anders zu überlegen, kehrte um und ging zur Küche zurück, wobei er direkt auf Calvino zukam, ohne ihn zu sehen. Blitzartig schüttete Calvino ihm das heiße Öl ins Gesicht. Instinktiv ließ der Mann die Waffe fallen und bedeckte sein Gesicht mit den Händen. Er taumelte und sank in die Knie.

Calvino hatte nie jemanden sich so gewandt bewegen sehen wie Jess – mit einem Küchenmesser schnellte er um das andere Ende des Tresens und stieß es tief in die Kehle des Gestürzten. Er nagelte den Mann mit den Knien fest und wartete, bis er tot war. Fünf, sechs Sekunden lang. Nur im Kino sind die Leute auf der Stelle tot. Fünf Sekunden reichen, um viel Schaden anzurichten. Diese Chance ließ Jess ihm nicht. Er rollte sich von dem reglosen Körper fort hinter eine Reihe von Geschirrschränken und riss dabei das CAR-15 des Mannes an sich.

Die anderen beiden Mitglieder des Teams kamen angerannt und feuerten im Laufen ihre automatischen Waffen ab. Durchsiebten die

Fastfood-Restaurants mit Kugeln. Mündungsfeuer blitzte durch die fünfte Etage. Glas und Plastiksplitter flogen durch die Luft. Die riesige Eiswaffel aus Plastik vor dem *Dairy Queen* explodierte, als sie mehrere direkte Treffer erhielt. Von der Decke regneten Plastiktrümmer auf Jess und Calvino herab.

Calvino tauchte die Kaffeetasse wieder in das heiße Öl und lauerte hinter dem Tresen. Der zweite Thai kam in sein Blickfeld. Calvino kroch näher, setzte die Tasse vorsichtig ab, rollte sich unter den Tresen und schob sich darunter durch. Auf dem Rücken liegend feuerte er drei Schüsse ab. Zwei Kugeln aus seiner 38er trafen den Mann knapp über dem rechten Ohr. Unter der Wucht der Einschläge krachte er durch Tische und Stühle. Er war tot, bevor er auf dem Boden aufprallte. Calvino nahm das CAR-15 des Toten an sich und steckte die 38er ins Schulterhalfter.

Nur noch einer, dachte er.

Jess kam gerade rechtzeitig aus seiner Deckung gekrochen, um das letzte Mitglied des Teams zum anderen Ende der Etage rennen zu sehen, wo Elektronik, Waschmaschinen, Kühlschränke und Fernsehgeräte verkauft wurden. Jess rannte hinter ihm her, um das Rund des Atriums herum, vorbei am Kfz-Zubehör und dem Wäscheladen beim Aufzug. Er feuerte in vollem Lauf. Calvino sprintete auf der anderen Seite herum, an Schaufenstern mit Glaswaren und teurem Kristall vorbei. Als sie sich von entgegengesetzten Seiten des Innenhofes her einander näherten, saß der dritte Mann in der Falle.

Mit über den Kopf erhobenen Händen stand er da, mit einem dümmlichen Grinsen im Gesicht. Er war ein Farang. War er der einzige Überlebende des Kommandos, oder gab es noch andere?

»Hey Mann, nicht schießen. Ich bin Amerikaner. Wer waren denn diese Kerle? Herrgott, erst die Explosion und dann diese Typen. Was geht hier eigentlich vor?«

»Wie viele noch, du Arschloch?«, fragte Calvino, der tief geduckt nach weiteren Männern Ausschau hielt. Aber auf dem ganzen Stockwerk rührte sich nichts. Der Farang schien derselbe zu sein, der Naylor ins Gesicht geschlagen hatte, als sie aus dem Aufzug kamen.

»Die Hände hinter den Kopf!«, sagte Jess. »Sofort.« Seine CAR-15 war auf den blonden Mann gerichtet. Er trat einen Schritt vor und lehnte sich mit der Hüfte gegen das Metallgeländer, das den Innenhof umgab.

»Bin ich verhaftet, oder was?«

»Keine Bewegung. Stehen Sie einfach ganz still, und niemandem geschieht etwas.«

Calvino kam von der anderen Seite heran, vorbei an Küchengeräten und Mobiltelefonen. Der Farang stand mit dem Rücken zu ihm.

»Habt ihr auch die Bombe gehört? Mann, das war ein Ding!«

»Woher wissen Sie, dass es eine Bombe war?«, fragte Jess.

Calvino war jetzt nahe genug, um zu sehen, dass der Mann eine kleine Pistole in der Handfläche hinter seinem Kopf versteckt hielt. Sofort presste er ihm die Mündung des CAR-15 in den Rücken. »Fallen lassen!«

»Wo ist Naylor geblieben?«, fragte Jess.

»Wahrscheinlich verdrückt er ein Hühnchen bei Kentucky Fried Chicken«, sagte Calvino.

Der kurze Wortwechsel war eine Ablenkung. Ein Sekundenbruchteil, in dem der Farang sich entscheiden musste. Hinter ihm stand Calvino mit einem CAR-15 und vor ihm Jess mit der gleichen Waffe. Er wusste, dass seine beiden Kollegen außer Gefecht waren. Würde er zu fliehen versuchen, oder war er immer noch hinter Naylor her, fragte sich Calvino. Aber wo war Naylor? Der Farang beschloss zu handeln. Und hatte man erst einmal zu handeln begonnen, nahm das Schicksal seinen Lauf. Es spielte keine Rolle, dass er eine völlig verkehrte Entscheidung traf, ähnlich wie bei dem fehlgeschlagenen Angriff am Lift. Dieser Mann hatte nichts dazugelernt. Beim ersten Zucken seines Handgelenks, das zeigte, dass er die versteckte Waffe benutzen wollte, rollte Naylor sich unter einem Regal hervor, wo er versteckt gelegen hatte, und warf sich mit voller Wucht auf den Farang. Er prallte schräg von hinten mit der Schulter auf ihn und schleuderte ihn gegen das Geländer. Der Farang versuchte, sich von

Naylor loszureißen, während Calvino und Jess sich auf ihn stürzten. Sie kamen um Sekundenbruchteile zu spät. Naylors Angriff war mit beinahe übermenschlicher Kraft erfolgt und hatte den Mann aus dem Gleichgewicht gebracht; jetzt hievte er ihn hoch. Der Farang schrie auf, als Naylor ihm einen Stoß versetzte und er von seinem eigenen Gewicht über das Geländer getragen wurde und sich wie ein Springer vom Dreimeterbrett in die Tiefe drehte. Aber es waren mehr als drei Meter, und unten wartete kein Swimmingpool. Der Farang fiel fünf Stockwerke tief und schlug mit einem dumpfen Geräusch auf dem Marmorboden auf. Die drei Männer beugten sich über die Brüstung und sahen nach unten. Die Gestalt des Farang lag kaum sichtbar im Halbdunkel ausgestreckt. Naylor breitete die Arme aus und legte sie Jess und Calvino über die Schultern.

»Wer ist hier eigentlich der Leibwächter?«, fragte er. Er senkte die Arme und rieb sich die Hände, als wollte er Staub wegwischen. »Habt ihr gedacht, ich wäre weggelaufen? Da kennt ihr mich schlecht. Ich gehe nie einem Kampf aus dem Weg.«

»Wir sollten ihn wohl untersuchen«, sagte Calvino mit einem Blick nach unten. Er hatte das starke Gefühl, dass das Team nicht geschickt worden war, um Naylor zu töten.

»Vergessen Sies. Nichts wie weg aus Dodge City«, sagte Naylor.

»Calvino hat Recht. Wir müssen ihn erst untersuchen«, sagte Jess. »Das war derselbe Kerl, der Naylor vor dem Aufzug attackiert hat.«

Es war eher eine Frage als eine Feststellung.

»Scheint so«, meinte Calvino.

»Natürlich war er das. Was glauben Sie, warum ich den Arsch über Bord geworfen habe?«

»Das Wichtigste ist herauszufinden, wer hinter der Scheiße hier steckt«, sagte Calvino mit einem unverwandten Blick auf Jess. »Vielleicht finden wir sogar heraus, wen sie umbringen sollten.«

»Die waren hinter mir her«, sagte Naylor. »Hinter wem denn sonst?«

»Naylor, Sie sind zweifellos ein ungeheuer wichtiger Mann. Aber ich sehe nicht, wie eine zerstrittene chinesische Familie ein paramilitärisches Kommandounternehmen organisieren könnte, nur weil Sie hier sind, um ihr Hotel zu kaufen. Die Schießerei auf der Schnellstraße, ja. Das ist ihr Niveau. Ein paar Isan-Cowboys in einem Zehntonner, die nicht geradeaus schießen können.«

»Aber wen wollten sie dann umbringen?«, fragte Naylor.

»Wenn wir das wüssten«, antwortete Jess.

Noi hielt den blutigen Kopf des toten Farang in die Arme gebettet; sie saß auf dem Boden, wiegte sich weinend hin und her, und ihr Gesicht war tränennass. Calvino kauerte sich neben sie und legte ihr die Hand auf die Schulter. »Sie haben sich da mit ein paar sehr gefährlichen Leuten eingelassen.«

»Das wusste ich nicht. Danny hat mir nicht gesagt, dass er so etwas vorhatte. Und jetzt ist er tot. Sie müssen mir glauben.« Sie schluchzte weiter.

»Noi, es wäre sicherer, wenn Sie mit uns kommen.«

»Ich kann ihn doch nicht so liegen lassen.«

»Wir haben keine Zeit für Diskussionen. Keine Zeit zu trauern«, sagte Calvino. Es würde nicht lange dauern, bis die Auftraggeber herausfanden, dass ihr Mordkommando ausgeschaltet war. Dann würde ein neues Team ausgeschickt werden.

»Die tun mir nichts. Ich habe getan, was sie wollten. Mehr wusste ich nicht.« Ihr Englisch reichte nicht aus, und sie verfiel schnell ins Thailändische, während die Angst aus ihr herausbrach und ihr die volle Bedeutung von Calvinos Worten klar wurde. Sanft bettete sie den Kopf des Farang auf den Marmorboden.

Wer waren die Hintermänner? Man musste sie schon deswegen mitnehmen, um eine Antwort auf diese Frage zu finden.

»Sie werden uns helfen müssen«, sagte Jess. »Erzählen Sie uns von Ihrem Freund und seinen Freunden.«

Sie nickte und zündete sich mit zitternden Fingern eine Zigarette an, während sie auf den toten Farang hinunterstarrte.

McPhail kam mit einer Plastiktüte voller Platten von Tower Records unter dem Arm die Rolltreppe herunter. »Schon wieder ein Springer, Mann.« Er betrachtete den toten Körper. Dann schaute er in seine Tüte. »Ob sie die wohl zurücknehmen? Es gibt sicher eine große Verkaufsaktion. Bombentag. He, das ist ja Noi. Na so was. Erst ist sie verschollen, und jetzt wird man sie nicht mehr los. So sind die Weiber.«

Auf Ebene B2 der Tiefgarage wimmelte es von uniformierten Polizisten und Soldaten. Ein Großteil des Parkdecks war mit Bändern abgesperrt worden. Polizei- und Militärfahrzeuge blockierten die Zufahrten. Die hohe Glaswand, die die Lobby umschlossen hatte, war herausgesprengt. Nach der Explosion waren Staub, Metall-, Farb-, und Fleischpartikel durch das Atrium emporgeschossen wie heiße Luft durch einen riesigen Kamin. Neben dem Eingang war das Gehäuse der zentralen Stromversorgung zerschmettert; Funkenregen und Feuerzungen leckten aus einem geschmolzenen Kern, der aus einem qualmenden Gewirr von zerrissenen Drähten und Kabeln bestand. Im Explosionszentrum herrschte völlige Zerstörung. Glassplitter und verbogene Teile aus Plastik, Metall und Gummi hatten Autos durchlöchert und steckten in den Pfeilern und Wänden. Keine Frage: Jemand musste eine große Menge Sprengstoff gezündet haben, um derartige Verheerungen anzurichten.

Calvino lief voraus und hielt Ausschau nach seinem Wagen. Er konnte sich nicht genau erinnern, wo er geparkt hatte. Endlich entdeckte er den Wagen und bedeutete den anderen zu warten. Sein Honda stand ein paar Meter entfernt; jedenfalls das, was von ihm übrig war. Er stand im Zentrum der Trümmer. Unfallsanitäter holten Leichen aus seinem Wagen. Und Leichenteile. Auf der Fahrerseite saß ein unverletzter Kopf auf einem freiliegenden Rückgrat; Fleischfetzen und Organreste hingen noch an der Wirbelsäule und den Oberschenkelknochen. Auf der Beifahrerseite hing schlaff ein übel zugerichteter Leichnam – die linke Seite war von der Gewalt der Explosion zerfetzt worden. Ein Team von Unfallsanitätern mit Schutzanzügen, Masken und Handschuhen steckte die Stücke in große, schwarze Plastiksäcke. Uniformierte Polizisten bewachten den Wagen und warteten auf die Rückkehr des Besitzers.

»Jemand hat Ihren Honda geröstet«, sagte McPhail. »Was zum Teufel ist das?« Er bückte sich, hob eine runde Stahlkugel auf und ließ sie in der hohlen Hand rollen.

»Claymore«, sagte Jess. Es sah aus wie eine gewöhnliche Kugel aus einem Kugellager.

»Heilige Scheiße«, sagte McPhail. »Dann können Sie Ihre Versicherung vergessen. Die haben eine Ausschlussklausel für Kriegsschäden.«

»Nichts wie weg hier«, meinte Jess.

Calvino nickte, und ein paar Minuten später mischten sie sich unter die Menge, die halb betäubt die Ausfahrtsrampe zur Soi 24 hinauftorkelte.

»Wie kommen wir jetzt zum *Brandy?*«, fragte Naylor. »Ich habe heute Nachmittag eine Besprechung. Und ich will nach Jep sehen, bevor wir zurückgehen.«

»Die Besprechung ist abgesagt«, sagte Calvino.

»Das können Sie nicht machen, Calvino. Ich bin extra wegen dieses Treffens in Bangkok.« Das lag wohl irgendwo zwischen einer Halbwahrheit und einer Dreiviertellüge. Aber jetzt war nicht die Zeit für Diskussionen.

»McPhail, bringen Sie Wes ins *Brandy,* und begleiten Sie ihn anschließend zu seiner Besprechung.«

Naylor und McPhail musterten einander von Kopf bis Fuß wie zwei Straßenköter, die ihr Revier markieren. McPhail setzte seinen »Leck mich!«-Ausdruck auf, bei dem sich seine mehr als dünne Oberlippe verächtlich verzog, während er seine Tower-Records-Plastiktüte umklammerte. »Seit wann arbeite ich eigentlich für Sie, Calvino?«, fragte er.

»Seit ungefähr fünfzehn Minuten.«

»Sie können einen Job als Leibwächter nicht einfach untervergeben wie die Putzstelle für ein lausiges Appartement«, sagte Naylor, der sich plötzlich zu erinnern schien, dass er Anwalt war.

»Ich habe es gerade getan.«

»Sie scheinen Calvinos Appartement zu kennen«, grinste McPhail.

»Sie brauchen keinen Leibwächter. Sie brauchen einen Unternehmensberater«, sagte Calvino.

»Jess, Sie werden diesen Scheiß doch nicht zulassen, oder?« Naylor wirkte erschrocken.

»Ich will eines klarstellen, Mr. Naylor. Wenn diese Männer es auf Sie abgesehen hatten, dann sind mir die Gründe dafür ein Rätsel. Wenn es nur um das Hotelgeschäft geht, hat Calvino Recht. Wenn es um irgendein anderes Geschäft geht, hat er immer noch Recht. Sie brauchen uns nicht, weil nichts Sie retten kann.«

Ein Taxi hielt an, und Calvino öffnete die hintere Tür. Andere hämmerten gegen die Tür und versuchten, ihn abzudrängen. Aber ein Taxi zu schnappen, war eine Kunstform, die in New York ihre höchste Blüte erreicht hatte. Calvino stellte sich mehreren Kontrahenten in den Weg, die vorn einzusteigen versuchten. Jess und Noi kletterten auf den Rücksitz. Calvino schloss die Tür hinter ihnen und stieg vorn ein. Er wandte sich an den Fahrer, einen kleinen, dunkelhäutigen Thai mit einem dichten Schopf schlecht geschnittenen Haars. »Rama IV Road«, sagte Calvino.

»Taxameter kaputt«, sagte der Fahrer grinsend. »Fünfhundert Baht.«

Calvino händigte ihm den exorbitant überhöhten Fahrpreis aus. »Los.«

Rama IV Road war eine sehr vage Angabe, womit Calvino dem Fahrer mitteilte, dass er ihm das Ziel erst im letzten Moment nennen würde.

Calvino wollte nach Klong Toey. Dem riesigen Slum unterhalb der Schnellstraßen, errichtet entlang von Kanälen neben dem Hafen von Bangkok. Aber das hätte er diesem Fahrer mit dem dümmlichen Grinsen und dem Appetit aufs Geldverdienen nie genannt. Der räuberische Fahrpreis von fünfhundert Baht hatte Calvino alles gesagt: der Fahrer würde bei der ersten Gelegenheit jedem, der danach fragte, genau erzählen, wohin er sie gefahren hatte, vorausgesetzt der Preis stimmte. Und ohne Zweifel würden bald Männer mit kurz geschnittenem Haar und Revolvern im Gürtel die Runde machen, Taxifahrer aushorchen und ihnen Geld für die Information bieten, wohin eine bestimmte Gruppe von Farang gefahren war.

10

»Wenn du dein Fenster hättest reparieren lassen, wärst du jetzt tot. Die beiden Männer, die versucht haben, deinen Wagen zu stehlen, haben die Claymore-Mine ausgelöst, die für dich bestimmt war, andernfalls …«, sagte Pratt, und seine Stimme erstarb im Handy. Er wusste schon jedes Detail.

»Andernfalls wären wir alle tot«, beendete Calvino Pratts Satz. Ihr Taxi suchte sich seinen Weg durch die Menschenmassen, die die Straßen rund um das *Emporium* verstopften. Sie kamen quälend langsam voran. Noi und Jess auf dem Rücksitz hörten nur Calvinos Unterhaltung.

Kaum zu fassen, dass Calvinos Nachlässigkeit beim Ersetzen des Wagenfensters ihnen letztlich das Leben gerettet hatte. Normalerweise war Nachlässigkeit ein Dämon, der Menschenleben kostete; in diesem einen Fall hatte sich seine Nachlässigkeit zum Glücksbringer gewandelt – dass er sich aus dem eigenen Wagen ausgesperrt hatte, hatte ihm das Leben gerettet.

»Im fünften Stock liegen zwei Leichen. Militärisch ausgebildete Einzelkämpfer. Im Springbrunnen neben dem Restaurant findet ihr zwei CAR-15. Nur ein paar Meter von einem toten Farang entfernt. Er war das dritte Mitglied des Teams. Er ist ohne Fallschirm über das Geländer gesprungen. Hast du eine Ahnung, für wen die Kerle gearbeitet haben?«

Es war Jess' Idee gewesen, die CAR-15 in das flache Wasser zu legen, damit Plünderer sie nicht entdeckten. Es wäre nicht klug gewesen, an einem Ort, wo es von Polizisten nur so wimmelte, mit automatischen Waffen herumzulaufen.

»Das überprüfen wir gerade«, sagte Pratt.

»Okay, du weißt also Bescheid. Hast du auch eine Idee, wer die zwei Typen waren, die mit dem Wagen in die Luft geflogen sind?«

»Wir lassen ihre Fingerabdrücke durch den Computer laufen«, sagte Pratt.

»Ich bin nicht sicher, ob irgendwelche Finger übrig waren. Du willst also sagen, dass die Polizei weiß, dass es mein Wagen war.« Die plötzliche Stille in der Leitung wirkte wie eine Mauer. »Rede mit mir, Pratt!«

»Die ermittelnden Beamten haben eine Theorie.«

»So schnell? Welche Erklärung haben sie sich denn aus den Fingern gesogen?«, fragte Calvino, während das Taxi rechts auf die Rama IV abbog und in Richtung des Hafens von Klong Toey fuhr. Leute strömten auf die Straße und bewegten sich in Richtung des Einkaufszentrums.

»Wir arbeiten gründlicher, als du glaubst, Vincent.«

»Was ist die offizielle Fassung?«, fragte Calvino.

Pratt lieferte eine kurze Zusammenfassung der Version, die schließlich ihren Weg in die Fernsehmeldungen und zu den internationalen Nachrichtenagenturen finden würde. Denn das Rohmaterial der Realität musste zurechtgebogen werden – dass die Claymore-Mine entweder Calvino hatte töten sollen, weil er den Mördern der Touristen zu nahe gekommen war, oder aber Officer Jessada vom LAPD, einen gebürtigen Thai, wegen seiner Ermittlungen in einem Drogenfall, und dass diese Mine zufällig von ein paar Autodieben ausgelöst worden war, die versucht hatten, den Honda zu knacken, das klang dann doch viel zu kompliziert und ließ zu viele Fragen offen. In den Nachrichten würde man erfahren, dass zwei Angehörige einer Spezialeinheit, echte Helden, bei dem Versuch den Tod gefunden hatten, zwei schwer bewaffnete Bombenleger unschädlich zu machen. Die beiden zerfetzten Leichen im Honda wurden flugs zu den toten Bombenlegern, die versehentlich von ihrer eigenen Claymore-Mine getötet wurden.

Die Bombenleger – die vermutlich auch hinter früheren Anschlägen in Bangkok steckten – wurden zum Teil einer Clique erklärt, deren politisches Ziel die Destabilisierung der Regierung war. Sie waren gerade noch rechtzeitig entdeckt worden, um zu verhindern, dass sie die Claymore im Einkaufszentrum deponieren konnten. Die toten Soldaten hatten eine Katastrophe verhindert. Eine Geschichte, die alle glücklich machte.

»Ihr habt den toten Farang vergessen«, sagte Calvino.

Nein, hatten sie nicht. Seinem Tod wurde eine kurze Fußnote gewidmet. Es war immer gut, tote Farang in die Fußnoten zu verbannen. Das hielt sie aus der Titelgeschichte heraus und vermied mögliche Komplikationen.

Fußnote: In der Verwirrung nach der Explosion war es zu einer Panik gekommen, als die Kunden zu fliehen versuchten, und ein Farang war auf der Flucht zu Tode gestürzt. Keine weiteren Details über Identität oder Nationalität.

Die Geschichte war nicht besonders gut ausgedacht. Aber wozu auch? Niemand würde den Leuten auf den Pelz rücken, die diesen Käse verzapft hatten. Wer würde einen unabhängigen Sprengstoffexperten schicken, der vielleicht bohrende Fragen stellte, wie zwei Autodiebe in den Besitz einer Claymore-Antipersonenmine gekommen waren, oder Gerichtsmediziner, die sich fragten, wie es den Bombenlegern gelungen war, zwei Exoffiziere der Grenztruppen mit einem 38er Polizeirevolver und einem Küchenmesser zu töten. Oder warum diese Exoffiziere automatische Waffen bei sich hatten und kugelsichere Westen trugen und was sie im fünften Stock suchten, wo doch die Bombenleger im Parkdeck waren.

»Wer immer hinter dieser Sache steckt, muss ein verdammt hohes Tier sein«, sagte Calvino. »Es wird nicht einfach sein, die Kontrolle zu behalten, Pratt.«

»Wesentlich einfacher, als du dir das vorstellst.« Pratt kannte sich sehr genau mit der Funktionsweise des Systems aus.

»Wie lautet Plan A?«, fragte Calvino.

»Jess und dich am Leben zu erhalten.«

Calvino sah sich nach Noi und Jess auf dem Rücksitz um. »Dazu noch eine Tatzeugin, die den toten Farang kannte.«

»Du hast eine Zeugin?«

»Allerdings. Plan A erfordert zwei Flugtickets außer Landes.«

»Bring sie einstweilen an einem sicheren Ort unter«, sagte Pratt.

»Vergiss nicht Plan B und Plan C.« Er sah aus dem Fenster. Der Verkehr war schrecklich.

»Du hast nicht viel Vertrauen, dass Plan A funktioniert«, sagte Pratt.

»Kommt darauf an, wie sicher der Flughafen ist. Es hat einige Probleme gegeben«, erwiderte Calvino.

»Womit wir wieder bei deinem Serienkiller wären, oder? Jetzt ist er dazu übergegangen, Einkaufszentren in die Luft zu jagen? Da gibt es keine Verbindung, Vincent.«

»Bombenleger und ein Mordkommando für den Fall, dass das mit der Bombe schief geht, würde ich schon eine Verbindung nennen.«

»Aber zu was?«, fragte Pratt.

Das war genau die Frage. Verbindung zu was?

Er rief Pater Andrew an. »Ich brauche Hilfe.« Noi und Jess brauchten einen Platz, wo sie ein paar Tage lang bleiben konnten; er wollte, dass sie in der Slum-Gemeinde untertauchten. Unsichtbar wurden.

Mehr brauchte er Andrew nicht zu sagen oder zu erklären. Jess tippte Calvino auf die Schulter und zeigte ihm, dass das rote Warnlicht am Scanner blinkte. Jemand hörte das Telefonat ab. »Ich muss Schluss machen«, sagte Calvino und schaltete das Handy ab.

Calvino bat den Fahrer, in einer aufgelassenen Tankstelle zu halten. Er hielt vor einer Reihe mit Brettern vernagelter Zapfsäulen. Noi war immer noch im Schock. Sie beschattete die Augen mit einer Hand gegen die direkte Sonneneinstrahlung. Seit sie das *Emporium* verlassen hatten, hatte sie kaum ein Wort gesprochen. Sie begann zu zittern, verschränkte die Arme vor der Brust und starrte auf die Straße. Ihre Arme waren von Gänsehaut bedeckt. Calvino führte sie weg von der aufgelassenen Tankstelle, vorbei an Geschäften und einem freien Platz voller Müll. »Hier trennen wir uns«, erklärte Calvino. »Geht immer geradeaus, nehmt die nächste Soi links, biegt an der Brücke rechts ab, und dann seht ihr nach etwa hundert Metern schon Pater Andrews Büro.« Es war wichtig, dass niemand sie zusammen sah. Wenn jemand außerhalb des *Emporium* gewartet hatte, musste er sie gesehen und berichtet haben, dass sie zusammen waren. Die Leute, die die Bombenleger und das Mordkommando beauftragt hatten, würden nach einem Farang in Begleitung eines Thai und einer Thai-Frau Ausschau halten. Wenn man den Farang aus der Gleichung herausnahm, hoben sich Jess und Noi plötzlich nicht mehr vor dem Hintergrund von Tausenden gleichartiger Paare ab. »Halten Sie Händchen, Jess. Tun Sie so, als wären Sie ein Paar«, sagte Calvino.

»Ich kann nicht mehr weiter«, sagte Noi.

»Es muss sein. Jess hilft Ihnen. Kein Taxi. Es ist nicht weit. Sie können laufen. Kein Problem«, sagte Calvino. Langsam hörte er sich an wie ein Thai, der Englisch sprach, dachte Calvino, während er rasch davonging.

Pater Andrews Hauptquartier befand sich in einem langen, schmalen Betonbau, der gleichzeitig die Heimat von fünfzig Straßenkindern war, Ausreißern, Verstoßenen. In der Garage standen mehrere Tuk-Tuks, auf deren Vorderseite »Amazing Thailand« gemalt war, und einige Lieferwagen. Am hinteren Ende waren Lagerregale voller alter Computer, Drucker und Büromaterial. Noi und Jess warteten in der Garage auf Calvino. Dann gingen sie gemeinsam ins Hauptgebäude, vorbei an der Küche, wo zwei braun-weiße Hunde unter einem langen Holztisch schliefen. Zwei Köche arbeiteten mit großen Messern an dem Tisch und zerteilten Gemüse und Hühnerteile. Der große Eingangsbereich war übersät mit Schulbüchern, kleinen Schuhen, Schuluniformen und Comics. Alte, schief hängende Fotos von Pater Andrew bedeckten die Wände: wie er Auszeichnungen in Empfang nahm, zusammen mit einer Gruppe von Slumkindern, bei der Eröffnung einer Schule, händeschüttelnd mit reichen Sponsoren, in vollem Ornat.

Bun, die selbst ein ehemaliges Straßenkind war, hieß sie mit einem Wai und einem Lächeln willkommen.

»Wo ist Pater Andrew?«, fragte Calvino. Er war überrascht, dass er sie nicht in seinem Büro erwartet hatte. Als er gerade am Telefon mit ihm gesprochen hatte, war er noch dort gewesen. Bun spürte Calvinos Enttäuschung.

»Er hat nicht vergessen, Khun Vinee. Aber er hat einen Notfall. Letzte Ölung für einen sterbenden Mann. Dieser Mann hat Aids. Es ist schon das zweite Mal, dass er die Letzte Ölung kriegt. Diesmal glaube ich, er stirbt. Lässt Pater Andrew drei-, viermal Letzte Ölung geben. Das ist nicht gut. Sogar Gott hat genug von diesem Mensch.« Sie lächelte ein breites Lächeln mit großen Hasenzähnen. Kein Mensch bewegte sich so schnell wie ein Priester, der zur Letzten Ölung gerufen wurde. Sogar bei einem Mann, der lediglich intensiv übers Sterben nachdachte.

Bun rasselte mit ihrem Schlüsselbund und deutete durch die Tür auf einen weißen Lieferwagen, der ein Stück weit entfernt in der schmalen Straße vor dem Hauptgebäude geparkt stand.

»Wie ist Pater Andrew durch den Verkehr gekommen?«, fragte Calvino.

»Er hupt. Jeder lässt ihn vorbei.«

Calvino knallte die Tür des Lieferwagens hinter sich zu. Bun gab Gas und fuhr los. Die Sonne brannte, und der Sitz war heiß. Calvino wetzte hin und her, während die Hitze durch die Hose zu Beinen und Hintern drang. Sie passierten den Schlachthof, eine Reihe niedriger Gebäude mit fleckigen, rissigen Betonböden und Metallzäunen und -toren, dann bog Bun rechts ab und bremste auf Schritttempo herunter. Calvino erblickte Pater Andrews Toyota auf einem Parkplatz ein Stück neben der Hauptstraße. Auf einer rostigen, kaputten Schaukel in der Nähe spielten ein paar Slumkinder. Bun lenkte den Lieferwagen auf den fast leeren Parkplatz und stellte die Zündung ab.

»In Pater Andrews Wagen sind Kleider für euch«, sagte sie zu Noi und Jess gewandt. »Im Plastiksack. Sie sind gerade Priester geworden«, kicherte sie. »Und Sie, Noi, sind Nonne.«

Ein verwirrter, unsicherer Ausdruck huschte über ihr Gesicht. »Ich bin Buddhistin«, sagte Noi so leise, dass man sie kaum verstand.

»Sie sind soeben bekehrt worden. Sie haben doch schon auf der Bühne gestanden. Sie verstehen es, eine Rolle zu spielen. Das ist alles, was sie ein paar Tage lang tun müssen. Eine Nonne spielen«, sagte Calvino.

»Ich weiß nicht, wie eine Nonne sich benimmt«, sagte sie.

»Sie tut so, als wüsste sie den Unterschied zwischen Recht und Unrecht«, meinte Calvino. »Und sie ist sicher, dass sie die Trennlinie zwischen Gut und Böse kennt.«

Jess kletterte in den Van, um sich umzuziehen, und zog die Tür hinter sich zu.

»Ich kann nicht glauben, dass Danny tot ist«, sagte Noi. Ihr Gesicht hatte wieder etwas Farbe bekommen.

Das Wort »tot« wurde beinahe vom lauten Donnern der Lastwagen, die auf der Hauptstraße in Richtung Hafen fuhren, verschluckt. Calvino musste es nicht hören. Er konnte es von ihren Lippen ablesen.

»An Ihrer Stelle würde ich mir lieber Sorgen darüber machen, wie ich aus der Sache wieder herauskomme«, sagte Calvino. »Ich will Ihnen keine Angst einjagen, aber Dannys Freunde sind nicht gerade auch Ihre besten Freunde. Sie haben ein Problem mit den Leuten, denen Sie einen Gefallen getan haben, Noi. Und Sie können sich entweder mit dem Problem auseinander setzen und tun, was wir sagen, oder sich ein Taxi besorgen, in die Stadt zurückfahren und tun, was immer Sie tun müssen.«

Jess öffnete die Tür und lugte in seinem Priesterkragen, schwarzem Hemd und Jacke heraus. Er stieg aus dem Lieferwagen und sah sehr priesterlich aus.

»Tut mir Leid …« Sie begann zu weinen.

»Wie konnten Sie sich bloß mit Danny und Gabe einlassen?«, fragte Calvino. »Wussten Sie, dass sie eine Bombe in meinen Wagen legen wollten?« Gleich darauf bereute er die Frage. Sie weinte nur noch heftiger.

»Khun Bun, würden Sie Noi beim Umziehen helfen?«, fragte Jess.

Bun half Noi in den Wagen und schloss die Tür.

Jess zog seine 9mm heraus und überprüfte das Magazin. »Wir können nicht hier bleiben. Ich kann mir nicht vorstellen, dass Ihr Drehbuch funktioniert, Vincent.«

»Haben Sie ein besseres?«, fragte Calvino. Gabe war sein Klient gewesen, und der Mistkerl hatte ihn reingelegt, dachte er. Er hatte Noi als Köder benutzt und gehofft, dass Jess und Calvino in die Falle gehen würden. Aber wen von ihnen hatte er wirklich erwischen wollen?

»Das habe ich allerdings. Wir fahren direkt zum Flughafen. Und nehmen die nächste Maschine nach Los Angeles.«

»Haben Sie Ihren Pass dabei? Hat Noi ihren Pass? Wie wollen Sie durch die Kontrollen kommen?« Calvino starrte die Waffe an. »Stecken Sie das Ding weg, Pater Ben.« Jess runzelte die Stirn. Es brachte ihn aus dem Gleichgewicht, Pater Ben genannt zu werden, aber er steckte die Waffe in den Gürtel und zog die Weste des Priesters darüber. Sie war für einen kleineren Mann gedacht und schob sich über seinen Bauch hinauf. Nicht direkt ein nabelfreier Look, aber auffällig genug, dass ein Betrachter denken mochte, dass der Priester um einen besseren Schneider beten sollte.

»Pater Ben?«, fragte Jess. »Wie sind Sie darauf gekommen?«

»Ben passt zu Ihnen. Jedenfalls besser als das Hemd. Außerdem gibt es keine Pater Jessies, nicht einmal die Jesuiten würden so weit gehen. Aber Ben ist ein Name, mit dem Sie leben können. Ein Name, mit dem Sie am Leben bleiben können.« Die Tür des Lieferwagens ging auf, und Noi kletterte als Nonne heraus.

»Mit ein wenig Hilfe von Pater Andrew, von Pratt und einigen Ihrer Freunde könnten wir damit durchkommen. Außer, Sie wollen die Dinge selbst in die Hand nehmen. Schließlich sind Sie Thai, und ich bin nur ein dummer Farang, der von nichts eine Ahnung hat.«

Jess schüttelte den Kopf und lächelte. »Regen Sie sich ab, Farang. Sie haben Recht. Ich weiß keinen besseren Plan.«

Calvino begann diesen LAPD-Bullen zu mögen. »Wer hätte gedacht, dass jemand die Rolle eines Thai-Dorfpredigers mit einem Bullen aus Los Angeles besetzen würde?«

Noi stand unbehaglich neben Jess und mied seinen Blick. Das Nonnenhabit stand ihr hervorragend. »Schwester Theresa, Sie sehen großartig aus«, sagte Calvino. Der weiße Habit veränderte ihre ganze Persönlichkeit; er machte sie sanfter, hob eine gewisse Unschuld im

Zug ihrer Lippen und im Ausdruck ihrer Augen hervor. Sie sah aus, als hätte eine göttliche Hand sie berührt.

»Pater Andrew ist im Laden gleich um die Ecke«, sagte Bun. »Ich glaube nicht, dass der Mann schon tot ist. Ich kann die Leute weinen hören.«

Bun führte sie einen engen, ungepflasterten Weg entlang, während die Sonne im spätnachmittäglichen Dunst verschwand. Der Boden war von vielen Schichten sonnengebleichten Mülls bedeckt – weggeworfene Plastikflaschen, Kartons, Verpackungen. Hunderte von Fliegen summten über dem Abfall und verirrten sich in den offenen Eingang. Die Vordertür war mit verblichenen Mickymaus-Abziehbildern verziert, die an den Rändern abblätterten.

Sie zogen ihre Schuhe aus und stellten sie neben mehrere Reihen von Schuhen und Sandalen, die schon vor der Tür standen. Als sie eintraten, fanden sie über ein Dutzend Menschen vor, die jeden Winkel des kleinen Ladens auszufüllen schienen. Der sterbende Mann lag auf einer Matte an der gegenüberliegenden Wand. Freunde, Familienangehörige und Nachbarn hatten sich zur Totenwache versammelt. Sie standen, saßen, kauerten oder lehnten in der Tür. Alle waren sie angelaufen gekommen, als Pater Andrews Eintreffen das nahende Ende angekündigt hatte.

Die Regale waren vollgeschichtet mit Shampoo, Putzmitteln, Speiseöl, Zahnpasta, Nudeln, Eiern und Reis. Pater Andrew kniete mit dem Rücken zur Tür auf einer Matratze. Seine Augen waren geschlossen, und seine Lippen bewegten sich, während die gedämpften Laute eines Gebets den Raum erfüllten. Lautlos gesellten Noi und Jess sich zu ihm und nahmen neben ihm Aufstellung. Calvino stand gebückt neben der Tür und beobachtete den LAPD-Polizisten und die Thai-Sängerin, wie sie ihre Rollen spielten, während die anderen Menschen im Raum sie ebenfalls musterten. Wie würde wohl die genaue Todeszeit lauten, fragte er sich? Drei standen zur Auswahl. Eine grüne Uhr mit einem rosa Elefanten hing kopfunter an der Wand. Bei einer anderen Uhr war die Batterie leer, sodass der Minutenzeiger zwar zuckte, es aber nie an der Sieben vorbei schaffte. Nur eine Uhr funktionierte richtig: eine Kinderuhr mit Mickymausfiguren auf dem Zifferblatt.

Hinter der Mickymausuhr stand ein Tisch mit sechs blumengeschmückten Buddhafiguren; Räucherstäbchen waren in mit Sand gefüllten Schalen bis zu den roten Stielen heruntergebrannt. Alle Buddhafiguren waren von dem Sterbenden abgewandt, sie blickten zur Tür.

Der sterbende Mann lag auf dem Rücken, und ein Angehöriger wischte ihm die Brust ab. Seine Rippen traten unter der Haut hervor. Ein anderer Verwandter trocknete ihm den Schweiß vom Gesicht. Seine Augen waren geschlossen, der Kopf zur Seite gewandt. Er war nur halb bei Bewusstsein. Es machte den Anschein, als ob er diesmal wirklich sterben wollte.

Pater Andrew beendete sein Gebet, setzte sich aufrecht hin, und ein seltsames, schwaches Lächeln umspielte seine Lippen. Wahrscheinlich kam es daher, dass er seine Priester- und Nonnengewänder an den beiden sah. Jess kniete mit gefalteten Händen, und Noi war seinem Beispiel gefolgt. Die langen, leuchtend lackierten Fingernägel ihrer zusammengelegten Hände berührten sich. Calvino konnte nicht beurteilen, ob jemand im Raum Nois manikürte Hände bemerkt hatte. Die drei beteten über dem sterbenden Mann, so wie die drei Uhren die Zeit maßen.

Das Telefon im Laden klingelte ständig. Eine dünne Frau in weißer Bluse, der der Schweiß von der Stirn tropfte, hob ab; aber niemand meldete sich. Sie trug knöchellange Plastikstiefel, wirkte verhärmt und älter, als sie war, und die Haut auf ihrem rechten Arm war lappig, als wäre das Fleisch geschmolzen. Jedes Mal, wenn das Telefon klingelte, griff sie mit ihrem kranken Arm danach. Zwei thailändische Nonnen standen vor dem Hinterausgang, Rosenkränze über die zum Gebet gefalteten Hände drapiert. Eine von ihnen starrte Noi verwundert an. Sie sah jung aus und unschuldig – sie hatte noch nicht viel Tod erlebt. Ihr Gesicht war von einer bleichen Schönheit, mit klaren, braunen Augen. Schulkinder mit weißen Hemden und gebügelten Shorts drängten sich in einer Ecke zusammen. Die Hitze machte die Kinder teilnahmslos. Sie lagen stumm auf den Knien und aßen Snacks aus Plastiktüten. Einige Verwandte des sterbenden Mannes bewegten sich um die Matratze, auf der der Mann lag. Einer fächelte dem Sterbenden mit einer Zeitschrift Kühlung zu, ein zweiter auf der anderen Seite mit einem Stück Pappkarton. Der Gestank nach Tod und Krankheit hing schwer in der unbewegten Luft. Der stickige, verbrauchte Geruch des Slums mischte sich mit den Ausdünstungen des Sterbenden. Nicht einmal der Ventilator am Fuß der Matratze brachte Erleichterung.

Doch wie auf ein unsichtbares Zeichen hin hörten die Gebete und das Versprengen des Wassers abrupt auf. Bun blickte unglücklich drein; Pater Andrew hatte die Letzte Ölung schon dreimal durchgeführt, und immer noch weigerte sich der Mann zu sterben. Pater Andrew erhob sich langsam von der Matratze und ging zur Tür. Mit Jess und Noi im Schlepptau bildete er eine regelrechte kleine Prozession.

Als sie bei Pater Andrews Wagen anlangten, sagte er, um sie aufzumuntern: »Ihr beide seht wirklich echt aus. Jess, ich erinnere mich an Sie. Sie waren mit Pratt bei mir. Ein sauberer junger Mann, dachte ich. Aber ich dachte nicht, dass ich Sie so bald wieder sehen würde. Darf ich erfahren, warum jemand Sie zu töten versucht, Jess?«

»Es hängt mit einem Fall in Los Angeles zusammen«, sagte Jess.

»Ein Drogenfall, dessen Spur nach Thailand führt«, ergänzte Calvino.

»Heroin«, sagte Jess.

Schlafende Hunde säumten den schmalen, betonierten Aufgang zu Pater Andrews Haus. Die niedrigen Wellblechdächer hingen stellenweise durch, sodass sie die Köpfe einziehen mussten, wenn sie darunter durchgingen. Unter den Hütten schwappte widerliches Bilgewasser wie ein höllischer Pfuhl. Nicht einmal der Regen vermochte die stinkende Brühe zu verdünnen. Essensgerüche drangen aus den Behausungen. Vor ihnen briet eine Frau Fische. Das Brutzeln des heißen Öls erfüllte die Luft. Ein alter Mann mit bloßem

Oberkörper und einer Goldkette, von der Amulette baumelten, kauerte auf einem Hocker und beobachtete sie im Vorübergehen. In Windeseile verbreitete sich die Nachricht, dass Pater Andrew einen Thai-Priester und eine Nonne im Schlepptau hatte, die niemand zuvor gesehen hatte. Aber Pater Andrew hatte immer seltsame Gäste. Ausländische Journalisten, Fernsehteams, Politiker, Spender und Besucher aus Übersee kamen zu seinem Haus im Herzen des Slums. Doch es sah nicht aus, als gehörte es in einen Slum. Moderne Küche, ein Wohnzimmer mit Deckenventilatoren, elektrischem Licht und Klimaanlage. »Machen Sie sichs bequem«, sagte er.

Noi setzte sich an den Esstisch unter das Foto eines Chinesen in weißem Hemd, der sich allein fünf Panzern entgegenstellte. Es war das berühmte Foto vom »Platz des himmlischen Friedens«. Irgendetwas schien ihr durch den Kopf zu gehen, und sie summte ein Lied vor sich hin. In Gedanken schien sie auf der Bühne zu stehen und vor einem Publikum zu singen, das nur sie sehen konnte. Als die Angst übergroß wurde, hatte sie Zuflucht an einem Ort gesucht, wo sie sich stark und sicher fühlte. Die Männer im Hintergrund hatten ihr befohlen, Dinge zu tun, die sie nicht tun wollte, und aus irgendeinem Grund hatte sie sich nicht widersetzen können. Versteck dich, bis wir dir etwas anderes sagen, Hure. Geh zum *Emporium.* Sing ein Lied, Nonne.

Calvino stand in der Küchentür, öffnete eine Flasche Wein, die noch von der Geburtstagsparty übrig war, und schenkte Pater Andrew ein Glas ein. »Jess sucht nach Beweismaterial für die Verhandlung in L.A.«, sagte er.

»Und ein Drogenbaron ist damit nicht einverstanden, richtig?«, fragte Pater Andrew, nippte an seinem Wein und sah Jess scharf an.

»So scheint es, Pater«, sagte Jess.

Pater Andrew schwenkte den Wein in seinem Glas, hielt es ans Licht und schwieg einen Moment. »Der Fall mit den Überdosen. Den Farang, denen allen Heroin injiziert wurde. Heißt das, dass Sie Calvino bei dieser schlimmen Sache mit dem Serienmörder helfen?«

Jess warf Calvino einen verwirrten Blick zu.

»Ja und nein«, sagte Calvino. »Wir arbeiten zusammen, aber nicht an diesem Fall.«

»Ich glaube nicht, dass es einen Zusammenhang zwischen den Fällen gibt«, sagte Jess.

»Interessant. Dem entnehme ich, dass Sie beide an verschiedenen Heroin-Fällen arbeiten, sich aber nicht die Mühe gemacht haben, Ihre Informationen abzugleichen«, sagte Pater Andrew. Er stellte das Weinglas auf den Tisch und ließ sich Noi gegenüber nieder. »Wenn ich jemandem helfen soll, muss ich genau wissen, wem ich helfe und warum er Hilfe braucht. So sind die Regeln. Sie gelten für die Straßenkinder. Und sie gelten für Leute, die hinter Heroin-Dealern her sind, und besonders für solche, hinter denen Heroin-Dealer her sind. Es darf keinerlei Missverständnisse geben. Wie Sie vielleicht schon vermutet haben, glaube ich daran, dass die Beichte nicht nur gut für die Seele ist, sondern Leute auch am Leben und bei guter Gesundheit hält.«

Jess sah Calvino lange an und begann dann zu reden. »Ich hatte keine Ahnung, dass ich in eine Falle gelockt werden sollte. Ich wollte Calvino nie in meine Drogenermittlungen verwickeln. Ich habe schon früher als Leibwächter gearbeitet. Das war einfach ein Auftrag. Naylor schien Schutz zu brauchen. Er hatte Morddrohungen erhalten. Und auf dem Weg vom Flughafen gab es auch schon einen Anschlag auf ihn.«

»Wir dachten jedenfalls, dass er Naylor galt«, warf Calvino ein.

»Ich wollte nur sagen, dass die Sache nicht als Geheimoperation angefangen hat. Ich habe die Gelegenheit genutzt, meinen Fall mit Pratt zu erörtern. Er hatte ein paar Ideen dazu. Wir haben Informationen ausgetauscht. Er hat mir einige seiner Akten gezeigt.«

»Und warum die neuen Spuren nicht verfolgen?«, fragte Pater Andrew. »So haben Sie sich das doch gedacht?«

Jess nickte und grinste plötzlich. »Genau. Pratt hat gute Kontakte zu einem Colonel in einer speziellen Drogeneinheit. Er ist der Theorie nachgegangen, dass es einen Serienkiller mit Zugang zu Heroin gibt. Der das Zeug benutzt, um Touristen eine Überdosis zu verpassen. Er fand heraus, dass das Heroin über die Grenze von Burma herüberkommt und dann spurlos verschwindet. Kaum etwas von dem Zeug taucht hier wieder auf. Wo ist es geblieben? Hängt das Verschwinden mit den fünf Fällen einer Überdosis zusammen, wegen deren ihn Vincent aufgescheucht hat? Eine Menge Fragen und keine echten Antworten. Ich erzählte Pratt von dem Kerl, den ich in L.A. mit einem Kilo Heroin aus dem Goldenen Dreieck verhaftet hatte, und wir begannen damit, nach möglichen Verbindungen zwischen dem offenen Fall in L.A. und dem verschwundenen Heroin aus Burma zu suchen. War es dasselbe Zeug? Ich wusste es nicht. Mein Problem war, dass ich einen drittklassigen Dealer verhaftet hatte, der, wie gesagt, lediglich ein Kilo bei sich hatte. Aber auf der Straße bringt auch das eine Menge Geld. Wie es aussieht, wird der Kerl lieber in den Knast wandern, als uns zu sagen, wo er es her hat. Sein Prozess findet in ein paar Wochen statt.«

»In sechzehn Tagen«, sagte Noi.

Die drei Männer verstummten und starrten sie an. »Woher wissen Sie das?«, fragte Jess schließlich.

»Weil er mein Bruder ist.«

»Interessant«, sagte Pater Andrew in die Stille hinein.

»Dann waren Sie also gar nie wirklich verschwunden. Ihre Aufgabe war es nur, uns zu den Bombenlegern zu führen«, sagte Calvino.

Wenn man Noi in ihrem Nonnenhabit sah, fiel es schwer zu glauben, dass sie sie in die tödliche Falle im *Emporium* gelockt hatte.

Sie schüttelte den Kopf. »Ich wusste es wirklich nicht. Sie müssen mir glauben.« Flehend versuchte sie, in ihren Gesichtern zu lesen, ob ihr wenigstens einer von ihnen glaubte.

Der Auftrag hatte so unschuldig angefangen, dachte Jess. Dr. Nat war sein Hausarzt, seit er vierzehn Jahre alt war. Also hatte er sich nie die Mühe gemacht, die Sache in letzter Konsequenz zu durchdenken. Jetzt lag es offen zu Tage. Eine Dummheit, nicht früher zu erkennen, dass es einfach zu schön gewesen war, um wahr zu sein. So viel Bargeld plus Spesen für ihn und Calvino. Aber selbst jetzt noch glaubte Jess, dass Dr. Nat nichts von den wahren Hintergründen gewusst hatte. Und wenn Dr. Nat nichts gewusst hatte, sagte Noi vielleicht die Wahrheit. Sie waren beide benutzt worden. Sicher lachte sich derjenige, der Angst vor der Aussage von Nois Bruder hatte, jetzt ins Fäustchen: Der ermittelnde Beamte organisierte für einen Riesen pro Tag seine eigene Exekution. Ein angemessener Betrag, um einer Drogenanklage zu entgehen. Ein Thai, der beim LAPD arbeitete, ließ sich in Bangkok wesentlich einfacher aus dem Weg räumen als in Los Angeles. Die Hintermänner wussten, dass in Bangkok die Chancen günstig standen, mit dem Verbrechen davonzukommen. Hier genossen sie Schutz. Unabhängig vom Ermittlungsstand würde der Fall wegen unzureichender Beweislage zu den Akten gelegt werden. In Los Angeles ließ sich die Sache nicht so einfach unter den Teppich kehren. Und dort wartete die Giftspritze auf sie und der große Schlaf.

»Wer ist dieser Gabe Holerstone?«, fragte Jess.

»Ein Klient von mir aus L.A.«, sagte Calvino.

»Er war mein Chef im *Sisuda.* Das ist ein Klub in der Vine Street in Hollywood«, sagte Noi. »Wo ich als Sängerin gearbeitet habe.«

»Ich kenne das Lokal«, sagte Jess. »Hat Ihr Bruder da gearbeitet?«

Jess war Hunderte von Malen an der Bar vorbeigefahren – er wäre nie auf den Gedanken gekommen, sie als »Klub« zu bezeichnen. Er hatte nur ein einziges Mal beruflichen Grund gehabt, die *Sisuda*-Karaoke-Bar zu betreten. Er erinnerte sich, dass ein Dutzend Yings in der Bar arbeiteten, goldene Blumen der Nacht, die sich für fünfzig Dollar die Stunde von den Gästen mit flüssiger Nahrung versorgen ließen und ihnen zuhörten. Und die dann die Gäste in die Privatzimmer zum Singen begleiteten. Jess betrachtete Noi in ihrem Nonnenhabit und versuchte, sie sich als eine der goldenen Blüten vorzustellen.

»Ich dachte, Gabe hätte Ihnen in L.A. eine Karriere als Sängerin versprochen«, sagte Calvino.

»Er hat gelogen. Er hat auch meinen Bruder angelogen. Ich hasse ihn«, sagte sie.

»Ich höre zum ersten Mal, dass eine Nonne offen zugibt, ein anderes menschliches Wesen zu hassen«, sagte Pater Andrew.

In Pater Andrews Wohnzimmer kamen Calvino und Jess der verbindenden Achse aus Kumpanei und schmierigen Geschäften in L.A. auf die Spur.

»Kannten Sie Wes Naylor schon aus L.A.?«, fragte Jess Noi.

»Es war Kowits Idee, Wes hinzuzuziehen«, sagte Noi. Ja, warum nicht einen Teil des Risikos auf den Farang abwälzen?, dachte Calvino.

Jess streckte die hohle Hand aus und sagte leise zu Calvino: »Pratt hat mir eine Liste der Großdealer und ihrer Teilhaber gezeigt. Dieser Kowit taucht als Teilhaber auf.«

»Glauben Sie, Ihr Bruder bekam das Heroin von Kowit?«, fragte Calvino.

»Ich weiß nicht«, sagte Noi. »Er hat es mir nicht gesagt. Ich habe nicht gefragt. Ich wollte es nicht wissen.«

»Wir könnten ihm Straffreiheit garantieren«, sagte Jess. »Aber dazu müsste er kooperieren. Verstehen Sie mich? Er muss in den Zeugenstand treten und mit dem Finger auf den Schuldigen zeigen.«

»Er hat eine Scheißangst.« Sie sah zu Pater Andrew. »Bitte entschuldigen Sie, Pater.« Noi blickte wieder zu Jess. »Ich habe Angst. Was sie Ihnen anzutun versuchten, macht mir Angst. Sie sind Polizist. Und trotzdem haben sie es versucht. Sie sind schutzlos.«

Noi wusste, worauf es ankam. Es ließ sich alles in jenen drei Worten zusammenfassen: Sie sind schutzlos. Sie hatte Recht, und er wusste, warum sie getan hatte, was man von ihr verlangte. Sie hatte keine Wahl gehabt.

Eine der Nonnen, die schon in dem Laden dabei gewesen waren, kam plötzlich herein. Ihre Gegenwart brachte das Gespräch zum Verstummen, während sie zu Noi ging und ihr ein Glas Wasser reichte. »Möchten Sie sich hinlegen? Ihr Zimmer ist fertig.«

Noi trank einen Schluck und stellte das Glas auf den Tisch. »Ich kann mich später noch ausruhen«, sagte sie.

»Schwester, wenn Sie ein bisschen später wiederkommen, wird

Schwester Theresa sicher bereit sein, sich zur Ruhe zu begeben«, sagte Pater Andrew. »Im Augenblick stecken wir mitten in einer Diskussion über eine schwere seelsorgerische Krise.«

Als die Schwester gegangen war, entspannte sich Noi etwas. »Wir müssen jetzt alles wissen, Noi. Es hat keinen Sinn, etwas zu verschweigen«, sagte Calvino.

»Vincent hat Recht«, sagte Jess. »Wenn wir erfahren, wer hinter dem Anschlag im *Emporium* steckt, kann das Ihnen und Ihrem Bruder nur helfen. Sie haben nichts zu verlieren.«

Es kam heraus, dass Kowit immer nervöser geworden war, je länger Nois Bruder Charn im Gefängnis saß und der Tag seiner Verhandlung näher rückte. Er befürchtete, der Junge würde sich auf einen Handel einlassen; er kam im Gefängnis nicht gut zurecht und konnte Kronzeuge werden. Das war seine beste Chance. Kowit war beunruhigt, da er im fernen Kalifornien wenig dagegen unternehmen konnte. Dort hatte er keinen Heimvorteil und nicht die Möglichkeit, nackte Furcht zu verbreiten. Aber wenn Charns Fall überhaupt nicht vor Gericht kam, musste die Polizei ihn entlassen. Noi begriff sehr schnell, dass ihrem Bruder im Gefängnis harte Zeiten bevorstanden, falls sie Kowit nicht unterstützte. Vielleicht würde er das Gefängnis nie mehr verlassen können. Noi glaubte Kowit, dass das in seiner Macht stand.

»Sie haben mir versprochen, dass niemand verletzt wird«, sagte Noi. »Sie sagten, sie wollen Ihnen nur Angst einjagen. Dann würde die Anklage gegen meinen Bruder niedergeschlagen.«

»Sie haben den Wagen selbst gesehen, Noi. Das war mehr als Angst einjagen. Warum haben Sie sich darauf eingelassen?«, fragte Jess.

Tränen stiegen ihr in die Augen. »Sie haben mich angelogen. Es tut mir so Leid.«

Sie konnte zwar ihre Geschichte erzählen, aber sie konnte die Zusammenhänge nicht ermessen. Deshalb begann sie immer wieder von vorn, wenn Jess die Frage nach dem Warum stellte. Sie konnte nur erzählen und darauf hoffen, dass die Wiederholung ihrer Geschichte den Widerstand der Warum-Frager irgendwann brechen würde. »Kowit hat mit mir über meinen Bruder gesprochen. Ich hatte keine Wahl, wenn ich meinem Bruder helfen wollte.«

Jess schüttelte den Kopf, und sie verstummte.

Ob das nur ein gut gesponnenes Ying-Garn war oder die Wahrheit oder irgendetwas dazwischen, war schwer zu entscheiden. Das Nonnenhabit verlieh ihr ein Maß an Glaubwürdigkeit, das dem Cocktailkleid abgegangen war. Sie hatte ganz bewusst den Beamten, der gegen ihren Bruder ermittelte, in eine Falle gelockt. Ohne Jess fiel die Anklage gegen Charn in sich zusammen; seine Aussage war unerlässlich für einen Schuldspruch, andernfalls kam ihr Bruder frei. Sie tat, was immer notwendig war, um ihren älteren Bruder zu retten. Die Familie kam an erster Stelle. Und innerhalb der Familie hatte der Jüngere hinter dem Älteren zurückzustehen. Für ihre Familie da zu sein, das war die Basis ihrer Existenz. Er war für sie da gewesen; jetzt war sie an der Reihe, ihm zu helfen. Sie konnte ihn nicht im Stich lassen.

»Sein Name war Danny. Der Farang, der im Einkaufszentrum gestorben ist. Gabe und Kowit haben ihn geschickt, um mich zu kontrollieren.«

»Oder Ihnen zu helfen?«, fragte Jess.

Sie zuckte die Achseln und sah zu Boden. »Gabe wollte sichergehen, dass ich es nicht vermassle. Ich wusste nicht, dass er versuchen würde, jemanden zu töten.«

»Genau, er wirkte wie ein richtig netter Kerl«, sagte Calvino.

»Sie sagten, dass Danny nur mit Jess reden wollte. Nichts Schlimmes, nur ihn wissen zu lassen, dass es keine so gute Idee wäre, gegen meinen Bruder auszusagen.«

Charn hatte Noi den Job als »Sängerin« in L.A. verschafft. Unter der Hand hatte er von Gabe eine Vermittlungsgebühr kassiert. Nach einer Nacht Arbeit in der Bar war ihr klar, dass ihr Bruder sich mit ein paar ziemlich üblen Figuren eingelassen hatte. Er hatte ihr nicht erzählt, welcher Art seine Verbindung mit Kowit war, und sie hatte nicht gefragt. Aber sie wusste, dass Kowit ein häufiger Besucher im Nachtklub war.

»Kowit ist an Gabes Geschäft beteiligt«, sagte Noi.

»Wer hat Ihnen das erzählt?«

»Gabe.«

Ob der Umsatz wohl groß genug war, dass sich der Schuppen zur Geldwäsche eignete?, fragte sich Calvino. Nois Bruder hatte als Rausschmeißer in der Bar gearbeitet. Sie warnte ihn, keine Schande über den Namen ihrer Familie zu bringen. Er lächelte, versprach es ihr und tat dann doch, was er wollte.

»Wenn Sie nicht glaubten, dass er mit Drogen zu tun hatte, warum ihn dann warnen?« Der Polizist in Jess regte sich. Für ihn war diese Geschichte nicht wasserdicht.

»Er hatte zu viel Geld. Ich wusste, dass er in der Bar nicht so viel verdienen konnte.«

»Dann waren Sie also nicht allzu überrascht, als ich ihn verhaftet habe?«

»Ja und nein«, flüsterte sie. »Bei der Arbeit war er sauber. Aber er hat viel Geld ausgegeben. Manchmal ist er ein oder zwei Stunden lang verschwunden. Das ist jede Woche ein paar Mal vorgekommen.« Jess hatte Charn observiert und ihn drei Blocks weiter in einem heruntergekommenen Hotel verhaftet. Er hatte ein Zimmer als Stützpunkt für seinen Drogenhandel benutzt. Er war zwischen Bar und Hotel gependelt, um das weiße Pulver zu verkaufen.

»Wes Naylor war auch häufiger Kunde in der Bar.«

»Was heißt häufig?«, fragte Jess.

»Ich sah ihn jede Woche an mehreren Abenden. Er sprach ein wenig Thai. Er war schon in Thailand gewesen und redete ständig von seinem *Cause, Cause* dies, *Cause* das. Er hatte nur Bar-Yings im Kopf. Er hat ein paar der Yings für sein Online-Magazin fotografiert. Er erzählte, dass die Leute von seiner Website Downloads machen. Ihn dafür bezahlen.«

»Kannten sich Kowit und Naylor?«, fragte Calvino.

Kowit hatte eine Chance gesehen, sich selbst zu helfen, indem er Naylor seinen großen Durchbruch verschaffte. Gabe hatte sie miteinander bekannt gemacht. Eines Nachts saß Naylor wieder in der

Bar und erzählte von seinen sexuellen Erlebnissen auf dem *Causeway,* als Kowit hereinkam. Eine halbe Stunde später erzählte Kowit Naylor bereits von einem Hotelprojekt mit ein paar angesehenen Ärzten. Sie suchten einen Anwalt und würden ihn zweifellos mit fünf Prozent einsteigen lassen, wenn Kowit ihn persönlich empfahl. Und was wollte Kowit als Gegenleistung? Seine Freundschaft, ein verbilligtes Zimmer im Hotel und seine inoffizielle Beratung, falls es Schwierigkeiten gab. Nichts weiter? Nichts weiter. Sei einfach mein Freund. In L.A. brauchen wir Farang-Anwälte als Freunde. Kowit hatte das sehr geschickt eingefädelt. Er hatte einen langen Pass gespielt und ihn Naylor so präzise vor die Füße gelegt, dass der gar nicht anders konnte als anzunehmen. Kowit hielt Wort und überzeugte Dr. Nat, den Bruder des Arztes in Bangkok, davon, dass Naylor der Richtige war, um Umsätze zu bringen und dazu noch die gesamte anwaltschaftliche Beratung zu einem stark vergünstigten Preis abwickelte. Eine Woche später begannen die Morddrohungen, und Wes Naylor wandte sich an Kowit, der ihm riet, einen Leibwächter nach Bangkok mitzunehmen. Jemanden mit Polizeierfahrung, am besten einen gebürtigen Thai. Zufällig gebe es da beim LAPD einen solchen Beamten. Naylor nahm Kontakt auf und sagte ihm, dass Geld keine Rolle spielte. Naylor erwähnte auch, dass ein Kumpel von ihm namens Gabe einen Privatdetektiv in Bangkok empfohlen hätte, einen Amerikaner, der sie unterstützen konnte. Der Preis spielte keine Rolle.

»Was haben Sie geantwortet?«, fragte Pater Andrew.

»Ich habe Ja gesagt«, sagte Jess. »Und den Preis akzeptiert.«

»Ging mir genauso«, sagte Calvino.

Vor Pater Andrews Haus ertönte lautes Stimmengewirr. »Ich glaube, jetzt hat seine Stunde geschlagen«, sagte Pater Andrew. Er öffnete die Tür und sah, wie die Verwandten den sterbenden Mann in einem Stuhl sitzend zum Haus seiner Schwester trugen.

»Er wird heute Nacht sterben. Das spüre ich. Dann halten wir die Totenwache und beerdigen ihn anschließend. Wir lassen unsere Toten nicht lange liegen. Der Körper fängt sehr schnell an, sich zu zersetzen.« Pater Andrew wandte sich seinen Gästen zu. »Sie, Pater Ben, und Sie, Schwester Theresa, sind herzlich eingeladen, hier zu bleiben. Bis Vincent einen Weg gefunden hat, Sie in Sicherheit zu bringen.«

»Zurück nach L.A.?«, fragte Noi.

»Was es auch kostet, wir werden alles tun, um Sie zurückzubringen«, sagte Calvino.

»Sie wollen uns immer noch helfen?«, fragte Jess den Pater. »Ich könnte es Ihnen nicht übel nehmen, wenn Sie uns einen Tritt in den Hintern geben.«

»Ich habe gerade einen Mann gesehen, der vor dem Tod steht«, sagte Pater Andrew. »Ich habe es schon viele Male gesehen. Wissen Sie was? Es beunruhigt mich nicht besonders. Und Sie, Noi, mein Kind, müssen diesen beiden großartigen Männern helfen.«

Sie hielt seinem Blick stand wie der Chinese auf dem Foto den Panzern. »Was es auch kostet«, sagte sie mit Calvinos Worten, erhob sich und sah der kleinen Prozession der Verwandten des Sterbenden nach. Sie spürte die Gegenwart des Todes in den Schatten des schmalen Pfades lauern. Er war ein häufiger Gast im Slum von Klong Toey. Während der Schatten vorüberglitt, dachte sie an Danny, und ein kalter Schauer lief ihr über den Rücken.

11

Die Frau aus dem Laden, die mit dem verschrumpelten Arm, kam mit verweintem Gesicht in Pater Andrews Wohnzimmer. »Mein älterer Bruder ist tot«, sagte sie. Sie wirkte erschöpft von dem, was sie durchgemacht hatte, und in ihren geröteten Augen standen Trauer und Erleichterung.

Pater Andrew war gerade am Telefon: »Ich weiß, dass es wichtig ist«, sagte er in den Apparat. »Aber nebenan ist gerade jemand gestorben, und seine Schwester steht jetzt neben mir.« Er machte sich nicht die Mühe, die Sprechmuschel zuzuhalten, während er zu ihr sprach. »Sagen Sie Ihrer Familie, dass ich gleich hinüberkomme. Lassen Sie mich nur schnell das Telefonat beenden.« Die Frau glitt lautlos hinaus. Nachbarn und die Familie des Toten versammelten sich draußen auf dem Laufsteg. Pater Andrew nahm sein Telefonat genau da wieder auf, wo er es unterbrochen hatte.

»Wer behauptet, dass wir die Pfähle für den Schulbau nicht einrammen dürfen? Dieser Kerl? Er hat gesagt, dass alles geregelt sei. Ich sage Ihnen, was wir tun werden! Morgen schlagen wir die Pfähle ein, und ich lasse dreihundertzweiundzwanzig Kinder handschriftliche Briefe an den Gouverneur, den Polizeichef und den Premierminister schicken. Die Kinder werden schreiben: ›Wir wollen eine Ausbildung für ein besseres Leben.‹ Und die ganzen dreihundertzweiundzwanzig Briefe schicken wir an die englischsprachige Presse. Sagen Sie ihm das! Und machen Sie sich keine Gedanken, sorgen Sie einfach dafür, dass die Arbeiter morgen früh da sind.«

Er legte auf und lächelte. »Da hat jemand entweder Angst oder er will Schmiergeld kassieren. Aber diese Kerle hassen negative Publicity. Beim Gedanken an dreihundert Kinder vor den Fernsehkameras ziehen sie den Kopf ein.«

Dann klingelte Pater Andrews Mobiltelefon. »Nein, ich kann nicht. Ich muss in fünfundzwanzig Minuten eine spezielle Messe lesen. Warum? Weil ich Geburtstag habe und an meinem Geburtstag immer die Messe lese. Ja, beim Schlachthof, für die Laoten, die sich verstecken müssen«, sagte er mit einem Blick auf seine Armbanduhr. »Ich rufe Sie später zurück. Aber sagen Sie Henry, dass wir sein Direktorium nächsten Dienstag treffen können, um ihnen von dem Essensprogramm zu berichten.«

Er wandte sich wieder an seine Gäste. »Wo waren wir stehen geblieben?«

»Der Mann ist gestorben«, sagte Noi.

Pater Andrew ging ihnen voran auf dem schmalen betonierten Weg, der zum Haus der älteren Schwester führte. Drinnen sprach Pater Andrew ein Gebet, und Jess und Noi folgten seinem Beispiel mit gesenkten Köpfen, geschlossenen Augen und gefalteten Händen. Calvino war sich nicht sicher, ob sie nur eine Rolle spielten, ob ihre Gebete echt waren und dem toten Mann galten, der auf einer Matratze in der Ecke lag, oder ob sie für sich selbst beteten. Nach ein paar Minuten führte sie Pater Andrew zu seinem Haus zurück. Er stieg die Treppen hinauf und kehrte nach ein paar Minuten in seinem schneeweißen Ornat zurück.

»Es ist Zeit für die Messe.«

Das Mädchen mit dem Geburtstagskuchen, wegen dem Calvino fünfhundert Baht verloren hatte, schloss sich ihnen an, und zusammen gingen sie durch den Slum, quer über den Parkplatz und auf die Straße zum Schlachthof. Auf halbem Weg über den Parkplatz blieb Pater Andrew stehen, um mit einem Mann zu sprechen, der mit dem gegabelten Ende eines Hammers Nägel aus einer Holztür zog. Zu Füßen des Mannes lag ein Stapel Holz. Eine junge Frau in ausgebeulten Jeans und T-Shirt hielt die Tür fest, während er die Nägel mit dem Hammer herauszog. Es war heiß und finster auf dem Parkplatz.

»Wo hast du die Tür her?«, fragte Pater Andrew und richtete seine Taschenlampe auf den Mann, dann auf die Tür, und schließlich auf die Frau, die sie hielt. Er bekam keine Antwort. Der Mann sah kurz auf, ohne ein Zeichen des Erkennens oder des Erstaunens, dass Pater Andrew in seinem förmlichen weißen Ornat plötzlich aus der Dunkelheit auftauchte.

Pater Andrew richtete das Wort an das Mädchen. »Hat er die Tür gestohlen?«

»Nein, wir haben sie bezahlt«, sagte sie.

Pater Andrew sah schweigend zu, wie der Mann Nägel herauszog. Er wollte nicht mit dem Pater sprechen, würdigte ihn keines Blickes. Jess konnte seinen Mangel an Respekt nicht länger ertragen und zischte: »Hau ab!«

Der Mann hob den Hammer und machte einen Schritt auf Pater Andrew zu. Jess setzte ihn mit einem Sprungtritt mitten ins Gesicht außer Gefecht. Er fiel bewusstlos in sich zusammen.

»Gehen wir«, sagte Calvino. Sehr unauffällig, dachte er. Eine Nonne mit lackierten Fingernägeln und ein kickboxender Priester, der einen Mann mit einem einzigen Tritt ins Gesicht erledigte.

»Der Mann ist ein rauschgiftsüchtiger Dieb. Ich warte seit Jahren darauf, dass die Polizei etwas gegen ihn unternimmt«, sagte Pater Andrew und richtete den Strahl seiner Taschenlampe in die Dunkelheit.

Als sie den Schlachthof passierten, strauchelte Noi und wäre beinahe hingefallen; Calvino packte sie am Arm und verhinderte ihren Sturz. Sie war über einen jungen Mann gestolpert, der auf dem Boden kauerte. Er hob den Blick und lächelte, als Pater Andrew seine Taschenlampe auf ihn richtete.

»Willst du nicht die Messe besuchen?«

Der Junge antwortete nicht, glotzte nur mit leerem Blick in den Strahl der Taschenlampe. Er trug ein kurzärmeliges Fußballtrikot, aber er hatte keine Arme. Ein Geburtsfehler hatte ihn mit kurzen, klauenartigen Fortsätzen an den Schultern ausgestattet.

»Lass die Drogen sein und arbeite im Zentrum für mich. Du könntest ein Künstler sein.« Immer noch keine Antwort, nur ein schlaffes Drogengrinsen. »Verschwinde wenigstens von der Straße, bevor dich ein Auto überfährt.« Der Junge rappelte sich ohne Hilfe auf und machte sich davon ins Dunkel.

Als sie den Schlachthof betraten, erläuterte Pater Andrew, dass der Junge ein erstklassiger Künstler war; er malte mit den Füßen und hatte viel Talent. Aber wenn man für Pater Andrew arbeiten wollte, gab es eine eiserne Regel: keine Drogen. Er war gerade mit der Geschichte fertig, als sie um eine Ecke bogen und etwa dreißig Personen auf dem Fußboden vor einem kleinen Altar sitzen sahen. Laotische Arbeiter ohne Papiere. Hier versteckten sie sich nachts. Dutzende fluoreszierender Bänder – das Neonlicht der Armen – hingen von der Decke und beleuchteten die Gesichter der Gruppe, hauptsächlich Frauen und Kinder. Pater Andrew schritt zum Altar, hob mit geschlossenen Augen die Arme und sprach seinen Segen.

»Brüder und Schwestern, es ist mir eine Ehre, euch bei dieser Messe willkommen zu heißen.«

Noch während er zu den Andächtigen sprach, begann eine Gruppe von Männern, Schweine von einem Lastwagen abzuladen, der zehn Meter hinter dem Altar geparkt stand.

Calvino tippte Jess auf die Schulter und deutete auf den Lastwagen. »Das gefällt mir nicht. Versuchen Sie diesmal, sich herauszuhalten. Wenn Sie noch einmal jemandem gegen den Kopf treten, können Sie genauso gut im Radio bekannt geben, wo wir sind.«

Jess nickte.

Das halbe Dutzend Männer sprach untereinander Khmer. Das bedeutete, dass sie aus der Si-Sa-Ket- oder Surin-Provinz nach Bangkok gekommen waren. Die Männer benutzten Messer mit langen, scharfen Klingen. Einer von ihnen schnitt einem Schwein die Kehle durch. Andere Schweine, die dasselbe Schicksal erwartete, quiekten in Todesangst. Blut spritzte auf den Saum von Pater Andrews Ornat. Er wandte sich zu den Männern und sprach sie auf Thai an. »Bitte, warten Sie noch fünfzehn Minuten. Wir sprechen gerade unsere Gebete. In Ihrer Religion beten Sie doch auch, oder nicht? Können Sie uns nicht noch ein paar Minuten geben?«

Die Khmer-Arbeiter ignorierten seine Bitte. Ein großes Messer blitzte auf, als der Arbeiter die Kehle eines weiteren Schweins aufschlitzte. Bluttröpfchen sprühten auch auf Nois Habit. Sie wischte sich einen Tropfen vom Arm und rieb ihn zwischen den Fingern, bis sie klebrig wurden. Einige der Kinder begannen zu weinen. Eine der

Mütter nahm ihr Kind hoch, klemmte sich die Bambusmatte unter den Arm und ging schweigend weg. Die Laune der Arbeiter schlug ins Bösartige um. Absichtlich und demonstrativ hackten sie weiter auf die toten Schweine ein.

»Bitte, tut das nicht«, sagte Pater Andrew und beugte das Haupt. »Lasst uns beten.«

Die Schweineschlächterei ging weiter. Die Khmer arbeiteten geschickt zusammen, schlachteten die Schweine eines nach dem anderen, häuften Dutzende von Kadavern aufeinander, und binnen Minuten war Pater Andrews Gewand blutdurchtränkt. Seine spezielle Geburtstagsmesse begann nach einem misslungenen Blutopfer auszusehen. Es wurde Zeit zu gehen. Die Laoten waren verschwunden. Eins nach dem anderen erloschen die fluoreszierenden Bänder, als könnten sie den Anblick des blutbesudelten Priesters nicht ertragen. Pater Andrew stand mit ausgebreiteten Armen beim Altar. »Es gibt nichts mehr zu feiern«, flüsterte er. »Gehen wir zurück.« Jess, Noi und Calvino waren als Letzte im Schlachthof zurückgeblieben; außer den Khmer-Schlächtern, die ihre eigenen Lampen aufgestellt hatten und ihren blutigen Aderlass fortführten. Einige von ihnen zerrten einen frisch getöteten Kadaver zu einem kochenden Wasserkessel, hievten das tote Schwein in die Höhe und warfen es ins Wasser, wo ein anderer Arbeiter die Borsten abschrubbte. Die betonierten Abflussrinnen des Pferchs schwammen vom Blut. Die Khmer lachten Pater Andrew aus und deuteten mit blutbefleckten Armen auf ihn. Aus einer langen Reihe von Verschlägen aus Sperrholz und Pappe, die wie Schwalbennester auf einer Galerie saßen, leuchteten Lichter und spähten Dutzende von Augen auf das Schauspiel aus Blut und Tod, als wäre es ein Schlachtfeld. Pater Andrew sah zu ihnen empor. Er war gekommen, um Kraft und Hoffnung und Mut zu predigen, und nun stand er da, blutbesudelt, beschämt und erniedrigt.

Als er sich umwandte, sah er, dass Calvinos Hand sich unter der Jacke um den Griff seines 38er Police Special krampfte. Er konnte es nicht ertragen, seinen Freund so erniedrigt zu sehen. Dieses selbstgefällige Grinsen auf den Gesichtern der Khmer, als wären sie unantastbar, als könnten diese Farang absolut nichts gegen ihre Schlächterei unternehmen.

»Ich werde das nicht zulassen«, sagte Calvino. Diesmal war es an Jess, Calvino in Zaum zu halten. Er packte seinen Arm. »Das hilft nichts.«

Jess hatte erst gedacht, es wäre eine weitere Falle. Jemand hätte herausgefunden, dass sie in Klong Toey waren, und diese Männer geschickt, um zu erledigen, was die Bombe nicht geschafft hatte. Aber sie hatten kein Interesse an ihnen gezeigt. Sie taten ihre Arbeit. Alles andere war ihnen egal. Jess verschwand im Hintergrund des Schlachthofs und sprach mit einem Händler, der neben einem kochenden Kessel hockte. Der Händler erzählte ihm, dass die Schweineschlächter nur eine Bande illegaler Khmer ohne Papiere seien, die die Drecksarbeit für einen chinesischen Kaufmann erledigten.

Pater Andrew und die anderen schickten sich gerade an, den Schlachthof zu verlassen. Pater Andrews Stimme klang flach, leise und weit entfernt. »Es tut mir Leid, dass ich Sie und Ihre Freunde enttäuscht habe.«

»Sie haben uns nicht enttäuscht«, sagte Jess. »Wenn überhaupt, dann haben wir Sie im Stich gelassen. Wir hätten irgendetwas unternehmen sollen.«

Niemand sprach ein Wort, während sie über den Parkplatz zurückgingen. Alle erstarrten, als sie den von Kopf bis Fuß mit Schweineblut bedeckten Pater Andrew erblickten. Die Neuigkeit verbreitete sich rasch in der Gemeinschaft, und bald versammelte sich eine Menge und starrte ihren entweihten Priester an. Sie glaubten, er hätte einen Unfall gehabt. Alle redeten durcheinander. Pater Andrew hob die Hand, um sie zum Schweigen zu bringen, und erzählte, was geschehen war.

Ein Dutzend Männer löste sich lautlos aus der Menge und ging über den Parkplatz auf den Schlachthof zu. Calvino folgte ihnen über den Parkplatz. Ohne Vorwarnung drangen sie in den Pferch ein, wo die Khmer die Schweine schlachteten. Der Anführer der Gruppe trat vor, schwang sein Stück Holz so hart er konnte und zerschmetterte einem der Khmer das Bein. Die anderen Männer machten sich schnell und schweigend ans Werk und schlugen auf die anderen Khmer ein. Die Augen in den Lofts oberhalb des Erdgeschosses des Schlachthofs spähten herab auf die besiegten Khmer, die stöhnten und schrien und sich durch das Blut und den Schleim schleppten, voller Angst, die Thai würden nachsetzen und sie endgültig erledigen. Aber das war nicht ihre Absicht. Die Schläge sollten nicht töten, sondern verkrüppeln. Als sie fertig waren, lag Totenstille über dem Schlachthof. Die Thais ließen ihre blutigen Holzknüppel fallen, zündeten sich beim Hinausgehen Zigaretten an und sprachen leise darüber, dass Khmer in Kambodscha bleiben sollten und dass die Thais sich angesichts ihrer schweren Sünde noch gnädig erwiesen hatten. Der Anführer blieb neben Calvino stehen. Er nahm einen tiefen Zug von seiner Zigarette und sagte: »Sagen Sie Pater Andrew, dass seine Würde wiederhergestellt ist. Sagen Sie ihm, dass er respektiert und gebraucht wird.«

»Das sollten Sie ihm selbst sagen«, meinte Calvino.

Hier war die Rache ein Ersatz für Recht und Gesetz.

Als Calvino Pater Andrews Haus betrat, schwirrten mehrere Slumbewohner mit Handtüchern um den Priester herum und wuschen sein Gesicht, seine Arme und Füße.

Calvino ließ sich am Tisch nieder und legte einen zerbrochenen und blutigen Knüppel auf den Tisch. »Die Khmer sehen nicht allzu gut aus. Anscheinend war ein gutes Dutzend Männer aus dem Slum nicht gerade glücklich darüber, was sie mit ihrem Priester angestellt haben. Also haben sie die Dinge in Ordnung gebracht. Auf Thai-Art. Sie konnten nicht ungeschehen machen, was diese Männer Ihnen angetan haben. Also haben sie das Zweitbeste getan. Sie haben jedem in dieser Gemeinde gezeigt, dass niemand ihren Priester beleidigen darf. Sie sind nicht einfach ein Farang, der hier lebt. Sie sind einer von ihnen. Und es scheint ziemlich eindeutig, dass Sie in ihren Augen Ihre Würde zurückgewonnen haben. Sie haben die Dinge auf

Thai-Art ins Lot gebracht.« Aber für sie selbst sah es düster aus. Die ganze Gemeinde würde sich heute Nacht die Mäuler zerreißen. Über den fremden Thai-Priester, der mit den Männern im Schlachthof gewesen war, und die Thai-Nonne mit Blut an den Händen. Und den Farang, der mit ihnen gekommen war. »Wir können nicht bleiben. Die Polizei wird kommen und den Vorfall am Schlachthof untersuchen.«

Sie gingen zu dem Por-teck-Leichenwagen. Die Leiche war bereits hinten eingeladen, und die beiden Arbeiter hockten auf Plastikstühlen und aßen eine Schale Nudeln. Calvino flüsterte Jess zu: »Gehen wir ins *Grand Rose Hotel* zurück!«

»Sind Sie verrückt geworden?«, fragte Jess.

»Es ist der letzte Ort, an dem sie nach uns suchen. Nehmen Sie Noi mit und mieten Sie sich ein. Ich komme nach.«

Jess schwieg. Zweifel standen in seinen Augen, aber Calvino wusste, dass Jess und Noi gehorchen würden. Er ging zu dem Tisch, wo die Por-teck-Arbeiter beim Essen waren: »Der Priester und die Nonne fahren mit euch. Sie müssen Gebete sprechen. Sonst wird der Geist des Toten zornig. Versteht ihr?« Er drückte einem der Arbeiter einen Tausend-Baht-Schein in die Hand. Tausend Baht und ein zorniger Geist waren starke Argumente. Die zwei Männer liefen sofort zu ihrem Wagen.

Calvino kehrte zu Jess zurück. »Sie nehmen euch mit.«

Einer der Männer hielt die Hecktüren des Leichenwagens auf. Jess stieg ein und streckte Schwester Theresa die Hand zur Hilfe entgegen. Die Türen schlugen zu, und Noi faltete ihre Hände zum Gebet über dem Toten. Calvino sah dem Leichenwagen nach, wie er sich durch die Fünfachser-Lastwagen auf dem Parkplatz schlängelte und schließlich verschwand.

War es wirklich eine gute Idee, ins *Grand Rose Hotel* zu gehen? Calvino war sich nicht so sicher, während er im Taxi zur Sukhumvit Road zurückfuhr.

Das *Grand Rose Hotel* wirkte verlassen. Calvino ging hinein, durchquerte die leere Lobby und beugte sich über den Rezeptionstresen, wo er mit der flachen Hand auf die Glocke schlug.

Die Stimme einer alten Frau krächzte: »Hello.«

»Hello, hello, hia la ka«, rief er zurück. Der Text eines Liedes.

Ein altersschwaches, heiseres Kichern ertönte. Die alte Frau hatte auf einer Matte hinter dem Schreibtisch geschlafen. Jetzt erhob sie sich, eine winzige Greisin von gebrechlicher Gestalt mit wirren grauen Haarsträhnen. Dieselbe halb blinde Frau, die schon beim ersten Mal hier gewesen war, als er mit Wes Naylor und Jess eintraf.

»Haben Sie Zimmer frei?«, fragte Calvino auf Thai. Er sagte es ohne Ironie. Er wollte ihre Reaktion sehen.

Sie lächelte mit ihren schwarzen Zähnen. »Einzel- oder Doppelzimmer?«

»Einzelzimmer«, sagte Calvino und schob einen Fünfhundert-Baht-Schein über den Tresen.

»Mögen Sie Thai-Musik?«, fragte sie auf Englisch. Also konnte sie Englisch und hatte von Anfang an verstanden, was sie sagten. Er fragte sich, ob sie das nicht nur vor den Farang, sondern auch vor ihrer eigenen Familie geheim hielt. »Ich liebe Thai-Musik.«

»Füllen Sie das aus.« Sie schob ihm einen Meldezettel hin. Er füllte ihn aus: Smith, John, Student, Neuseeland, geboren am 1. Juni 1964, mit Nepal als nächstem Reiseziel. Dann gab er ihr den Meldeschein zurück. Die alte Frau sah ihn nicht einmal an. Sie wusste, dass es völlig egal war, was für Lügen darauf standen. »Das kostet vierhundertfünfundneunzig Baht pro Nacht«, sagte sie und rollte eine Fünf-Baht-Münze über den Tresen. Sie fiel über die Kante, rollte über den Fußboden und verschwand irgendwo in der Dunkelheit.

Er wusste, dass die Übernachtung dreihundertfünfzig Baht kostete, aber er sagte nichts. Calvinos Gesetz: Es war nie gut, zu viel zu wissen, wenn man als Farang in Thailand untertauchen wollte.

»Ein Freund von mir hat sich schon vorher eingemietet«, sagte Calvino. Ja, so war es richtig, »schon vorher«, schön vage und sehr thailändisch in seinem Unvermögen, genau zu beschreiben, was vorher bedeutete.

»Wie ist sein Name?«, fragte die Alte und zwinkerte mit einem halb blinden Auge.

»Ich habe ihn im Flugzeug kennen gelernt. Er ist *Cause*-Mitglied. Wenn ich das Melderegister sehen dürfte, würde ich ihn bestimmt erkennen. Das war vor drei, vier Tagen. Ich bin sicher, dass er hierher wollte. Können Sie mir helfen?«, fragte er, während er einen Fünfhundert-Baht-Schein in ihre alte, papiertrockene Handfläche faltete.

»Wo Sie doch Thai-Musik mögen, sicher.« Sie bückte sich murmelnd unter den Tresen. Es war schwer zu sagen, ob sie den Wert des Geldscheins zu entziffern versuchte oder nach den Meldekarten der letzten Woche sah. Als sie sich wieder aufrichtete, schob sie den Schein in ihren BH. Es gab nur sechs Karteikarten. Sie legte sie auf dem Tresen im Halbkreis aus, wie ein Wahrsager seine Tarot-Karten. Calvino betrachtete die Karten. Zurzeit gab es nur fünf Gäste. Darunter ein Mann namens Axel und eine Frau namens Joanne. Ihre Zimmernummern waren 419 und 420. Er prägte sich die Ziffern ein. McPhail hatte sich ebenso wie Wes Naylor unter seinem eigenen Namen eingetragen. Sie waren im fünften Stock, Zimmernummern 527 und 512. Er sah einen weiteren Farang-Namen, der ihm nichts sagte. Am Ende hatte das Hotel tatsächlich einen echten Gast.

Die alte, halb blinde Frau hatte ihm Hong 421 gegeben.

Blind, aber nicht dumm.

12

Calvino keuchte, als er die Treppen zum vierten Stock hinaufkletterte. Auf dem Treppenabsatz hielt er inne und dachte daran, dass Jess gute fünfzehn Jahre jünger war als er. Dann drückte er die Feuertür auf und ging, immer noch nach Luft ringend, nach rechts durch den Korridor. Der Kerl war außerdem verdammt schnell mit seinen Händen und Füßen. Die meisten Lampen im Gang waren durchgebrannt. Naylor hatte Recht, wenn er den Kasten als Slum bezeichnete. Eine große Ratte fraß von einem Teller, den jemand vor einem der Hongs hatte stehen lassen. Sie zeigte keinerlei Furcht, als Calvino vorbeiging. Der Gang roch muffig nach Schimmel und morschem Holz wie ein Dachboden; die Luft war so dick, als liefe man durch feine Spinnweben. Nur Junkies und Rucksacktouristen konnten sich in so einer Atmosphäre wohl fühlen. Als er wieder zu Atem gekommen war, klopfte er an Nois Tür. Keine Antwort. Kein Laut. Nichts bewegte sich drinnen. Dann klopfte er an Jess' Tür, und wiederum antwortete niemand. Er lief zwei Türen weiter zu seinem Zimmer. Er war beunruhigt. Eigentlich hätten sie in ihren Zimmern sein sollen. Aber sie waren vielleicht schon mit Wes Naylor ausgegangen. Calvino streckte die Hand aus, um den Schlüssel ins Schloss zu stecken, und blieb stocksteif stehen. Die Tür zu Zimmer 421 war nicht richtig geschlossen. Der Fernseher lief ohne Ton, und Licht flackerte durch den Türspalt. Warteten Jess und Noi drinnen auf ihn und hatten deshalb nicht auf sein Klopfen reagiert? Oder wartete jemand, um ihm das Licht auszupusten?

Er griff unter sein Hundertneunundneunzig-Baht-Jackett, zog in einer einzigen, fließenden Bewegung seinen 38er Police Special aus dem Halfter, trat die Tür auf und sprang mit ausgestreckten Armen geduckt ins Zimmer, beide Hände um den Griff seiner Kanone gelegt. Pratt saß in Zivilkleidung mit dem Rücken zur Tür und sah fern. Mit einem tiefen Seufzer steckte Calvino den Revolver wieder ein.

»Herrgott, Pratt, so was kannst du doch mit mir nicht machen!«

Pratt hob die Hand zum Gruß und wandte leicht den Kopf. »Ich hatte eine Wette mit mir selbst abgeschlossen. Wird er seine Handfeuerwaffe ziehen? Wird er sie nicht ziehen?« Pratt nannte eine Kanone nie eine Kanone. Nur Handfeuerwaffe.

»Aus welchem Grund hätte ich es nicht tun sollen?«

»Darum habe ich die Tür offen gelassen. Wird jemand, der dich umbringen will, den Fernseher an und die Tür offen stehen lassen?«

Calvino schüttelte ungläubig den Kopf. »Wird jemand im *Emporium* eine Claymore-Mine in meinen Wagen legen? Alles ist möglich.«

Pratt sah ihm zu, wie er die 38er ins Halfter steckte. »Du solltest vorsichtiger mit deiner Handfeuerwaffe umgehen. Das ist alles.«

Calvino gewann langsam seine Fassung zurück und ließ sich in den Sessel neben Pratt plumpsen. McPhail kam aus dem Badezimmer und zog seinen Reißverschluss hoch. Eine Zigarette baumelte in seinem Mundwinkel.

»Wo ist Naylor?«, fragte ihn Calvino.

»Zwei Hongs weiter unten mit seinem Mädchen von der Plaza und versorgt ihren moskitozerstochenen Arsch, bis er wieder seinen alten, makellosen Zustand hat. Wo sonst?«

»Und Noi und Jess?«

»Sie sind oben im fünften Stock«, sagte Pratt und beugte sich vor, um den Fernseher auszuschalten. »Jess wollte ihr ein paar Fragen nach Leuten in Los Angeles stellen. Er hat ein paar Telefonate gemacht. Ich habe ein paar Telefonate gemacht.«

»Was hat sie ihm erzählt?«, fragte Calvino.

»Sie reden immer noch.«

Calvino setzte sich bequemer hin. »Naylor wohnt mit Jep hier?«

McPhail antwortete. »Sicher, mein Alter, er hat das Baby geschaukelt. Das *Brandy* ist Geschichte. Jetzt gehört ihm das *Grand Rose Hotel.* Oder wenigstens fünf Prozent davon.«

»Wie hat er denn das geschafft?«, fragte Calvino.

»Während Sie mit Ihren Freunden die große Klong-Toey-Rundfahrt gemacht haben, waren wir hier fleißig. Sagen wir, wir haben den Leuten ein paar gute Gründe genannt, warum sie das Geschäft abschließen sollten.«

»Zum Beispiel?«

»Ich sagte dem Familienoberhaupt: He, Junge, die Bombe, die das *Emporium* in die Luft gejagt hat, war nur ein Anfang. Wer sind die dunklen Mächte hinter dem Anschlag, die mysteriösen Bombenleger? Niemand weiß es. Aber es sind ein paar üble Gerüchte im Umlauf, Mann. Thailändische Rechtsextremisten. Und was tut so eine Gruppe als Nächstes? Es wird nach demselben Drehbuch ablaufen wie in Indonesien, sie werden auf die Chinesen losgehen. Erinnern Sie sich an all die vergewaltigten chinesischen Yings? Schrecklich! Und die ganzen ausgebrannten chinesischen Geschäfte? Und die Hotels? Nächste Woche können Sie das Gebäude vielleicht gar nicht mehr verkaufen, weil es eine Ruine ist. Hier steht ein Mann und legt einen Scheck über anderthalb Millionen Dollar auf den Tisch, in einer Stadt, wo Bomben von gewissen Kräften gelegt werden, die wahrscheinlich keine Chinesen mögen … Volltreffer. Sie waren bleich wie der Tod. Anschließend erklärte ich ihnen, wie sie ihr Kapital investieren können. Erzählte ihnen von den Japanern, mit denen ich Geschäfte mache. Ich zeigte ihnen einen schönen Katalog von den Jadeschnitzereien, die wir herstellen. Dass wir eine riesige Profitspanne haben und wie sie mit meiner Unterstützung sich daran beteiligen könnten. Das wars.«

»Und sie sind darauf eingestiegen?«

»Sie konnten gar nicht genug davon kriegen. Offenbar war ihr alter Herr ein Fan von Burmesischer Jade. Sie haben jedes einzelne Papier unterschrieben, das Naylor ihnen vorlegte. Mit Brief und Siegel. Sie haben noch nie einen Raum voller Chinesen so schnell einen Vertrag unterzeichnen sehen. Keine Bedenken, kein Streit um das Kleingedruckte. Wer immer Ihren Wagen in die Luft gejagt hat, hat Naylor einen Gefallen getan.«

Calvino stand auf und lehnte sich gegen die Tür. »Was Sie damit sagen wollen, ist, dass Sie die Familie erpresst haben.«

»Klar, man tut, was nötig ist. Wes hat seine Geschäfte über die Bühne gebracht. Keine Morddrohungen mehr. Das würde ich als Erfolg verbuchen. Ich dachte, das würde Sie glücklich machen.

Warum habe ich dann nur das deutliche Gefühl, dass Sie sich ärgern?«

»Ich hatte einen schlechten Tag, McPhail. Hat nichts mit Ihnen zu tun. Welches Zimmer hat Jess?«

»509«, erwiderte Pratt.

»Eines noch. Wie kommst du eigentlich hierher, Pratt?«, fragte Calvino.

Pratt lächelte. »McPhail rief an und sagte, du hättest mich um einen Gefallen gebeten.«

»Was für einen Gefallen?«, fragte Calvino scharf und musterte McPhail, der sich eine neue Zigarette anzündete.

»Ach wissen Sie, Mann, nur dass der Colonel vorbeikommt und den Besitzern sagt, dass sie sich vorsehen sollen.« McPhail stieß eine Rauchwolke aus. »Nichts Bösartiges, nur um sie wissen zu lassen, dass es gefährlich werden könnte, wo doch schon Leute in der Sukhumvit Road zusammengebombt wurden.«

»Und warum habe ich Pratt gleich wieder um diesen Gefallen gebeten?«

»Weil der Kerl, zu dessen Schutz Sie angeheuert wurden, dann nicht mehr in Gefahr ist. Derselbe Kerl, mit dessen Schutz Sie mich beauftragt haben. Geschäft abgeschlossen, keine Drohungen mehr. Aus, Ende. Friede, Freude, Eierkuchen.«

»Naylor war nie ernsthaft in Gefahr«, sagte Calvino.

»Ohne Scheiß?«, erwiderte McPhail, und Rauch entwich aus seinem offen stehenden Mund.

»Wie stehen die Aussichten, Jess nach L.A. zurückzubringen?« Calvino richtete die Frage an Pratt.

»Zuweilen glaub ichs, und zuweilen nicht; so wie, wer fürchtet, hofft, und weiß, er fürchtet.« Pratt zitierte Orlandos Antwort auf die Frage des Herzogs: »Und glaubst du denn, Orlando, dass der Knabe dies alles kann, was er versprochen hat?«

»Was sagen Sie da?«, fragte McPhail verwirrt. »Shakespeare? Cool, Mann. Sie sind aber gebildet für einen Bullen.«

Noi glättete ihren weißen Nonnenhabit und kratzte mit langen Fingernägeln an dem Schweineblutflecken, der einen hässlichen, unregelmäßigen Kupferton angenommen hatte. Sie saß mit übergeschlagenen Beinen an der Bettkante und schien völlig in ihr Reinigungsritual vertieft. Tatsächlich versuchte sie, Zeit zu gewinnen, ihre Gedanken zu sammeln und an ihrer Geschichte zu feilen. Gegenüber saß Jess und erwartete ihre Beichte. Vor diesem echten LAPD-Bullen in Priesterkleidung hätte Noi Löcher in ihr Habit gekratzt, während sie sich zu orientieren versuchte, wie viel sie ihm sagen durfte. Sie mochte ihn. Darüber hinaus fühlte sie sich körperlich von ihm angezogen; vor allem seit sie gesehen hatte, wie gut er jemandem ins Gesicht treten konnte. Das gab ihr ein gleichermaßen sicheres und glückliches Gefühl.

Als Calvino ins Zimmer walzte, sah sie auf, betrachtete sein müdes, zerschlagenes Gesicht und trank einen Schluck Wasser aus ihrem Glas. Sie war froh, dass ein Farang im Raum war, denn Farang machten es einem immer leichter, Lügengeschichten zu erzählen. Sie wollten einem glauben, und sie nahmen alles so verdammt ernst. Allein mit Jessada in einem Raum zu sein, setzte sie furchtbar unter Druck, da sie genau wusste, dass er wie in einem offenen Buch in ihr lesen konnte und sie durchschaute, wenn sie ihm einen Bären aufband. Sie hätte nichts dagegen gehabt, ihn dumm und dämlich zu ficken – aber die Befragung war für sie fast unerträglich, wenn er in den Dingen herumstocherte, die ihr zugestoßen waren. Also beschloss sie, ihre Geschichte weiterzuspinnen, als wäre sie für Calvino bestimmt, und zu vergessen, dass Jessada keinen Meter entfernt saß. Sie wiederholte immer wieder den Beginn der Geschichte, immer und immer wieder, wie eine gesprungene Schallplatte oder wie eine Ying in einer Bar, die jedes Mal mit den gleichen Worten beginnt, wenn ein neuer Kunde nach ihrer Lebensgeschichte fragt. Vom ersten Augenblick an hatte Calvino gespürt, was vorging. Die Frage war, ob sie schon lange genug in der Szene war, um ihre Lügengeschichten raffiniert genug zu gestalten. Und der Trick mit dem leichten Stottern, der sollte den Zuhörer ablenken, als wäre sie verwirrt und erzählte die Geschichte zum ersten Mal. Oder war sie echt? Gib ihr eine Chance, dachte er.

»Ich war mit Freundinnen zusammen. Eine Gruppe von uns aß zu Mittag. Vielleicht zu zehnt. Alle aus demselben Büro. Nur Frauen. Die Silom-Büromafia. So nannten wir uns. Wir sprachen über alles miteinander. Büroklatsch, unsere Chefs, Filme, TV-Serien, Filmschauspieler, übers Heiraten, reich werden, eine Wohnung kaufen. Keine von uns gab Acht, als plötzlich ein Farang an unseren Tisch kam. Ich dachte, es wäre irgendein Missverständnis. Er beugte sich vor und flüsterte laut genug, dass meine Freundinnen es hören konnten, dass er schrecklich verliebt in mich wäre. Ich tat so, als würde ich nichts hören. Aber dann wiederholte er es so laut, dass alle Gespräche verstummten. Ich wäre am liebsten im Boden versunken. Er hatte am Nebentisch gesessen und mich seit unserer Ankunft nicht aus den Augen gelassen. Ich dachte, er macht Witze. Ich sagte ihm, dass er genauso gut Süßholz raspelte wie alle Farang, und dachte, er wird schon gehen. Ich unterhielt mich wieder mit meinen Freundinnen. Aber der Farang ging nicht. Ich kicherte. Aber er begriff nicht, dass das meine Art war, ihn zum Gehen aufzufordern. Und schon zog er sich einen Stuhl heran und sagte: Bitte gib mir deine Telefonnummer. – Warum sollte ich? fragte ich. Aber er wusste schon seine Antwort: Weil ich dich heiraten will. Meine Freundinnen sahen die ganze Zeit zu. Vielleicht waren einige ein bisschen ärgerlich, neidisch. Es war ein junger, gut aussehender Farang Anfang dreißig. Aber so etwas tat man doch nicht in aller Öffentlichkeit. Ich dachte, er ist ein bisschen verrückt, aber nicht schlimm oder gefährlich. Ich versuchte, ihn zu ignorieren. Das half nichts. Er nahm meine Hand und legte sie sich auf sein Knie. Aus irgendeinem Grund, vielleicht bin ich so verrückt, fing ich an, ihn ernst zu nehmen. Ich bin kein Bauernmädchen, ich bin nicht dumm. Ich war auf der Universität. Meine Familie ist nicht reich, aber Mittelklasse, und sie sind sehr streng. Niemals durfte ein Farang mein Ehemann werden. Was sollte ich machen? Ich war dabei, etwas zu tun, was meine Familie enttäuschen würde. Ich nahm einen Stift und schrieb meine

Telefonnummer auf. Ich dachte, dann wird er endlich gehen. Wer konnte wissen, ob irgendetwas von dem, was er gesagt hatte, echt und wahr war. Das alles geschah an einem Montag, und eine Woche später ging ich mit diesem Fremden ins Bett. Drei Wochen später gab er mir den Hochzeitsring seiner Großmutter. Er erzählte mir, dass sie ihn erstmals 1907 getragen hatte. Ich war so stolz. Ich hätte alles für ihn getan. Zwei Monate später trug ich ein Baby im Bauch, und erst da begann ich die Wahrheit herauszufinden. Als ich im sechsten Monat war, sagte ich ihm, dass ich die Nacht im Haus meiner Mutter verbringen würde. Aber ich vermisste ihn so sehr, dass ich ins Appartement zurückging. Es war zwei Uhr morgens, und er war in unserem Bett mit zwei Yings von der Nana Plaza. Er beugte sich über eine von ihnen und schlug sie. Mit der flachen Hand. Auf ihrem Arsch waren rote Handabdrücke. Jeder einzelne Finger zeichnete sich auf ihrer Haut ab. Ich fragte ihn: Was tust du da?, und er antwortete: Ich gebe ihr Unterricht. Ich erziehe sie. Schau zu, du könntest auch noch ein paar Dinge dazulernen. Unterricht. Ich wusste gar nicht, wovon er redet. Erziehung, wie im Kindergarten, in der Schule, an der Universität. Ich wusste wirklich nicht, dass das für diesen Farang bedeutete, Sex zu haben und noch andere Dinge zu tun. Zum Beispiel schlagen. Eine Woche später erwischte ich ihn mit einem anderen Mädchen. Diesmal benutzte er seinen Gürtel. Das war sein geheimes Leben. Er konnte die Finger nicht von Bar-Yings lassen. Wenn er nicht arbeitete, war er drei, vier Stunden am Tag im Internet und stellte Fotos der Yings hinein, die er geschlagen hatte. Sodass jeder sie sehen konnte. Ich habe die Fotos gesehen und gelesen, was er über die Yings geschrieben hat. Danach musste ich mich übergeben. Ich war im siebten Monat schwanger, als ich herausfand, dass er ein Kind von einer Bar-Ying in Chiang Mai hatte. Er zahlte keinen Unterhalt, aber manchmal ging er hin, um sein Baby zu sehen. Eine Woche nach meiner Entbindung fand ich heraus, dass er auch anderen Frauen den ›Ehering seiner Großmutter‹ von 1907 gegeben hatte. Ich wusste im Herzen, dass es ein großer Fehler gewesen war, diesen Lügner zu heiraten, und dass ich besser aus seinem Leben verschwinden sollte.« Noi trank einen Schluck Wasser und legte einen Moment lang den Kopf zurück.

Dieses Monstrum hatte sie getäuscht. Ihre Freunde und Familie hatten sie im Stich gelassen. Sie wusste nicht mehr ein noch aus. Sie hatte ein wunderschönes Baby zur Welt gebracht und fürchtete, dass er in unregelmäßigen Abständen auftauchen würde, um sein Kind anzustarren wie das andere in Chiang Mai, um sich davon zu überzeugen, dass er fortpflanzungsfähig war, dass sein genetisches Material abermals an die nächste Generation weitergegeben worden war. Es war zu spät, um zu ihrem früheren Leben zurückzukehren. Als Angehörige der Mittelschicht und Buddhistin war eine Abtreibung für sie nicht infrage gekommen. Ihr Leben war unwiderruflich aus der Bahn geraten, ein Schicksal ohne Hoffnung. Und für alle, die sie jemals gekannt oder geliebt hatte, existierte sie nicht mehr.

»Das war Danny? Der tote Farang aus dem *Emporium?*«, fragte Jess sanft.

Sie schüttelte den Kopf. »Nein, Danny habe ich später kennen gelernt. Er war Jockey, jedenfalls bezeichnete er sich so, wenn er Yings von Bangkok in die Staaten brachte. Manchmal auch nach England oder Japan. Wie bei meinem Mann wusste ich auch bei Danny erst sehr viel später, was er eigentlich tat. Ich bin so ein dummes Ding«, sagte sie. »Und wenn Sie mich jetzt bitten, Ihnen zu vertrauen, dann frage ich mich, wie ich das tun kann. Jedesmal, wenn ich bis jetzt einem Kerl vertraut habe, hat er mir wehgetan.«

»Hat Gabe Holerstone Sie angelogen?«, fragte Calvino.

»Ehrlich gesagt, nein. Ich habe Gabe im *Renoir* in der Soi 33 kennen gelernt. Es war meine erste Woche in der Bar. Gerade zwei Monate vorher hatte ich das Baby bekommen. Die Bar hatte mich als Hostess eingestellt. Kein Tanzen. Keine durchsichtigen Blusen oder Bikinis. Niemand zwang einen, mit Gästen mitzugehen. Die anderen Yings sagten, dass es gutes Trinkgeld gab. Dann traf ich Gabe. Ich erzählte ihm meine Geschichte. Nachdem er sie gehört hatte, sagte er, dass ihm eine Karaoke-Bar in Hollywood mit wirklich guter Kundschaft gehörte. Und dass es nicht der richtige Weg war, in dieser

Bar hier zu arbeiten, wenn ich einen wirklichen Neuanfang wollte. Ich sollte ihn nach Los Angeles begleiten, und er würde mir zu einer Karriere als Sängerin verhelfen. Das war immer mein geheimer Traum. Zu singen. Dafür bezahlt zu werden, auf eine Bühne zu treten und vor einem großen Publikum zu singen. Ich sah mir diesen Kerl über den Tresen hinweg an und dachte an all die Lügen, die mir die Farang erzählt hatten. War das nur ein Haufen Mist oder die Chance meines Lebens? Mein Gott, ich traue meinem eigenen Urteil nicht. Aber dann frage ich mich, was habe ich eigentlich zu verlieren? Nicht viel. Mein bürgerliches Leben war zerstört, und für meine anständige Familie und anständigen Freunde war ich eine billige Farang-Nutte. In meinem eigenen Land hatte ich keine Zukunft. Warum es nicht verlassen? Mit meiner Hochschulausbildung hatte ich kein Problem, von der amerikanischen Botschaft ein Visum zu bekommen. Einen Monat später war ich in L.A. und stand vor Gabes Kneipe. Ich hatte mir einen großen Klub wie im Kino vorgestellt. Die Reichen und die Schönen, teure Autos in der Auffahrt, Kellner mit schwarzen Fliegen. Stattdessen war es eine heruntergekommene Bar, die lediglich alkoholarme Getränke servieren durfte, und die Gäste waren hauptsächlich zweit- und drittklassige japanische und koreanische Geschäftsleute. Sie zahlten dreiundvierzig Mäuse dafür, dass ich mich eine Stunde lang zu ihnen setzte und plauderte. Wir gingen nach hinten in den Karaoke-Raum und sangen zusammen. Und ich musste sie nicht ficken. Niemand, den ich kenne, hätte geglaubt, dass ein Mann so viel Geld zahlt, um mit einem Mädchen zu reden. Und ich sang jeden Abend. Vor einem Publikum von ein, zwei, höchstens sechs Gästen. Das war nicht die Karriere, die ich mir erträumt hatte. Ich bekam Prozente vom Umsatz der Bar, aber Gabe war ein geschickter Geschäftsmann und behielt das meiste Geld für sich. Ich war ein beliebtes Mädchen und an den meisten Abenden sehr beschäftigt; ich redete und sang fünf, sechs, sieben Männerstunden ab. Klar, dass ich gutes Geld für Gabe verdiente.

Ich zog zu Gabe in sein Appartement. Meinen Bruder hatte er schon länger eingestellt. Nachdem Charn wegen der Drogen verhaftet wurde, gab er mir ein paar tausend Dollar, um einen Anwalt bezahlen zu können. Ich stehe tief in seiner Schuld; und als er mich bat, einen bezahlten Urlaub in Thailand zu verbringen und meinen Sohn wieder zu sehen, da fühlte ich mich verpflichtet, ihm zu helfen. Er erklärte mir das Spielchen, das er sich ausgedacht hatte: Er wollte einen Privatdetektiv engagieren, um mich zu suchen, aber ich sollte mich von Bangkok fernhalten, bis Gabe mir das Okay gab, diesen Privatdetektiv zu treffen. Und wenn es so weit war, sollte ich so tun, als wollte ich gar nicht mit Gabe sprechen. Ich fragte ihn nach dem Sinn dieses verrückten Spielchens, aber er legte mir den Zeigefinger an die Lippen und erinnerte mich daran, dass Charn immer noch im Gefängnis war und noch viel mehr Hilfe brauchen würde. Ein paar Tage später bekam ich einen Anruf von Danny, meinem Exfreund, einem Farang, den ich getroffen hatte, nachdem ich den Vater meines Kindes verlassen hatte. Unsere Affäre dauerte nur sechs Wochen. Wir stritten uns ums Geld, über seine Seitensprünge, seine Lügen. Als ich ihn diesmal wieder traf, wirkte er wie ausgewechselt. Er hatte eine neue Arbeit. Er holte mich mit einem neuen BMW 730 ab. Er hatte eine neue Rolex und trug ein teures französisches Designerhemd mit goldenen Manschettenknöpfen. Er sagte, er habe einen guten Job gefunden und mache Geschäfte mit wirklich coolen Leuten. Ich fragte ihn, was für Art von Arbeit, und er meinte, er sei ›Jockey‹ geworden.

Mir gefiel seine veränderte Einstellung, und einen Augenblick lang dachte ich sogar, wir könnten eine zweite Chance miteinander haben. Ich fragte ihn nach seinem Boss. Als er ›Gabe Holerstone‹ sagte, wäre ich beinahe vom Stuhl gefallen. Danny hatte eine Kanone und zeigte sie mir, da bekam ich Angst. Und gleich danach fiel er aus dem fünften Stock des *Emporium*.«

Calvino sah sie noch vor sich, wie sie seinen leblosen, zerschmetterten Kopf gehalten hatte. Und jetzt dachte er über die Lücken in Nois Geschichte nach. Er glaubte keine Sekunde lang, dass sie Danny zufällig wieder begegnet war und dann herausgefunden hatte, dass er für Gabe arbeitete. Ein Jockey verdiente nicht das Geld, das man für die Spielzeuge brauchte, die Noi beschrieben hatte. Entweder log sie über den neuen BMW, oder Danny hatte noch andere Geldquellen gehabt. Und kein Wort von Kowit und seiner Rolle bei den Schwierigkeiten, in die ihr Bruder sich gebracht hatte. Sie war klug und schnell und wusste genau, welche Dinge sie herausheben musste, wie zum Beispiel den Fetischismus ihres prügelnden Ehemanns. Solche Dinge brachten Jess auf ihre Seite, weil sie seinen Hass auf den bösen Farang weckten, der Frauen missbrauchte. Die ganze Zeit über kritzelte Jess Notizen in seinen Polizistenblock. Er sah kaum auf. Es war nicht nötig, sie zu ermuntern. Noi war im vollen Erzählfluss und hatte alle Bremsen gelöst. Als sie anfing, über die Geschehnisse im *Emporium* zu berichten, beschloss Calvino, dass es an der Zeit war, sie wieder auf das Thema L.A. zu bringen.

»Gabe und Kowit waren Kumpel, oder?«, fragte Calvino.

Sie nickte. »Kowit kam oft in die Bar. Gabe erzählte mir, dass er ein stiller Teilhaber war.«

»Brachte Kowit Geld mit in die Bar? Und nahm er auch wieder Geld heraus? Haben sie so gearbeitet?«

»Ich war nicht ihr Buchhalter. Ich weiß nichts von Geld. Wer was bekam, ich weiß es nicht.«

»Sie haben mit Gabe zusammengelebt. Eine Frau, die mit einem Mann lebt, weiß über seine Geschäfte Bescheid«, sagte Calvino. Er ging auf und ab, und allmählich ödete es ihn an, wie sie ihm auswich.

»Einmal habe ich Gabe nach Kowit gefragt, und er brüllte, ich sollte das Geschäftliche verdammt noch mal ihm überlassen. Als hätte ich eine Grenze überschritten. Also drängte ich nicht weiter.«

»Aber Ihren Bruder ging es sehr viel an. Kowit hat ihn in ein anderes Geschäft eingewiesen. Drogen.«

Ein hasserfüllter Ausdruck glitt über ihr Gesicht. »Das wissen Sie ja schon. Sie haben ihn verhaftet.«

»Würde er gegen Kowit aussagen, wenn ich ihm Immunität garantiere?«, fragte Jess. »Vertrauen Sie mir, ich kann es erreichen.«

Schon wieder bat sie ein Mann, ihm zu vertrauen und etwas für ihn zu tun. Sie vertraute niemandem. Wie konnte sie dem Bullen vertrauen, der ihren eigenen Bruder in den Knast gesteckt hatte. Dann erinnerte sie sich an etwas ganz Elementares – dass sie allein war. Sie hatte fast keine Wahl. Es war gleichgültig, ob sie diesem LAPD-Bullen vertraute oder nicht. Sie hatte nichts zu verlieren. Ihre Augen füllten sich mit Tränen, bis sie überliefen und ihr über die Wangen rollten.

»Ich weiß nichts. Ich weiß gar nichts. Glauben Sie, ich hätte mich sonst auf irgendetwas davon eingelassen? Ich habe Angst, und ich bin traurig. Und ich weiß, dass Sie mich für schlecht halten und glauben, ich hätte denen geholfen, die Bombe zu legen. Aber das habe ich nicht. Bitte glauben Sie mir.«

Calvino setzte sich in einen Stuhl nahe der Tür.

»Und Danny?«

»Ich weiß nicht. Fragen Sie mich nicht nach Danny. Ich mache mir Sorgen um meinen Bruder, um mich selbst, um meinen Sohn. Was geschieht mit meinem Sohn? Was, wenn sie versuchen, ihm wehzutun, um sich an mir und meinem Bruder zu rächen?« Sie machte eine Pause und sah zwischen Jess und Calvino hin und her. »Ich will nicht nach L.A. zurück. Ich muss hier bleiben und meinen Sohn beschützen. Bitte verstehen Sie mich.«

»Wo ist Ihr Sohn?«, fragte Calvino. »Pratt wird dafür sorgen, dass ihm nichts geschieht.«

»Kann ich Ihnen glauben?«, fragte sie.

Jess sah Calvino an. »Fällt Ihnen sonst jemand ein, der für die Sicherheit ihres Kindes sorgen würde?«

Naylor saß neben einem anderen *Cause*-Mitglied im *Lovejoy*. Eine der wöchentlichen Mini-Konferenzen, die die Mitglieder abhielten, wenn sie in der Stadt waren. Sie veräppelten sich gegenseitig wegen ihrer neuesten Eroberungen, diskutierten über Preise, die Qualität der geleisteten Dienste, über die letzte Ausgabe des Online-Magazins. Man hätte sie für eine Gruppe von Hundezüchtern mittleren Alters halten können, die ihre Notizen von der letzten Hundeausstellung verglichen. Einer von ihnen war ein emeritierter Professor namens Arnold aus Spring Lake in New Jersey, der an einem Klosterbier nippte, das fest in einem dieser aus Pressschaum geformten Kühler steckte, die von den Serviererinnen »Kondome« genannt wurden.

»Die einzigen Yings, mit denen ich jemals längere Beziehungen hatte, waren die, die ich nie gefickt habe«, sagte Arnold. »Sobald es einmal geschehen ist, kann nichts wieder das alte Gleichgewicht herstellen, die Treue und das Vertrauen, die dem Akt der Vereinigung vorausgegangen sind. Das alles wird von einer monströsen Verschlechterung der Beziehung abgelöst, als hätte einem jemand ein langsam wirkendes Gift injiziert, und das Nebenprodukt von Sex, für das es kein Heilmittel gibt, sind Unausgeglichenheit, irrsinnige Szenen und irrationales Verhalten.«

»Was zum Geier das heißen mag«, sagte Naylor.

»Sex mit einer Frau verändert eine Variable in der Gleichung. Danach geht sie nicht mehr auf, es entstehen Ansprüche, und zusammen mit den Ansprüchen kommen seltsame Ängste und Bedürfnisse, eine richtige Armee von Ansprüchen, die schlimmste Gräuel anzurichten vermag.«

»Ich weiß nur, dass ich krank sein muss«, sagte Naylor und drückte Jeps Schenkel. »Ich habe ein krankhaftes Bedürfnis, mein ganzes Geld für Getränke und Bargebühren auszugeben, Arznei, Essen, Unterkunft und Taschengeld für eine Frau zu bezahlen, die ich nicht einmal gefickt habe.«

»Wenn Sie mit ihr zusammenleben, wird sie Sie nach spätestens zwei Jahren verachten. Garantiert«, sagte Roadster, ein jüngerer Mann mit einem so gewaltigen Bierbauch, als hätte jemand seinen Wanst aufgeschlitzt, eine große Reisetasche hineingestopft und wieder zugenäht. »Wenn Sie erst einmal fünf Jahre mit ihr zusammen sind, verachten Sie sich selbst.«

»Und nach acht Jahren gehört ihr alles, was Sie besitzen, einschließlich Ihrer Pension«, sagte Skeleton, ein Speed-Freak, den niemand je feste Nahrung zu sich nehmen gesehen hatte und der etwa hundertzwanzig Pfund wog.

Ein Mitglied namens Kaschmir verspeiste mit fettigen Fingern ein Hühnerbein und machte saugende Geräusche, während er mit den Zähnen Fleischfasern abriss und kaute. Er rülpste. »Ich habe dieses Jahr achtzig Yings gehabt. Das ganze Gerede darüber, mit einer Ying zusammenzuleben, ist pervers. Man kann mit einer Frau genauso wenig zusammenleben, wie man Kohlendioxid atmen kann.«

Naylor strich Jep übers Haar, die rittlings auf seinem Knie saß, ihr Becken gegen ihn drückte und mit dem Mädchen sprach, das Arnold gerade den Nacken massierte, während er den Fernseher über der Bar beobachtete.

»Kaschmir, du redest einen Haufen Scheiße. Roadster, spendiere der zukünftigen Mrs. Naylor einen Lady's-Drink.«

»Ist das nicht Erics Ying?«, fragte Wiesel, der weiter hinten saß. Diese Anschuldigung brachte die Bar zum Verstummen.

»Sie sagt, sie haben sich getrennt.«

»Es ist schon vorgekommen, dass Yings gelogen haben. Was sagt denn Eric dazu?«, fragte Wiesel und kam entlang der Bar näher. Er ließ die zukünftige Mrs. Naylor nicht aus den Augen.

»Ich weiß, was Sie vorhaben«, sagte Naylor. »Seit Sie Schleims Mädchen gefickt haben, versuchen Sie, die Schuld von sich abzuwälzen. Stimmts? Ich hatte keinen Sex mit ihr. Kein einziges Mal. Ich bin sauber. Verstehen Sie? Sauber.«

»Schleim lässt sich sowieso nicht mehr blicken, also ist es egal«, sagte Kaschmir.

Calvino betrat die Bar und ließ sich neben Naylor auf den Hocker sinken. Die Männer verstummten.

»Sieh da, sieh da, Vincent Calvino. Willkommen in unserer Versammlung. Wir sprachen gerade über Beziehungsprobleme.«

»Eine Beziehung ist wie ein Massaker«, sagte Kaschmir.

»Ein Kriegsverbrechen«, meinte Roadster.

»Eine Krankheit«, sagte Arnold, der Professor.

»Ein Fall für den Staatsanwalt«, ergänzte Wiesel.

»Wie ich höre, haben Sie das Hotelgeschäft zum Abschluss gebracht«, sagte Calvino.

»Die Chinesen haben endlich Vernunft angenommen.«

»Sie meinen, McPhail hat sie sich zur Brust genommen«, sagte Calvino.

»Das ist einer meiner Exleibwächter«, sagte Wes Naylor zu Arnold. Er redete wie einer, der mit einer eigenen Football-Mannschaft oder seinem Rennpferd angibt. »Wo ist Jess?«

»Da unser Auftrag erledigt ist, bucht er seinen Rückflug nach L.A.«, sagte Calvino.

»Wünschen Sie ihm von mir viel Glück«, sagte Naylor.

»Er könnte ein wenig Hilfe dabei gebrauchen«, sagte Calvino.

Naylors Brauen zogen sich zusammen, und ein verschlagener Ausdruck trat auf sein Gesicht. »Wer bin ich denn? Sein Reisebüro?« Er schob Jeps Haar zurück und küsste sie auf den Hals. Calvino ließ ihm ein wenig Zeit. An Jeps Ohrläppchen zu nagen, schien Naylor zu beruhigen.

»Gehen wir nach draußen.«

»Ich bin in einer Besprechung«, sagte Naylor. »Ich kann nicht einfach weg. Außerdem, als ich das letzte Mal mit Ihnen nach draußen gegangen bin, wurde es verdammt gefährlich.«

»Gut, erinnern Sie sich an den Kerl, den Sie im *Emporium* über die Brüstung gestoßen haben?«

Naylor schoss von seinem Hocker hoch. »Gehen wir nach draußen.«

Vor der Bar angekommen, blitzten Naylors kleine Schweinsaugen vor Zorn.

»Herrgott, Sie können doch nicht einfach überall herumerzählen, dass ich den Kerl umgebracht habe. Sind Sie komplett übergeschnappt? Da drinnen sind Leute, die das im Internet veröffentlichen würden.«

»Sie haben es gerade zugegeben. Sie haben ihn umgebracht. Haben ihn über das Geländer geworfen.«

»Er hat versucht, Sie zu ermorden!«

»Ich habe Colonel Pratt gesagt, dass das Ihre Version ist. Aber er muss einen Bericht schreiben. Es ist nicht wie im Film, wo die Polizei einfach den Papierkram vergisst, wenn jemand getötet worden ist. Haben Sie eigentlich einen Schimmer, wie viele Formulare da ausgefüllt werden müssen?«

»Sie haben den thailändischen Bullen erzählt, dass ich den Dreckskerl umgebracht habe?«

»Ich habe Colonel Pratt berichtet, dass ich gesehen habe, wie Sie Daniel über die Brüstung geworfen haben. Natürlich habe ich versucht, ein gutes Wort für Sie einzulegen. Ich glaube nicht, dass Sie lange ins Gefängnis müssten. Ich bin bereit, auszusagen, dass Sie in Notwehr gehandelt haben. Manchmal entwickeln sich die Dinge in Thailand ganz eigenartig. Es ist noch gar nicht lange her, da hat die Polizei einen Deutschen monatelang unter dem Vorwurf eingelocht, mit Drogen zu handeln, aber Anklage wurde nie erhoben. Der Deutsche behauptete, unschuldig zu sein. Die Polizei sagte, er hätte Dreck am Stecken. Eine Pattsituation. Was glauben Sie, wer aus so einer Situation als Sieger hervorgeht? Der Farang oder die thailändische Polizei? Wes, es ist schwer, einen Farang wieder aus dem Knast rauszukriegen, wenn ihn die Polizei nicht mag.«

»Aber wenn sie mich mögen, löst sich mein Problem in Luft auf?«, Naylor blickte besorgt drein.

»Ich glaube, wenn Sie uns helfen, wird die Polizei Sie lieben. Kein Problem.«

»Scheiße, Calvino. Was soll ich tun?«

»Zunächst gehen wir in die Leichenhalle im Polizeikrankenhaus. Der Dienst habende Beamte von der amerikanischen Botschaft braucht Sie, um den Toten zu identifizieren«, sagte Calvino.

»Jess und die Bullen sollen sich ins Knie ficken, sagen Sie ihnen das! Ich identifiziere keine Leiche.«

»Sie werfen einen Blick auf den Toten und sagen einfach: Das ist Daniel Ramsey.«

»Und wer sagt mir, dass das nicht als eine Art Geständnis aufgefasst wird, dass ich ihn getötet habe, damit sie mich anschließend bis aufs Hemd ausplündern können? Darum gehts doch, oder?«

»Nein, darum gehts nicht. Sie sind der Anwalt des Toten.«

»Ich mache keine Nachlassgeschichten.«

»Familie Ramsey hat Sie ermächtigt, die Rückführung ihres Sohnes nach Los Angeles in die Wege zu leiten.«

»Sie sind ein krankes Arschloch. Sie bedrohen mich. Sie erpressen mich, Calvino.« Langsam formte sich in Naylors dickem Schädel die Vorstellung, was es heißen würde, vom *Causeway* in die unergründlichen Tiefen des thailändischen Rechtssystems zu stürzen. Und die Vision von Gefängnissen, dreckigen Zellen und Fußeisen drehte ihm den Magen um und jagte ihm kalte Schauer über den Rücken.

Calvino hatte die Hände auf das Geländer gestützt und sah auf die Plaza hinab. Er spürte, dass Naylor weich wurde. Er wollte es ihm leicht machen. Wollte ihm ermöglichen, sein Gesicht zu wahren, denn er musste in die Bar zurückkehren und seinen Freunden und Jep eröffnen, dass er nicht bleiben konnte. »Es wird Sie nur etwa zwanzig Minuten kosten. Ich glaube, Wes, das sind Sie Jess schuldig«, sagte Calvino. »Er hat Ihren Arsch gerettet.«

Naylor spannte die Kiefer, sodass sich der Knochen unter der Haut abzeichnete. Er starrte Calvino hart an. »Erst muss ich die Papiere sehen.«

»Ist schon arrangiert«, sagte Calvino.

Calvino nickte zur Bar hin. »Gehen wir wieder hinein. Trinken Sie aus. Regeln Sie das mit Ihren Freunden. Regen Sie sich ab. Man kann einen Herzanfall kriegen, wenn man sich zu sehr aufregt.«

Sie setzten sich wieder an die Bar, wo Calvino von seinem Coke mit Mekong trank, die Papiere herauszog und sie Naylor über den Tresen zuschob. »Unterzeichnen Sie einfach die Vollmacht.« Roadster, Kaschmir und Arnold sahen zu, wie Naylor seine Brille aufsetzte und die Papiere durchlas.

Naylor beugte sich ganz nahe zu Calvino und flüsterte: »Hier steht, dass die Angehörigen des Verstorbenen mich beauftragen, in ihrem Namen zu handeln. Soll das ein Witz sein? Ich habe den Kerl umgelegt. Ich kann diese Scheißpapiere nicht unterzeichnen.« Naylor presste im schummrigen Licht der Bar seine Fäuste auf das Dokument.

»Warum nicht? Hier geht es nur darum, die sterblichen Überreste in die Staaten zu überführen. Was soll daran verkehrt sein?«

Naylor funkelte ihn an und blickte wieder auf die Papiere. »Woran mag es wohl liegen, dass ich Ihnen nicht traue, Calvino?«

»Ohne Jess und mich wären Sie jetzt tot.«

Naylor beugte sich vor und setzte seine Unterschrift vierzehn Mal unter die Vollmacht und andere Papiere. Dann knallte er sie Calvino hin. »Und was wollen Sie sonst noch?«

Calvino glitt von seinem Barhocker und steckte einen Hundert-Baht-Schein in die Rechnungsbox. »Fahren wir zur Leichenhalle. Morgen bringen wir den Sarg zum Flughafen und sorgen dafür, dass er in der richtigen Maschine landet.«

»Können Sie sich noch erinnern? Letztes Mal auf der Straße zum Flughafen hat man auf uns geschossen.«

»Ich dachte, das machte Ihnen keine Sorgen?« Calvino trank aus und nickte Jep zu, die sich vorbeugte und die Hände hinter Naylors Stiernacken verschränkte. Sie lachte. Ihr ging es gut, sie konnte ihn um den kleinen Finger wickeln, und ihre Moskitostiche heilten ab. »Eines noch. Ich würde Jep nicht in die Leichenhalle mitnehmen.« Calvino deutete auf eine ungeöffnete Flasche Johnny Walker Black Label die hinten vor dem Barspiegel stand. Die Bedienung dachte, dass Calvino ein Glas davon haben wollte, und schickte sich an, die Flasche zu öffnen. »Die ganze Flasche. Lass sie zu«, sagte Calvino auf Thai zu ihr.

Als er die Flasche bezahlte, lehnte sich Naylor herüber: »Sie sind vielleicht ein komischer Heiliger. Trinken Mekong in der Bar und nehmen Johnny Walker mit nach Hause, um allein zu saufen.«

Calvino gab der Bedienung das Geld und bat sie, die Flasche in eine Plastiktüte zu stecken. »An die Arbeit!«

»Sie haben noch Arbeit. Meine ist beendet.« Naylor gefiel es, ihn herauszufordern. Manche Männer mussten immer das letzte Wort haben, es lag ihnen im Blut, jedes Wort zurückzuschlagen wie einen Tennisball. Es war ein Spiel, bei dem es darum ging, wer zuerst nachgab, wer zuerst die Beherrschung verlor. Calvino ließ sich nicht auf

Naylors Spielchen ein. Der Einsatz war zu hoch. Ohne Naylors Hilfe würde keiner ihrer Pläne funktionieren, also ließ er Naylor den Sieg vor den Augen seiner Freunde. Leute wie Naylor waren manipulierbar, wenn man sie gewinnen ließ. Sie sahen sich als die Sieger in einer Welt, wo jeder am Ende als Verlierer dastand.

Calvino wandte sich in der Tür noch einmal um und sagte: »Sie haben Recht, Wes. Ich bin derjenige, der ein Problem hat. Und ich brauche Ihre Hilfe. Ich bitte Sie darum, weil ich keine Wahl habe. Sie haben die besseren Karten. Ich hoffe, dass Sie das nicht gegen mich ausspielen werden.«

Naylor warf ein paar Geldscheine auf den Tresen und sagte zu seinen Freunden: »Das Treffen ist vertagt. Die Anklage gegen Wiesel ist abgewiesen. Unzureichende Beweise, und der Beschwerdeführer ist nicht erschienen.«

Calvino ließ Naylor den Vortritt und folgte ihm durch die Tür. Es hatte zu regnen begonnen, und die Leute hasteten ins Trockene. Calvino trat in die dämpfige Atmosphäre der Plaza hinaus. Die feuchte Nachtluft roch nach Knoblauch, Palmöl und Hamburgern. Auf dem Treppenabsatz warf Calvino einen Blick in den Schönheitssalon, wo mehrere Yings sich frisieren ließen. Die Plaza drunten war angefüllt mit großäugigen Mädchen, die sich lächelnd durch den schmalen Korridor zwischen den Tischen und Bareingängen im ersten Stock schlängelten. Es wimmelte von Bettlern, Kindern, die Kaugummi verkauften, Männern, die Blumen verkauften, und Bar-Yings, die eine Zigarette rauchten. Ein paar Katoeys, Transsexuelle, in ultrakurzen Shorts klapperten das andere Ende der Plaza ab, um Touristen einzufangen und sie in ihre Bar zu zerren. Mond und Sterne waren hinter den Wolken verborgen. Leuchtende Neonreklamen spiegelten sich im nassen Asphalt. *Pretty Girl. G-Spot. Rainbow. Spirit House. Spider's Web. Hollywood.* Aber hier gab es keine in die Gehsteige eingelassenen Sterne. Nur Möchtegern-Sternchen, die sich den nächstbesten Farang griffen und ihm die Lügengeschichte ihres Lebens auftischten. Trostlose Lügen. So, wie Noi die ihre in dem Hotelzimmer erzählt hatte.

13

Folgendes war geschehen, nachdem sie das *Emporium* in Richtung Tiefgarage verlassen hatten: Ein paar Männer hatten den Tumult genutzt, Dannys Leiche zu plündern, sie klauten Brieftasche, Rolex, zwei Ringe, seine italienischen Schuhe und das Bargeld in seinen Hosentaschen. Seine Designer-Sonnenbrille mit den gesprungenen Gläsern ließen sie zurück. Als Polizei und Leichenwagen ankamen, war nur noch ein toter Farang ohne Papiere übrig.

Das Nächste, was mit Dannys leblosem Körper auf dem Boden des *Emporium* geschah, nachdem die Polizei eingetroffen und sein Ableben bestätigt hatte, war, dass ein Sergeant seinen Cousin anrief, der für eine der »Leichenräuberfirmen« arbeitete. Zwanzig Minuten später tauchte ein weißer Lieferwagen mit zwei Männern auf, die in ihren einteiligen »Kampfanzügen« als nordkoreanisches Mini-U-Boot-Team durchgehen konnten. Ein anderes Leichenräuberteam war in die Tiefgarage geschickt worden, um die Überreste der beiden Männer einzusammeln, die die Claymore-Mine in Calvinos Honda getötet hatte.

Zwei Leichenräuber wälzten Dannys Leichnam auf eine fahrbare Krankentrage, schoben sie über den Marmorboden zum Haupteingang und luden sie auf die Ladefläche des Leichenwagens. Sie fuhren am Erawan-Schrein vorbei direkt zum Polizeikrankenhaus und lieferten die Leiche im Pathologielabor ab. Dannys Körper wurde in den Autopsiesaal gerollt, wo ihn ein halbes Dutzend polierter Metalltische und drei Männer in Laborkitteln, Gummihandschuhen und Schlappen erwarteten, die sich mit scharfen Instrumenten über Leichen beugten und Autopsien durchführten. Die Klimaanlage lief auf höchster Stufe. Thailändische Popmusik schallte aus Lautsprechern, die in der Nähe der Schubladenwand angebracht waren, wo sie die Leichen aufbewahrten. Der Geruch nach kalten Chemikalien war überwältigend, als ob man seinen Kopf in einen Kühlschrank steckte, der zuvor mit Mundspray eingenebelt worden war.

Als der Polizeisergeant auf sein Revier zurückkehrte, rief er die amerikanische Botschaft an, dass sie die Leiche eines Farang aufgelesen hätten, möglicherweise ein Amerikaner. Ein Beamter machte sich auf den Weg zum Polizeikrankenhaus, und als er ankam, hatten die Helfer den Körper bereits entkleidet und auf der Schulter eine Tätowierung entdeckt: L.A. Home Boy. Los Angeles war eine große Stadt, und die Botschaft hatte keine Möglichkeit, die Identität des Toten auf Grund einer Tätowierung festzustellen. Er war einer von zweiundvierzig Amerikanern, die während des letzten Jahres in Bangkok gestorben waren. Dwight Morgan, der Beamte, der die Leiche inspizierte, seufzte und dachte, dass diese Einäscherung wieder einmal aus dem Botschaftsfonds bezahlt werden musste. Außer es geschah ein Wunder und ein Verwandter tauchte auf, der die Leiche eindeutig identifizierte. Morgan rief in Calvinos Büro an und fragte seine Sekretärin, ob Vincent vielleicht bei der Identifizierung eines jungen Mannes helfen konnte, der im *Emporium* zu Tode gekommen war. Ratana gab die Nachricht an Calvino weiter, der seinerseits Morgan zurückrief.

»Dieser hier ist nicht an einer Überdosis Heroin gestorben. Er ist im *Emporium* zu Tode gestürzt, und alle seine Wertsachen sind verschwunden. Insofern passt er nicht ins Schema. Aber ich hatte so ein Gefühl, als könnten Sie uns helfen.« Morgan war der Einzige an der Botschaft, der es für möglich hielt, dass ein Serienkiller Amerikanern Heroin injizierte.

Gefühl am Arsch, dachte Calvino. Morgan hatte herausgefunden, dass die Bombe im *Emporium* in Calvinos Wagen gesteckt hatte. »Lassen Sie mich ein paar Anrufe machen«, sagte Calvino.

Ein paar Stunden später rief Calvino Morgan zurück. »Hier ist ein Amerikaner, der auf der Suche nach einem Kerl namens Danny Ramsey ist. Er heißt Wesley Naylor. Ein Anwalt. Dannys Eltern haben ihn nach Bangkok geschickt, weil sie sich Sorgen um ihren Sohn machen. Danny war deprimiert, weil er nicht über die Trennung von einem Bargirl hinwegkam, und hat gedroht, sich umzubringen.«

»Könnten Sie ihn herbringen, um die Leiche zu identifizieren? Vielleicht ist es ja der Knabe.«

»Abgemacht. Zur Abwechslung mal wieder ein Toter, der an gebrochenem Herzen gestorben ist.«

Morgan sprach weiter: »Bereiten Sie ihn schonend vor, bevor Sie in die Leichenhalle gehen. Letztes Mal, als ich mit einem Zivilisten hinging, sägten sie gerade ein Bein ab und machten dann die falsche Schublade auf, mit einer aufgedunsenen Leiche, die mindestens eine Woche alt war. Der Typ kippte um. Sie mussten ihn in den Gang tragen, damit er wieder frische Luft kriegte.«

»Ich war im *Emporium,* als die Bombe hochging«, sagte Calvino.

»Habe ich gehört«, meinte Morgan.

Calvino hegte den Verdacht, dass er wesentlich mehr als das gehört hatte und dass sein Anruf mit diesem Insiderwissen zusammenhing. »Erwarten Sie uns in einer Stunde an der Leichenhalle.«

»Ich soll also die Leiche des Kerls identifizieren, den ich fallen gelassen habe?«, fragte Wes Naylor. So, wie er es sagte, klang es, als wäre ihm ein Glas aus der Hand geglitten. Naylor stank nach schalem Bier, während er auf dem Rücksitz des Taxis neben Calvino saß. »Aber ich kenne den Kerl nicht. Ich habe ihn nie zuvor gesehen.«

»Er heißt Daniel Ramsey. Alter vierunddreißig. Geboren in Los Angeles. Der Name seines Vaters ist Bill, der seiner Mutter Patricia. Sie sind gerade zum Anwalt der Familie geworden. Ich habe bereits mit Ramseys Eltern telefoniert und ihnen die Lage erklärt. Ich sagte ihnen, dass ein amerikanischer Anwalt alle nötigen Maßnahmen für ihren Sohn trifft. Sie können ihnen die Rechnung schicken, wenn Sie in L.A. zurück sind.«

»Erst schmeiße ich den Kerl vom Balkon, und jetzt erwarten Sie, dass ich seinen Eltern eine Rechnung schicke?«, fragte Naylor brummig. Warum bloß hatte er Calvino nachgegeben? Er wollte es so schnell wie möglich hinter sich bringen und zur Plaza zurückkehren. »Was muss ich denn sagen?«

»Das ist Daniel.«

»Und weiter?«

»Dass Sie der Anwalt der Familie sind. Sie sind im Auftrag der Eltern nach Thailand gekommen, um Daniel zu finden und heimzubringen. Ein Dienst habender Beamter von der Botschaft wird da sein und vielleicht ein paar Fragen stellen. Er heißt Dwight Morgan. Ich kenne ihn. Dwight wird vielleicht fragen, wie er sich mit Daniels Eltern oder seinen nächsten Angehörigen in Verbindung setzen kann.«

»Ich kenne sie nicht und weiß nicht, wo sie wohnen.«

»Seine Eltern leben im Valley. Ich habe ihre Telefonnummer. Die geben Sie dem Beamten.«

»Und wenn Morgan die Eltern anruft? Die haben keine Ahnung, wer ich bin. Dann bin ich am Arsch. Die Regierung der Vereinigten Staaten zu betrügen, ist ein verdammt ernsthaftes Vergehen.«

»Es ist kein Betrug, Wes. Ich habe schon mit Dannys Mutter gesprochen. Ich habe ihr die Situation erklärt, und dass Sie ihren Sohn nach Los Angeles überführen.«

»Sie haben ihr aber nicht erzählt, dass ich den kleinen Mistkerl umgebracht habe«, sagte Naylor.

»Dieses Detail habe ich ausgelassen.«

Dwight Morgan saß in einem Sessel, las das *Asia Wall Street Journal* und nippte an einem Diät-Coke. Als Karrierediplomat, der sein zweites Jahr an der Botschaft in Bangkok schon halb hinter sich hatte, fragte Dwight sich manchmal, warum ihn das Schicksal nach ausgezeichneten Examina in Harvard zum Leichenhallen-Dienst in Bangkok verschlagen hatte, während seine Studienkollegen stinkreich wurden, indem sie Fusionen durchführten, mit Internet-Neuemissionen spekulierten oder E-Commerce-Gesellschaften gründeten. Und er verschiffte tote Amerikaner in die Heimat und schimpfte sich Diplomat. Als Morgan Calvino mit einer *Foodland*-Plastiktüte in der Hand hereinkommen sah, faltete er seine Zeitung zusammen und stand auf. Naylor mit seinem bis zum Nabel aufgeknöpften Hemd und der schweren Goldkette, die groß wie ein Pferdekummet um seinen Hals hing, wirkte auf ihn nicht gerade wie ein Rechtsanwalt.

»Ich bedaure, Sie unter so unglücklichen Umständen kennen zu lernen und Ihnen diese unangenehme Pflicht zumuten zu müssen, Mr. Naylor. Aber wann haben Sie Mr. Ramsey denn zuletzt gesehen?«

»Gestern. An seinem Todestag«, sagte Naylor, ohne einen Augenblick zu zögern. Die Wahrheit wirkte immer am überzeugendsten.

»Bringen wir es hinter uns«, sagte Dwight Morgan. Er ging ihnen voran in die eiskalte Leichenhalle und bat einen der Gehilfen in fließendem Thai, die Schublade mit dem toten Farang aus dem *Emporium* zu öffnen. Der Pfleger führte sie ans entfernte Ende des Raumes und öffnete eine Schublade. Naylor hustete und würgte von dem Geruch.

»Alles in Ordnung?«, fragte Calvino.

»Wie können Sie diesen Gestank aushalten?« Sein Gesicht war vor Abscheu verzerrt.

»Versuchen Sie, durch den Mund zu atmen«, riet Calvino.

»Es schmeckt auch nicht besser, als es riecht«, erwiderte Naylor.

Morgan trat zur Seite, als der Pfleger die Lade aus Edelstahl herauszog. Drinnen lag die Leiche eines der Thais, die mit Calvinos Wagen in die Luft geflogen waren. Einige der Stahlkugeln rollten gegen die Seite der Schublade und machten metallisch klingende Geräusche wie ein Flipperautomat. Die Kugeln hatten sich wohl gelöst, als das Personal den Körper in die Schublade legte. Eine Claymore-Mine enthielt etwa siebenhundert Stahlkugeln, und viele davon waren in Fleisch und Knochen stecken geblieben. Der verstümmelte Leichnam sah nicht mehr wie ein Mensch aus; Naylor keuchte, machte auf dem Absatz kehrt, krümmte sich zusammen und übergab sich.

Calvino blickte zu Morgan und dem Gehilfen. War das ein Trick? »Ich glaube nicht, dass dieser hier Amerikaner ist«, sagte er. »Wir sind hier, um einen Farang zu identifizieren.«

Der Gehilfe sah auf seinem Klemmbrett nach. Tatsächlich, es war die nächste Schublade. Diesmal lag Daniels Leiche darin. »Erkennen Sie diesen Mann?«, fragte Dwight Morgan.

Naylor richtete sich auf, presste die Hand vor den Mund und nickte. Sein Atem ging mühsam, und er schwitzte so heftig, dass der Schweiß auf den Boden tropfte. Begleitet vom Klang der lauten Popmusik und dem Klatschen von Schlappen auf dem Boden, übergab sich Naylor abermals.

»Nur für die Akten, können Sie mir sagen, wer dieser Mann ist?«

»Dieser Mann ist Daniel Ramsey aus Los Angeles, Kalifornien.« Seine Stimme war leise und krächzend. Die Stimme eines erschöpften, geschlagenen Mannes.

»Sind Sie sicher? Es ist wichtig, dass wir keinen Fehler machen«, sagte Morgan.

»Scheiße noch mal, natürlich bin ich sicher«, sagte Naylor und konnte sich gerade noch zurückhalten, bevor er damit herausplatzte, dass er schließlich einen kurzen Blick auf das Gesicht des Scheißers hatte werfen können, bevor er aus dem fünften Stock segelte.

»Dann können wir gehen«, sagte Morgan.

Vor der Leichenhalle würgte Naylor trocken in einen Papierkorb. Es hob ihn, aber nichts kam mehr heraus. Dann ließ er sich in einen Sessel fallen, streckte die Beine von sich und wischte sich den Mund mit dem *Asia Wall Street Journal,* das Morgan hatte liegen lassen.

»Es ist nie einfach. Manchmal sind mir schon Leute ohnmächtig umgekippt. Sie haben sich gut gehalten, Mr. Naylor, wenn man die Umstände bedenkt.«

»Ich könnte einen Schnaps vertragen, Calvino«, sagte Naylor und grapschte nach der Plastiktüte.

Calvino zog die Tüte aus seiner Reichweite. »Ich lade Sie später zu einem ein.«

»Und jetzt? Wie gehts weiter?«, stöhnte Naylor. Bei einem zweiten Versuch bekam er die Tüte in die Finger und zog die Flasche Johnny Walker Black heraus. Calvino entriss sie ihm und stopfte sie in die Tüte zurück.

»Wir kümmern uns um alles«, erklärte Morgan. Er erklärte Naylor, dass es in die Verantwortung der Botschaft falle, alle nötigen Arrangements für die Rücküberführung der Leiche in die Staaten zu treffen. Meistens empfahl die Botschaft eine Auswahl von Bestattungsinstituten, besonders aber eines, das von einer Thai-Chinesischen Familie geführt wurde. Ein Vater und drei Söhne, von denen zwei in den Staaten studiert hatten und wussten, dass Amerikaner ein gewisses Maß an Würde von einem Bestattungsinstitut erwarteten. Vater und Söhne trugen schwarze Maßanzüge. Sie waren gepflegt, es wuchsen ihnen keine Haare aus Nasen und Ohren, und sie trugen keine Spitzbärte. Sie hatten manikürte Fingernägel, einen konservativen Haarschnitt, und sie verstanden es, sich zu bewegen, stillzustehen und zu schweigen wie Priester. Da gab es keine Plastiksandalen, kurze Hosen, kein Nasenpopeln, kein Aushusten von Schleim oder Herumgespucke, nichts Pietätloses. Morgan betonte, dass die Botschaft volles Vertrauen in diese Familie habe; sie überließen es ihr, einen frischen Anzug, den Sarg und das Einbalsamieren zu besorgen. Er erwähnte auch ihren neuen Nissan Carryboy Supercab mit rundum getönten Scheiben und völlig ohne Dellen und Kratzer – Amerikaner hassten die Vorstellung, dass ihre Toten auf der Ladefläche eines Pick-ups mit einem Strick festgezurrt wurden, damit sie auf dem Weg zum Flughafen nicht herunterholperten.

»Was kostet dieser Service?«, fragte Wes Naylor.

»Mit Einbalsamieren kommt es auf viertausend Dollar«, sagte Morgan. Es schien ihm zu gefallen, dass Naylor auf die Kosten zu sprechen kam. Das war Vertrauen erweckend. »Aber wenn Sie Einäscherung wollen, kostet es nur sechshundert Dollar.«

»Einäschern«, sagte Naylor. »Wir sollten Daniels Familie nicht mehr als nötig belasten.«

»Die meisten Leute entscheiden sich dafür. Eine fünf Pfund schwere Schachtel voll Asche zu verschicken, ist billiger«, sagte Morgan.

Ihr Gespräch über die Einsparung von Kosten begann Calvino auf die Nerven zu gehen. Es ging ja gerade darum, dass die Leiche nicht eingeäschert wurde. Er hatte vergessen, Naylor einzuschärfen, dass er sich fürs Einbalsamieren entscheiden sollte. Wir brauchen die Leiche; wir brauchen den Sarg. Bevor Naylor die Sache total vermasseln konnte, mischte er sich ein und schnitt Naylor einfach das Wort ab. »Sie sagten doch, dass Familie Ramsey Daniels Körper für die Bestattung haben will. Irgendwelche religiösen Vorbehalte gegen die Einäscherung. Erinnern Sie sich? Wir zahlen also den höheren Preis. Sie haben Vollmacht, die Kosten vorzustrecken. Und Sie haben mich gebeten, das Geld im Bürosafe aufzubewahren, weil Sie dem Schließfach im Hotel nicht trauen. Erinnern Sie sich nicht?«

Natürlich konnte sich Naylor nicht an das Geringste erinnern, weil er all das zum ersten Mal hörte. »Ja, sicher«, sagte er plötzlich lächelnd. »Einbalsamieren. Wir wollen natürlich, dass die Leiche einbalsamiert wird.«

»Haben Sie die viertausend?«, fragte Morgan.

Calvino nickte, starrte Naylor nieder und wünschte sich, ihm das Feixen aus dem aufgedunsenen Gesicht schlagen zu können.

Morgan umriss die nächsten Schritte und wie lange jeder dauern würde. »Sobald wir den Totenschein haben, wird die Leiche einbalsamiert, dann der Anzug gekauft, der Sarg bestellt, der Flug mit einer amerikanischen Gesellschaft gebucht, und schließlich organisiert das Bestattungsinstitut den Transport zum Flughafen.« Er schwieg einen Moment. »Minimal, sagen wir, zwei oder drei Tage. Wenn alles reibungslos läuft. Normalerweise dauert es eine Woche.«

»Die Leiche wird zum Flughafen gebracht?«, fragte Naylor und spielte den Dummen. Er blinzelte und sah zwischen Calvino und Morgan hin und her wie ein Kind, dem der Mund offen stehen bleibt, weil man ihm gesagt hat, dass der Mond aus grünem Käse ist.

»Nicht zum Passagierterminal. Der Sarg fliegt als Frachtgut.«

»Wie wärs mit morgen?«, fragte Calvino.

»Ja, morgen wäre am besten, seine Familie ist wirklich in tiefster Trauer«, sagte Naylor. »Und meine Klienten, die Ramseys, wollen diese traurige Angelegenheit so schnell wie möglich hinter sich bringen.«

Calvino zog vierzig Hundert-Dollar-Scheine aus seiner Brieftasche und zählte sie vor. Viertausend Dollar. Er zeigte Dwight

Morgan das Geld. Beim Anblick von Calvino, der sein gesamtes Leibwächterhonorar aushändigte, begann Naylor richtiggehend vor Vergnügen zu strahlen. Calvino vermied es, ihn anzusehen, während er das Geld ein zweites Mal zählte. Morgan schien Bedenken zu bekommen, als Calvino nicht aufhörte, die Scheine durchzublättern. Ein paar Pfleger waren beim Anblick des vielen Geldes auf dem Gang stehen geblieben. Das machte Morgan nervös. Er, als Beamter, der in aller Öffentlichkeit einen Haufen Geld von einem Farang mit zerschlagenem Gesicht annahm, und einem anderen, der eine schwere Goldkette trug. Wenn ein Foto davon im Außenministerium in Umlauf kam, bedeutete das das abrupte Ende seiner Karriere. »Lassen Sie doch, bringen Sies mir ins Büro, da kann ich Ihnen eine Quittung ausstellen.«

»Ich kann mir nicht vorstellen, dass Sie wegen vier Riesen abhauen, Dwight. Verschaffen Sie uns einen Flug für morgen.« Calvino faltete die Scheine zusammen und stopfte sie ihm in die Jacketttasche.

»Ich kann nichts versprechen, Vincent. Sie wissen so gut wie ich, was man hier auf Terminzusagen geben kann. Ein Leichentransport genießt nicht gerade Priorität. Dieser Mann wurde am Schauplatz eines Bombenattentats gefunden. Es muss ihn nur jemand mit dem Anschlag in Verbindung bringen, dann haben Sie große Schwierigkeiten, die Leiche überhaupt freizubekommen. Wir brauchen den Bericht des Polizisten, der den Fall aufgenommen hat. Normalerweise wäre das kein Problem. Aber ob ein kleiner Polizeibeamter in so einem Fall die Verantwortung für den Papierkram übernimmt – ich weiß nicht. Und dann brauchen Sie noch einen vom Bezirksamt unterzeichneten Totenschein. Dann ist da das Einbalsamieren, und, und, und, alle möglichen Details. Es muss nur ein Einziger der zuständigen Leute gerade keine Zeit haben, oder er hat Angst, oder ein Verwandter ist gerade gestorben, und Sie können warten bis zum Nimmerleinstag.« Morgan breitete die ganzen bürokratischen Hürden vor ihm aus, damit er die Schuld an Verzögerungen jemand anders anhängen konnte.

»Wo stünden Sie denn jetzt, wenn ich nicht Naylor aufgetrieben hätte, um den Mann zu identifizieren?«, fragte Calvino. Er wusste genau, in was für eine Lage die Botschaft geriet, wenn niemand kam, um die Leiche eines toten Amerikaners zu reklamieren.

»Wir würden eine Sammlung beim Personal veranstalten und den Toten einäschern lassen. Das kommt jedes Jahr vier, fünf Mal vor. Jeder fühlt sich ganz schrecklich dabei.«

»Was Sie damit sagen wollen, ist, dass Ihnen Naylor gerade sechshundert Mäuse erspart hat.«

»Das Hauptproblem ist der Totenschein«, sagte Morgan. »Der Arzt muss ihn unterzeichnen. Es ist nicht so einfach, einen Arzt dazu zu bringen, den Schein zu unterschreiben.«

»Warten Sie einen Moment«, sagte Calvino. Er ging mit der Plastiktüte in die Leichenhalle zurück. Weniger als eine Minute später kam er wieder heraus, ohne seine Tüte und die Flasche Johnny Walker Black, und überreichte Dwight Morgan den unterzeichneten Totenschein mit Daniels Namen darauf. Morgan überflog den Schein und lächelte. »Todesursache: Herz- und Atmungsstillstand.«

»Das trifft es irgendwie«, sagte Calvino.

»Mr. Naylor, Vincent hat am Telefon erwähnt, dass Sie eine Vollmacht haben.«

Naylor nickte. Calvino langte in sein Jackett, zog die Vollmacht heraus, die Naylor in der Bar unterzeichnet hatte, und reichte sie Morgan. Der Beamte las sie schnell durch und sah dann auf. »Darf ich das behalten?«, fragte er.

»Kein Problem«, erwiderte Calvino.

»Kein Problem«, meinte Naylor. Er verdrehte die Augen. Das Dokument mit seiner Signatur war in den Besitz der Vereinigten Staaten übergegangen, und wenn jemals herauskam, dass er ein Papier mit einer Litanei von Lügen unterzeichnet hatte, würde ihm die Anwaltskammer zweifellos die Zulassung entziehen.

»Behalten wir morgen als Termin im Auge. Aber noch einmal, ich kann nichts versprechen. Mr. Naylor, kommen Sie morgen in mein Büro, Sie müssen noch einige Dokumente unterschreiben.«

»Mr. Naylor wird da sein«, versprach Calvino. »Nicht wahr, Wesley?«

Naylor kam zum Schluss, dass er es definitiv nicht ausstehen konnte, wenn Calvino ihn Wesley nannte. »Um nichts in der Welt würde ich diese Verabredung verpassen«, sagte er mit den Händen in den Taschen. Sein Gesicht war immer noch gerötet von dem Anfall von Atemnot, den er in der Leichenhalle gehabt hatte. Vor seinem geistigen Auge sah er sich vor der amerikanischen Flagge stehen, ein großes, gerahmtes Foto des Präsidenten an der Wand, die Hand zum Eid erhoben.

»Es wird schon klappen, Vincent«, sagte Morgan.

Aber sein Tonfall hatte sich verändert, als wären sie schon auf dem Weg zum Flughafen, auf dem Rückflug nach L.A. Dem System das Beste zu entlocken, es mit geschickten Fingern und starker Hand zu massieren, darauf kam es an, und Geduld musste man haben, eine Menge stoischer Geduld, während man Mauern mithilfe von Johnny Walker niederriss. Niemand in Schottland hätte sich vorstellen können, dass ihr Premium Whisky in Asien mehr Mauern zu Fall gebracht hatte als alle Bomben seit dem Zweiten Weltkrieg zusammen genommen.

Morgans Wagen mit den blauen Botschaftsnummernschildern stand direkt vor dem Eingang geparkt, sodass jeder einen Bogen darum machen musste. Er saß schon hinter dem Steuer, stieß dann aber die Tür noch einmal auf und kletterte heraus. Er rief Calvino zurück. »Hätte ich fast vergessen. Wegen der Jungs, die alle an einer Überdosis gestorben sind. Ich habe etwas herausgefunden, das Sie interessieren könnte.«

»Und was?«

»Anscheinend waren sie alle Mitglieder eines Internet-Sexkults namens *The Cause*. Sie betreiben eine Website, www.causemember.com. Fassen Sie da mal nach. Aber wissen Sie, es ist schwer, für derartige Schleimbeutel viel Sympathie aufzubringen.« Morgans Harvard-Akzent verlieh dem Wort »Schleimbeutel« einen besonders abstoßenden Beiklang. Es war Usus für Botschaftsangehörige, auf sexuelle

Angelegenheiten absolut angewidert zu reagieren. Jedenfalls, wenn sie die Karriereleiter im Außenministerium hinaufklettern wollten.

Calvino führte im Geiste einen kleinen Freudentanz auf. Genau das hatte er vermutet. Er blickte sich zu Naylor um und lächelte: »Ja, ich weiß genau, was Sie meinen. Vielen Dank für die Information, Dwight.«

Naylor saß schmollend im Taxi. Er würdigte Calvino keines Blickes, so wütend war er über Morgans Schlussbemerkung. »Gut gemacht, Wes«, sagte Calvino in einem Versuch, das Eis zu brechen. Nichts. Naylor starrte aus dem Fenster, saß stocksteif da und hielt den Kopf leicht abgewandt. Sie fuhren zur Sukhumvit Road zurück. Zum *Causeway.* Taxis, Motorräder und Busse wechselten pausenlos die Spur, überfuhren rote Ampeln, versuchten sich auszubremsen und kämpften gegen unsichtbare Widerstände um den kleinsten Vorteil. Aufgeblendete Scheinwerfer, gellendes Hupen, die Einschüchterungstaktiken des Verkehrskrieges in Bangkok. Der Taxifahrer nahm einen Augenblick lang beide Hände vom Lenkrad, um den Erawan-Schrein mit einem Wai zu grüßen. Die Finger gespreizt, fuhr er sich mit beiden Händen durchs Haar, dann nahm er wieder Kontakt mit dem Lenkrad auf. Schütze mein Leben, gib mir Kundschaft, verleih mir Glück. Das Mantra von Taxifahrern und Prostituierten, die zum Geist des Schreins beteten.

»Calvino, Sie sind ein krankes Arschloch. Und Dwight Morgan ist ein Stück Scheiße, das sich in den eigenen Ivy-League-Arsch ficken kann. Er ist hier der Schleimbeutel. Und diese gottverdammten Stahlkugeln, die in der Schublade herumrasselten. Jesus, das Scheppern dieser Kugeln auf Stahl wird mich bis ans Ende meiner Tage verfolgen«, sagte Naylor.

»Wenn Dwight Recht hat, legt ein Serienkiller Ihre Mitglieder direkt unter Ihrer Nase um. Sie sollten sich über solche Dinge informieren, Wes. Überlegen Sie mal die Publicity, wenn Ihre Mitglieder erführen, dass fünf ihrer Brüder in Bangkok ermordet wurden und Sie nichts getan haben, um sie zu warnen.«

»Sie erpressen mich schon wieder, nicht wahr?«

»Ich sage nur, dass Sie da ein Problem haben. Es geht nicht um Erpressung. Es geht darum, die Person zu erwischen, die die Morde begeht.«

Naylor kratzte sich am Arm und steckte sich eine Zigarette an, während er darüber nachdachte. Es war drückend heiß, und die Klimaanlage des Taxis funktionierte nicht richtig. Gleichzeitig sah es so aus, als zogen sich die Regenwolken zusammen, sodass Morgan eine weitere Entschuldigung hatte, wenn sich der Papierkrieg länger hinzog. Bei Regen kam alles zum Stillstand.

»Morgen gehen wir zur Botschaft, und Sie unterzeichnen die Dokumente«, sagte Calvino. »Anschließend fahren wir zum Bestattungsinstitut und arrangieren Dannys Frachtreise.«

»Was hat Morgan gegen uns?«, fragte Naylor.

»Er ist ein ziemlich konservativer Mensch. Sonst wäre er nicht in diesem Job.«

»Warum hassen Konservative alles, was mit Sex zu tun hat? Ich kapiere das nicht.«

»Vielleicht haben sie Angst, dass sich Liberale schneller vermehren als sie.« Calvino sah stirnrunzelnd aus dem Fenster. Es gefiel ihm nicht, dass Naylor von »uns« sprach, als ob sich Morgans Missbilligung auch auf ihn erstreckte. Immerhin streute er Babypuder auf den Boden, um die Spuren der Yings verfolgen zu können, die er mit nach Hause nahm, und wenn Morgan von dieser seltsamen Angewohnheit wüsste, würde er ihn unschwer mit Naylor, Wiesel, Kaschmir und Roadster in einen Topf werfen. »Wenn ich Ihnen die Namen der fünf Männer nenne, von denen ich glaube, dass sie von demselben Killer umgebracht wurden, können Sie mir dann Details aus Ihrer Datenbank liefern?«, fragte Calvino.

»Das sind vertrauliche Informationen«, sagte Naylor, ganz gekränkte Rechtschaffenheit.

»Es könnte helfen, den Killer zu finden. Es könnte Leben retten.«

»Ich lasse es mir durch den Kopf gehen, Calvino. Aber hören Sie verdammt noch mal auf, die Dinge zu verdrehen.« Es schien, als hätte sich das Verhältnis der Kräfte wieder gewendet; Naylor schnippte Zigarettenasche auf den Boden des Taxis. Er lächelte und inhalierte tief, während die ersten Regentropfen gegen die Windschutzscheibe klatschten.

Jep hockte auf den Stufen vor dem *Grand Rose Hotel*. Ihr Gesicht war fleckig von getrockneten Tränen. Kaum war Naylor aus dem Taxi geklettert, raste sie zwei Stufen auf einmal nehmend auf ihn zu und rammte ihn Kopf und Schulter voran in den Bauch. So fest, dass er das Gleichgewicht verlor und in einen der verwilderten Rosenbüsche fiel. Dornen zerschnitten ihm die Hände, als er versuchte, seinen Sturz abzufangen. Ihre Fäuste flogen wie Windmühlenflügel, aber nur etwa die Hälfte der Schläge traf ihn in der Kopfgegend. Sie hörte nicht auf, bis sie langsam erlahmte, wie ein Spielzeug, dessen Batterien der Saft ausgeht. Sie trat ihn gegen das Knie, und er jaulte auf. »Warum tust du das?«, schrie er.

Calvino ging die Treppe hinauf, wandte sich um und setzte sich. »Wollen Sie mir denn nicht helfen?«, gellte Naylor. »Ich bin nicht mehr Ihr Leibwächter, falls Sie sich erinnern«, sagte Calvino.

Jep stand über Naylor, beide Hände in die schmalen Hüften gestemmt, und versuchte, keuchend wieder zu Atem zu kommen. Ein paar der Nudelverkäufer standen lachend hinter ihren Ständen und sahen zu. Sie bückte sich, hob einen Stein auf und warf ihn nach einem der Hunde, die im Schatten der Karren schliefen. Die Händler wussten, dass der nächste Stein ihnen gelten würde, also verstummten sie und widmeten sich wieder dem Nudelkochen.

»Würdest du mir bitte sagen, was das eigentlich soll?«

»Es ist wegen Roadster«, schrie sie. »Er wollte mich ficken! Er hat gesagt, du hast ihm erlaubt, mich zu ficken!«

»Das ist gelogen«, protestierte Naylor und zupfte an den Rosendornen in seiner Hose.

»Er ist dein Freund. Und wegen ihm bin ich gefeuert worden.«

Naylors *Cause*-Kumpel hatte sie um eine schnelle Nummer gebeten, und als sie ablehnte, wurde er unangenehm und nannte sie eine

Hure. Jack musste von oben geholt werden, ergriff die Partei des Gastes und feuerte Jep. Er meinte, Kunden zu ficken, sei ihr Job, und wenn sie keine Kunden ficken wollte, sollte sie sich zum Teufel scheren und wieder in den Reisfeldern arbeiten. Roadster hatte Jeps Foto, auf dem sie ihren winzigen Tanzbikini trug, ebenso wie Naylor im Online-Magazin gesehen und sich ebenso wie Naylor vorgenommen, sie loszukaufen, obwohl sie nach den Regeln Eric gehörte. Nur dass Jep nach der Moskitoattacke das Trinken aufgegeben und beschlossen hatte, dass Naylor so gut wie jeder andere Kerl war und sie nicht mehr für Gäste zur Verfügung stand, die Sex haben wollten. Es war unmoralisch, in einer Bar moralisch zu werden. Es verstieß gegen die Regeln.

Endlich begann Naylor sich wieder aufzurappeln. »Das ist ja schrecklich.«

»Roadster sagt, Wes hat dich von Eric übernommen. Und ich übernehme dich von Wes. Kein Problem. Das sagt er zu mir. Und ich? Ich schreie ihn an: Ich gehe nicht mit dir!« Sie warf sich weinend an seine Brust, was ihn wieder aus dem Gleichgewicht brachte und rückwärts auf die Rosenbüsche zu taumeln ließ. Sie führten ein unbeholfenes kleines Tänzchen auf, bis er sich wieder gefangen hatte. Er hob sie hoch in die Luft und legte sie sich mit den Beinen nach vorn über die Schulter. »Ich sorge für dich, Jep. Mach dir keine Sorgen. Was Roadster gesagt hat, war falsch. Ich mache ihn fertig. Du wirst sehen.«

Das waren die magischen Worte für Jep, ihr Stichwort, um eine andere Tonart anzustimmen. Es spielte keine Rolle mehr, dass Naylor einen Studienabschluss hatte, zweihundert Pfund wog, einen soliden Beruf und eine Kanzlei hatte. Er hatte sich der totalen Kontrolle eines Bargirls mit Grundschulbildung ausgeliefert. Sie verstand es, die Akkorde seiner eigenen Schuldgefühle anzuschlagen und ihn damit zu manipulieren. Nach einem Jahr im Geschäft wusste sie, wie sie einen Farang tanzen lassen konnte, tanzen nach ihrem Lied von Schuld und Sühne. Vor allem aber kannte sie Calvinos Gesetz betreffs Schuld aus dem Effeff: Einem Farang seinen schweren Schuldkomplex abzugewöhnen, war schwieriger als eine Heroin-Entziehungskur.

Naylors Stimme hallte noch entfernt im Treppenhaus, als Calvino zur Rezeption ging, wo die alte Frau einen Joint rauchte und ihm lächelnd einen Zettel überreichte, den Pratt hinterlassen hatte. Die Nachricht lautete: »Wir treffen uns im Konferenzraum.« Dort fand Calvino einen Pratt vor, der schon seit einer Stunde ungeduldig auf und ab tigerte. Er hatte verschiedene Papiere und Computerausdrucke auf dem Konferenztisch verstreut.

»Wenn Jess nicht innerhalb der nächsten achtundvierzig Stunden Thailand verlässt, könnte es kompliziert werden«, sagte Pratt.

Wenn Pratt das Wort »kompliziert« benutzte, hieß es, dass jemand sterben musste. »Morgan sagt, er kann die nötigen Papiere in der Botschaft bis morgen fertig haben. Oder übermorgen. Er braucht noch einen Polizeibericht.«

»Das habe ich mit dem Sergeant schon geregelt.« Pratt griff nach einem Ordner, zog einige Unterlagen heraus und reichte sie Calvino. »Es ist alles hier. Nimm es morgen mit in die Botschaft.«

»Wir brauchen noch eine Fahrgelegenheit zum Bestattungsunternehmen«, sagte Calvino. »Aber das hast du wahrscheinlich schon arrangiert, richtig?«

»Ich habe einen Lieferwagen für euch.« Pratt wischte einen Stapel Papiere zur Seite und griff nach dem Schlüsselring darunter. Er zog einen einzelnen Schlüssel herunter und gab ihn Calvino. »Er gehört Manees Bruder.« Sein Schwager hatte ihm den Lieferwagen gefälligkeitshalber geliehen. Pratt hatte ihm erzählt, dass er damit Computer- und Bürobedarf abholen wollte.

»Ich passe darauf auf.«

Pratt sah ihn scharf an. »So, wie du auf deinen Honda aufgepasst hast.«

»Es war nur ein Fenster, Pratt. Die Bombe zählt nicht.«

»Gehen wir den Plan noch einmal durch«, sagte Pratt. Er setzte sich mit übereinander gefalteten Händen an den Tisch. Calvino hatte ihn noch nie so nervös erlebt. Zum Teil mochte das daran liegen, dass sie die Identität der höchst einflussreichen Kreise nicht kannten, die Jess aufhalten wollten. Aber waren sie nur hinter Jess her? Calvino aus dem Weg zu räumen, würde seiner Suche nach dem Serienmörder ein Ende setzen, den bohrenden Fragen, den Wellen, die er schlug. Waren die Schläger und das Mordkommando vielleicht von unterschiedlichen Auftraggebern in das Einkaufszentrum geschickt worden? Oder waren sie Teil derselben Einheit, und nach dem kläglichen Versagen der Schlägertruppe trat das Mordkommando in Aktion? Pratt gab nicht vor, die Antwort zu kennen. Und er hatte auch keinerlei Hinweis auf den Kopf, der hinter der ganzen Sache steckte – vorausgesetzt, es gab nur einen –, aber ihm war klar, dass er es mit Männern zu tun hatte, die sehr gefährlich werden konnten, wenn sie mit dem Rücken zur Wand standen. Gefährlich für ihn, für die Abteilung und vielleicht für seine Familie. Er hatte Calvino noch nicht erzählt, dass ein Geheimdienstbericht Daniel Ramsey mit Figuren aus dem Drogenhandel in Verbindung brachte. Was der Bericht noch enthüllte, war das Gerücht, dass möglicherweise Regierungsstellen und jemand innerhalb der US-Botschaft darin verwickelt waren. Es war eine Sache, den Größen im Drogengeschäft auf die Füße zu treten, aber eine ganz andere, ständig über die Schulter blicken zu müssen, ob einen jemand von der eigenen Seite aufs Korn nahm. Schlechte Neuigkeiten, nicht gerade ermutigend.

»Ich fahre Jess und Naylor ins Bestattungsinstitut. Jess bleibt als Priester verkleidet. Wir haben ein offizielles Polizeidokument, das uns gestattet, die Leiche für weitere forensische Tests zu requirieren, danach ein kurzer Gottesdienst in der Kirche, bevor wir den Sarg zum Frachtzentrum am Flughafen überführen. Der Leiter des Bestattungsinstituts, Khun Panyah, wird sofort kooperieren, er hat ebenso viel Angst vor der Polizei wie jeder andere. Sobald wir den Sarg haben, entfernen wir Daniels Leiche, die wir später einäschern lassen, dann legt Jess sich hinein, und wir stellen sicher, dass er den Deckel von innen öffnen kann. Dann geben wir den Sarg mit ihm als Frachtgut auf, und achtzehn Stunden später öffnet sein Vorgesetzter in LAX mit einem Dutzend Polizisten den Sarg, und Jess springt heraus wie ein Schachtelteufel. Ich sehe keine Probleme. Der Frachtraum hat Kabinendruck und ist klimatisiert.«

Pratt sah viele Probleme. Hässliche Spinnen und Schlangen krabbelten über, unter und mitten durch die Details des schönen Plans. Aber ihm wollte kein besserer einfallen, wie er Jess heimlich außer Landes schaffen konnte. Pratt hatte überlegt, Jess durch Samui und Phuket und anschließend nach Kuala Lumpur zu schleusen. Aber das würde zu viele Leute kompromittieren und erforderte zu viele Mitwisser. In einer langen Kette gab es immer ein schwaches Glied. »Die wissen genau, dass ein sehr mächtiger Mann in sehr großen Schwierigkeiten steckt, wenn es Jess gelingt, nach L.A. zurückzukommen. Und dann das Mädchen. Noi. Wir wissen nicht, wo sie in dieser Angelegenheit steht. Sie wurde geschickt, um Jess eine Falle zu stellen, und jetzt ist sie hier. In diesem Hotel.«

»Mach dir über sie keine Gedanken«, sagte Calvino. »Sie geht nicht zurück zu Gabe oder Kowit. Nicht nach dem, was im *Emporium* geschehen ist. Sie weiß, dass Kowit sie töten lassen wird. Sie macht sich Sorgen um ihren Sohn. Ich habe ihr versprochen, dass du jemanden abstellst, der das Kind beschützt.«

»Sie haben sie durch ihren Bruder in der Hand. Bist du sicher, dass sie einen Sohn hat?«

»Warum lässt du das nicht einen deiner Leute herausfinden?«

14

Die Fußgängerampel vor dem Gebäudekomplex der amerikanischen Botschaft an der Wireless Road war ein Mahnmal der Demokratie. Möglicherweise die einzige funktionsfähige und gleichzeitig beachtete Fußgängerampel in ganz Thailand. Pure Demokratie in Aktion. Die Vorstellung, dass irgendein Reisbauer in einem Paar Neunzehn-Baht-Sandalen einen Knopf drücken konnte, der ein grünes Licht rot werden ließ und eine ganze Schlange aus BMWs und dem einen oder anderen Benz mit kreischenden Bremsen zum Stillstand brachte, war so abartig, dass Bauern und Büroangestellte manchmal extra in die Wireless Road kamen, um diesen Knopf zu drücken und das Schauspiel zu genießen. Die Ampel betätigen, die Straße überqueren – eine Sensation. Selbst Taxis hielten an, wenn das Licht auf Rot sprang. Es war die einzige rote Ampel, die von keinem Auto überfahren wurde. Jedenfalls nicht allzu oft. Zusätzlich machten die Sicherheitsvorkehrungen in der Umgebung der Botschaft seit den Bombenanschlägen die Fahrer nervös. Eine kleine Armee von Sicherheitsleuten und uniformierter Polizei war vor dem Haupteingang postiert und beobachtete jeden Fußgänger, jeden Auto- und Motorradfahrer mit Argusaugen. Vielleicht war es doch weniger Demokratie als ganz prosaische Angst, die dem roten Licht Respekt verschaffte.

Hinter dem Haupteingang kam man in eine Sicherheitsschleuse, wo Wächter die Besucher mit Metalldetektoren untersuchten. Calvino ließ Naylor den Vortritt in der Schlange, die langsam vorrückte, während die Beamten Ausweise überprüften und Taschen durchsuchten. Als Naylor an die Reihe kam, zog er seinen Pass hervor. »Ich bin Amerikaner. Lassen Sie mich durch«, sagte er. »Das Einzige, was die Thais hier in die Luft sprengen werden, ist die blöde Ampel da draußen«, witzelte er an Calvino gewandt. Aber amerikanisches Sicherheitspersonal versteht keinen Spaß. Der Wächter scannte Naylor ein halbes Dutzend Mal, und jedes Mal gab der Scanner ein lautes elektronisches Piepsen von sich. »Von dem Scheißding kann man Krebs bekommen. Hören Sie auf damit!« Aber damit erreichte er nur, dass sie ihn noch gründlicher scannten. Dann ließen ihn die Wachen – inzwischen waren es zwei – Schlüssel und Münzen aus seinen Taschen in einen Plastikkorb leeren; auch den Gürtel musste er abnehmen. Seine Hände waren völlig zerkratzt von seinem Sturz in die Rosenbüsche. Die Hände eines Bombenbastlers, dachte Calvino.

Calvino zückte seinen Pass. Die Suche verlief diesmal gründlicher als üblich. Niemand war sicher, wer hinter den Attentaten steckte, und die Explosion im *Emporium* stellte eine neue, unerwartete Eskalation dar, die die Behörden nervös machte und sie vermuten ließ, dass die dunklen Mächte hinter den Anschlägen jetzt zu allem fähig waren. In der Presse waren so viele antiamerikanische Artikel erschienen, dass inzwischen eine Atmosphäre des Misstrauens herrschte. Das Botschaftspersonal wollte kein Risiko eingehen und hatte die Sicherheitsvorkehrungen verstärkt. Die Durchsuchungen und Fragen waren forsch und unfreundlich. Die Thais hielten ihre Identitätskarten hoch und zeigten sie voll Stolz wie Schulkinder. Die kühle Atmosphäre in der Sicherheitsschleuse löschte ihr Lächeln nicht aus; sie arbeiteten sich langsam auf das Drehkreuz zu.

»Dreckskerle«, sagte Naylor, als sie endlich passieren durften.

Der Wächter funkelte ihn an. Calvino schob Naylor an der Schulter vorwärts. »Vergessen Sies. Wir sind drin.«

»Haben Sie gesehen, wie der mich angeschaut hat? Ich bin Amerikaner!«

»Wenn Sie so weitermachen, werden die Sie bis auf die nackte Haut durchsuchen. In Ihre Körperöffnungen hineinsehen. Ihnen ein kleines Verkehrslicht in den Hintern schieben.« Das ließ ihn verstummen.

Sie durchquerten den Hof auf einem schmalen Weg, der zu einer Tür führte, auf der »Nur für amerikanische Staatsbürger« stand. Thais und andere Ausländer mussten in der großen Tradition des alten amerikanischen Südens einen anderen Eingang nehmen. Vor ihnen liefen ein Farang und eine junge thailändische Frau, die etwa einundzwanzig oder zweiundzwanzig Jahre alt war und einen kurzen Rock trug, der ihre schmalen, muskulösen Beine zur Geltung brachte. Um ihren dünnen Hals und die schlanken Arme lagen Goldketten. Sie hatte langes, dichtes, schwarzes Haar, das frisch gewaschen aussah. Ihre dunkle Haut duftete parfümiert, und ihre Brüste schienen der Schwerkraft zu spotten. Naylor drängte sich an Calvino vorbei, ging direkt auf den Farang zu und legte ihm seine Pranke auf die Schulter, die aussah, als hätte er sie in einen Sack voller wütender Katzen gesteckt. »Lark, suchen Sie Zuflucht in der Botschaft?«, fragte er.

Der Farang in mittleren Jahren mit einem Zweitagebart drehte sich um. Sein Haar war beinahe vollständig weiß, und in der Mitte seines Kopfes hatte er eine runde, kahle Stelle. Seine Gesichtshaut war perfekt gebräunt. Er trug eine Sonnenbrille und lächelte in einem fort. »Wes, Sie alter Hurensohn, was tun Sie denn hier?«

»Ich verschiffe eine Leiche, was denn sonst?«, sagte Naylor.

Calvino sah das Mädchen an, das ihm zulächelte, und versuchte, sich zu erinnern, wo er sie schon einmal gesehen hatte. Vermutlich im *Thermae*. Sie sah jünger aus, als sie war, aber so jung wie heute würde sie nie wieder aussehen. »Ich besorge ein Visum für Toy«, sagte Lark. »Ich nehme sie mit nach San Francisco. Wir wollen heiraten. Stimmts, Süße?« Lark war nicht allein. Mehrere andere »Herbst-Frühling«-Pärchen kamen auf dem Weg an ihnen vorbei.

Naylor reckte seine Faust in die Höhe. »Der *Cause* steht hinter Ihnen.«

»Wir sehen uns noch«, sagte Calvino und zog Naylor am Arm weiter.

Aber Naylor widersetzte sich und folgte seinem Freund zum Hauptwartezimmer. »Lark repariert Autos. Er bringt sie wieder in Schuss und verkauft sie billig. An Freunde jedenfalls.«

Drinnen saßen etwa fünfzig Leute mit grimmigen Gesichtern auf unbequemen Klappstühlen, füllten Formulare aus, sahen ihre Papiere durch und warteten darauf, aufgerufen zu werden. Sie sahen aus, als hätten sie einen Termin beim Bewährungshelfer. Männer wie Lark begleiteten Mädchen wie Toy und dachten, ihre Gegenwart würde die Dinge vereinfachen. Aber dem war nie so. Wenn überhaupt, schadete es eher. Ein alter Automechaniker, der vierzig Kilo Ying mit fünf Jahren Grundschulbildung exportieren wollte, machte keinen guten Eindruck. Lark trug eine *Causemember*-Nadel am Revers; das würde dem Beamten nicht entgehen. Toys Aussichten, in die Vereinigten Staaten zu gelangen, waren ungefähr so groß wie die von Daniel Ramsey, von den Toten wiederaufzustehen.

Calvino wartete darauf, dass die Reihe an ihn kam, während ein protestantischer Geistlicher bei einer einheimischen Botschaftsangestellten mit seinen thailändischen Sprachkenntnissen glänzen wollte – einer Frau mittleren Alters, die ihn mit eisigem Lächeln betrachtete. Jeder, der so gut Thai sprach und nonstop über die göttliche Gnade redete, hatte etwas mit der Ampel auf der Wireless Road gemeinsam: Thailänder wussten zwar aus dem Fernsehen oder Kino, dass es solche Dinge gab, aber wenn sie persönlich damit konfrontiert wurden, wussten sie nicht, ob sie lachen, weglaufen, ihren Respekt bezeugen oder einfach in die Luft starren, lächeln und an gar nichts denken sollten. Die Schalterbeamtin hatte die letztere Möglichkeit gewählt. Sie nickte mechanisch, aber wenn man in ihren Augen las, die auf das schwarze Brett auf der anderen Seite des Raumes gerichtet waren – sie musste die Nachrichten schon in- und auswendig kennen –, dann wusste man, dass sie an einen weit entfernten Ort weggedriftet war, wo die Worte des Geistlichen bloße Schatten im Wald waren. Als Calvino an der Reihe war, schwebte sie immer noch in der anderen Dimension.

»Dwight Morgan wollte ein paar Papiere für mich hinterlegen«, sagte Calvino. Er stützte sich auf einen Ellbogen und starrte die Angestellte durch das Fenster an.

»So etwas haben wir nicht. Kommen Sie morgen wieder«, sagte sie. Ihre Antwort ergab keinen Sinn. Calvino sah, dass sie in einem religiösen Traktat schmökerte, das der Geistliche in den Stahlschuber des verglasten Schalters gelegt haben musste.

»Die Papiere sind für Daniel Ramsey«, sagte Calvino. »Den Amerikaner, der gestern gestorben ist.«

»Er ist im dritten Stock.«

Calvino schaltete auf Thai um und erklärte ihr, dass Ramsey tot war und definitiv nicht im dritten Stock, sondern in der Leichenhalle, wo er auf seine Rückreise in die Staaten wartete. Die billige Broschüre des Pfarrers war voller Bildchen. Sie starrte die Bilder an und ignorierte Calvino, während er zu erklären versuchte, dass Ramsey Amerikaner war, dass Dwight Morgan die Papiere vorbereitet hatte und sie ihm lediglich den Umschlag geben musste.

Endlich legte sie das Buch zur Seite. Zum ersten Mal sah sie Calvino an. »Was sagten Sie, wer Sie sind?«

»Vincent Calvino. Und das hier ist Mr. Naylor. Wir sind Familie Ramsey behilflich«, sagte Calvino.

Naylors Geduld war verpufft, und er drängte Calvino beiseite, stützte seinen Ellbogen auf den Schalter und drückte die Nase gegen das Glas. »Ich bin Wes Naylor, der Familienanwalt der Ramseys. Wir brauchen die Papiere, um Daniels Leiche durch den Zoll zu bekommen. Um ihn heimzuführen. Es ist alles vorbereitet. Holen Sie einfach die Scheißpapiere«, sagte Naylor.

»Solche Ausdrücke lassen wir am Schalter nicht zu«, sagte sie.

»Seit Mr. Ramseys Tod stehen wir alle unter Druck. Das werden Sie sicher verstehen«, sagte Calvino.

Sie starrte Naylor an. »Können Sie sich ausweisen?«

Naylor hielt seinen Pass gegen die Scheibe. »Mit einem Pass der Vereinigten Staaten von Amerika«, sagte er. »Das hier ist doch die amerikanische Botschaft, wenn ich mich nicht irre?«

So wie sich Naylor aufführte, befürchtete Calvino, dass sie gleich wieder die Wachen hereinrufen und ihn abermals gründlich durchscannen würden. Stattdessen stand ein amerikanischer Beamter auf, der ein paar Tische weiter saß, und kam den Gang zwischen den Schreibtischen entlang zum Schalter. Er hatte den Wortwechsel verfolgt. »Es ist üblich, nach einem Ausweis zu fragen, okay?«, sagte er.

»Es ist auch üblich, halbwegs vernünftig bedient zu werden«, sagte Naylor. »Da ist mein Pass. Was wollen Sie noch? Den Mädchennamen meiner Mutter? Der war Whyte. Und zwar mit y, nicht mit i. Sie hat meinen Vater während des Zweiten Weltkriegs kennen gelernt.

Ich wurde in New York geboren. Ich lebe seit siebenundzwanzig und einem halben Jahr in L.A. Ich bin praktizierender Rechtsanwalt in L.A. und habe die Wahlkampagnen von zwei Gouverneuren und einem Kongressabgeordneten unterstützt. Alle drei wurden gewählt. Sie erinnern sich an mich. Sie sind mir noch etwas schuldig.«

»Mr. Naylor, dürfte ich Ihren Pass haben?«

Naylor legte ihn in den Schuber, und der Beamte zog ihn auf der anderen Seite der kugelsicheren Scheibe heraus. Er schlug ihn auf und ließ seinen Blick zwischen dem Foto und Naylor hin- und hergleiten, als hätte er Zweifel, dass es sich um ein und dieselbe Person handelte. Dann nahm er ein Telefon ab und wählte, während eine Sekretärin eine Kopie von Naylors Pass anfertigte.

»Immer mit der Ruhe, Naylor«, sagte Calvino. »Wir wollen nicht auffallen. Sie sind dabei, einen so tiefen Eindruck bei dem Kerl zu hinterlassen, dass er die Geschichte wahrscheinlich seine ganze Karriere lang beim Abendessen zum Besten geben wird.«

»Er ist ein Arschloch«, sagte Naylor.

Als der Beamte vom Kopiergerät zurückkehrte, gab er Naylor als Erstes seinen Pass zurück. »Mr. Morgan hat keine Zeit«, sagte er. »Er ist in einer Krisensitzung. Die Ramsey-Papiere sind in seinem Büro. Wenn Sie bitte morgen wiederkommen möchten, dann gebe ich Ihnen einen Termin.«

»Ich zahle Ihr Gehalt!« Naylors Gesicht war wutverzerrt. Er trommelte mit den Fäusten gegen das Schalterfenster. In diesem Augenblick tauchte Dwight Morgans Kopf am entfernten Ende des Raumes auf. Wahrscheinlich hatte ihm jemand einen Zettel zugeschoben, dass zwei Farang am Schalter eine Szene machten. Er kam schnell zum Schalter und sah wütend aus. Nichts war geblieben von seiner Verbindlichkeit aus der Leichenhalle. »Gehen Sie durch die Tür, dann den Gang entlang, und ich lasse Sie herein.«

Sie verließen den für den Publikumsverkehr bestimmten Bereich und erreichten die Büros des Botschaftsstabes.

Dwight Morgan machte die Bürotür hinter ihnen zu und setzte sich an seinen Schreibtisch. Calvino und Naylor zogen sich Stühle heran. Er bot ihnen keinen Kaffee oder Wasser an. Stattdessen verschränkte er die Hände auf dem Tisch und kam umgehend zur Sache. Seine Miene war ernst, besorgt und ein wenig misstrauisch. »Ich komme gerade aus einer Konferenz zwischen dem thailändischen Militär, Polizei und unseren eigenen Sicherheitsleuten. Seit dem Bombenanschlag gestern gehen alle in Deckung.« Morgan machte eine Pause und streckte sich, eine Hand in den Nacken gelegt. Auf einem Regalbrett hinter ihm stand ein gerahmtes Foto einer weißen Frau mit zwei Kindern im Alter von höchstens zehn Jahren. Er war ein Familienmensch, den man zum Dienst hierher abkommandiert hatte, um Erfahrungen zu sammeln, und Calvino hatte das Gefühl, dass Dwight plötzlich die Karriereleiter unter sich schwanken spürte. »Und noch etwas, Vincent. Die Polizei hat den Besitzer des Wagens ermittelt, der in der Tiefgarage des *Emporium* explodiert ist, einen gewissen Vincent Calvino. Die Polizei sucht nach Ihnen. Und Gott weiß, wer noch alles hinter Ihnen her ist, Vincent. Das hier hat sich zu einer sehr ernsthaften Angelegenheit entwickelt.«

»Unser Freund scheint ja plötzlich unheimlich populär zu sein«, sagte Naylor.

Morgan beugte sich vor. »Das ist nicht komisch, Mr. Naylor. Es bedeutet einen Misthaufen von Problemen für mich.«

»Was werden Sie tun?«, fragte ihn Calvino ohne Umschweife.

»Ich sollte nach den Regeln spielen. Den Hörer abnehmen und die thailändische Polizei wissen lassen, dass Sie hier sind und in Kürze auf die Wireless Road hinausmarschieren werden.«

»Es wäre mir lieber, das würden Sie nicht tun, Dwight«, sagte Calvino.

»Die Arschlöcher, die ihn in die Luft jagen wollten, arbeiten Hand in Hand mit der Polizei«, sagte Naylor.

»Das können Sie nicht wissen«, sagte Morgan.

»Nein, das weiß er nicht«, sagte Calvino.

»Spricht irgendetwas dagegen, dass ich nach den Regeln vorgehe?«, fragte Morgan.

»Ich kann Ihnen ein Dutzend Gründe nennen. Aber einer soll genügen. Ich arbeite seit ein paar Monaten an dem Fall des Serienkillers. Vor drei Monaten habe ich Ihnen meine Theorie erläutert. Vor einem Monat habe ich Sie informiert, dass ich nahe daran bin, die thailändische Polizei davon zu überzeugen, dass ein Schema dahintersteckt. Ich glaube, irgendjemanden habe ich überzeugt, dass es ein Bindeglied zwischen diesen Morden gibt. Ihr Geheimdienst hat Sie über dieses Bindeglied informiert. Wer immer die Bombe in meinem Wagen gelegt hat, es waren Profis. Sie hatten Zugang zu Claymore-Anti-Personen-Minen. Sie wussten genau, was sie taten. Diese Kerle wollen nicht, dass der Serienkiller gefunden wird. Sie sind lange genug in Thailand, um zu wissen, was das heißt. Welche Art von Leuten so handeln können und welche Protektion sie genießen. Wenn Sie Ihren Anruf machen, wird Sie niemand in Washington oder in dieser Abteilung dafür kritisieren, dass Sie einfach Ihre Arbeit getan haben. Sie werden sich hinter Sie stellen, wie Sie sich hinter den Kerl am Schalter gestellt haben. Und morgen, oder übermorgen, vielleicht erst in einer Woche, wird jemand hier im Auftrag meiner Angehörigen auftauchen und Sie bitten, die nötigen Papiere zu unterschreiben, um das, was von mir übrig ist, nach New York zu überführen. Es wird Ihnen vielleicht ein wenig Leid tun, aber Sie können immer sagen: Ich habe ja nur meine Arbeit gemacht, und was Vincent Calvino zugestoßen ist, hat nichts mit mir zu tun. Wie ich sehe, haben Sie Familie. Frau und Kinder. Ich bin hier allein. Keine Kinder, keine Frau, keine Familie. Niemand wird mich vermissen, wenn ich nicht mehr da bin.«

»Was wollen Sie, Vincent?«

»War ich nicht immer ehrlich mit Ihnen?«, fragte Calvino.

Dwight Morgan dachte einen Moment lang nach, dann nickte er langsam.

»Geben Sie mir vierundzwanzig Stunden.«

»Ich kenne Sie, seit ich in Bangkok bin. Sie waren immer ehrlich. Das habe ich auch in der Konferenz gesagt. Und dass es nie irgendwelche Schwierigkeiten mit Ihnen gegeben hat. Sie waren uns sogar mehrmals dabei behilflich, Leute zu identifizieren. Sie versuchen, die Mordserie an amerikanischen Staatsbürgern zu beenden. Das habe ich ihnen gesagt.«

»Geben Sie mir die Ramsey-Papiere, und genau in vierundzwanzig Stunden sitze ich wieder in Ihrem Büro, und Sie können den Anruf machen. Dann wähle ich sogar für Sie.«

Morgan lehnte sich in seinen Sessel zurück, wog das Pro und Kontra gegeneinander ab und versuchte, den richtigen Weg zu finden. »Gut«, sagte er. Dwight Morgan gehörte zu den seltenen Menschen, die bereit waren, einem anderen eine zweite Chance zu geben. Dieselbe Chance, die er sich gewünscht hätte, wäre er an Calvinos Stelle gesessen. Er nahm eine Aktenmappe aus der Schreibtischschublade und reichte sie Calvino.

»Raus hier. Ich muss arbeiten«, sagte Dwight Morgan.

Als sie Morgans Büro verließen, fragte sich Calvino, ob Dwight Morgan ein Herz aus Gold hatte oder ob er der Maulwurf in der amerikanischen Botschaft war, derjenige, der wusste, wie das Heroin seinen Weg nach Amerika fand. Und dass er alles wollte, nur nicht, dass die thailändische Polizei Calvino in Gewahrsam nahm.

Noi hatte ziemlich getrunken. Sie konnte noch stehen, aber sie schwankte hin und her, als wiegte sie sich auf der Bühne zum Rhythmus der Musik. Sie hatte sich eine halbe Flasche Rum auf Eis eingeflößt. Die Colaflasche war ungeöffnet. Sie hatte vergessen wollen. Den Anblick von Dannys Körper auf dem Marmor des *Emporium*, ihren Bruder im Gefängnis, die Art, wie Gabe sie dazu gebracht hatte, Jess in die Falle zu locken, das beschissene Leben im Allgemeinen und wie sie als Nonne verkleidet herumsaß und sich betrank. In den Bars hatte sie singen und trinken gelernt. Sie konnte mit den Gästen mithalten, sie unter den Tisch trinken und an die Wand singen, bis ihre Augen glasig wurden wie die von tagealtem Fisch auf dem Markt. Normalerweise hätte sie nach einer halben Flasche Rum, Gin oder Whisky nicht einmal mit der Wimper gezuckt. Diesmal war es anders. Der Schnaps floss direkt in jenen Teil des Gehirns, wo die Dämonen lauern – Wut und Hass, wie ein Virus, der sich am Alkohol nährte und dann mit voller Macht ausbrach. Es war nicht der Alkohol allein. Angestauter Zorn schnürte ihr die Kehle zu, und sie meinte, an ihren eigenen Lügen und denen der anderen ersticken zu müssen.

Sie hatte mit angehört, wie Jess und Pratt sich über sie unterhielten. Sie war im Badezimmer gewesen, und die beiden hatten wohl gedacht, sie könnte sie nicht hören. Aber sie hatte jedes einzelne, kränkende, schreckliche Wort verstanden.

»Sie ist ein Risiko«, sagte Pratt.

»Bis jetzt hat sie nicht versucht zu telefonieren«, sagte Jess.

»Sie war auch bis jetzt nie allein«, sagte Pratt.

»Ich kenne den Schuppen, in dem sie gearbeitet hat. Eine Kaschemme ohne Schanklizenz, lediglich eine Fassade für Prostitution. Leider kann die Gewerbeaufsicht sie nicht schließen, weil niemand die Yings davon abhalten kann, sich von Gästen zu einem Glas einladen zu lassen. Oder mit den Gästen wegzugehen.«

»Inzwischen ist sie betrunken«, sagte Pratt. »Wir haben einen Notfall.«

Noi hatte das Badezimmer verlassen, war geradewegs zur Tür gegangen und hatte sie hinter sich offen stehen lassen, als wäre ihr alles scheißegal. Sie torkelte den Gang entlang und probierte eine Türklinke nach der anderen, bis sie auf ein Zimmermädchen stieß, das gerade aus einem der Hongs kam. Sie ging in das Zimmer, knallte die Tür hinter sich zu, schlug mit der flachen Hand auf den Lichtschalter und fing an zu weinen. Sie wusste nicht mehr, wer ihre Freunde und wer ihre Feinde waren, und sie musste sich entscheiden. Sie war verwirrt, und sie hatte versucht herauszudestillieren, wer sie am meisten hasste und wer ihr am meisten schaden konnte. Offensichtlich wurde sie von allen gehasst, von Jess, Pratt, dem übergewichtigen Farang namens Naylor und dem seltsamen Kerl aus dem Einkaufszentrum, McPhail, und alle hielten sie für eine Hure. Da konnte sie sich noch so sehr bemühen, ihnen klarzumachen, dass sie Sängerin war. Eine talentierte Sängerin, die es nicht nötig hatte, für Geld zu ficken. Es machte sie wütend, den Zweifel in ihren Augen zu sehen.

Es machte sie wahnsinnig, dass es ihr nicht gelang, die Mauer ihrer Vorurteile zu durchbrechen. Sie war mit ihnen gegangen, aber sie gaben ihr das Gefühl, dass sie nicht wirklich zu ihnen gehörte. Diese Männer sahen in ihr einfach eine Gefahr. Hatten sie wie eine Gefangene gehalten und für dumm genug erachtet, nicht zu merken, dass sie gefangen war. Sie hatten Angst vor ihr und vor dem, was sie tun könnte. Merkten sie denn nicht, dass sie nirgends hin konnte? Wohin denn! An wen hätte sie sich wenden können?

Als Jess sie fand, war sie hysterisch und verzweifelt von ihren düsteren Gedanken. Er stand vor der Tür, klopfte und bat sie, ihn einzulassen. Sie lief zum Telefon und hob ab, aber die alte Dame in der Zentrale sagte ihr, dass sie kein Gespräch nach draußen durchstellen könne. Sie knallte den Hörer hin und ließ sich schwer aufs Bett fallen. Ihr Gesicht war erhitzt vom Thai-Rum. Sie schwitzte unter dem Nonnenhabit. Sie streifte ihn ab und setzte sich nackt aufs Bett.

»Sie denken, ich bin eine Hure, weil ich in Gabes Klub gearbeitet habe«, schrie sie durch die Tür.

Da wusste Jess, dass sie die Unterhaltung mitangehört hatte. Er hätte sich ohrfeigen mögen. »Ich sagte zu Pratt, dass solche Lokale oft nur die Fassade für Prostitution sind. Das heißt nicht, dass Sie eine Hure sind. Es heißt, dass einige der Yings vielleicht mit Gästen mitgehen. Es bedeutet, dass einige der Leute, für die Sie gearbeitet haben, vielleicht Yings aus Thailand importieren. Und diese Yings werden möglicherweise dazu gezwungen, mit den Gästen zu gehen.«

Wenn sie ihn nicht ansehen musste, klang Jess so vernünftig. Sie war noch nie einem Bullen begegnet, der so gut reden konnte. Die Dinge so beschrieb, wie sie wirklich waren.

»Diese schlechten Menschen waren es, die die Bombe im Parkhaus gelegt haben. Niemand macht Ihnen Vorwürfe. Wir versuchen so gut wir können, Sie, mich und den Farang am Leben zu erhalten.«

Sie zog das Laken vom Bett, wickelte sich darin ein und ging zur Tür. Jess kam es wie eine halbe Ewigkeit vor, bis er endlich das Schloss klicken hörte. »Warum kann ich nicht telefonieren?«, fragte sie in der Tür stehend.

»Wo sind Ihre Kleider?«

»Mir war heiß. Außerdem habe ich es satt, Nonne zu sein.«

Er trat an ihr vorbei ins Zimmer. Der Nonnenhabit lag zusammengefaltet auf einem Stuhl. »Niemand darf telefonieren. Nicht nur Sie. Ich genauso wenig. Und auch nicht Naylor und Calvino. Wir müssen annehmen, dass jemand, der gut genug organisiert ist, um diese Bombe zu legen, auch ein Telefongespräch zurückverfolgen kann.«

Noi starrte ihn an und fragte sich, ob das die Wahrheit war oder er es nur sagte, um sie zum Schweigen zu bringen, zu beruhigen und ihre Wut zu besänftigen. Sie griff nach ihrem Glas und setzte sich wieder auf die Bettkante. »Sie wollen meinen Bruder ins Gefängnis bringen«, sagte sie. Der Schweiß tropfte ihr vom Kinn auf das weiße Laken. Ihre Haare waren nass und verklebt. Sie sah aus, als käme sie gerade aus der Sauna.

»Nur ein Richter kann Ihren Bruder ins Gefängnis schicken. Das ist nicht Teil meiner Arbeit.«

»Wenn er nicht zeitweise für Kowit gearbeitet hätte, wäre nichts von alledem jemals passiert. Und wenn es geschehen wäre, wäre Charn nicht darin verwickelt worden.«

»Da haben Sie natürlich Recht. Aber geschehen ist geschehen, und nichts, was Sie oder ich tun können, ändert noch etwas daran.«

Plötzlich fühlte Noi sich zu müde zum Streiten, so erschöpft, dass sie ihr Glas hinstellte und die Arme ausbreitete. Es war ihr plötzlich alles zu viel – sich halb zu Tode zu ängstigen, all die Gewalt, die halbe Flasche Rum, das Gekicher der alten Frau, als sie ihr sagte, dass sie nicht aus dem Hotel hinaustelefonieren könne, ihre Flucht aus dem anderen Hong auf den Gang und dann hierher. Als sie die Arme wieder sinken ließ, fiel ihr Blick auf Pratt, der im Türrahmen stand und sie beobachtete. Er hatte nichts gesagt, und sein Blick war völlig ausdruckslos.

»Fragen Sie sich, warum ich nichts anhabe?«, schrie sie ihn an. »Das kommt daher, dass ihr Kerle mich so heiß macht!«

Bevor Pratt etwas erwidern konnte, kamen Naylor und Calvino den Gang entlang gelaufen.

»Die hätten Vinee beinahe an die thailändischen Bullen ausgeliefert«, sagte Naylor.

Alle Köpfe wandten sich ihm zu. »Wer ist ›die‹?«, fragte Pratt.

»Die amerikanische Botschaft. Die Bullen haben den Honda zu ihm zurückverfolgt. Und dieser Scheiß-Dwight-Morgan glaubt, dass die Bombe für Vincent bestimmt war, wegen dieser Serienkiller-Geschichte.«

Pratt trat in Nois Hong. Calvino und Naylor folgten ihm und schlossen die Tür hinter sich.

»Dann war die Bombe gar nicht für mich gedacht?«, fragte Jess und trat ans Fußende des Betts.

»Wir wissen immer noch nicht, ob Sie oder Vincent gemeint waren. Oder beide«, sagte Pratt. »Zwei zum Preis von einem, wie Vincent einmal gesagt hat.«

»Anscheinend hat hier überhaupt keiner einen verdammten Schimmer von irgendetwas«, sagte Naylor. Er stelzte in die Ecke und setzte sich auf den Stuhl, auf dem Noi ihr Nonnenhabit gelassen hatte.

»Was ist denn mit dem los?«, fragte Jess.

»Sie haben ihn in der Botschaft zu oft gescannt. Ich vermute, das hat seine Hirnwellenmuster gestört«, sagte Calvino.

»Aber hören kann er noch verdammt gut, Calvino!« Er musterte Noi. »Jesus Christus, seit wann sind Sie denn nackt?«

Sie warf die Flasche Sang Thip nach ihm. Sie verfehlte seinen Schädel um Zentimeter, krachte durch das Fenster und segelte in die Tiefe. »Ich hasse Sie, Ai-Farang.« Die thailändischen Worte klangen nicht nach viel, aber es war so ungefähr das gröbste Schimpfwort, das ein Thai zu einem Farang sagen konnte. Bloß hatte Naylor keine allzu genaue Vorstellung davon, was sie gemeint hatte. Sie stürmte ins Bad und knallte die Tür hinter sich zu.

»Wir haben die Papiere für Ramsey«, sagte Calvino mit einem Blick auf Naylor, der zu dem zerbrochenen Fenster hinaussah. »Als Nächstes müssen wir zum Bestattungsinstitut.«

»Wie Sie wissen, gehört mir dieses Hotel inzwischen. Sie muss das kaputte Fenster bezahlen. Tut mir Leid, verdammt, aber so ist es nun einmal. Und was soll überhaupt dieser Ai-Farang-Scheiß bedeuten?«

»Das heißt, Sie sind ein Schwachkopf, der mit dem Schwanz denkt!«, schrie sie durch die Badezimmertür. »Und ich zahle das Fenster nicht!«

»Gehen wir«, sagte Pratt.

Die Badezimmertür ging auf, und Noi kam heraus. »Und ich? Gehe ich nicht mit?«, fragte sie.

»Doch, Sie kommen mit«, sagte Calvino. »Vorausgesetzt, Sie ziehen den Nonnenhabit wieder an.«

»Geht nicht, der Fettsack sitzt drauf.«

Naylor wetzte auf seinem Stuhl hin und her, als versuchte er mit Absicht, den Habit zu verknittern. »Geben Sie ihr den Habit, Wes«, sagte Calvino.

»Erst, wenn sie das Fenster bezahlt.«

Calvino trat auf Naylor zu und verpasste ihm eine Ohrfeige. »Jetzt hat sie bezahlt. Geben Sie mir den Habit.«

Naylor blickte zu Calvino hoch, sah Pratt und Jess gleich hinter ihm stehen. Er hob seinen gewaltigen Schenkel an, zog den Habit darunter hervor und reichte ihn Calvino, der ihn Noi brachte. »Ziehen Sie sich schnell an.«

Calvinos Mobiltelefon klingelte. »Vincent, ein paar Polizisten waren hier draußen und haben nach Ihnen und Ihren Freunden gefragt«, sagte Pater Andrew. »Erinnern Sie sich an den Drogensüchtigen, der Nägel aus der gestohlenen Tür gezogen hat?«

Calvino erinnerte sich an den verschlagenen Kerl, an dessen Knüppeln sich die Männer bedienten, um die Khmer zusammenzuschlagen.

»Die Polizisten haben ihm und seiner Freundin ein paar hundert Baht gegeben. Ich weiß nicht, was sie der Polizei erzählt haben. Sie konnten ja nicht wissen, wo Sie hin wollten. Aber jedenfalls zahlt die Polizei normalerweise nicht für gar nichts. Ich dachte, das sollten Sie wissen.«

Calvino klappte das Gehäuse zu und schob das Telefon in sein

Etui zurück. »Die Bullen wissen, dass ich hier bin.« Er sah das Handy an. »Ich hasse die Technik.«

»Sie haben dein Telefonsignal verfolgt«, sagte Pratt. »Ich sehe mich unten mal um.«

»Hinten ist ein Personaleingang«, sagte Naylor. »Da können wir raus.«

»Wartet hier. Ich sage von der Rezeption aus Bescheid«, sagte Pratt.

Calvino schloss die Tür hinter ihm. »Woher wissen Sie von dem Personaleingang?«

»McPhail geht immer da raus, wenn er einen Joint raucht. Die Rosenbüsche verdecken die Einfahrt fast vollständig«, sagte Naylor. »Und wenn Sie mich jemals wieder schlagen ...«

»Wes, seien Sie kein Schwachkopf, der mit dem Schwanz denkt. Wir müssen weg.«

Als Pratt die Lobby erreichte, warteten zwei uniformierte Polizisten an der Rezeption. Pratt ging direkt auf die beiden zu, und sie wandten sich halb zu ihm um, während sie überlegten, wer dieser Thai in Zivilkleidung sein mochte und was er von ihnen wollte. »Ich bin Colonel Prachai. Dieses Hotel steht unter meiner Zuständigkeit. Ich leite hier eine Undercover-Operation, und die strikte Anweisung lautet: keine Uniformen. Also erklären Sie mir bitte, was Sie hier zu suchen haben.« Pratt zückte seine Polizeimarke.

Einer der Polizisten war Lieutenant, der andere ein Sergeant. Pratts Rang war höher und er war älter als sie beide, also lagen sie bereits zwei Punkte im Hintertreffen. Hätten sie sich seiner implizierten Anordnung zu verschwinden widersetzt, wäre es zu einer Konfrontation gekommen. Zu der Art von Konfrontation, die zu vermeiden man ihnen von klein auf eingebläut hatte. »Wir haben unsere Befehle von ...«, begann der Lieutenant zu erklären.

Pratt unterbrach ihn. »Lieutenant, vielleicht haben Sie mir nicht zugehört. Hier habe ich das Sagen. Sie und Ihr Sergeant gefährden gerade den Erfolg einer groß angelegten Operation der Kriminalpolizei. Soll ich Ihren Vorgesetzten anrufen und ihm erklären, dass Sie und Ihr Sergeant gerade eine Undercover-Drogenfahndung platzen lassen, die die Kriminalpolizei und die amerikanische DEA seit Monaten geplant haben?«

»Wir suchen nach einem Amerikaner namens Vincent Calvino. Nach unseren Informationen ist er hier«, sagte der Lieutenant.

»Wer hat Ihnen das erzählt?«

Jep kam hinter einem Getränkeautomaten hervor und saugte an dem Strohhalm, der aus einer Dose Coke ragte.

»Sie.« Er deutete auf Jep, die mit großen, erschrockenen Kinderaugen an ihrem Strohhalm nuckelte, als hätte sie gerade einen Geist gesehen.

»Für Bargirls sehen alle Farang gleich aus«, sagte Pratt. Er nahm Calvinos Foto vom Rezeptionstisch und wandte sich an Jep. »Haben Sie diesen Mann jemals gesehen – na, haben Sie?«

Ihre Lippen schlossen sich fest um den Halm, während sie in Pratts Gesicht zu lesen versuchte, was genau er von ihr hören wollte. Sie wusste, dass der Lieutenant wollte, dass sie Ja sagte. Und aus der Unterhaltung zwischen Pratt und dem Lieutenant hatte sie den Eindruck gewonnen, dass Pratt hören wollte, dass sie ihn nie zuvor gesehen habe. Die Frage, die sich ihr stellte, war, wer würde am meisten verärgert sein? Der Lieutenant hatte ihr das Coke spendiert. Aber so, wie sich das Gleichgewicht der Kräfte zu verschieben begann, sah es so aus, als würde der Lieutenant gleich zur Tür hinaus verschwinden, während Pratt immer noch hier stehen würde, wenn der Mann weg war. Und wenn sie das Falsche tat oder sagte, konnten ihr Dinge bevorstehen, gegen die ihr moskitozerstochener Hintern nicht einmal ein leises Jucken war. Sie musterte den Lieutenant, Calvinos Foto und dann wieder Pratt.

»Na kommen Sie, ja oder nein?«, fragte Pratt. Sie war sicher, dass er Nein meinte. Jep machte sich nicht die Mühe, den Strohhalm aus dem Mund zu nehmen, als sie den Kopf schüttelte. Pratt gab dem Lieutenant das Foto zurück. Die Anspannung war augenblicklich aus Pratts Gesicht gewichen, und das machte Jep glücklich.

»Ich fürchte, Sie haben sich geirrt«, sagte Pratt.

Der Lieutenant hielt das Foto in der Hand. Er war am Zug. Wenn er über Calvino Bescheid wusste, dann wusste er auch, dass Pratt ihm sehr nahe stand und alles tun oder sagen würde, um ihn zu schützen.

»Wir versuchen nur, unsere Pflicht zu tun«, sagte der Lieutenant.

»Und ich sage Ihnen, dass es Ihre Pflicht ist, meiner Operation nicht in die Quere zu kommen. Haben Sie verstanden?« Er sah auf die Uhr. »Eine Spezialeinheit wartet draußen in einem Kleinbus. Ich hole sie jetzt herein. Daher wüsste ich es zu schätzen, wenn Sie und Ihr Sergeant jetzt gehen.«

Der Lieutenant und sein Sergeant wichen von der Rezeption zurück und setzten sich Richtung Ausgang in Bewegung. Aber sie zögerten ihren Abgang lange genug hinaus, dass er nicht direkt nach Flucht aussah. Als sie die Haupttür öffneten, fragte Pratt die Rezeptionistin, was die Polizisten gewollt hätten. Sie hatten ihr Calvinos Foto gezeigt.

»Und was haben Sie ihnen erzählt?«, fragte Pratt.

»Was Sie mich gebeten haben, jedem zu sagen, der Fragen stellte. Habe ihn nie zuvor gesehen.«

»Geben Sie mir den Schlüssel zum Personaleingang«, sagte Pratt. Er schob einen Fünfhundert-Baht-Schein über den Tresen, und während die Rezeptionistin ihm gleichzeitig den Schlüssel gab, berührten sich ihre Finger in einem Sekundenbruchteil menschlichen Kontakts. Er roch das Marihuana in ihrem Atem; ihre rotgeränderten Augen waren wässrig und kalt.

Pratt nahm das Haustelefon und wählte die Nummer des Hong, in das Noi sich geflüchtet hatte. Calvino hob beim zweiten Klingeln ab. »Ich fahre den Van zum Personaleingang«, sagte Pratt. »Bring die anderen über die Hintertreppe hinunter. Wir haben nicht viel Zeit.«

Pratt wartete neben den offenen Hecktüren, während Jess, Naylor und Noi hineinkletterten. Calvino pflückte eine Rose und schnupperte daran, dann hob er den Blick zum Himmel und lächelte Pratt zu. »Es wird funktionieren«, sagte er. »Ich habe ein gutes Gefühl. Und du kennst meinen Instinkt für solche Dinge, ich irre mich nie.«

Er reichte Pratt die Rose; der machte die Türen zu und versperrte sie. Die hinteren Fenster waren schwarz getönt.

An der Hotelauffahrt hielt Pratt neben dem Streifenwagen und ließ das Fenster des Lieferwagens herunter. »Meine Männer sind jetzt drin. Sie werden Sie verständigen, wenn Calvino im Hotel auftaucht.«

15

Nach der Kreuzung der Rachada Phisek Road mit der Din Daeng sah es plötzlich so aus, als hätte eine Staffel B-52 ihre Ladung Big Bettys abgeworfen, jene Bomben mit dem Frauennamen, die alles dem Erdboden gleichmachten. Schwere Baumaschinen, Kipplaster und Arbeiter mit Schutzhelmen schwärmten mitten auf der Straße aus. Es war nicht genau zu erkennen, ob sie die Ursache der Schäden waren oder sie beheben wollten. Pratt fuhr äußerst vorsichtig, als wollte er Calvino eine Lektion erteilen, wie man ein Fahrzeug in Schuss hielt. Pratt hatte kaum ein Wort gesagt, seit sie das Hotel verlassen hatten. Die anderen saßen hinten, und manchmal drangen gedämpfte Gesprächsfetzen bis zu Calvino nach vorn. Parallele Monologe von Noi, die sich über ihr Kind Sorgen machte, und von Naylor, der sich über das Fenster aufregte, das sie zerbrochen hatte. Aus Jess' Schweigen mochte man entnehmen, dass ihn die beiden zum Wahnsinn trieben und er sich nach seinem glücklichen Leben in L.A. zurücksehnte, wo er lediglich Drogendealer hochnehmen musste. Pratt brauchte nichts zu sagen, denn Calvino wusste ohnehin, was er dachte: Wenn man sich ganz auf das konzentrierte, was man gerade tat – eine der Grundregeln des Buddhismus –, dann blieben die Dinge heil, und Calvinos schlechtes Karma der letzten Zeit ging hauptsächlich auf zerbrochene Scheiben zurück, wie die in seinem Wagen oder vorhin im Hotel. Hinter der Huay-Kwang-Kreuzung kamen sie an einer langen Reihe von Karaoke-Bars, Massagesalons, Privatklubs und Billardhallen vorbei, die beide Seiten der Straße säumten wie Neu- und Gebrauchtwagenhändler in New Jersey. Das Bestattungsinstitut, das Dwight Morgan empfohlen hatte, lag in einer Seitenstraße der Lard Phrao. Farang auf Urlaub verirrten sich selten in diesen Teil von Bangkok. Es gab keine Attraktionen, die sie in diese Richtung locken konnten. Wie in Queens, dachte Calvino. Da ließ sich nie ein Tourist blicken; und selbst Leute aus Manhattan kamen selten dorthin.

Pratt bog in die Seitenstraße ein und fuhr eine halbe Meile weiter, bis er einen Gebäudekomplex erreichte, der von einer Betonmauer umgeben war. Er bremste und hielt den Lieferwagen vor dem Tor an. Er hupte. Rechts war ein noch im Bau befindliches Gebäude. Kräne schwangen aus dem fünfzehnten Stock, und es gab ein ständiges Kommen und Gehen von Arbeitern auf der Baustelle. Die meisten Bauarbeiten in Bangkok waren seit dem Börsencrash im Juli 1997 zum Stillstand gekommen. Aber an diesem Appartementhaus wurde eifrig weitergearbeitet. Während ein Wachtposten das Tor öffnete, sah Calvino zu, wie ein Kran eine Ladung langer Stahlträger hochhievte. Jemandem war es gelungen, seinen Traum von diesem Appartementhaus voranzutreiben. Der Posten hatte die eine Hälfte des großen, hohen Metalltores zurückgeschwungen und ging jetzt zur anderen Seite, um diese zu öffnen. Pratt lenkte den Lieferwagen hindurch, und der Wachtposten schloss das Tor hinter ihnen.

Das Hauptgebäude, ein Holzhaus mit Fliegengittern an den Fenstern, lag hinter einem langen, gut gepflegten Garten mit sauber gekehrter Auffahrt, ein Stück von der Straße zurückgesetzt. Hohe Bäume spendeten Schatten, und am Zaun wuchs ein Bananenhain. Ein Diener kam herausgelaufen und winkte den Lieferwagen zur Seite des Hauses. Pratt folgte den Anweisungen und lenkte den Wagen an ein paar Nebengebäuden vorbei, bis er vor einigen großen Kränzen anhielt, die auf Holzpaletten gestapelt lagen. Die Blumen sahen frisch aus, und die Namen der Verstorbenen standen in thailändischer Schrift auf einem schwarzen Band geschrieben, das quer über die Kränze gespannt war. Anscheinend erledigten sie nicht nur Bestattungen für tote Farang, dachte Calvino.

Naylor stieg als Erster aus, gleich nachdem der Lieferwagen zum Stillstand kam. Ein Diener hielt Pratt die Tür auf, und Naylor streckte seine Glieder, während die anderen aus dem Wagen kletterten.

»Sieht gar nicht nach Beerdigungsunternehmen aus«, sagte Naylor. »Bis auf die Särge da. Es sieht wie ein ganz normales Wohnhaus aus.«

Calvino dachte, dass Naylor wieder einmal versuchte, die Welt mit seiner eigenen verdrehten Sicht in Deckung zu bringen. Aber Calvino wusste, dass die Welt selbst so verdreht war, dass sie nie mit dem Bild übereinstimmte, das jemand von ihr hatte. Für ihn sah das Gebäude wie der perfekte Standort für ein Bestattungsinstitut aus; diskret, abgelegen und geschäftsneutral, wie so viele Häuser in Bangkok. Die Thailänder waren pragmatisch, und so bauten und nutzten sie auch ihre Häuser. Niemals offensichtlich nur für einen Zweck gedacht, falls der Anstoß erregen sollte, oder falls man die Nutzung schnell verändern musste. Im Hintergrund des Komplexes schloss sich ein zweigeschossiges Haus mit umlaufender Veranda an. Weitere kleine Anbauten folgten. Was wie ein Dienstbotenhaus aussah, war in eine Leichenhalle verwandelt worden, wo die Leichen einbalsamiert wurden. Jemand kam aus der Tür, während er sich die blutbeschmierten Gummihandschuhe auszog. Er wirkte ertappt, grinste und sprang über den Fahrweg ins Haupthaus. Es gab auch eine Garage, die als eine Art Lagerraum zu dienen schien. Calvino sah sich auf dem Gelände um, und der Gedanke drängte sich ihm auf, dass das hier ein sehr großes Stück Land war. Sogar so weit entfernt von den Hauptverkehrsadern der Sukhumvit und Silom Road standen Einfamilienhäuser gewöhnlich auf viel kleineren Grundstücken. Entweder jemand hatte es viele Jahre vor dem Boom gekauft, oder er hatte einen Überseekoffer voll Geld dafür hinlegen müssen. Pratt hatte dicht am Hintereingang geparkt. Auf einer Seite standen säuberlich aufgestapelte Holzsärge, wie sie zur Einäscherung verwendet werden.

Ein elegant gekleideter Mann Mitte zwanzig mit einem dunklen Geschäftsanzug westlichen Schnitts tauchte im Hintereingang auf und grüßte Pratt mit einem Wai. Der Mann stellte sich als Khun Chaiwat vor, einer der drei Söhne des Bestatters, und ließ einen forschenden Blick über den Lieferwagen gleiten, als könnte eine Leiche darin liegen. Chaiwats Grinsen entblößte eine Menge Zähne, und er sprach mit perfektem amerikanischem Akzent. Eine goldgeränderte Brille saß ihm auf der Nasenspitze.

»Ich bin Colonel Prachai. Diese Ausländer kommen wegen des toten Farang«, sagte Pratt auf Thai. »Sie wollen die Leiche von Danny Ramsey abholen.«

Der junge Mann lächelte und nickte. »Dann sollten Sie mit meinem Vater sprechen.«

Chaiwat führte sie durch einen langen Korridor mit eingetopften Farnen, vorbei an der Aufbahrungshalle. Die Doppeltüren waren geschlossen und die Glasscheiben mit durchscheinenden weißen Stores verhängt. Sie gingen eine breite, holzgetäfelte Treppe hinauf und durch einen weiteren Korridor in ein Büro im ersten Stock des Hauses.

Der Vater, Panyah, saß hinter seinem Schreibtisch und erledigte Korrespondenz. Der Leichenbestatter erhob sich, verbeugte sich leicht und grüßte Pratt mit einem Wai. Er war hoch gewachsen und dürr wie eine Bohnenstange, mit fast völlig ergrauten, kurz geschnittenen Haaren. Durch seinen schmalen Kiefer wirkten die Zähne zu groß für den Mund, und die tief liegenden Augen zwinkerten, als er Pratt ansah. Er trug einen braunen Anzug mit Schulterpolstern, die sich emporwölbten, als hätte ihn jemand daran hochgehoben und wieder abgesetzt. Unter dem Jackett trug er eine geschmacklose Golfkrawatte: grün mit Abbildungen von Golfschlägern, Golfbällen und Lochfähnchen.

»Tut mir Leid, ich bin gerade vom Golfspielen zurück«, sagte er. »Bitte setzen Sie sich.«

An seinem Golftag war er nicht darauf gefasst gewesen, Kundschaft zu empfangen. Ein paar schwarze Krawatten hingen an einem Kleiderständer neben seinem Schreibtisch. Er begann sofort damit, seine Golfkrawatte abzunehmen und sich eine der seriösen schwarzen Trauerkrawatten umzubinden.

Panyah wirkte nervös, als sein Sohn ihm zuflüsterte, dass ein Polizist unter den Besuchern in seinem Büro war. Er bedachte Pratt mit einem weiteren Wai und übergab ihm eine Visitenkarte. Die Karte war auf Englisch gedruckt. Unerwartete Besucher, vor allem in Form eines Colonels der Polizei, eines Priesters, einer Nonne und zweier

Farang, brachten ihn aus der Ruhe. Er war so aus der Fassung, dass er drei Versuche brauchte, um den Knoten in seiner schwarzen Krawatte richtig zu knüpfen.

»Einen meiner Söhne, Khun Chaiwat, kennen Sie ja schon. Leider kann er mir nicht sagen, wie ich Ihnen genau behilflich sein kann.« Er stieß ein nervöses Lachen aus und fummelte an seiner Krawatte. Er nickte zu Chaiwat hin, der mit gefalteten Händen neben der Tür stand, als besuchte er einen Trauergottesdienst. »Dies ist ein Familiengeschäft.« Das Büro war mit zwei Sofas aus weichem, schwarzem Leder ausgestattet. Orchideenblüten schwammen in einer Schale auf dem Kaffeetisch. An der Wand hinter seinem Schreibtisch prangten verschiedene Diplome und eine Vielzahl von Fotos. Panyah war auf allen zu sehen. Manche zeigten ihn mit hochrangigen Offizieren. Andere auf dem Golfplatz. Viererpartien mit dem Klubhaus im Hintergrund und ein paar hübschen Golfjungs aus Isan, die neben den Golfsäcken kauerten. Fotos aufgenommen in den verschiedensten Büros, einschließlich seines eigenen. Auf einem gerahmten Foto erkannte Calvino das Gesicht eines Offiziers aus der Zeitung wieder. Eine solche Zurschaustellung sollte beweisen, dass Panyah einflussreiche Freunde besaß; dass er unter dem Schutz von Leuten stand, die Macht über das Leben vieler hatten. Die Fotos waren sein Schutzschirm für den Fall, dass dunkle Gewitterwolken am Himmel seiner Familie aufzogen.

»Das Appartementhaus nebenan, gehört das auch zum Familiengeschäft?«, fragte Pratt, während er den Blick über die Fotos gleiten ließ, sich Gesichter, Namen und Ränge einprägte. Die Botschaft lautete nicht, dass er mit seinen Golfkumpels lustige Zeiten verbrachte. Die Botschaft hieß: Das sind die Leute, mit denen ich Dinge arrangieren kann, wenn Dinge arrangiert werden müssen. Pratt interpretierte die Fotografien wie die Russen früher die Rangfolge der Regierungsmitglieder auf dem Roten Platz, wenn die große Parade vorbeirollte.

Panyah lächelte, wobei seine Lippen gelbe Zähne entblößten. »Wir haben gewisse Probleme, wie andere auch. Wir haben zu kämpfen, aber bis jetzt konnten wir das Projekt am Leben erhalten.« Pratt fragte sich, ob seine Verbindungen zum Militär die Banken davon abhielten, den Stöpsel aus seiner Kreditwanne zu ziehen.

Calvinos Gesetz bezüglich Kontoständen: je kleiner der Saldo, desto größer das Problem. Panyah wirkte wie ein Mann, der es sich in einer Welt kleiner Probleme gemütlich gemacht hatte.

Ein Diener brachte ein Tablett mit Gläsern voll Trinkwasser.

»Sie haben englische Visitenkarten«, sagte Pratt. »Ungewöhnlich.«

»Viele unserer Klienten sind Farang, Colonel Prachai«, sagte Panyah.

Calvino erhob sich und breitete die Sterbeurkunde der amerikanischen Botschaft auf Panyahs Schreibtisch aus. »Wir kommen im Auftrag von Daniel Ramseys Familie. Wir werden die Leiche mitnehmen. Bitte prüfen Sie nach, ob die Papiere in Ordnung sind«, sagte Calvino.

Panyah starrte die Papiere an und mischte sie durcheinander wie einen Stapel Spielkarten. Er zog eine Grimasse wie eine Figur aus einem alten chinesischen Gemälde, die deutlich aussagte, dass er am liebsten aus dem Raum gestürzt wäre. »Colonel Prachai, darf ich fragen, welcher Art Ihr Interesse in dieser Sache ist?« Er ignorierte Calvino, als ob der gar nicht existierte.

Pratt nickte in Calvinos Richtung. »Wie Mr. Calvino bereits sagte, er ist hier, um die Leiche abzuholen, und ich bin hier, um sicherzustellen, dass der Sarg zum Flughafen gebracht wird.«

»Das ist höchst ungewöhnlich«, sagte Panyah. »Ehrlich gesagt erinnere ich mich nicht, dass es jemals ein solches Ansinnen gegeben hätte.«

»Wir beabsichtigen, einen kurzen Trauergottesdienst abzuhalten. Das ist normal«, sagte Calvino. »Wir haben einen Priester und eine Nonne mitgebracht, und auch das ist normal.« Calvino beobachtete Panyah, der die Papiere nach irgendeinem Fehler zu durchforsten schien. »Sie können mit Dwight Morgan von der amerikanischen Botschaft Rücksprache halten. Khun Dwight hat Sie und Ihr Verständnis für Farang-Sitten in den höchsten Tönen gelobt.«

»Wir wollen die Scheißleiche haben. Ist das so schwer zu kapieren?«, fragte Naylor.

Calvino wünschte sich, er hätte ihm eine härtere Ohrfeige verpasst. Vielleicht hätte er dann den Mund gehalten.

»Solche Ausdrücke schätzen wir hier nicht«, sagte Chaiwat.

Panyah setzte zu einer Erwiderung an, aber seine Stimme klang so schwach, dass sie niemand verstehen konnte. Aus dem Hintergrund wiederholte Chaiwat, was sein Vater gesagt hatte. »Die Leiche ist nicht mehr hier.«

Pratt runzelte die Stirn. »Wo ist sie dann?«

»Vor zwanzig Minuten haben die Repräsentanten von Mr. Ramsey die Leiche abgeholt«, sagte Panyah.

»Welche Repräsentanten?«, fragte Calvino. »Sie haben die Papiere gesehen. Wir haben absolute Vollmacht. An wen haben Sie die Leiche also ausgehändigt?« Er wurde wütend. Wütend, dass Naylor seine große Schnauze aufgerissen hatte und das Gespräch aus der Bahn geworfen hatte. Aufgebracht, weil Panyah offensichtlich etwas verbergen wollte.

Panyah zog einen dicken Ordner aus seinem Schreibtisch. »Sie hatten alle nötigen Dokumente«, sagte er, legte den Ordner auf den Tisch und nahm eine Sterbeurkunde der amerikanischen Botschaft heraus. Der Bericht war in allen Details richtig ausgefüllt. Eine Kopie des Totenscheins mit Daniel Ramseys Namen war beigeheftet. »Und sie waren Khun Dannys Freunde.«

»Seine Freunde?«, fragte Pratt. »Haben sie Ihnen erzählt, sie wären seine Freunde?«

Panyah schüttelte den Kopf, und sein Gesicht wurde von Trauer überschattet. »Er war auch mein Freund.«

»Sie kannten ihn?«, fragte Pratt.

Der Leichenbestatter lehnte sich zurück, die Hände auf dem Tisch übereinander gelegt. »Ja, er war oft hier zu Besuch. Ich war sehr betroffen, als seine Leiche vom Polizeikrankenhaus angeliefert wurde. Es war ein sehr großer Schock. Auch für meine Söhne. Vielleicht ist ihm die Arbeit zu viel geworden. Zu viele seiner jungen Farang-

Freunde in Thailand sind gestorben. Er war deprimiert. Darum hat er sich umgebracht.«

Schweigen legte sich über den Raum. Nur das leise Summen des Pumpenmotors neben dem Aquarium durchbrach die Stille. Calvino blickte von den Papieren auf – es waren alles Todesurkunden der amerikanischen Botschaft. »Daniel hat alle diese toten Amerikaner gekannt?« Es waren etwa dreißig Urkunden in dem Ordner.

»Seine Freunde«, sagte Panyah.

Calvino hatte bewusst auf das Alter geachtet, das die Urkunden zum Zeitpunkt des Todes nannten, und alle Verstorbenen – ausnahmslos weiße Männer – waren zwischen einundzwanzig und neunundvierzig Jahren alt gewesen. Die Todesursache war immer dieselbe: Herz- und Atemstillstand. »Ist Ihnen schon einmal aufgefallen, dass Daniels Freunde anscheinend wie die Fliegen starben?«

»Farang kommen nach Thailand und übernehmen sich. Das sagte Khun Danny zu mir. Sie nehmen Drogen, fahren Motorrad, sie tun viele dumme, gefährliche Dinge. Und manchmal bringen sie sich um«, sagte Panyah.

Calvino reichte den Ordner an Pratt weiter. Aber er behielt einige der Papiere. »Die fünf ÜDs sind im Ordner«, sagte Calvino. Die fünf Männer, die an einer Überdosis Heroin gestorben, aber nicht ausgeraubt worden waren. Jess und Noi saßen schweigend im Hintergrund, als warteten sie auf ihren Auftritt in einem Gottesdienst. Noi schien sich resigniert mit allem abzufinden. Jess sah aus, als hätte ihn jemand überraschend gegen den Kopf getreten. Ohne die Leiche konnte er nicht nach L.A. zurück. Er hielt den Blick auf das Aquarium gerichtet. Naylor stöhnte, als er Panyahs Erklärung hörte.

»Um wie viele Farang geht es hier eigentlich?«

»Dreiunddreißig«, sagte Calvino. »Innerhalb von zwei Jahren.«

»Seit Beginn der Wirtschaftskrise«, bemerkte Pratt. Er dachte über das im Bau befindliche Appartementhaus nebenan nach, und dass Panyah die Art Chinese war, der sich danach verzehrte, in die thailändische Gesellschaft aufgenommen zu werden, und alles daran setzen würde, dieses Ziel zu erreichen. Sterblichkeit, Erfolg, Ansehen –

alles bemaß sich in der Anzahl der Stockwerke dieses Schmuckstücks von familiärem Immobilienbesitz.

»Die Papiere besagen, dass sie alle einbalsamiert wurden«, sagte Pratt. »Ist das richtig? Sie haben alle diese Farang einbalsamiert und die Leichen anschließend verbrannt?«

»Es war nicht unsere Idee, sie einzuäschern«, sagte Chaiwat schräg hinter ihnen an der Bürotür.

Panyahs Augen schlossen sich für einen Augenblick. »Nein, das war nicht unsere Idee«, sagte er sanft.

»Sie wurden erst einbalsamiert und dann eingeäschert? Das verstehe ich nicht. In Thailand wird niemand einbalsamiert, der verbrannt werden soll, oder?«, fragte Calvino.

Panyah hob beide Hände mit den Handflächen nach oben, als trüge er eine schwere Last. »Wir äschern sie wegen der Kosten des Rücktransports von Leichen nach Amerika ein.«

»Sie wurden fürs Einbalsamieren und Einäschern bezahlt und einen großen Sarg. Und wofür noch? Es wäre zu Ihrem eigenen Besten, uns genau zu erzählen, wie die Sache abgelaufen ist.« Es war niemand auf den Fotos, der Pratt eingeschüchtert hätte.

Panyah lächelte. »Ich habe nichts Unrechtes getan, Colonel Prachai.«

»Das behauptet auch niemand. Wir bitten Sie, uns ein paar seltsame Praktiken zu erklären, sodass wir sie verstehen können, Khun Panyah. Sie sagen, Sie hätten Daniel Ramsey gekannt. Inwieweit war er in die Sache mit den Einäscherungen verwickelt?«

Nach dem Ausdruck tödlicher Verzweiflung zu schließen, der sich im Gesicht des Leichenbestatters ausbreitete, brach gerade seine Welt zusammen. Er musste sich entscheiden. Entweder die Fragen des Colonels auf eine für ihn möglichst vorteilhafte Art beantworten, oder abblocken und hoffen, dass seine Freunde beim Militär eingreifen und den Colonel von dem Fall abziehen lassen würden.

»Niemand möchte Sie in Schwierigkeiten bringen«, fügte Pratt hinzu.

Das war der winzige, beruhigende Anstoß, den Panyah brauchte.

»Khun Danny kam immer mit zwei oder drei Freunden, um die Arrangements zu treffen. Er hatte alle nötigen Papiere dabei. Die Papiere waren hundertprozentig in Ordnung. Unterzeichnet von der amerikanischen Botschaft. Alles wurde korrekt abgewickelt.«

»Hatte er einen Freund an der Botschaft?«, fragte Pratt.

»Danach habe ich ihn nie gefragt«, sagte Panyah.

»Hat er jemals den Namen Dwight Morgan erwähnt?«, fragte Calvino. Panyah zuckte die Achseln und blickte zu Boden. Nach kurzem Zögern ließ Calvino die Frage des Namens fallen und kam auf die der Verantwortung zu sprechen, obwohl er die Antwort schon wusste, bevor er die Frage stellte. »Es war Ramseys Idee, einbalsamierte Leichen einzuäschern?«, fragte er.

»Wir haben nur getan, worum die Angehörigen gebeten haben«, sagte Panyah.

Also lediglich Befehle ausgeführt, dachte Calvino. Nur dass Panyah genau gewusst hatte, dass Ramsey mit keinem der Verstorbenen verwandt gewesen war.

»Und Sie haben die Särge besorgt?«

»Daniel war sehr eigen, was den Sarg betraf. Das hat er selbst organisiert«, sagte Panyah.

»Eigen? Was soll das heißen?«, fragte Pratt, dem klar war, dass Leichenbestatter an Särgen anständig verdienten. Warum sollte Panyah einem Farang diesen lukrativen Teil eines Geschäfts überlassen, wenn dabei nicht ein größerer Profit für ihn heraussprang?

»Sagen Sie das noch mal: Ramsey hat die Särge selbst gekauft und hierher geliefert? Ist das so üblich, dass Fremde Ihnen einen Sarg bringen und verlangen, dass Sie eine Urne voll Asche hineintun?«, fragte Calvino, indem er Pratts Gedankengang fortführte.

»Ich dachte, was solls, verdient er eben eine Kleinigkeit daran.«

Gäbe es ein elektronisches Gerät zum Aufspüren von Bocksmist, dann würde das rote Licht jetzt heftig blinken, dachte Calvino. Panyah war ein lausiger Lügner.

»Sie haben also Ramsey geholfen, fünf Pfund Asche in einem Sarg zu transportieren, der für einen toten Körper bestimmt ist. Klingt nach Betrug«, sagte Calvino. Allmählich kristallisierte sich heraus, dass Ramsey mit Panyah und seinen Söhnen einen Schwindel à la Trojanisches Pferd ausgeheckt hatte – jedenfalls schien Ramsey die Hauptfigur gewesen zu sein.

»Klingt nach Betrug? Bocksmist, der Kerl ist ein Erzgauner«, sagte Naylor.

Calvino drehte sich um, stieß Naylor aus dem Zimmer und sperrte die Tür hinter ihm ab. Obwohl er ein großer Mann war, leistete er nur halbherzigen Widerstand. Als Calvino wieder ins Zimmer trat, fiel sein Blick auf Noi, und sie sah plötzlich so aus, als wollte sie ihn küssen. Alle entspannten sich, nachdem er Naylor aus dem Hong geworfen hatte, und fünf Sekunden lang war Calvino ein Held. Hinter der mattierten Scheibe zeichnete sich Naylors großer Schädel ab.

»Danke«, sagte Panyah. »Es ist nicht wahr. Ich bin kein Betrüger. Sie brachten einen Sarg mit und sind mit demselben Sarg wieder gegangen. Ich habe nie einen Sarg zweimal verkauft, wenn Sie darauf hinauswollen. Niemals. Fragen Sie Chaiwat. Haben wir jemals so etwas getan?« Panyah wurde plötzlich emotional.

»Nicht ein einziges Mal, Vater«, sagte Chaiwat.

»Die anderen Männer, die Khun Danny geholfen haben, waren das Thais oder Farang?«, fragte Pratt.

»Nur Thais«, sagte Panyah.

»Wo haben sie die Leichen zur Einäscherung hingebracht?«

»Ich weiß nicht«, sagte Panyah mit gesenktem Kopf.

Pratt wusste, dass er log. »Ich kann Ihnen nicht helfen, wenn Sie nicht kooperieren. Es könnte sein, dass die Täter versuchen, Sie für alles verantwortlich zu machen. Wollen Sie das?«

Die alte chinesische Furcht, zum Sündenbock gemacht zu werden, setzte sich durch. »Sie haben die Leichen in einem Wat ein paar Kilometer von hier einäschern lassen. Der Wat liegt neben einem Klong auf dem Weg zum Flughafen.«

»Wurden alle dreiunddreißig in diesem Wat verbrannt?«, fragte Calvino.

Panyah nickte, und die Antwort kam kaum vernehmlich über seine trockenen Lippen. »Und dort haben sie auch Khun Danny hingebracht.«

»Machen wir uns auf den Weg«, sagte Calvino.

Wann immer der ganze Müll des Tages, einer Situation oder eines Problems seinen Verstand zu überfluten drohte, begann Jess sich auf seine Atmung zu konzentrieren. Ganz bewusst atmete er ein und aus, und bald fing sein Geist an, sich zu klären, die Gedanken erstarben, und das Bombardement von Ideen kam zum Stillstand, bis er einen Ort vollkommenen Friedens in seinem Inneren erreichte. Vielleicht war er auch ganz bei sich, weil er sein Selbst vergessen hatte. Während er sich auf seine Atmung konzentrierte, starrte er geradeaus auf das Aquarium. Und da bemerkte er zum ersten Mal etwas, das ihm bisher entgangen war, obwohl es die ganze Zeit vor seiner Nase gelegen hatte. Er fuhr mit dem Arm bis zum Ellbogen ins Wasser, und die Fische im Aquarium flitzten nach allen Seiten davon. Das Platschen hatte die Aufmerksamkeit aller Anwesenden auf sich gezogen. Sie sahen zu, wie Jess seinen Arm wieder herauszog und den Teppich mit Wasser volltriefend zu Panyahs Schreibtisch ging, wo er seine Faust öffnete. Wasser tropfte von seinen Knöcheln auf die Papiere auf der Tischplatte.

»Wissen Sie, was das ist?«

In seiner Handfläche lagen etwa ein Dutzend Anstecknadeln – kleine, glatte Cs in Delfter Blau, und auf der Rückseite des C die Nadel, mit der man sie am Revers des Mitglieds befestigte.

»Was ist das?«, fragte Pratt. Er nahm Jess eine aus der Hand, untersuchte sie und blickte dann zu Panyah. »Eine Art Klub?«

Naylor hatte dieselbe Art Anstecknadel an seinem Jakettaufschlag getragen. »Der *Cause,* Colonel. Das ist die Nadel, die seine Mitglieder tragen, wenn sie nach Thailand, Kuba, auf die Philippinen oder sonst wo hinreisen, damit sie sich gegenseitig erkennen«, sagte Jess.

»Was haben sie auf dem Grund eines Aquariums zu suchen?«, fragte Calvino.

Mittlerweile drängten sich alle um Jess und inspizierten seinen Fang von C-Ansteckern.

Panyah wirkte perplex. »Ich habe keine Ahnung.«

Chaiwat langte in das Aquarium, holte eine weitere Hand voll der C-Nadeln heraus und trat vor. »Mein Vater weiß nicht, was die Nadeln bedeuten. Ich habe sie gefunden, als ich die Kleidung der Farang durchsuchte. Das Blau gefiel mir, deshalb warf ich sie ins Aquarium. Sie irren sich, wenn Sie denken, wir hätten sie gestohlen.«

»Die toten Farang waren alle Mitglieder desselben Klubs, wie du ganz richtig bemerkt hast. Naylors Klub«, sagte Calvino zu Pratt. »Und allesamt sind sie hier gelandet.« Auf dem *Causeway* in einen Hinterhalt gelockt. Endstation Bestattungsunternehmen, wo der Sohn des alten Panyah sich ihrer Klubabzeichen bemächtigt hatte.

»Naylors Klub?«, fragte Pratt. »Hol ihn wieder herein.«

Als Calvino die Tür öffnete, lehnte Naylor an der Wand und rauchte eine Zigarette.

»Wes, wir brauchen Sie für eine Identifizierung«, sagte Calvino.

»Noch ein stinkender Kadaver?«

Panyah saß mit halb geschlossenen Augen in seinen Stuhl zurückgelehnt; er meditierte nicht – er wünschte sich in eine andere Zeit, an einen anderen Ort. Aber die Geräusche des Hier und Jetzt ließen es nicht zu. Als Naylors Stimme ertönte, schlug er die Augen auf.

»*Cause*-Anstecker von etwa dreißig Leichen«, sagte Calvino.

Jetzt hatte er Naylors ungeteilte Aufmerksamkeit. Er hob den Fuß, drückte die Zigarette an seiner Schuhsohle aus und schob den halb gerauchten Stummel in die Packung zurück. Langsam begriff Calvino, wie billig der ganze Kerl war, und warum er sogar wegen eines zerbrochenen Fensters beinahe Amok lief, wenn er es aus eigener Tasche bezahlen sollte. Naylor warf einen Blick auf die Nadeln. »Die sind echt«, sagte er. »Wo haben Sie die alle gefunden?«

»Im Aquarium«, sagte Jess. »Chaiwat hatte sie auf dem Grund seines Aquariums.«

»Verdammt noch mal! Das ist Leichenfledderei. Glatter Raub. Das ist ja grauenvoll«, sagte Naylor.

»Khun Panyah, würden Sie uns bitte zum Wat begleiten?«, fragte Calvino.

Der Leichenbestatter wirkte, als hätte man ihm einen Holzpflock durchs Herz getrieben. Er schüttelte heftig den Kopf. »Nein, ich habe zu viel zu tun. Ich kann nicht weg. Unmöglich.«

Pratt drehte eine der *Cause*-Nadeln in der Hand. Er blickte auf und sah den Leichenbestatter an, der immer noch den Kopf schüttelte. »Sie und Ihr Sohn werden uns zum Wat begleiten.« Es war keine Bitte, sondern ein Befehl, und Panyah wusste, dass er verloren hatte. »Sie müssen die Leute identifizieren, die in die Sache verwickelt sind.«

Von dem Augenblick an, als man ihn angerufen und aufgefordert hatte, Daniel Ramseys Körper abzuholen, hatte Panyah gespürt, dass der Tod dieses Farang ein schlechtes Omen war. Zum ersten Mal soweit er sich zurückerinnern konnte, hatte er die Leiche eines Farang einbalsamiert, den er gekannt, mit dem er gelacht und getrunken hatte. Daniel war ein guter Bekannter geworden. Er war oft ins Bestattungsinstitut gekommen, um die Arrangements für die toten Farang zu treffen. Und jetzt, noch im Tod, zog Daniel Panyah und seinen Sohn Chaiwat an den einen Ort, den er auf jeden Fall meiden wollte – den Wat, zu dem die einbalsamierten Farang zur Einäscherung gebracht worden waren. Was immer für ein Spiel Daniel gespielt hatte, Panyah hatte den Verdacht, dass mehr dahinter steckte als eine normale religiöse Zeremonie. Wie war es möglich, dass diese toten Farang alle Buddhisten gewesen waren? Warum fanden nicht wenigstens einige der Gottesdienste in einer Kirche statt? Die Fragen nach dem Warum hatten ihn schon mehr als eine schlaflose Nacht gekostet.

Daniel war immer mit zwei oder drei thailändischen Begleitern im Bestattungsinstitut erschienen – die Panyah für Gangster hielt. Aus dem Benehmen, der Kleidung und der derben Sprache dieser Begleiter schloss er, dass Fragen nur harte Blicke und Lügen zur Folge haben würden. Er musste gar nicht fragen. Er wusste, wer diese Männer waren, die die Leichen zum Flughafen eskortierten. Aber der Transport und die Einäscherung gingen ihn genau genommen nichts an. Jedenfalls hatte Panyah sich das eingeredet. Er hatte nur seine Arbeit getan. Und was danach geschah – es war nicht seine Angelegenheit, sich darüber den Kopf zu zerbrechen, was in dieser Welt alles an krummen Sachen laufen mochte. Mr. Morgan wusste, dass Panyah immer erstklassige Arbeit lieferte. Nie hatte es Klagen gegeben. Ja, Panyah wusste, dass es falsch war, eine Leiche einzubalsamieren, die zur Verbrennung bestimmt war. Aber es war ein kleines Vergehen. Die Farang waren reich und er nur ein armer Mann, der ein fünfzehnstöckiges Hochhaus fertig zu bauen hatte.

Noi war reglos und in sich versunken dagesessen. Jetzt stand sie auf und schlenderte zu einem Beistelltisch, auf dem zahlreiche gerahmte Fotos standen. Sie nahm eines davon auf und sah es sich genauer an. Das Foto zeigte Panyah mit einem anderen Thai, der wie ein Geschäftsmann aussah. Beide lächelten in die Kamera. Der andere Thai hatte seinen Arm um Panyahs Schulter gelegt. Nois Hände krampften sich um den Rahmen, während sie sich zu Jess umwandte, ihn groß ansah und ihm das Foto zeigte.

»Was hat ein Foto von Khun Kowit hier zu suchen?« Totenstille. Alle starrten sie an, während sie das Foto hochhielt.

»Das ist Kowit?«, fragte Jess. Noi nickte.

»Hätte ich Ihnen auch sagen können«, sagte Naylor. »Das ist der, der mich mit Dr. Nat bekannt gemacht hat.«

»Das haben wir schon begriffen«, sagte Calvino. »Nicht ganz so klar ist, woher Khun Panyah Kowit kennt. Vielleicht möchte er uns diese freundschaftliche Beziehung erläutern?«

Ein Schweißtropfen fiel auf Panyahs schwarze Trauerkrawatte. »Kowit ist ein Freund aus L.A. Er ist ebenfalls im Bestattungsgeschäft«, sagte er. »Kennen Sie ihn etwa?«

»Wir kennen Khun Kowit sogar sehr gut«, sagte Jess. Er sah immer noch aus wie ein Gemeindepfarrer, und von seinem nassen Arm tropfte es auf das Deckglas des Fotos, als hätte man ihn mitten aus einer Taufe geholt.

»Ich wusste gar nicht, dass Pee Kowit katholisch ist«, sagte Panyah, während er den Arm nach dem gerahmten Foto ausstreckte und das Wasser mit seinem Jackettärmel wegwischte.

»Vielleicht wissen Sie auch über ein paar andere Angelegenheiten Kowits nicht Bescheid. Andererseits wissen Sie vielleicht eine ganze Menge darüber«, sagte Jess. »Vielleicht hat Naylor diesbezüglich auch ein paar Ideen.«

Naylors Lippen verzogen sich verächtlich. »Ideen? Wann hat Sie denn das letzte Mal eine Idee in den Arsch gebissen?«

»Es ist unhöflich, so zu einem Priester zu sprechen«, sagte Pratt.

Noi presste das Foto an ihren Busen und sagte auf Thai: »Sie werden zur Hölle fahren.« Sie blickte an Naylor vorbei geradewegs zu Panyah. Die Knie schienen unter dem Leichenbestatter nachzugeben, und er fiel in seinen Schreibtischsessel zurück.

Beim LAPD nannten die Ballistiker diesen Augenblick der Erkenntnis, der einen wie ein Blitz aus heiterem Himmel traf, »Cold Hit«, einen Treffer, der einen kalt erwischte. Eine kalte Spur, die plötzlich heiß wurde. Zwei separate Ereignisse, scheinbar völlig zusammenhanglos, bekamen plötzlich eine Verbindung. Die charakteristischen Markierungen auf einer Patronenhülse von einem Verbrechen in L.A. stimmten mit den Einkerbungen – die ebenso einzigartig waren wie Fingerabdrücke – einer anderen Hülse aus einem Mordfall in Chicago überein. Dieselbe Waffe, höchstwahrscheinlich derselbe Schütze. Patronenhülsen oder Bestattungsunternehmer. Ein bisschen Glück gehörte dazu. Und so tauchten aus heiterem Himmel ein Bestattungsunternehmer in Los Angeles, der unter dem Verdacht des Drogenschmuggels stand, und ein anderer Bestattungsunternehmer zehntausend Meilen entfernt auf demselben Foto auf. Und die Verbindungslinie zwischen Punkt A und B verwandelte sich in die Spur von dreiunddreißig toten Ausländern. Cold Hit. Das Foto an sich gepresst sah Noi zum ersten Mal, seit Calvino sie kannte, glücklich aus. Sie hatte das Äquivalent der Patronenhülse entdeckt, die L.A. und Bangkok miteinander verband, eine neue Kette von Indizien, die ihren Bruder nicht mit einschloss. Sie lächelte und summte den Text eines thailändischen Songs vor sich hin.

Hello, hello, hia la ka. Sie wusste, dass sie ins Schwarze getroffen hatte, und es war ein gutes Gefühl.

Bevor Panyah hinter seinem Schreibtisch wieder aufstehen konnte, bemerkte Calvino, der immer noch den Aktenordner hielt, den Pass des Leichenbestatters in der halb offenen Schublade. Er beugte sich vor und griff danach.

»Ohne Pass sollte man nie aus dem Haus gehen«, sagte Calvino und steckte Panyahs thailändischen Pass in seine Jacketttasche.

»Ich habe nicht vor, so weit weg zu gehen«, sagte Panyah.

»Vielleicht ist heute Ihr Glückstag«, sagte Calvino.

Auf der Fahrt zum Wat ging ein Wolkenbruch über ihnen nieder. Die weißen Federwolken wurden schwarz, und der Himmel öffnete seine Pforten, anfangs mit leichtem, beinahe sanftem Regen, der von Osten über die Straße trieb. Aber bald konnte von sanft keine Rede mehr sein, und die Flut brach in senkrechten Sturzbächen wie aus Eimern über sie herein. Pratt schaltete die Scheibenwischer auf Maximum. Nach ein paar Minuten fuhren sie durch einen fast undurchdringlichen Regenvorhang. Die Wischer wurden mit den Wassermassen nicht mehr fertig. Ein schlechter Tag für eine Beerdigung, dachte Calvino.

Auf den überfluteten Straßen verlangsamte sich der Verkehr zum Schneckentempo. Calvino warf Pratt einen Seitenblick zu und fragte sich, wie er mit Panyah verfahren wollte. Es gab ein kleines Schiebefenster zwischen der Fahrerkabine und dem Fond des Lieferwagens. Sie hatten es geschlossen, nachdem Panyah ihnen den Weg zum Wat beschrieben hatte. Wie sich herausgestellt hatte, lag der Tempel ziemlich weit entfernt vom Bestattungsinstitut. Panyah hatte sie im Büro belogen. Er hatte sie auf der Suche nach dem falschen Wat in die Irre schicken wollen. Erst als er und sein Sohn im Wagen saßen, gab er den richtigen Weg an. Während Pratt angestrengt versuchte, die Wagen vor ihm nicht aus dem Blick zu verlieren, blätterte Calvino in Panyahs thailändischem Pass.

»Er war letztes Jahr viermal in Los Angeles«, sagte Calvino, nachdem er die Daten der Einreisestempel in Panyahs Pass entziffert hatte.

»Vielleicht hat er dort Verwandte«, meinte Pratt. Das Kassettengerät spielte jetzt John Coltrane. »In L.A. leben über zweihunderttausend Thailänder.«

Damit war Los Angeles die drittgrößte thailändische Stadt der Welt. Zuerst kam Bangkok, dann Chiang Mai, dann L.A. Innerhalb der USA galten allerdings andere Spielregeln.

»Panyah hat zumindest einen guten Freund, der in Drogengeschäfte verwickelt ist.«

»Er hat Angst, Vinee«, sagte Pratt.

»Man sollte meinen, dass ein Bestattungsunternehmer keinen Grund hat, sich zu fürchten, wenn er unschuldig ist.« Calvinos Gesetz betreffs Schuld und Unschuld: Ein Gericht ging bis zum Beweis des Gegenteils von der Unschuld des Angeklagten aus, während der durchschnittliche Straßenpolizist annahm, dass jemand, der so schwitzte wie Panyah, schuldig war.

Für Pratt ging es nicht um Schuld oder Unschuld, sondern um die Art, wie ein Mensch dem Tod begegnete. »Ein Buddhist fürchtet sich nicht vor dem Sterben. Wovor er Angst haben muss, ist, dass er qualvoll und in seelischer Pein stirbt, denn in diesem Zustand wird er wieder geboren werden. Wenn man stirbt, will man mit sich selbst im Reinen sein, friedvoll. Die nächste Inkarnation hängt von den letzten Augenblicken des vorhergehenden Lebens ab.«

Calvino schob den Pass wieder in die Tasche und staunte über Pratts philosophische Weisheit in diesem Augenblick. Für Panyahs Reinkarnation sah es im Augenblick nicht allzu gut aus. »Vielleicht war es eine Art Versicherungsbetrug. Ramsey und ein paar Ganovenfreunde, die Sterbeurkunden organisieren und das Geld abkassieren. Ein Kavaliersdelikt. Schlimm, aber halb so schlimm.«

»Ich bin nicht sicher, wie viel er tatsächlich weiß«, sagte Pratt.

»Jeder Einzelne der Herointoten mit Überdosis ist bei Panyah gelandet.«

»Du hast selbst gesagt, dass er von der Botschaft empfohlen wird.«

»Darum habe ich gefragt, ob Ramsey jemals Dwight Morgan erwähnt hat«, sagte Calvino.

Pratts Gesicht verzog sich zu einem Lächeln. »Denkst du, Morgan ist dein Serienkiller?«

Calvino erwiderte das Lächeln. »In Fragen der Realpolitik gibt es keine Freunde oder Feinde, nur überlappende Interessen. Und nein, ich glaube nicht, dass Morgan jemanden ermordet hat.«

»Vincent, es hat nichts zu sagen, dass die Botschaft diese Routinepapiere ausgestellt hat. Es beweist auch gar nichts, dass Panyah die Verschiffung in die Staaten durchgeführt hat. Das ist sein Job. Und sein Geschäft geht gut. Er ist nicht darauf angewiesen, ein paar zusätzliche Farang in die Staaten zu überführen, um sein Appartementhaus-Projekt in Gang zu halten.« Pratt schwieg einen Moment und stieß dann die Luft aus. »Aber wir wissen beide, dass Panyah schuldig ist wie der Teufel. Was wir nicht genau kennen, ist sein Verbrechen.«

Calvino sah zu, wie der Regen gegen die Frontscheibe prasselte. Es stank ihm, dass Pratts Worte den Kern der Sache getroffen hatten. Sie hatten immer noch kein Motiv. Auch wenn Panyah die Rechnungen ein wenig frisiert hatte, das waren Peanuts im Vergleich zu dem Geld und den Wertsachen, die die toten Farang bei sich gehabt hatten.

»An dem Verbrechen arbeite ich noch«, sagte Calvino.

»Sag mir Bescheid, wenn dir eines einfällt.«

»Wichtig ist, dass Panyah im Augenblick keine große Wahl mehr hat. Und wenn er die falsche trifft, ist er erledigt. Dann wird er als Bettler wieder geboren.«

»Der ursprüngliche Plan funktioniert nicht mehr, Vincent.«

»Ich weiß. Aber ich habe ein paar Ideen.«

»Zum Beispiel?«, fragte Pratt.

»Was, wenn sich herausstellt, dass Panyahs Aussage Kowit hinter Gitter bringen kann?«

»Ich bin froh, dass Noi dieses Foto entdeckt hat«, sagte Pratt.

»Und was lernen wir daraus? Sie hätte nichts sagen müssen.«

»Trotzdem beweist das Foto gar nichts«, sagte Pratt. »Nur, dass sie sich kennen und in derselben Branche sind. Das ist kein Verbrechen, Vincent.« Pratt warf einen Blick in den Rückspiegel, bevor er die Spur wechselte. Dann sprach er weiter. »Wir stehen immer noch vor dem Problem, wie wir Jess außer Landes bekommen. Und jetzt haben wir das zusätzliche Problem, was wir mit Panyah anstellen sollen. Ich kann mir nicht vorstellen, dass er freiwillig an Bord geht.«

»Wir haben seinen Pass. Wir müssen ihm ein Motiv liefern, nach L.A. zu fliegen. Er muss es aus freien Stücken tun«, sagte Calvino.

»Warum sollte er?«

»Er hat sich auf der Verliererstraße festgefahren. Wenn er Dreck am Stecken hat, muss er Angst haben, in Thailand zu bleiben. Wenn er sauber ist, hilft ihm das auch nichts, denn niemand wird ihm glauben, dass ein Polizeicolonel ihn ohne Grund zu einer Razzia in einem Wat mitgeschleppt hat.« Der Regen ließ langsam nach, und der Verkehr kam wieder in Gang, während sie sich Klong Toey näherten. »Erinnerst du dich, vor ein paar Jahren, der chinesische Drogenhändler, der die Amis anflehte, ihn in die Staaten zu bringen? Er sagte, er fühle sich in einem amerikanischen Gefängnis sicherer. Der Kerl hatte im Dschungel von gegrillten Käfern gelebt, in ständiger Gefahr, in Furcht vor Schlangen und Tigern, aber als es hart auf hart ging, da wollte er unbedingt in die Staaten zurück. Weil er wusste, dass seine ehemaligen Geschäftspartner ihn umbringen würden, wenn er blieb. Panyah ist kein Trottel. Wenn er krumme Geschäfte mit Kowit macht, steht er von dem Moment an auf der Abschussliste, in dem sie erfahren, dass wir bei ihm waren und er uns geholfen hat und wir ein Foto von ihm und Kowit haben.«

Der ursprüngliche Plan war einfach und geradlinig gewesen. Sie hatten den Austausch auf dem Weg zum Flughafen machen wollen. Jess sollte sich an Stelle von Daniel Ramseys Leiche in den Sarg legen. Dann, am Don-Muang-Flughafen, wollten sie den Sarg am Frachtzentrum aufgeben. Alle Papiere in Ordnung. Ein Routinevorgang. Kein Problem, Noi anschließend zum Passagierterminal zu fahren und in das gleiche Flugzeug nach Los Angeles zu setzen. Pratt vermochte sie auch ohne Pass durchzuschleusen. Ihre Einreise in die USA konnte Jess bei der Ankunft regeln. Sobald das Flugzeug abgehoben hatte, hätten sie Dannys Leiche zu einem Wat gefahren, sie eingeäschert und die Asche in einen Klong gestreut. Am nächsten Morgen wäre Calvino mit Pratt zum Polizeihauptquartier gegangen und hätte Anzeige erstattet, dass jemand seinen Wagen in die Luft gesprengt hatte. Er hätte darauf bestanden, dass diese Verbrecher verhaftet und bestraft wurden. Frontalangriff als die beste Verteidigung. Den Bullen gar keine Chance geben zu sagen, dass sie nach ihm gesucht hatten. Er hatte sie aufgesucht. Und wenn sie schließlich nach seinen Begleitern fragten, einschließlich des geborenen Thai mit dem amerikanischen Akzent, dann hätte er gesagt: »Ach der Typ, der ist zu einem Kickbox-Turnier ins Landesinnere gereist.« Und Pratt wäre in voller Größe neben ihm gestanden, sodass es keine Missverständnisse gab und die Polizisten auch ohne dass er es ihnen aufmalen musste, verstanden, dass sie nichts tun konnten als ihn freizulassen und vielleicht sein Privat- und Bürotelefon anzuzapfen. Und das durften sie tun, solange es ihnen Spaß machte, denn es spielte keine Rolle mehr. Wenn dieses Flugzeug erst in L.A. gelandet war, hätten Jess' Vorgesetzter und ein Dutzend Kollegen vom LAPD den Sarg in Empfang genommen, Noi durch den Zoll geschleust, und dann wäre die Welt wieder in Ordnung gewesen.

Das war ihr Plan gewesen, und gar kein schlechter. Aber Pläne waren unbeständig wie das Leben, sie wandelten sich, und dieser Plan hatte ein paar radikale Veränderungen nötig. Zum Beispiel waren sie nicht im Besitz von Daniel Ramseys Sarg. Und es sah ganz danach aus, als würden sie den Sarg nie kriegen. Irgendwo zirkulierte ein zweiter Satz der Papiere. Wenn ein und dieselbe Farang-Leiche zweimal am Tag abgeschickt wurde, würde das ein paar unerquickliche Telefonate zur Folge haben.

»Aber meine beste Idee habe ich dir noch gar nicht erzählt«, sagte Calvino.

»Ich bin nicht sicher, ob ich sie jetzt verkraften kann.«

»Ich gehe in den Wat.« Er ließ einen Takt aus und fügte hinzu:

»Allein. Als Tourist. Du setzt mich ab, als wärst du ein Fremdenführer.«

»Das dürfte die schlechteste Idee sein, die du je gehabt hast. Kein Tourist verirrt sich jemals in diesen Tempel neben dem Klong. Er steht in keinem Reiseführer. Und das Killerkommando kannte dein Gesicht.«

»Aber die sind tot. Ich nehme an, dass sie ein paar Muskelmänner für die Schwerarbeit haben und die Killer in einer anderen Abteilung arbeiten. Falls ich mich irre, sage ich Bescheid. Ich trete mal wieder als Forrest Gump auf. ›Echt, ist das hier nicht Wat Arun? Erst karrt mich mein Führer zum Edelsteinkauf, und dann das? Bin ich etwa betrogen worden?‹ Das wirkt immer Wunder.«

Pratt stellte die Jazzmusik leiser. »Du bist ein Naturtalent. Aber wir haben es mit Rauschgiftschmugglern zu tun, und die brauchen keine Wunder, um jemanden verschwinden zu lassen. Die würden auch Forrest Gump abknallen.«

»Hast du einen besseren Plan?«

»Ich kehre um und fahre zum Flughafen. Jess nimmt den nächsten Flug. Ich kann ihn mit Panyahs Pass an Bord bringen.«

»Aber er hat nichts in der Hand. Die Kerle, hinter denen er her ist, und du auch, die können die gesamte Schmuggeloperation einfach stoppen. Einfach die Routen ändern. Wenn sie Panyah beseitigen, was sollte dann jemals noch beweisen, dass hier Rauschgift geschmuggelt wurde? Sie wären weiter im Geschäft. Und was hätten wir erreicht?«

Pratt konnte nicht einmal mit seiner Abteilung Rücksprache nehmen. Er war nicht sicher, wer mit den Verbrechern unter einer Decke steckte. Die Geldsumme, die in den vergangenen achtzehn Monaten umgesetzt worden war, war gewaltig. Er hätte nicht sagen wollen, wer der Versuchung widerstehen konnte. Colonel Virat von der Spezialeinheit zur Rauschgiftbekämpfung war der Einzige, dem er vertrauen zu können glaubte. Er fuhr schweigend weiter. Calvinos Plan war, Zeit zu gewinnen und ein paar handfeste Beweise zu sammeln. Cold Hit oder nicht, die Verbindungslinie war noch nicht vollständig; es fehlte die solide Basis, das Bindeglied zwischen dem Heroin, das in Burma verschwand und in Panyahs und Kowits Schmuggeloperation wieder auftauchte.

»Hast du schon eine Idee was den Serienkiller betrifft?«, fragte Pratt.

»Nur eine, Pratt. Wie ist Jess ganz zu Anfang auf dich gekommen?«

»Warum?«, fragte Pratt.

»Ich fange an zu glauben, dass, wer immer mich mit Jess zusammengespannt hat, zwei Fliegen mit einer Klappe schlagen wollte. Sie wollten nicht nur Jess ermorden oder nur mich. Sie wollten uns beide aus dem Weg räumen. Und dafür muss es einen guten Grund geben, meinst du nicht?«

Pratt warf Calvino einen Seitenblick zu. »Ein Typ namens Gabe hat ihm erzählt, wir seien Freunde.«

»Vielleicht wollten diese Kerle sogar drei Fliegen mit einer Klappe erwischen, Pratt.«

»Vinee, gib mir das Autotelefon. Ich muss telefonieren.«

Er fragte nicht, warum Pratt nicht sein eigenes Telefon benutzen wollte. Fremde Ohren würden an der Leitung kleben und mithören. Er wusste bereits, dass sie Calvinos Nummer überwachten. Sein Schwager hatte die Eingebung gehabt, ein Autotelefon installieren zu lassen, und nun würde er die Familie mit in den Abgrund ziehen. Pratt hatte keine Wahl. Er musste das Risiko eingehen.

16

Für den Uneingeweihten sahen die meisten Wats austauschbar aus – der grundlegende architektonische Entwurf war beinahe identisch, als ob er, wie bei Fastfood-Restaurants, aus ein und derselben Design-Bibel stammte. Aber das war ein Irrtum epischen Ausmaßes. Thailänder bemerkten die Unterschiede zwischen verschiedenen Wats auf der Stelle, so wie sie vierzig verschiedene Reissorten unterscheiden konnten. Die Unterschiede lagen in subtilen Details, der Innenausstattung der Räume, der Anordnung der Bäume in der Anlage, der Mischung aus streunenden Katzen und Hunden, der Gläubigen, die unter den geschwungenen und reich geschnitzten Dächern knieten und Opfergaben darboten. Aber hauptsächlich wurde der Charakter eines Wat von den Menschen geprägt, die in ihm lebten: dem Abt, den Mönchen, den Novizen und Laien. Die meisten Wats boten die Einäscherung von Toten an.

Für Panyah kam nun der Augenblick der Wahrheit. Leichenbestatter waren darin geübt, mit Trauer und Verlust anderer Menschen umzugehen, aber Panyah hatte Probleme, diese Erfahrungen auf seine eigenen Sorgen anzuwenden. Vielleicht hatte Panyah geglaubt, dieser Augenblick würde nie kommen, der Augenblick der Wahrheit. Sosehr er sich bemühte, er fand keinen Spielraum mehr, um sich herauszuwinden. Die Aussichten waren düster – entweder er log sich tiefer und tiefer in Schwierigkeiten hinein, oder er brachte es möglichst schnell hinter sich und hoffte, dass sie verschwinden und ihn in Frieden lassen würden. Er hasste solche Entscheidungen. Lieber nichts zu tun, als sich zu entscheiden, aber das Nichthandeln war auch eine Entscheidung, mit deren Konsequenz man leben musste.

Chaiwat versuchte, seinem Vater Trost zuzusprechen. »Vater, wir bringen sie hin. Kein Problem für uns.« Das Gesicht des alten Mannes legte sich in tiefe Sorgenfalten, dann nickte er. Er saß hinten im Lieferwagen, als wäre er in einem Traum gefangen, halb betäubt, während sein Kopf vor und zurück nickte wie der einer Marionette; die Augen weit aufgerissen krampfte er eine Hand um das Knie seines Sohnes, und in der Art, wie er ein- und ausatmete, als würde er seine Atemzüge zählen, lag ein Anflug von Furcht und Zerknirschung. Seine andere Hand umklammerte drei Amulette, die an einer Goldkette um seinen Hals hingen. Panyah murmelte vor sich hin. Entweder er betete, oder er war in einen Zustand abgeglitten, wo er nicht mehr zusammenhängend denken konnte. Chaiwat saß neben seinem Vater und sah hilflos zu, wie er aus dem Leim ging. Vater und Sohn saßen Jess und Noi gegenüber. Ihr Nonnenhabit mit den getrockneten Blutflecken war von Naylors fettem Hintern völlig zerknittert, und Jess' Pfarrerkragen war braun vom Schweiß und löste sich an einem Ende. Er spielte mit ein paar der *Cause*-Anstecknadeln, drehte sie in einer Hand pausenlos hin und her. Es war düster im Heck des Vans mit den getönten Scheiben, während draußen der Regen aus dunklen Wolken niederprasselte. Niemandem war nach Reden zu Mute. Außer Naylor, dem ein Lied im Kopf herumging, zu dem er den Text nicht mehr wusste. Es machte ihn wahnsinnig zuzusehen, wie Panyah seine Amulette befingerte und zusammenhangloses Zeug vor sich hin plapperte. Er summte das Lied, aber so falsch, dass es unkenntlich war. »Kommen Sie, Noi. Das macht mich total wahnsinnig. Helfen Sie mir.« Noi ignorierte ihn und versuchte, die Falten ihres Habits zu glätten. »Es geht ungefähr so: ›Warum darf ich deine Hauptfrau nicht treffen? Warum darf ich deine Hauptfrau nicht treffen?‹« Immer wieder sang er diese Worte. Naylor war so bescheuert. Wer konnte wissen, ob sein Gequassel nicht einfach ein mieses Spiel war, sie noch weiter zu erniedrigen? Vielleicht wollte er einfach eine als Nonne verkleidete Sängerin hören. So eine Fetisch-Fantasie des *Cause,* eine Frau durch jede nur denkbare krankhafte Vorstellung herabzuwürdigen, durch Worte, Gesten, Musik. So wie Naylor den Text verhunzte, war es ein Irrenlied. Naylor konnte kaum Thailändisch, aber diesen Song kriegte er nicht aus dem Hirn.

»Hello, hello, hia la ka?« Hallo, Geliebter. Endlich sang sie die Worte.

»Stimmt. Himmelherrgott! Genau das ist es.«

»Tammai mai phoot? Tammai mai phoot?«, intonierte Chaiwat. »Warum sagst du nichts?« Die Worte hatten einen ironischen Beiklang, während sie sich dem Wat näherten. Noi und Chaiwat mussten beide lachen, und das schien die Spannung ein wenig zu lockern. Schließlich waren sie unterwegs zu einer Beerdigung. Vielleicht zu ihrer eigenen.

Naylor klatschte mit den Händen und versuchte, den Song auf Thai zu singen. Natürlich brachte er die Worte durcheinander, bis sie keinerlei Sinn mehr ergaben. Endlich sah Jess von den blauen Anstecknadeln in seiner Hand auf und warf Naylor einen langen, bösen Blick zu. »Halten Sie die Schnauze, Naylor!«

Es war das erste Mal, dass man Jess fluchen hörte. Und es war das erste Mal, dass Panyah und Chaiwat einen Priester fluchen hörten. Aber sie verbrachten natürlich nicht viel Zeit mit Priestern.

Jess sagte Naylor, dass er ihn aus dem Van werfen würde, wenn er nicht den Mund hielt. Er warf ihm die Art Blick zu, mit der ein Bulle einen besoffenen Obdachlosen bedenken mochte, der vor einem Getränkeladen in Hollywood herumhing. Naylor bezweifelte, dass Jess sein Wort wahr machen würde. Schließlich brauchten sie ihn noch am Flughafen, um die bürokratischen Hürden zu überwinden. Trotzdem entschied er sich zum Nachgeben, als er Jess' Gesichtsausdruck sah – er war durchaus in der Lage, ihm weh zu tun. Aber als kleine Geste des Trotzes summte er das Lied unterdrückt weiter. Außerdem wollte er dabei sein, wenn der Rauch sich aus dem Schornstein kräuselte und anzeigte, dass Daniel Ramseys nackte Seele zur Hölle gefahren war.

Wie sich herausstellte, war der Wat, in dem die *Causemember* eingeäschert worden waren, selbst unter den Einheimischen ziemlich unbekannt. Pater Andrew aber kannte ihn wohl. Der Wat lag sozusagen in seinem Hinterhof. Der Tempel war weder modern noch beliebt, dazu war er dem Slum zu nahe. Er überlebte durch einige wenige Spender und durch Einäscherungen, bei denen keine Fragen gestellt wurden. Das Geld reichte gerade aus, um zu verhindern, dass er völlig herunterkam. Die Lage war beschissen. Niemand von Rang und Namen ließ sich jemals hier blicken, und die Behörden ignorierten den Wat, weil er zu unbedeutend war. Er lag direkt neben einem Klong von der Farbe geschmolzenen Eisens, dessen Wasser einen scharfen Gestank nach Verwesung und Chemikalien herantrug, der sich wie ein Nebel über die Salas und Kuti legte – die Quartiere der Mönche. Ein idealer Ort, um unwichtige Leute einzuäschern; die Niemande, die Elenden der Slums, die Opfer von Aufständen und andere, die niemand vermisste, weil sie ohnehin nie gezählt hatten.

Pratt bremste vor einer schmalen Betonbrücke, beugte sich vor und drehte die Lautstärke von John Coltranes *Ev'ry Time We Say Goodbye* herunter. Unter ihnen auf dem Klong schwammen mehrere Lastkähne voll Sand, aufgereiht wie mobile Strände. Der Sand war noch nass vom Regen, obwohl die heiße Sonne wieder durch die Wolken drang und die Straßen bereits abgetrocknet hatte. Calvino entdeckte eine Digitalkamera in der Ablage des Lieferwagens.

»Die gehört meinem Schwager.« Pratt klang beunruhigt.

»Ich mache sie schon nicht kaputt, wenn du dir darüber Sorgen machst.«

»Ich habe nicht gesagt, dass ich mir Sorgen mache.«

»War auch nicht nötig.«

Calvino kurbelte das Fenster herunter und schoss ein paar schnelle Bilder. Er kniff ein Auge zu und spähte durch den Sucher, schaute, suchte. Aber es gab keine Anzeichen von Leben unterhalb der Brücke; nicht auf den Lastkähnen, nicht entlang des Kanals oder auf dem zentralen Hof des Wat. Als ob der Ort verwünscht wäre, verlassen von denen, die einmal hier gewohnt hatten, gemieden von denen, die ihren alltäglichen Geschäften nachgingen. Auf derselben Seite wie der Wat standen ein paar Shell-Lagertanks. Flache, hässliche Industriegebäude lagen zwischen Wasserflächen, auf denen der Abfall des Industriezeitalters dümpelte – Styroportassen, Plastikflaschen und Milchkartons schwammen auf der Oberfläche, still, reglos wie auf einem Stillleben. Calvino schoss ein Bild von einem Geisterhaus am Ufer. Blühende Topfpflanzen säumten das kleine

Dock, als hätte jemand voller Unschuld oder ohne Verstand den Ehrgeiz gehabt, ein wenig Schönheit in diesem hässlichen Meer der Verwahrlosung zu schaffen.

Pratt beschleunigte den Van durch das Haupttor und nahm eine Rechtskurve so scharf, dass der Kies des Parkplatzes wegspritzte. »Denk dran, der Wagen gehört deinem Schwager«, sagte Calvino, während sich ein dünner Film von frisch getrocknetem Staub auf die Windschutzscheibe senkte. Ein Dutzend Autos und Pick-ups standen nahe dem Eingang geparkt. Pratt stellte sich neben einen roten Toyota-Pick-up. Ein umlaufendes Holzgatter umgab seine Ladefläche. Ein paar Meter weiter vorn arbeiteten mehrere Garküchen im Schatten großer Schirme, und neben ihnen hockte eine alte Frau mit kleinen Holzkäfigen, in denen Vögel saßen, die man kaufen und freilassen konnte, um sich Verdienste zu erwerben. Kein Ort in Thailand war jemals wirklich verlassen, und schon gar nicht der Parkplatz eines Wat. Irgendeine Garküche gab es immer, und auch jemanden, der dort aß. Zwei Mönche stützten einen älteren Mann von beiden Seiten und brachten ihn zu dem Pick-up; er öffnete langsam die Tür und kletterte mit einer krabbenartigen Bewegung seiner dünnen, alten Beine hinein. Der Alte ließ die Tür offen, während er den Motor startete. Er blickte Pratt lächelnd an, als wäre ihm gerade etwas Komisches durch den Kopf gegangen. Aber zweifellos war es das Standardlächeln des alten Mannes, der Gesichtsausdruck, den er aufsetzte, wenn er sich von einem Fremden beobachtet fühlte. Pratt drehte sich halb nach hinten, öffnete das kleine Verbindungsfenster und sah ins Heck.

»Jess, machen Sie die Hecktüren auf«, sagte Pratt. »Einfach drücken. Aber bleiben Sie noch einen Moment sitzen.«

Jess beugte sich vor und stieß die Tür auf.

»Khun Panyah, sehen Sie den Lieferwagen hier irgendwo?«, fragte Pratt.

»Nein. Meine Jungen würden nicht hier halten. Sie hätten den Seitenweg dort genommen und gleich beim Krematorium geparkt. Es ist zu weit, um einen Sarg vom Parkplatz aus zu tragen.« Für jemanden, der angeblich gar nichts von diesem Wat wusste, legte Panyah plötzlich eine recht profunde Kenntnis der Örtlichkeiten an den Tag. Wie konnte er wissen, wo der Lieferwagen, nach dem sie suchten, geparkt sein würde, wenn er nicht schon einmal hier gewesen war? Chaiwat verdrehte die Augen, als er seinen Vater reden hörte. Der Sohn verstand genau, was vor sich ging, aber was hätte er tun können, außer seinem Vater einen Knebel in den Mund zu stopfen. Und selbst dafür war es bereits zu spät.

»Sagen Sie mir noch einmal, wie viele Männer beteiligt sind.«

»Drei oder vier.«

Pratt zeigte ein schnelles Aufflackern von Ärger. »Was nun? Drei oder vier. Oder vier oder fünf?«

»Vier«, sagte Chaiwat, Panyahs Sohn. Der Knabe schien ein Gedächtnis für Details zu haben, wie zum Beispiel die genaue Anzahl blauer Anstecknadeln, die er den Toten abgenommen hatte. Und die Anzahl der Männer, die gekommen waren, um Daniels Leiche zu holen.

»Sind sie bewaffnet?«

»Ich habe keine Waffen gesehen«, sagte Panyah.

»Und Sie, Khun Chaiwat, haben Sie jemals irgendwelche Waffen gesehen?«

»Nicht direkt. Aber sie hätten sie unter den Hemden versteckt haben können. Weite Hemden, und sie trugen sie über dem Hosenbund.« Chaiwat zeigte ein breites Lächeln voller Zähne, und der amerikanische Akzent ging ihm glatt über die Lippen.

»Mein Sohn hat zu viele Gangsterfilme gesehen«, sagte Panyah.

Naylor mischte sich ein. »Er spricht perfekt Englisch. Warum zum Teufel er als Leichenbestatter arbeitet, ist mir verdammt noch mal ein Rätsel. Ich würde ihn auf der Stelle für das *Grand Rose* engagieren. Wollen Sie den Beruf wechseln, Chaiwat? Keine Leichen mehr? Ich mache Ihnen ein gutes Angebot«, sagte er.

»Meine Söhne sind sehr zufrieden in unserem Familienunternehmen«, sagte Panyah. »Und auch sehr erfolgreich. Sie machen das große Geld an der Börse. Internethandel. Sehr klug, meine Söhne.

Wir bauen unser Appartementhaus fertig, und dann ziehen wir uns vielleicht alle in den Ruhestand zurück.«

Calvino runzelte die Stirn. »Das große Geld?« Er öffnete die Tür, aber bevor er aussteigen konnte, packte ihn Pratt am Arm.

»Du musst nichts beweisen, was diesen Serienkiller anbelangt. Ich muss zugeben, dass ich da zu stur war. Ich hatte wohl Unrecht. Vielleicht ist an der Sache mehr dran, als ich dachte.«

Calvino grinste und senkte dann die Stimme. »Wer will denn etwas beweisen? Und du hast doch Recht. Wir kennen immer noch keinen Grund dafür. Kein Motiv. Also lass mich einfach ein paar Fotos von diesem Wat schießen. Keine große Sache. Ich sehe mich nur um. Mach dir keine Sorgen, Pratt. Niemand wird mir eine Nadel in die Vene stecken.«

Einige knochendürre Hunde kratzten sich haarlose, räudige Stellen in ihrem Fell blutig und knurrten Calvino an, als er den Pfad zwischen einer Sala und einem anderen flachen, niedrigen Gebäude mit Stuhlreihen im Inneren entlangging. Calvino schwang den Arm zurück, als wollte er einen Stein werfen, aber die Hunde, die auf so billige Tricks nicht hereinfielen, ließen sich in den Schatten zurücksinken und nahmen ihr Gekratze wieder auf. Ein Mönch trat auf ihn zu. Bevor er sich zurückhalten konnte, hatte Calvino den Mönch mit einem Wai begrüßt. Ein Tourist würde einen Mönch kaum auf diese Art grüßen, es sei denn, er hätte den Kulturteil aus dem Lonely-Planet-Reiseführer auswendig gelernt. Und auch dann würde der Tourist es wahrscheinlich falsch machen. Die Arten von Respektspersonen waren so vielfältig wie die Reissorten, und es gab ebenso viele Arten von Wais: für jede Person und Gelegenheit. In ländlichen Schulen hingen Schautafeln mit Dutzenden von Fotos von männlichen und weiblichen Thais, die die verschiedenen Wais demonstrierten, sodass die Bauernkinder lernen konnten, dass Respekt nichts Absolutes war. Es gab viele feine Abstufungen.

Calvino hatte sich selbst überrascht. Jeder, der schon sehr lange in Thailand lebte, stellte irgendwann fest, dass er die Dinge einfach tat:

einen Mönch mit einem Wai zu grüßen, als wäre das Gehirn auf Autopilot geschaltet, einfach ein Reflex. Der junge Mönch reagierte mit einem Lächeln. Mönche erwiderten einen Wai niemals mit einem Wai. Egal, wer sie gegrüßt hatte. Dies war eine Einbahnstraße des Respekts. Außerdem galt der Wai der Robe, nicht dem Mann.

Der Mönch war jung und gut aussehend; sein frisch geschorener Kopf hatte ein paar kleine Schnitte, die wie Haarrisse in seinem Schädel aussahen. Als er sich umdrehte, glänzte sein Kopf im Sonnenlicht. Seine Robe sah neu aus. Calvino hielt ihn für einen Novizen, der erst kürzlich zum Mönch geworden war. Sein neuer Status stand ihm ins Gesicht geschrieben. Er lächelte Calvino an und grüßte ihn auf Englisch.

»Wo kommen Sie her?«, fragte der Mönch. Es verirrte sich fast nie ein Fremder hierher, und der Mönch hatte wenig Gelegenheit, sein Englisch zu üben. Er war ein Thai aus dem Norden mit blauen Tätowierungen auf Hals und Armen. Sein Englisch klang, als hätte er es sich selbst beigebracht. Aber er war neugierig und mutig genug, einen Fremden anzusprechen und zu riskieren, dass er sich in der Fremdsprache zum Narren machte.

»New York«, sagte Calvino. Er wollte den Mönch loswerden und beschleunigte seine Schritte, ließ ihn hinter sich.

Aber der Mönch schloss sofort wieder auf. Keine Chance, ihn abzuhängen. »New York Yankees sind großes Baseballteam«, sagte der Mönch. Sein Englisch hatte einen seltsamen Akzent, aber er konnte sich verständlich machen.

»Wo haben Sie Englisch gelernt?«

Der Mönch lächelte. »Mein Freund aus Finnland.«

Der erste Stock von Calvinos Bürogebäude war einmal an Finnen vermietet gewesen. Seit dem Zusammenbruch des Immobilienmarktes waren sie verschwunden. Calvino fragte sich, was aus ihnen geworden war. Hatten sie vielleicht eine Englischschule aufgezogen?

»Sind Sie in den Wolkenbruch geraten?«, fragte der Mönch. Er redete wie ein einsamer Mensch, der in einem Keller gehalten worden ist und zum ersten Mal wieder das Tageslicht sieht. »Die Regierung tut Salz in die Wolken. Sie schicken Flugzeuge hoch mit Salz. Es gibt kein Wasser im Norden. Die Bauern sind zornig. Ihre Reisernte stirbt.«

Calvino ließ den Mönch weiterplappern über die Beziehung zwischen Regen und ländlicher Armut, und bei der ersten Pause des Monologs blieb er stehen und sah sich um. »Stört es Sie, wenn ich ein paar Fotos mache?«

»Ich führe Sie.«

»Wie lange leben Sie schon in diesem Wat?«

Der Mönch grinste, er hatte das Gefühl, einen kleinen Sieg errungen zu haben. Der Fremde hatte ihm nicht gesagt, er solle sich »dahin verficken, wo der Pfeffer wächst«, wie der einzige andere Fremde, mit dem er an seinem ersten Tag im Wat ein Gespräch hatte beginnen wollen. »Vier Monate.« Diese Demütigung hatte wie eine nie verheilte Wunde geschmerzt.

»Hier kommen nicht viele Farang her«, sagte Calvino.

»Pater Andrew aus dem Slum. Aber den kann man nicht wirklich als Farang bezeichnen.«

»Kein einziger anderer Farang?«

Das Lächeln des Mönchs erlosch. Er dachte nach, fragte sich, ob er den Farang erwähnen sollte, der die schlimmen Worte benutzt hatte. Am Ende dachte dieser Farang noch, er wäre die Art Thai, der keine Farang mochte. Der Mönch hatte geschworen, niemals zu lügen. Das musste bedacht werden. Und dann war da noch der Farang, der vor einer halben Stunde gekommen war. Grob und gemein, ein Farang, der Nak leng bei sich hatte, thailändische Muskelmänner. Nicht die Art Leute, für die ein Touristen-Farang wie dieser sich interessieren würde. Auch das musste in Betracht gezogen werden. Der Mönch hatte gar nicht erst versucht, den anderen Farang auf Englisch anzusprechen. Ihm war klar, dass das keinen Sinn hatte. Diese Männer und der Farang hatten geschäftlich im Wat zu tun. Er hoffte und betete, dass Touristen kamen.

Calvino blieb stehen und sah den Mönch an. »Sie haben heute nicht zufällig einen anderen Farang gesehen?«

Der Mönch nickte, raffte sein Gewand zusammen und ging weiter. »Ein Freund von Ihnen?« Er klang enttäuscht, hoffte, das wäre nicht der Fall.

»Er kam schon früher mit ein paar anderen Männern. Thais. Sie wollten zum Krematorium. Komme ich zu spät zur Einäscherung?« Calvino fotografierte den Mönch abermals.

»Nicht zu spät«, sagte der Mönch. »Warum haben Sie das nicht gleich gesagt?« Er wandte sich um und deutete in die andere Richtung.

»Wie viele Männer haben Sie gesehen?«

»Ich habe nicht gezählt«, sagte der Mönch. »Aber nicht viele. Wie immer. Drei oder vier mit einem Farang. Zweimal im Monat. Manchmal mehr, manchmal weniger. Immer zu einer Einäscherung.«

»Seltsam, dass dieser Wat zwei- oder dreimal im Monat Farang einäschert«, sagte Calvino.

»Sie bringen den Körper in einem Holzsarg. Billig, zum Verbrennen. Dann tun sie die Asche in einen aufwändigen Metallsarg. Farang sind seltsam. Thailänder tun die Asche nicht in so einen großen Sarg. Das ist unnötig.«

»Sie haben diese Särge gesehen?«

»Große Metallsärge. Schön. Thailänder sind zu arm. Können nicht so viel zahlen zum Sterben.«

»Diese Männer kommen mit zwei Särgen zum Tempel? Der eine ist aus Holz mit dem toten Farang. Der hölzerne wird verbrannt. Dann tun sie die Asche in den hübschen Metallsarg und fahren wieder?« Er wollte seinen Verdacht von dem Mönch bestätigt hören.

Sein Wunsch wurde erfüllt. »So ist es«, sagte der Mönch. »Heute haben wir mehrere Einäscherungen. Die letzten paar Tage waren eine gute Zeit zum Sterben. Deshalb warten sie noch, dass sie an der Reihe sind.«

»Dieselben Männer, die jeden Monat kommen?«

»Sie stellen nicht Fragen wie ein Tourist.« Der Mönch legte den Kopf schief und sah geknickt aus.

»Sie haben eben noch nie mit einem Touristen aus New York gesprochen. Haben Sie irgendwelche Waffen gesehen? M-16, Pistolen, Schrotflinten? Wir New-Yorker interessieren uns immer für Waffen. Und für die Yankees, natürlich.«

Es war einer dieser seltsamen Tage gewesen. Der Regen. Ein anderer Novize hatte einen Besen in den Schoß des Abtes umgestoßen. Einer der älteren Mönche hatte gesagt, das sei ein schlechtes Omen. Ein Pick-up mit Männern in paramilitärischer Kleidung, mit zwei Särgen auf der Ladefläche. Einer der jungen Mönche hatte gesagt, das sei das schlimmste Omen überhaupt. Einer leer, der andere mit einer Leiche darin. Und jetzt dieser New-Yorker, der im Kreis auf dem Gelände herumlief, sich offensichtlich verirrt hatte und ihn fragte, ob er irgendwelche Waffen gesehen hätte.

»Der Buddhismus verbietet das Töten«, sagte der Mönch. Es schien ihm eine risikolose Antwort zu sein.

»Das freut mich zu hören. Und wie war das mit den Waffen?«

»Ich habe etwas gesehen.«

»Eine Kanone?«

»Ich bin nicht sicher.«

»Aber es war kein Baseballschläger?«

Das brachte den Mönch zum Lachen. »Nein, das sicher nicht.«

Sie gingen zwischen einer Reihe Motorräder hindurch, passierten dann einen Wagen mit plattem Reifen, schließlich ein leeres Taxi. Weiter unten rechts stand ein Toyota Pick-up. »In dem sind sie gekommen.« Der Pick-up war alt und ziemlich mitgenommen. Ein hinterer Kotflügel war eingedrückt. Er war mit einem dieser aus Blech selbst gebastelten Kastenaufbauten versehen, mit zwei kleinen Türen, die nach hinten aufschwangen und mit einem fetten Vorhängeschloss gesichert waren.

»Ihr Englisch ist ausgezeichnet. Würden Sie mir einen Gefallen tun? Können Sie mir helfen?«

Der Mönch wurde durch die Hoffnung, etwas Gutes tun zu können, ganz lebhaft. »Womit denn?«

»Gehen Sie zum Parkplatz zurück und erzählen Sie meinem Führer genau das, was Sie mir eben erzählt haben.«

»Sie haben einen Führer? Warum ist er nicht bei Ihnen? Was soll ich ihm denn sagen?« Er sah verwirrt aus.

»Erzählen Sie ihm einfach von den Männern, die ein paarmal im Monat kommen, von den zwei Särgen, den Waffen, von denen Sie nicht sicher sind, dass sie welche tragen. Und jetzt entschuldigen Sie mich bitte. Ich möchte noch ein paar Fotos machen.«

Calvino sah dem Mönch nach, bis er um eine Ecke verschwunden war, dann ging er zum Toyota und knackte das Vorhängeschloss. Er brauchte ein paar Minuten, bis das Schloss mit einem Klicken aufsprang und er die Hecktüren aufschwingen konnte. Der Pick-up stand hinter einem Benz geparkt. Hinter dem Lenkrad des Benz saß ein Fahrer, dem der Kopf auf die Seite gesunken war. Seine Augen waren geschlossen, und seine Brust hob und senkte sich langsam. Er würde nichts von dem Einbruch bemerken, glaubte Calvino.

Kowit mochte in L.A. seine Probleme haben, aber in Bangkok war immer alles strikt unter Kontrolle gewesen, dachte Calvino, als er in den Pick-up blickte. Panyah und Kowit hatten genügend mächtige Freunde. Warum sich also allzu viele Sorgen machen? Warum den Pick-up nicht unbewacht stehen lassen? Calvino umkreiste den Wagen, machte Fotos der Nummernschilder, ein paar Schnappschüsse durch die geöffneten Türen, noch ein paar von einem teuren amerikanischen Metallsarg, der auf Holzpaletten ruhte. Dieselbe Art von Paletten, die er hinter Panyahs Haus gesehen zu haben glaubte. Calvino beugte sich in den Aufbau hinein. Es war dunkel, aber hell genug, dass er sein Spiegelbild auf der polierten Oberfläche des Metalls erkennen konnte.

Als Calvino hineinkletterte, brach ihm augenblicklich der Schweiß in Strömen aus. Innen musste es an die fünfzig Grad haben. Er ließ seine Hände am Rand des Sarges entlanggleiten, bis er einen Schnappriegel gefunden hatte. Särge wurden nach demselben Prinzip gebaut wie Koffer. Er hob den Deckel langsam an, aber er ließ sich nicht vollständig hochklappen. Die Kante stieß an der Decke an. Durch den halb geöffneten Deckel konnte er nicht viel erkennen. Das Innere sah leer aus, unbenutzt und hatte einen speziellen Geruch wie ein Neuwagen. Er griff hinein und tastete herum. Kühler, satinartiger Stoff, der sorgfältig gekräuselt war, um ihm Struktur zu geben. Er erinnerte ihn an einen Bademantel seiner Mutter, als er vier Jahre alt gewesen war. Calvino steckte jetzt halb in dem Sarg und stemmte einen Fuß gegen die Innenseite des Blechaufbaus, um sein Gleichgewicht zu halten. Am Kopfende des Sarges – oder was er dafür hielt, denn es gab keinen Hinweis, wo der Kopf und wo die Füße liegen sollten – fand er einen rechteckigen Drahtkorb, der mit dem Boden verbolzt war. Jemand, der sehr professionell vorging, hatte sich damit verdammt viel Arbeit gemacht. Eine Urne mit fünf Pfund Asche passte genau in den Halter, und an den Seiten befanden sich Schnallen wie an Skistiefeln, um die Urne zu befestigen, sodass sie nicht herumkollern konnte wie die Stahlkugeln aus der Claymore-Mine in der Schublade des Leichenschauhauses. Diese Burschen hatten an alles gedacht.

Calvino zog sich aus dem Sarg zurück. Der Schweiß tropfte ihm vom Kinn auf die Satinbespannung des Sarges. Er suchte herum, bis er ein Montiereisen fand, und kroch dann in den Sarg zurück, wobei er sich den Kopf am Deckel stieß. Scheiße, dachte er. Er massierte sich den Kopf mit der freien Hand, bevor er das Satingewebe mit dem Montiereisen aufschlitzte. Er riss den Stoff weg und legte eine Sperrholztäfelung an der Seite des Sarges frei. Jemand hatte sich sehr viel Mühe gegeben und keine Kosten gescheut, um diesen Sarg auszupolstern. Der Stoff war auf das Sperrholz getackert. Calvino suchte nach einem Spalt in der Sperrholztäfelung. Da es zu dunkel war, verließ er sich auf sein Tastgefühl, und als er eine Ritze gefunden hatte, rammte er das Eisen hinein und hebelte ein Stück Sperrholz weg. Es brach ab und landete lautlos auf dem Boden des Sarges. Er steckte den Arm so weit er konnte in die Öffnung und tastete den Hohlraum hinter dem Sperrholz ab. Seine Finger berührten kühles Plastik. Er fasste zu und zerrte eine pralle Ziploc-Tüte mit ziemlich schwerem Inhalt aus dem Sarg heraus. Dann tauchte er wieder in den Sarg und zog einen Beutel nach dem anderen heraus. Außer Atem saß er in verschwitzten Kleidern da und fühlte, wie es ihm eiskalt den Rücken hinunterlief. Die Ziploc-Beutel sahen einer wie der andere aus und enthielten exakt dieselbe Menge weißen Pulvers, als hätte ein Apotheker sie nach Rezept abgefüllt. Er wog einen Beutel zwischen rechter und linker Hand und schätzte sein Gewicht auf etwa ein Pfund. Was er da in der Hand hielt, war auf der Straße einen ganzen Batzen Geld wert. Vielleicht triefte sein Schweiß gerade auf hundert Riesen. Er lächelte bei dem Gedanken, dass er sie jetzt am Sack hatte. Jedenfalls wenn er sich nicht innerhalb der nächsten zehn Minuten oder Tage selbst die Eier wegschießen ließ. Es war brillant: Das Gewicht des Körpers wurde in Heroin aufgewogen. Das ermöglichte ihnen den Versand von fünfundsiebzig Kilo auf einmal. Diese Kerle mussten genug Gewinn eingefahren haben, um sich eine Privatarmee leisten zu können. Er dachte an die drei Männer mit CAR-15-Gewehren im *Emporium.* Kaum Risiko und geringe Unkosten. Wenn jemand beim Zoll den Sarg öffnete, sah er die Asche in ihrem Behälter. Man musste ihn nicht einmal bestechen. Außerdem erwartete niemand ernsthaft, Schmuggelgut in einem Sarg mit all den Begleitpapieren der US-Botschaft zu finden. Und wer wollte schon die Duftwolke einer ungekühlten Leiche abkriegen, die aus den Tropen verschifft wurde? Und auf die Ankunft in L.A. traf dasselbe zu. Wer würde dort herzlos genug sein, das Geburtsrecht jedes Amerikaners, in angemessenem Stil in die Heimat überführt zu werden, infrage zu stellen? Wer in einem Zweitausend-Dollar-Sarg heimkam, verdiente angemessenen Respekt.

»He, du Arsch, was machst du da!«, donnerte eine Farang-Stimme mit unverkennbar amerikanischem Akzent. Calvino stopfte hastig einen der Ziploc-Beutel unter sein Jackett und fuhr herum. Er glaubte die Stimme zu kennen, konnte ihr aber nicht so recht ein Gesicht zuordnen.

Ein junger Farang kam in sein Blickfeld; er trug ein T-Shirt der Chicago Bulls, das seine muskulöse Brust betonte und über die Blue Jeans hing. Und neue Designer-Tennisschuhe. Der Mann kam direkt auf ihn zu. Er sagte kein Wort mehr, als er auf die Ladefläche des Pick-ups zusprang. Er packte Calvino am Jackett und riss ihn mit einem einzigen sauberen, glatten Ruck herunter. Calvino stürzte schwer zu Boden. Noch bevor er zu seinem Angreifer hochblickte, fiel ihm wieder ein, wem die Stimme gehörte. Calvino saß einen Augenblick benommen da.

»Du schon wieder, du stinkender Scheißhaufen!« T.J. schlug eine harte Rechte, die vorbeiging, da Calvino zur Seite taumelte, als er auf die Füße kam. Der halb abgerissene Ärmel seines Jacketts hing noch an ein paar Fäden. Er schüttelte den Arm, und der Ärmel fiel zusammen mit dem Beutel voll Heroin zu Boden. T.J. schaute den Beutel an, dann Calvino. »Ich hab dir deine Scheißnase gebrochen. Das hätte dich lehren sollen, dich rauszuhalten.«

»Wie heißen Sie?«, fragte Calvino.

Das brachte ihn einen Augenblick lang aus dem Tritt. »T.J., und das ist der letzte Name, den du auf dieser Welt hören wirst.« Er kam langsam wieder auf Calvino zu, der den Beutel mit Heroin zwischen sich und T.J. hielt. Die Theorie war, dass T.J. dann vorsichtiger vorgehen würde.

»Sagen Sie mir eins, T.J. Wussten Sie schon vorher, dass ich mit dieser Geburtstagskarte kommen würde?«

»Du Volltrottel. Klar wusste ich, dass du kommst. Mein Job war, dir wehzutun, dich auszuschalten.«

»Das haben Sie aber ziemlich vermasselt, nicht wahr?«

»Bist n echter Glückspilz. Aber jetzt ist Sense. Jetzt bringe ich zu Ende, was ich angefangen habe«, sagte T.J. und zog ein Messer.

Calvino breitete die Arme aus und wich langsam zurück, wobei er den Heroinbeutel weiter zwischen sich und T.J. hielt. »Vorsicht, T.J., sonst platzt noch der Sack auf, und dann sitzen Sie in der Scheiße.« Er wollte T.J. nicht erschießen, außer es blieb ihm keine andere Wahl. Selbst wenn man jemanden, der so wenig taugte wie T.J., in einem Wat erschoss, musste das eine Riesenmenge schlechtes Karma bringen. Tolle Rache, wenn er jetzt T.J. abknallte und dafür als hinkender Straßenköter wieder geboren wurde. Der Kerl musste eine der dümmsten Kreaturen des ganzen Planeten sein. Wie konnte er vergessen haben, dass Calvino eine Kanone trug?

T.J. umkreiste das Heck des Pick-ups und stieß mit einer Fünfzehn-Zentimeter-Klinge nach Calvino, die in der hellen Sonne blitzte und Lichtreflexe über den Boden flirren ließ. Ein ganz schönes Stück Messer, dachte Calvino. Das Dope auf dem Boden zwang T.J., ebenso auf seine Füße zu achten wie auf Calvino, der um den Beutel herumtänzelte. Calvino dachte über den Vorfall bei den Grand Villas nach, während er das flinke Messer im Auge behielt. Kevin Hogan hatte ihn engagiert. Konnte er der Serienkiller sein? Oder arbeitete Hogan für die Schmuggler und hatte sich deshalb von ihnen einspannen lassen? Das würde Hogans Rolle erklären. Dafür zu sorgen, dass Calvinos Gesicht so zerschlagen wurde, dass er außer Gefecht war, wenn das LAPD kam und ihm einen Job als Leibwächter anbot, genug jedenfalls, dass er ablehnen musste. Nein, das machte alles keinen Sinn, die Rechnung ging nicht auf.

T.J. begann einen thailändischen Spitznamen zu rufen: »Lek, Lek, Lek!« Es dauerte nur ein paar Sekunden, bis ein dickwanstiger Kerl schnaufend und prustend, die Augen flackernd von der Hitze des Krematoriums, angerannt kam und sich mit Fäusten wie Schweinehaxen neben T.J. aufbaute. Calvino erkannte an den schlaffen Linien des Kiefers, dem geschwungenen Haaransatz und den pflaumenartigen Ohrläppchen, dass es sich um einen von Panyahs Söhnen handelte. Fehlte nur noch die Golfkrawatte. Lek schien keine Waffe zu tragen. T.J. sah Lek an. »Mach ihn fertig«, sagte T.J.

Lek kam auf Calvino zu und machte ein paar Kickboxbewegungen, wobei er nach jedem Tritt laut grunzte. Calvino wich den Tritten aus, langsamen, laschen Attacken, die eher nach Ausdruckstanz denn nach Kickboxen aussahen. Er machte nicht den Eindruck, als könnte Lek ein festes Ziel treffen, nicht zu reden von einem, das sich auch nur leicht bewegte.

Die Vorstellung brachte T.J. total in Rage. »Tret ihm den verdammten Schädel ein!«, brüllte er. Kleine weiße Speichelbläschen hingen in seinen Mundwinkeln. Es konnte nicht mehr lange dauern, bis er richtig zu schäumen anfing.

»Lek, Verehrtester. Ihr Herr Papa Khun Panyah und Ihr älterer

Bruder Khun Chaiwat werden sehr bestürzt sein, dass Sie diesem Farang geholfen haben«, sagte Calvino.

Lek, der gerade zu einer neuen Demonstration seiner Kickboxkünste ansetzen wollte, blieb wie festgenagelt stehen. Jetzt erst bemerkte er den Beutel Heroin auf dem Boden. Die Kinnlade klappte ihm herunter, und er sagte: »Oh, Scheiße, sieh mal, was der Farang da fallen hat lassen.« Er hob den Blick zu Calvino und blinzelte, als die Sonne ihm in die Augen fiel. »Woher kennen Sie meinen Vater?« Schon wieder ein perfekter amerikanischer Akzent, dachte Calvino.

»Ihr Vater ist hier. Ebenso Chaiwat. Sie warten auf dem Parkplatz. Ich glaube, er wäre nicht gerade glücklich, wenn er wüsste, dass Sie die Familie noch tiefer in die Scheiße reiten, als sie sowieso schon drinsteckt. Es sei denn natürlich, Sie glauben, dass ihr wirklich guter Freund T.J. es wert ist, für ihn lebenslänglich ins Gefängnis zu wandern. Es liegt ganz bei Ihnen, Lek.«

»Halt deine Dreckschnauze, Calvino!« T.J. machte einen Ausfall und gab sich diesmal wirklich Mühe, ihn zu treffen. Die Klinge schlitzte den verbliebenen Ärmel von Calvinos Jackett auf und hinterließ einen fast zehn Zentimeter langen Schnitt oberhalb der Manschette. Calvino begutachtete den Schaden. »Was sind Sie, ein Schneider auf Speed?« Calvino drehte sich weg, als die Klinge wieder auf ihn zuschoss. Das Messer verfehlte ihn, aber Calvino verlor das Gleichgewicht und ging zu Boden. Er griff unter sein Jackett – oder was davon übrig war – und zückte den 38er Police Special.

T.J. duckte sich. »Was hast du vor, willst du einen Unbewaffneten abknallen? Ist es das, was du willst? Warum bringen wir es nicht einfach zu Ende wie unter Männern?«

Calvino schüttelte den Kopf. »T.J., T.J. Ich hasse es, wenn ich so einen Dialog im Film höre. Wissen Sie eigentlich, wie bescheuert sich das anhört? ›Bringen wir es zu Ende wie unter Männern.‹ Ich soll meine Kanone weglegen und Faust gegen Faust mit einem Kerl kämpfen, der so einen Schwachsinn daherredet? Wenn Sie einen einzigen Schritt näher kommen, schieße ich Ihnen die Eier weg.«

In diesem Augenblick tauchte Panyahs anderer Sohn mit einer

Aschenurne im Arm hinter Calvino auf und trat ihm den 38er aus der Hand.

»Pee, der Typ kennt Vater. Und er sagt, dass Vater und Chaiwat hier sind«, sagte Lek.

»Scheiße«, sagte der ältere Bruder und wich zurück.

»Hey Mann«, rief T.J. »Der Kerl blufft. Er kennt euren Vater nicht. Machen wir ihn fertig und verschwinden hier!«

»Einen Augenblick, bitte«, sagte der Ältere, eine größere, schlankere Version seines fetten kleinen Bruders, der sich als Kickboxer versucht hatte. Nach einem kurzen Wortwechsel auf Thai stellte der eine Bruder die Urne auf den Boden, und die beiden verschwanden um die nächste Ecke und überließen es T.J. zu tun, was immer er mit dem Farang anstellen wollte – aber sie ging das nichts mehr an.

»Hey, kommt zurück!«, rief T.J. hinter ihnen her.

»An Ihren Führungsqualitäten müssen Sie aber noch arbeiten, T.J.«, sagte Calvino. Sein 38er lag drei Meter entfernt unter einem Wagen.

»Für dich habe ich noch einen Sarg übrig.« T.J. atmete schwer, packte das Messer fester und wartete auf seine Gelegenheit.

»Haben Sie überhaupt eine Ahnung, auf was Sie sich da eingelassen haben, T.J.?« Nach dem Ausdruck auf T.J.s Gesicht zu schließen war ihm das entweder klar, oder es war ihm egal. »Aber Kerle, die glauben, die Chicago Bulls wären noch ein Team, haben eben nur Scheiße im Hirn«, sagte Calvino.

Es wäre klüger gewesen, T.J. einen syphilitischen Arschficker zu nennen, als sich über sein Team lustig zu machen. Als er sah, dass Calvino seine Waffe nicht erreichen konnte, rannte er ihn einfach über den Haufen, warf ihn zu Boden und setzte sich rittlings auf ihn. Calvino packte T.J.s Hände, die das fünfzehn Zentimeter lange Messer umklammerten. Das kleinste Nachlassen, und T.J. würde ihm die Klinge in die Brust rammen. Und T.J. war stark, ein Fitness-Freak, der Gewichte hob. Außerdem war er zwanzig Jahre jünger.

Zwei weitere Thais tauchten auf. Einer war der Fahrer des Benz. Die beiden standen im Schatten und sahen zu, wie die beiden Farang sich auf dem Boden herumwälzten. Mönche hatten das Geschrei gehört und kamen mit klappernden Sandalen über das heiße Pflaster herbeigerannt. T.J. setzte seine ganze Kraft ein; zweifellos würde er Calvino töten, wenn er die Chance bekam. Er würde zu Ende bringen, wofür er wahrscheinlich schon an jenem Abend in dem Wohnhaus bezahlt worden war. Calvino versuchte eine dieser Stuntman-Rollen, als wäre er beim Film. Aber T.J. war zu stark, und er hob gerade die rechte Schulter zum entscheidenden Stoß, als Jess mit gezogener Waffe hinter ihm auftauchte.

»Weg mit dem Messer!«, schrie Jess.

T.J. hatte sich halb nach ihm umgedreht, als Jess ihm den Knauf seiner 9mm hart zwischen die Augen rammte. Metall krachte mit einem Übelkeit erregenden Knall auf Knochen. Aus einer gezackten Platzwunde über T.J.s Augenbraue spritzte Blut, während Calvinos Hand voller Hundescheiße hochkam und sie ihm ins Gesicht schmierte. T.J. ging k.o. und landete kopfunter im Dreck. Blut quoll ihm aus der zerschmetterten Nase.

Pratt kniete sich neben Calvino und half ihm auf die Füße. »Ich war gerade dabei, ihn fertig zu machen«, sagte Calvino und überlegte, was er mit der Hundescheiße zwischen seinen Fingern anstellen sollte. Schließlich hob er seinen abgerissenen Ärmel auf und wischte sich die Hand sauber.

»Ich würde sagen, eine Sekunde später, und er hätte dich erstochen«, sagte Pratt.

Calvino berührte mit dem Zeigefinger die eigene Nase und zuckte die Achseln. »Umtriebiger kleiner Mistkerl, schmuggelt Drogen und schlägt Leute zusammen. Ich glaube, nicht einmal seine eigene Mutter würde ihn jetzt wieder erkennen.« Er richtete sich auf und legte Jess eine Hand auf die Schulter. »Übrigens, vielen Dank, Jess. Ich hatte alles unter Kontrolle, aber ich weiß Ihre Hilfe zu schätzen.«

»Was ist mit deinem Jackett passiert?«, fragte Pratt.

»Ich bin hingefallen. Sieh mich nicht so an. Genau so war es. Alles klar?«

Der Mönch, der sich mit Calvino unterhalten hatte, kam angerannt, kniete sich neben T.J. hin und suchte nach einem Puls.

»Er ist nicht tot«, sagte Calvino. »Hat sich nur an Hundescheiße überfressen und hält jetzt Siesta.«

»Sie hätten ihn umbringen können«, sagte der Mönch, und die Verwirrung stand ihm ins Gesicht geschrieben, als er aufblickte.

»Wie schon gesagt, ich bin aus New York. Wenn ich ihn hätte umbringen wollen, wäre er jetzt tot. Glauben Sie mir.«

Panyahs Söhne waren zum Parkplatz zurückgelaufen und hatten Alarm geschlagen. Das hatte Calvino das Leben gerettet. Neben dem Lieferwagen fand jetzt gerade die Wiedervereinigung einer ebenso verängstigten wie verlogenen Familie statt.

Calvino bückte sich nach dem Beutel Heroin und reichte ihn Pratt. Schwer zu sagen, ob Panyah und seine Jungs ahnten, was sich wirklich in den Särgen befand oder nicht. Sie waren nicht weit von der Standard-Vorgehensweise ihres Berufsstandes abgewichen. Vielleicht war es ihnen mit ein paar zusätzlichen Anreizen schmackhaft gemacht worden, Geld unter der Hand. Oberflächlich betrachtet taten sie nichts anderes, als tote Farang zu befördern, die Formulare im Polizeihospital abzuholen, Papiere bei der Botschaft zu beantragen, den Körper einzubalsamieren, ihn zur Einäscherung zu bringen und für Särge doppelt zu kassieren. Was man als Geschäftsmann eben tat: Profitmaximierung auf Leben und Tod.

Pratt gesellte sich wieder zu Calvino. »Khun Panyahs Söhne hörten, dass du mit diesem Farang geredet hast, als würdest du ihn kennen.«

»Ich habe eine Nase für so etwas.« Calvino beugte sich in den Pick-up und warf Jess einen Beutel mit Rauschgift zu. »Sehen Sie sich das an. Der Sarg ist voller Heroin.«

Der Flug mit Daniel Ramseys Leiche ging nach Flugplan um fünf Uhr morgens von Don Muang ab. Das ließ ihnen einigen Spielraum, bevor die Schmuggler merkten, dass die Dinge nicht ganz nach Plan gelaufen waren und wie ein Rudel tollwütiger Hunde angelaufen kamen, um sich ihr Rauschgift zurückzuholen. Sie würden nicht gerade glücklich darüber sein, eine Fünfundsiebzig-Kilo-Ladung zu verlieren.

Jess und Pratt zogen den Sarg aus dem Pick-up und stellten ihn nicht weit von der Stelle ab, wo T.J. in seinem besinnungslosen Hundescheiße-Schlaf lag. Pratt kauerte sich hin, um aus jedem Winkel Aufnahmen vom Inneren des Sarges zu machen. Heroin quoll heraus, wo Calvino die Sperrholzverkleidung abgerissen hatte.

Sie hatten einen Sarg voll des besten Beweismaterials der Welt – fünfundsiebzig Kilo davon. Eine Rauschgiftmenge, die das Todesurteil für eine ganze Schmugglerbande besiegeln konnte. Zumindest für die Kerle, die die Drecksarbeit gemacht hatten. Aber war der Fund auch ausreichendes Beweismaterial gegen die großen Fische? Es war bereits später Nachmittag, als Pratt ein zweites Telefonat mit Colonel Virat führte. Er und seine Männer waren ein Elitecorps, das mit der DEA zusammenarbeitete. In den Staaten ausgebildet, unbestechlich, zäh. Mit diesen Polizisten war nicht zu spaßen. Niemand würde ihnen einen weißen Umschlag mit Geld zustecken oder sie bedrohen, damit sie Beweismaterial vernichteten oder einen Fall manipulierten.

Als Pratt das Telefon abschaltete, waren Colonel Virat und seine Männer auf dem Weg zum Wat. Sie würden die Angelegenheit in die Hand nehmen.

Ein Mönch mit einer Schale Wasser kniete neben T.J. und wusch ihm Blut und Scheiße aus dem Gesicht. »Helfen Sie mir, ihn aus der Sonne zu bringen«, sagte der Mönch.

Jess und Calvino packten T.J. unter den Achseln und schleppten ihn zur schattigen Seite des Pick-ups.

Calvino holte seinen 38er unter dem Auto hervor und steckte ihn wieder ins Halfter. »Ich war so nah dran, ihn zu erschießen«, sagte er und hielt Daumen und Zeigefinger etwa zwei Zentimeter auseinander. »Und ungefähr genauso viel fehlte noch, und er hätte mir dieses Messer in die Brust gejagt.«

»Wenn Sie ihn erschossen hätten, hätte das nur den Männern genutzt, die diesen Dreck schmuggeln«, sagte Jess. »Die würden ihn lieber tot sehen.«

»Und wenn er mich umgebracht hätte, hätte er fünf Jahre für den Mord an einem Farang gekriegt«, sagte Calvino.

»Was für ein Perverser hat den armen Kerl da Scheiße fressen lassen?«, fragte Naylor, der plötzlich wie aus dem Nichts aufgetaucht war und Pratt als Schild zwischen sich und Calvino hielt, falls dieser Lust verspüren sollte, ihm wieder eine zu knallen.

»Wesley, mein Bester, das ist eine gute Frage. Warum kommen Sie nicht rüber und fragen ihn selbst?«, meinte Calvino.

»Mein Bester, Sie sind ein beschissener Sadist! Wenn ich Sie wieder als Leibwächter einstelle, hören Sie dann auf, mich zu schlagen?«

»Da muss ich erst darüber nachdenken«, sagte Calvino. »Es gibt Befriedigungen im Leben, die sind mit Geld nicht aufzuwiegen.«

»Ich habe ein gutes Gefühl bei der Sache«, sagte Naylor, setzte sich, die Hände in den Taschen, in die Hecktür des Pick-ups und betrachtete den offenen Sarg, aus dessen Innereien kiloweise weißes Gold quoll.

17

Rückblende: Preut und Lek kamen angerannt. Lek schlug mit der flachen Hand gegen die Hecktür des Lieferwagens. »Vater!«, schrie er. In der Ferne erklang eine Tempelglocke mit ihrem klaren, unverwechselbaren Ton wie ein Fingernagel, der gegen ein Kristallglas schlägt. Chaiwat bewegte sich seitlich wie eine Krabbe nach hinten, öffnete die Tür und sah sich seinen beiden Brüdern gegenüber, die ihn aus geweiteten Augen voller Furcht anstarrten.

»Pa, wir müssen weg. Es ist furchtbar«, sagte Preut. Sein Adamsapfel hüpfte, als hätte er einen spastischen Anfall.

»Es gibt ein Problem«, sagte Chaiwat.

Preut sah an seinem Bruder vorbei und erkannte einen Priester und eine Nonne. »Wer ist das?«

Chaiwat zuckte die Achseln, wandte sich halb in seinem Sitz um, warf einen Blick zurück und sagte: »Ich weiß nicht.«

Pratt war weggegangen, um mit einem Mönch zu sprechen. Jess passte im Lieferwagen auf Panyah und seine Söhne auf. Sie waren Belastungszeugen, und dieser Status gab ihnen allen Grund, ihr Heil in der Flucht zu suchen. Aber je länger er Panyah ansah, desto sicherer war er, dass der alte Mann nirgends hingehen würde. Er hatte keine Kraft mehr. Er war ausgebrannt, besiegt, ein Wrack.

Jess wandte sich halb auf seinem Sitz um, tastete nach Nois Hand. »Ich habe nie an Ihnen gezweifelt«, sagte er.

»Danke. Ich hoffe, Sie meinen es ernst.«

»Ich bin nicht so. Ich bin kein Farang«, sagte er. Wie als Erklärung fügte er hinzu: »Dieses Lied, das Sie gesungen haben, über den Schmerz, den Sie fühlen, den Schmerz des Verliebtseins, während Sie darauf warten, dass er seine Zuneigung erklärt.«

Sie verstand und legte einen Finger an die Lippen. »Ja, ich mag das Lied auch. Es sind schöne Worte«, sagte sie.

»Dann sollten Sie besser gehen und dieses Lied singen.« Er bedeutete ihr mit einer Kopfbewegung, hinten auszusteigen. Das ließ sie sich nicht zweimal sagen.

»Wir sehen uns«, sagte sie, während sie an ihm vorbei aus der Tür kletterte. Sie drehte sich um und winkte.

»Ja, wir sehen uns«, sagte Jess. »Vielleicht auf MTV.«

Ein Lächeln huschte über ihr Gesicht. »Wer weiß?«

Auch Panyah fand wie ein Roboter seinen Weg nach draußen und stand auf dem Parkplatz wie einer, der weglaufen wollte, aber nicht wusste, wohin. Er umarmte Preut und Lek und bemerkte nicht einmal, dass Noi inzwischen zur Hauptstraße gegangen war, wo sie einem Taxi winkte. Die Nonne war vom Schauplatz geflüchtet, aber der Priester erwies sich als standfest. Große Tränen netzten Panyahs Gesicht, als er seine Jungen an sich drückte. »Wir gehen nach Amerika«, sagte er.

Sie glaubten, der alte Mann hätte den Verstand verloren. Aber er wusste genau, was er sagte.

»Die Polizei weiß Bescheid«, sagte Chaiwat. »Ich fürchte, sie wissen alles.«

Nois Instinkt hatte sie nicht getrogen. Sie hatte kein Wort mit Panyah oder Chaiwat gewechselt, oder mit den beiden anderen Söhnen, deren Namen sie nie erfuhr. Besser, sie behielten sie als eine Nonne in Erinnerung, die auf dem Weg zur Kirche war. Sie war selbst in diesem Tempel der Furcht gewesen, sie kannte sich dort aus und beneidete sie nicht um das, was vor ihnen lag. Ihr altes Leben in Thailand war vorüber, auf endgültige Art vorüber; und ihr eigenes neues Leben fing gerade an.

Pratt wusste, dass der internationale Flughafen der einzige praktikable Weg war, der aus Thailand herausführte. Praktikabel bedeutete, dass er eine plausible Erklärung hatte – mit Rückendeckung von Colonel Virat –, warum die Dinge so und nicht anders geschehen mussten, warum die Zurückgebliebenen so und nicht anders entschieden hatten und warum Panyah und seine drei Söhne nach L.A. flogen. Eine Besetzung mit völlig neuen Akteuren würde im Nachspann dieses Drogenthrillers auftauchen, nach dem Drehbuch jener Drogenfahnder, die am Ende im Wat ausgeschwärmt waren und die

Operation an sich gerissen hatten, als wäre es vom ersten Tag an die ihre gewesen.

Preut, der älteste der Panyah-Söhne, fuhr den Pick-up die Rampe zum Frachtgutterminal hinauf. Daniel Ramseys Sarg und Asche waren wieder eingeladen worden, das Rauschgift an Ort und Stelle, der Satinstoff am Sperrholz festgetackert. Niemand konnte noch erkennen, dass Calvino ihn mit einem Montiereisen aufgeschlitzt hatte. Eine Flottille von zivilen Einsatzfahrzeugen folgte dem Van. Colonel Virat, begleitet von zwei seiner Leute, steuerte einen Wagen bei, die DEA zwei, und Pratt fuhr den Van seines Schwagers mit Jess und Calvino auf den Vordersitzen. Die beste Tarnung war immer, sich völlig unauffällig zu verhalten. Die kleinste Abweichung von der Routine, und die Leute spürten es und erinnerten sich später, dass etwas Ungewöhnliches passiert war. Sie wurden misstrauisch, und das war das Letzte, was sie im Frachtterminal brauchen konnten. Panyahs Söhne taten genau das, was sie viele Male zuvor getan hatten – sie luden den Sarg auf einen Lastkarren und fuhren damit in ein Frachtabteil. Keiner der Beamten widmete ihnen einen Gedanken. Sie taten nichts Ungewöhnliches. Sie gingen ihren üblichen Geschäften auf die übliche Weise mit dem üblichen Lächeln nach. Ein Beamter saß hinter seinem Schalter und sah sich ein Fußballspiel im Fernsehen an. Er wandte den Blick gerade lange genug davon ab, um Preuts Papiere und den Frachtflugschein zu nehmen. Er sah kurz über den Schalter auf den Lastkarren, stempelte die Papiere ab und wartete dann, bis der Schiedsrichter das Spiel unterbrach, bevor er sie zurückgab. Lek, der fette, beschränkt wirkende Sohn, stellte eine Flasche Johnny Walker Black in einer braunen Papiertüte auf den Schalter. Der Beamte packte die Flasche am Hals und schob sie unter den Tisch. Er wandte kein Auge von seinem Fußballspiel ab. Sie wechselten ein paar Worte über Fußball. Preut war ein Fan von Manchester United, und sie sprachen über Wetten und Buchmacher. Sie redeten über das Wetter, übers Essen und den Verkehr. Und wie der Regen die Sukhumvit Road überflutet hatte. Sie sprachen über alles Erdenkliche, nur nicht über die Fracht. Eine Hand mit dicken, blauen

Venen kroch über den Schalter und schob den Panyah-Brüdern die letzten, säuberlich gestempelten Papiere hin. Sie gingen zum Lieferwagen und zu der kleinen Flotte zurück. Sie hatte mit laufenden Motoren gewartet, damit die Klimaanlagen auf höchster Stufe weiterliefen, und folgte nun dem Van, während er das Frachtterminal verließ und zum internationalen Passagierterminal fuhr.

Sie parkten neben dem VIP-Gebäude. »Von hier an können wir übernehmen«, sagte Dean, eine etwa einssiebzig Meter große Frau, die einen konservativen grauen Hosenanzug trug. Sie war einer der beiden DEA-Agenten, die im Wat zu ihnen gestoßen waren. Was Dean sagen wollte, war, dass Pratt, Calvino und Naylor überflüssig waren. Aber da sie nicht als arrogante Zicke erscheinen wollte, drückte sie sich ein wenig vage aus. Sie verließ sich darauf, dass Colonel Virat klug genug war, um das Stichwort aufzugreifen und zu tun, was nötig war.

Colonel Virat trat zu Dean und flüsterte ihr etwas zu. »Natürlich, Colonel Pratt kommt mit uns.«

»Damit bleiben nur Sie und ich«, sagte Naylor.

»Calvino begleitet uns«, sagte Pratt auf Thai zu Colonel Virat.

Dean blies die Backen auf, sie war verärgert. Sie trug gerade genug Lippenstift, um anzudeuten, dass ihre Erscheinung ihr nicht ganz gleichgültig war. Sie hatte genau das richtige Maß an Missvergnügen an den Tag gelegt, um ihre Einstellung gegenüber Zivilisten deutlich zu machen. Sie gehörte zu den Polizisten, die Zivilisten nicht ausstehen konnten. »Aber kommen Sie uns nicht in die Quere«, sagte Dean.

»Aber ich habe die Scheißpapiere unterschrieben. Und Sie lassen mich einfach hier sitzen? Bescheuerte weiße Weiber.«

Dean wirbelte herum und rammte Naylor das Knie in die Eier. »Bescheuerte weiße Kerle.«

Niemand sagte etwas zu Naylor, der sich zusammengekrümmt an der Seite des Van festklammerte. Aus seiner Kehle kam ein Geräusch wie das Bellen des letzten Hundes, nachdem alle anderen verstummt sind. Ein schwaches, entferntes, furchtsames Geräusch, das kaum über die Lippen hinausdrang.

Türen knallten, Füße scharrten ungeduldig, man wartete darauf, sie durch Zoll und Passkontrolle zu schleusen. Während sie die verschiedenen Schalter passierten, zeigte keiner der Beamten irgendeine Regung. Es war ihnen absolut klar, dass eine Menge hochrangiges Lametta da war. Dazu genügte ein einziger Blick auf Colonel Virat und die DEA-Agenten. Große Tiere, die Leute durch den Zoll schleusten, waren ihnen kein neuer Anblick. Die Hintergründe gingen sie nichts an. Panyah und seine drei Söhne waren in null Komma nichts durch, ohne dass ihnen jemand eine einzige Frage gestellt hätte. Jess ließ ihnen zehn Minuten Vorsprung – er wollte nicht mit Panyah in Verbindung gebracht werden –, dann begleiteten ihn die DEA-Agenten hindurch. Selbst wenn unter den Schalterbeamten ein nennenswertes Kontingent auf der Gehaltsliste der Unterwelt gestanden hätte, wären sie unfähig gewesen, etwas zu unternehmen. Es hatte wenig Sinn, auf ein Pferd zu setzen, das bereits gestürzt war. Das Rennen war gelaufen. Die Sieger auf dem Weg in die Staaten. Die Verlierer unterwegs ins Gefängnis oder Exil. Der eine oder andere Beamte zuckte zusammen, aber vielleicht war es auch nur der normale angewiderte Blick, den sich Beamte in jahrelanger Arbeit angewöhnten. Eine bestimmte Art der Versteifung in der Nackenmuskulatur, ein Zusammenpressen der Lippen, wenn Panyahs Pass vorgelegt und mitgeteilt wurde, dass die Söhne zwar keine Pässe besäßen, aber nichtsdestotrotz autorisiert seien. Sie brauchten keine Pässe. Na schön. Ein paar Minuten später schlüpfte Jess mit einer thailändischen Polizeimarke durch, die er von Pratt hatte.

Der zweite DEA-Agent war ein Schwarzer aus Detroit namens Andrew mit Augen wie Eiswürfel. Er war so ein Typ, der alle Zähne zeigen konnte, ohne jemals so auszusehen, als ob er lächelte; und wenn er lächelte, ließ er einen rechten Schneidezahn aus massivem, reinem Gold aufblitzen. Calvino vermutete, dass Dean den höheren Rang hatte. Andrew war der Spürhund, den Dean in den Bau hinabjagte, um dem Ungeziefer in die Nase zu beißen, das sich im Untergrund versteckt hielt. Er musste gut einsneunzig sein, und sein Hals wirkte beinahe so breit wie seine Schultern. Andrew ging allen voraus. Er war wie ein Footballspieler, der seinem Quarterback den Weg für einen Lauf frei blockte und links und rechts gefallene Gegner zurückließ. Gleich hinter ihm folgten Preut, Lek und Chaiwat; die drei Brüder kamen daher wie die sprichwörtlichen Affen: nichts Böses sagen, sehen oder hören. Andrew musterte den Beamten mit seinem leblosen Eisblick und sagte: »Sie haben Einreisegenehmigung in L.A.« Er zückte seine DEA-Marke. Colonel Virat übersetzte Andrews Worte. Nicht dass sie der Übersetzung bedurft hätten.

In der Abflughalle deutete Andrew auf die Sitze und nickte Panyah und seinen Söhnen zu. Er hatte eindeutig die Situation in die Hand genommen und erteilte die Befehle. Jess nahm an der Seite Platz, zwischen Calvino und Pratt. Panyah und seine drei Söhne saßen in der Mitte in völligem Schweigen, unterbrochen von einem gelegentlichen Schluckauf des alten Mannes – vielleicht war es auch ein Schluchzen. Für die Panyah-Jungs war dies der Beginn ihres neuen Lebens. Amerikanische Polizei mit eisigem Blick, der teils Verachtung, teils Hass und teils Misstrauen ausdrückte. Als wollten sie sagen: »Hey, du Arsch, wir wissen, dass du Dreck am Stecken hast. Dass du Verbrechen begangen hast. Und dafür wirst du bezahlen und bezahlen, bis dir ein neues Arschloch wächst.«

Später erzählte Colonel Virat Colonel Pratt, der es wiederum Privatdetektiv Vincent Calvino berichtete, dass die DEA-Agenten nicht nur als Babysitter Dienst taten – bei der Landung in L.A. würde Kowit da sein, um den Sarg abzuholen. Sie wollten herausfinden, wie er seine Geschäfte abwickelte. Beobachten, mit wem. Dean und Andrew hatten Geduld und viele Pläne – Beförderungen, Auszeichnungen und öffentliche Anerkennung –, Träume von einem großen Fischzug gegen den Drogenhandel, der das Budget der DEA für Südostasien für die nächsten zwei Jahre rechtfertigen würde. Panyah würde auftauchen, sobald Kowit den Sarg abholen wollte, und ihn identifizieren. Calvino stellte sich Kowit als kleinen, schlanken Mann vor, wie er zu Andrew aufsah; Kowit würde in sich zusammenfallen wie eine Marionette mit durchgeschnittenen Schnüren. Er würde den Strick erkennen, dann die Falltür, auf der er stand, und dann würden sie die ganze Geschichte aus ihm herausholen. Jess würde als Fußnote im Abschlussbericht der DEA auftauchen. Colonel Virat und seine Spezialeinheit würden entsprechend gewürdigt werden, sodass sie in Thailand zu Helden wurden – schließlich waren sie von der DEA ausgebildet –, aber in Amerika würde es im Abspann nur zu »ferner liefen« reichen. Pratt würde ebenfalls Erwähnung finden. Naylor, Noi und Calvino – das waren Figuren wie der Hilfsbeleuchter, der Materialassistent oder der Geräuschemacher; nur Eingeweihte wussten wirklich, was diese Leute taten, wozu man sie im Film überhaupt brauchte – außerdem blieb niemand lange genug sitzen, um den ganzen Abspann zu verfolgen. Höchstens die Putzkolonne war bei den Credits noch im Kino.

T.J. öffnete die Augen, zwinkerte ein paar Mal und blickte sich um. Er brauchte ungefähr eine Minute, um zu begreifen, dass er in einer Gefängniszelle war. Sein blutbeschmiertes Chicago-Bulls-T-Shirt war steif von Hundescheiße. Zitternd und hungrig setzte er sich auf. Er sah aus dem Fenster. Draußen war es finster, und er war allein in der Zelle – bis auf eine große Ratte und etwa tausend Kakerlaken. Er ließ sich wieder zurücksinken, legte den Arm über die Augen und weinte. Er lag auf einer Bambusmatte, wehrte die Kakerlaken ab und versuchte zu überlegen, wie er aus der Zelle herauskommen konnte. T.J. kam zu dem Schluss, dass sie nur blufften. Was hatte die Polizei denn wirklich gegen ihn in der Hand? Der Pick-up war nicht auf ihn zugelassen. Man hatte ihn nicht persönlich im Besitz von Drogen erwischt. Er musste einfach sagen, dass er keinen Schimmer davon gehabt hatte, dass das Heroin in Daniels Sarg versteckt gewesen war. Er hatte nur eine verdammte Beerdigung besucht. Mit welchem verdammten Recht steckten sie ihn in eine Gefängniszelle?! Ja, so würde es gehen.

Später am Nachmittag arrangierte er sich, so gut er konnte, mit der thailändischen Polizei. Sie hatten begonnen, das »Guter Bulle – böser Bulle«-Spiel zu spielen, und er sagte ihnen, dass das nicht nötig sei. Sie seien alle böse Jungs, und er wolle ein Geschäft vorschlagen. Sie versprachen ihm sieben Jahre, wenn er ihnen half, und lebenslänglich, falls nicht. So einfach war das. Wenn er sein Leben nicht in einem thailändischen Gefängnis verbringen wollte, lag es ganz bei ihm. T.J. brach zusammen, unterschrieb ein Geständnis, in dem er seine Beteiligung zugab und Details über Daniel Ramsey und andere Mitglieder des Heroinschmugglerrings lieferte. Zum Glück für T.J. war Ramsey tot, sodass er die Hauptschuld auf ihn abwälzen und behaupten konnte, dass er lediglich Panyahs Söhnen bei der Drecksarbeit geholfen hätte, die übrigens bis zum Hals in der Sache drinsteckten. Nein, man habe ihn von den Führungsetagen des Schmuggelrings völlig abgeschottet. Und nein, er wisse nicht, wer den Deal in Burma abwickelte, Himmelarsch noch mal. Nein, er hätte nicht den blassesten Schimmer, wer den Mist aus dem Grenzgebiet nach Bangkok brachte. Nein, er habe nie gesehen, wie das Zeugs in die Särge verpackt wurde. Das war Daniels Scheißjob, und der ließ niemanden außer Lek an das Rauschgift ran. Er könne aber genau berichten, wie man die Leichen besorgt hatte, sie einäscherte, in Urnen abfüllte und Särge zum Flughafen fuhr. Ehrlich, da kenne er sich aus. Klar habe er Panyah gesehen, aber er kenne den Leichenbestatter eigentlich kaum. Die DEA dachte, dass die Thailänder zu früh aufgegeben hätten, und versuchte ebenfalls ihr Glück bei T.J. Aber auch in einem zweitägigen Verhör erfuhr sie nicht mehr.

Manchmal entwickeln sich die Dinge so, wie sie sollten, oder zumindest taucht an der Oberfläche eine Art Gefühl für Ordnung und Erfolg auf wie eine Blase, die zum Ufer treibt. Jess hatte vom Flugzeug aus seinen Commander angerufen und ihm alles berichtet. Der Commander stand hundertprozentig hinter ihm, brachte ihm sogar seine Uniform zum Flughafen mit. Nachdem Jess in seine Uniform geschlüpft war, kam er noch rechtzeitig, um Kowit in seinem dunklen Leichenbestatteranzug in den Frachtbereich kommen zu sehen, um den Sarg abzuholen. Ein Reporter der *Los Angeles Times* und einer von *Channel 4* taten als Mitglieder der Putzkolonne verkleidet so, als würden sie Abfall einsammeln, als Kowit an den Schalter trat.

Beiden Reportern schuldete Jess' Commander noch einen Gefallen, und das hier roch nach einer großen Story. Der thailändische Beamte Jessada Santisak vom LAPD schickte sich an, Schlagzeilen mit der Zerschlagung eines internationalen Rauschgiftrings zu machen.

Jess wartete, bis Kowit den Sarg in Empfang genommen hatte, bevor er aus seinem Versteck kam und ihm entgegentrat. Panyah und seine drei Söhne standen einsam einen Schritt hinter ihm. Als Kowit Panyah mit seinen Söhnen von mehr als einem Dutzend Angehörigen des LAPD umgeben sah (die die DEA-Beamten Dean und Andrew abblockten), nahm er eine Art grünbraunen Farbton an und begann zu keuchen, als hätte er einen Asthmaanfall. Aber es war nur seine Art, auf Stress zu reagieren. Jess' Wunsch ging in Erfüllung: Er nahm persönlich die Verhaftung vor. Er las Kowit seine Rechte vor, aber der hörte nicht zu. Er konnte den Blick nicht von Panyah abwenden. Dann stellte sich Chaiwat neben seinen Vater, und schließlich kamen auch die beiden anderen Brüder zu dem alten Mann. Kowit fiel das Kinn auf die Brust, und er stand mit hängendem Kopf da. Jess musste ihn zweimal fragen, ob er seine Rechte verstanden habe. Kowit hatte. Seine Rechte bedeuteten gar nichts.

»He, Mann, was tun Sie da?«, schrie Andrew und bahnte sich seinen Weg nach vorn.

»Ich nehme eine Verhaftung vor.«

»Es ist nicht Ihre Sache, ihn zu verhaften.«

»Wer sagt das?«, fragte Jess' Commander.

»Ich bin Agent Andrew, DEA, und dieser Mann befindet sich in Bundesgewahrsam.«

Die Kameras von *Channel 4* veränderten die Position und schwenkten von Jess und Kowit auf den Commander, Dean und Andrew.

»Nein, Sie haben jenen Mann dort in Bundesgewahrsam«, sagte der Commander und deutete auf Panyah. »Wenn Sie der Presse erklären möchten, warum Sie sich hier irgendwelche Befugnisse anmaßen, legen Sie los.« Er machte kehrt und ließ Dean und Andrew stehen und in die Kamera starren. Man hatte selten zwei DEA-Agenten so unbehaglich dreinschauen sehen, bis sie sich hastig abwandten und sich durch das Meer von LAPD-Leuten aus dem Frachtbereich kämpften. Zumindest durften sie Panyah und seine Söhne in Handschellen abführen.

Die Story erschien auf der Titelseite.
LEICHEN ALS DROGENKURIERE ZWISCHEN BANGKOK UND LOS ANGELES

Am Flughafen von Los Angeles werden Köpfe rollen. Officer Jessada »Jess« Santisak, ein Undercoveragent des Drogendezernats, zerschlug gestern mit einer dramatischen Festnahme einen internationalen Schmugglerring mit Sitz in Bangkok, der tonnenweise Heroin in die Vereinigten Staaten einschleuste. Officer Santisak, geboren und aufgewachsen in Thailand, ist seit zwölf Jahren Angehöriger des LAPD. Die Behörden waren zuvor nicht in der Lage, den Weg großer Sendungen Heroin von Thailand nach Los Angeles nachzuvollziehen. Officer Santisak entlarvte ein großes thai-amerikanisches Syndikat, das Rauschgift in den Särgen toter Amerikaner versteckt per Luftfracht nach Los Angeles schickte. Innerhalb eines Zeitraums von etwa zwei Jahren wurden ungefähr zweieinhalb Tonnen Heroin im Huckepack-System mit offiziellen Papieren der US-Botschaft in Bangkok unter den Nasen der nichts ahnenden Zollbehörden eingeschmuggelt.

Im März vergangenen Jahres nahm Officer Santisak den Kleindealer Charn Pradit, einen Thailänder, in einem Hotel in Hollywood Ecke Vine-Street fest. Dies führte nun zur Verhaftung von Kowit durch Officer Santisak, nachdem er einen Sarg in Empfang genommen hatte, der mehr als fünfundsiebzig Kilogramm Heroin enthielt. Kowit gilt als eine der Schlüsselfiguren des Schmugglerrings.

Kowit, Besitzer eines Bestattungsinstituts im Valley, tat sich mit Panyah, einem weiteren Thailänder, der ebenfalls Bestattungsunternehmer in Bangkok ist, zusammen, um einen der größten Heroin-Schmugglerringe der Geschichte aufzubauen. In einem Exklusivinterview mit Kowit und Panyah beteuerten beide, lediglich ehrliche Geschäftsleute zu sein, die von einem Einwohner von L.A., Daniel Ramsey, getäuscht und benutzt wurden.

Sie behaupten, Ramsey sei der Kopf der Bande gewesen und habe sie hereingelegt.

Das Huckepack-System mit den Leichen funktionierte, wie aus gut informierten Kreisen verlautet, durch ein Netz von in Thailand ansässigen amerikanischen Staatsbürgern, die zusammen mit Einheimischen operierten. Ein weiterer Amerikaner, T.J. Lopez aus Chicago, befindet sich unter der Anklage des Drogenhandels in einem thailändischen Gefängnis. Zuverlässige Quellen behaupten, dass Ramsey und T.J. die Leichenhallen von Krankenhäusern in Bangkok und Touristenhochburgen wie Phuket nach unidentifizierten Leichen absuchten, die als Amerikaner gelten konnten.

Officer Santisak zufolge wären weder Ramsey noch T.J. in der Lage gewesen, ohne die aktive Mitwirkung von einflussreichen Einheimischen alle Vorkehrungen zu treffen.

Officer Santisak sagte: »Kowit und seine Partner mussten pro Leiche etwa fünftausend Dollar investieren. Die Unkosten der Schmuggler waren nur ein Bruchteil dessen, was sie für lebende Kuriere hätten investieren müssen. Im Bereich des Drogenhandels war es beinahe das perfekte Verbrechen.«

Die Rauschgiftschmuggler transportierten jeden Monat durchschnittlich hundertfünfzig Kilogramm Heroin nach L.A. Der Gesamtwert der innerhalb eines Zeitraums von zwei Jahren geschmuggelten Drogen auf der Straße wird auf geschätzte vierzig Millionen Dollar beziffert.

Es ist eine ironische Wendung, dass der in Los Angeles geborene Daniel Ramsey, der laut Mr. Kowit eine Schlüsselrolle in der Organisation spielte, anscheinend in Bangkok Selbstmord beging. Officer Santisak entdeckte das Rauschgift in seinem Sarg in einem Thai-Tempel, wohin Ramsey zur Einäscherung gebracht worden war. Dem Beamten gelang es, Mr. Panyah und seine drei Söhne – von denen zwei Absolventen der Universität von Los Angeles sind – zu überreden, mit ihm zurückzukehren und gegen Kowit auszusagen.

Commander Saunders sagte, dass das LAPD in enger Zusammenarbeit mit der DEA an der vollständigen Aufklärung der Schmuggelaffäre arbeite.

18

Der Versuch, die ganze Geschichte in einem Zeitungsartikel zu erzählen, ähnelte dem Versuch, *Krieg und Frieden* in dreißig Zeilen zusammenzufassen. Es grenzte an ein Wunder, dass der Reporter einige der Tatsachen richtig berichtet hatte. Gestern noch ein Polizist unter vielen, war Jess auf dem Weg, eine Berühmtheit zu werden. Sein Telefon hörte gar nicht mehr auf zu klingeln. Er besorgte sich eine Geheimnummer und engagierte eine Sekretärin, die Schwester seines Partners bei der Polizei von Hollywood. Und schon rief ein Produzent von *Larry King Live* an und lud ihn in die Show ein: der uramerikanische buddhistische Held. Internationaler Drogenbekämpfer. Ein Filmproduzent, ein Fernsehproduzent, ein Literaturagent und zwei Verlagshäuser baten um Rückruf.

An dem Abend, als die *Larry King Show* ausgestrahlt wurde, saß Calvino in Pater Andrews Haus in Klong Toey vor dem Bildschirm. Jess, der seine frisch gebügelte schwarze LAPD-Uniform trug, saß King gegenüber wie ein Filmstar. Jess blickte direkt in die Kamera und sagte: »Ohne Vincent Calvino und Colonel Prachai säße ich heute nicht hier. Ich wäre in Bangkok getötet worden. Ich schulde diesen beiden Männern mein Leben.«

»Was haben Sie denn getan?«, fragte Pater Andrew.

»Nichts. Nicht das Geringste«, hatte Calvino erwidert.

Jack Mellows saß im ersten Stock über dem *Lovejoy* und brüllte nach unten. »Lek, beweg deinen Arsch und komm rauf! Der Bulle, der mit Calvino hier war, ist auf *Larry!*«

Lek stand am Fuß der Treppe und schrie zurück: »Sag ihm, er soll sofort runter von Larry oder wenigstens ein Kondom benützen!«

»Klugscheißerin!«

Jack war eine Persönlichkeit, bei der die Metalldetektoren am Flughafen anschlugen.

Es schien ein ganzer Haufen Zeit vergangen zu sein, seit Jess nach Los Angeles zurückgekehrt war; tatsächlich waren es nur fünf Wochen. Er hatte Calvino angerufen und ihn um einen Gefallen gebeten; er wollte, dass Calvino Noi eine Botschaft überbrachte. Er musste sie persönlich überbringen. »Solange es keine Geburtstagskarte ist«, meinte Calvino. »Und wenn doch, dann sollte besser ein bisschen Geld drin sein.«

Es ging auf Mitternacht an einem Wochentag, als Calvino den *Hollywood*-Nachtklub betrat, um Jess' Botschaft zu überbringen. Er war schon einmal im *Hollywood* gewesen, als er eine Mia noi beschattete, die sich als nicht gerade treu erwies – sie stand auf der Lohnliste von mindestens zwei weiteren Männern. Der Nachtklub hatte sich seit seinem letzten Besuch kaum verändert. Weder die Rezession noch die Tatsache, dass es ein Wochentag war, konnte verhindern, dass er sich mit einem Meer von Menschen füllte. Eine Galaxie von Lichtern glitt über die Menge und übergoss sie mit leuchtenden Farben – blau, gelb und grün. Punktscheinwerfer. Stroboskoplichter. Auf der Hauptbühne waren drei Musiker: ein Gitarrist, ein Drummer und ein Keyboarder. Ein halbes Dutzend Tänzer wiegte sich im Rhythmus der Musik. Der Klub war überfüllt, er stand unter Strom, er rockte und rollte. An die zweitausend Leute tanzten auf den Tischen. Ja, tanzten. Kleine, runde Chromtische. Kein einziger Farang in der Menge. Dieses *Hollywood* lag nicht auf dem *Causeway;* es war das echte Thailand. Calvino glitt auf einen leeren Hocker neben der Hauptbühne und bestellte ein Bier. Auf der Bühne tänzelte ein Katoey-Sänger in Hotpants und einem tief ausgeschnittenen, pinkfarbenen Paillettenoberteil, über das die maßgeschneiderten Brüste hinausquollen, um den Gitarristen herum, der ein Pfadfinderhemd trug. Lange, schwarze Stiefel reichten ihm bis an die Knie, und er schrie den Titelsong von *Titanic* hinaus. Kleine Fetzen Silberpapier regneten von der Decke herab. Die Menge war aus dem Häuschen.

Der Katoey gab das Mikrofon an Noi weiter, die in einem weißen Nonnenhabit auf die Bühne kam, den Kopf mit einer weißen Haube bedeckt. Ein einzelner Spot beleuchtete sie, während sie mit gebeugtem Kopf dastand, die Hände wie zum Gebet gefaltet. Sie ließ ihr

Publikum warten, stand ganz still, eine reglose Gestalt aus reinem Weiß, ein Symbol der Keuschheit und der Ergebenheit. Die Band stimmte das Publikum ein, indem sie Rock-'n'-Roll-Riffs gemischt mit Heavy Metal und ein wenig Blues spielte. Drei Gitarren jetzt, ein Schlagzeuger und der Mann am Keyboard gaben ihr eine lange Einführung. Langsam schlüpfte Noi aus ihrem Habit und streifte die Haube ab, die ihren Kopf verhüllte. Sie hatte sich den Kopf glattrasiert. Unter dem Habit trug sie nichts, was man je zuvor an einer Nonne gesehen hatte: Sie war ganz in Leder gekleidet, mit engen schwarzen Hosen und einem nabelfreien, ärmellosen, paillettenbesetzten Oberteil mit rundem Ausschnitt.

Jade – so lautete Nois neuer Künstlername. Sie hatte sich selbst als Isan-Sängerin neu erschaffen. Die Musik wurde lauter, und sie stürzte sich in ihren Song, ihre Stimme nahm das Publikum gefangen, als könnte kein anderer Laut jemals in den Raum eindringen, den sie mit ihrer Präsenz ausfüllte. Sie nutzte die ganze Bühne, ihr Körper vibrierte, bog sich, sie wechselte das Mikro von einer Hand in die andere und wieder zurück. Sie sang, sie tanzte und stolzierte, sie machte die Menge da unten verrückt. Das Publikum gehörte ihr. Es begann zu toben, sang mit und tanzte auf den Tischen. Zweitausend Leute schwenkten die Arme, liebten sie und wollten, dass sie niemals aufhörte. Sie hatte sich immer nach Überlegenheit gesehnt. Jetzt und hier, an diesem Ort, hatte sie sie gefunden.

Schon vorher, als alles vorbei gewesen war, hatte sich Calvino auf die Suche nach ihr gemacht. Er wollte Antworten. Schließlich rückte Noi mit einer anderen Geschichte heraus, als er und Jess sie damals in dem Hotel-Hong gehört hatten. Warum jetzt nicht die Wahrheit sagen? Sie hatte zu der alten Ying-List gegriffen – und geschworen, dass dies jetzt die endgültige Wahrheit sei. Ramsey hatte die Idee mit den »Huckepack-Leichen« ausgebrütet. Daniel Ramsey hatte das Publikum der größeren Klubs versorgt. Wenn man mit Rauschgift handelte, gab es keinen aufnahmebereiteren Markt als einen heißen Nachtklub. Aber der Einzelhandel war eingebrochen, seit die meisten der reichen Jugendlichen nach Speed verlangten. Ramsey hatte

Noi hinter der Bühne abgepasst und ihr gesagt, dass sie eine tolle Stimme habe und er sich vorstellen könne, dass sie in L.A. Karriere machte. Sie sang auf Englisch. Sie würde die asiatische Spitzensängerin werden. Die Whitney Houston von Asien. Sein Kontaktmann war ein Typ namens Gabe Holerstone, der einen Klub in Los Angeles besaß. Die Episode, die sie ursprünglich erzählt hatte, wie sie auf der Silom Road entdeckt worden war, als sie mit ihren Bürokolleginnen zu Mittag aß, hatte niemals stattgefunden. Es hatte keinen geheimnisvollen Fremden gegeben. Sie war nie schwanger gewesen. Sie hatte nie in einem Büro gearbeitet; sie hatte nie eine Universität von innen gesehen, nie mit Gabe zusammengelebt, nie ein Kind gehabt. Sie hatte nicht geahnt, dass Danny sie auch hatte benutzen wollen, um sein Geschäft mit Kowit und den Jungs zu besiegeln. Er wusste, dass Gabe total auf Sängerinnen abfuhr und so ziemlich alles für sie tun würde. Einschließlich einem nichtsnutzigen Bruder einen Job zu geben. Wer konnte wissen, was wirklich in Dannys Gehirn vor sich gegangen war, außer dass seine Hormone verrückt spielten, wenn Noi in einem ihrer sexy Kostüme auf die Bühne trat? Er hatte sich (machte sie sich jedenfalls vor) ein bisschen in sie verliebt, und sich eingeredet, dass er ihr einen Gefallen tat. T.J. war ein harter Junge, mit dem Danny gerne herumhing, den er gerne um sich hatte und den er kleinere Geschäfte abwickeln ließ. Im Gegenzug engagierte Danny T.J., um Calvino außer Gefecht zu setzen. T.J. hatte mit seinem rechten Crosscut geprahlt, der Calvino für ein paar Wochen auf die Intensivstation bringen sollte. Aber er hatte es lediglich geschafft, Calvino die Nase zu brechen. Mit ein bisschen Glück hätten sie Erfolg haben können. Aber ihre Pechsträhne begann, als ihr Schlag zwar Schaden anrichtete, aber nicht genug. Das war der Anfang vom Ende gewesen …

Calvino wartete bis zum Ende ihres ersten Auftritts, dann gab er einem Kellner ein Trinkgeld, um ihr eine Nachricht zu überbringen. Er nuckelte an seiner Flasche Carlsberg, während er zusah, wie die Nachricht abgeliefert wurde. Ihre Lippen bewegten sich, als sie seine Notiz las und dabei das Mikro zwischen den Handflächen balancierte. Er hatte geschrieben: »Ihr Bruder kommt in sechs Monaten frei. Jess hat Straferlass für ihn erwirkt.« Außerdem hatte er sie um ein Lied gebeten.

»Dieser Song ist für Khun Vinee. Jemanden, den ich als Freund bezeichnen würde«, sagte sie.

Ein Suchscheinwerfer richtete sich auf Calvino neben der Bühne, und zweitausend Thais starrten den einsamen Farang an. Dann begann sie zu singen. Irgendwann stand er von seinem Barhocker auf, während er ihrer Vorführung lauschte. Sie schenkte ihm ein breites Lächeln. »Jemanden, den ich als Freund bezeichnen würde«, wiederholte er bei sich. Der Beginn einer wunderbaren Story.

Manchmal sickerte genug Wahrhaftigkeit durch die Risse des Panzers, unter dem sich eine Person versteckte, um sie zu einem echten Menschen zu machen. Noi hatte begonnen, unter ihrem Panzer hervorzukriechen. Jetzt ging es ihr gut. Sie war heimgekehrt.

Sie stand auf der Bühne und sang: »Hello, hello, hia la ka? Tammai mai phoot?«

Ungefähr eine Woche später tauchte Calvino im »Büro« auf der Sukhumvit Road auf. Nicht in seinem Büro, nein, hier war ein Ort, wo die Besetzung drei-, viermal die Nacht wechselte. Gerade war die Elf-bis-eins-Mannschaft da. Nachdem die gegangen war – Nachzügler blieben zur nächsten Schicht –, begann das eigentliche Geschäft, nach zwei Uhr am nächsten Morgen. Gegen vier Uhr morgens wurde es dann eng. Laut, verraucht, überfüllt. Während der Sechs-Uhr-morgens-Schicht gingen die Freischaffenden herum und flüsterten: »Vierhundert Baht.« Dabei ging es um die letzte Runde, den Endpreis für eine schnelle Nummer, bevor die Sonne über der Sukhumvit Road aufging, und jeder, der es noch ein bisschen rundgehen lassen wollte, bevor er die Hitze des Tages verschlief, hatte die letzte Gelegenheit, eine Ying aufzugabeln und ins Hotel mitzunehmen. Das »Büro« war das Epizentrum des *Causeway;* Herz und Seele des Vergnügungs-Distrikts. Die Yings, die von diesem Kellerraum aus arbeiteten, benutzten die Bezeichnung »Büro«, um ihren Eltern,

Ehemännern oder Freunden zu erklären, wo sie nachts hingingen. Das Wort verlieh ihrer Abwesenheit Legitimität.

Das alte *Thermae* war »Hauptquartier« genannt worden oder kurz »HQ«; aber als Zeichen der Zeit, als Beweis, dass die Globalisierung jede Ritze des Planeten erreicht hatte, eröffnete das neue *Thermae* nur fünfzig Meter weiter und hieß jetzt das »Büro«. Die Vietnam-Ära war schließlich dem Frieden gewichen, dessen Hauptbeschäftigung das Geldverdienen war. Schwerter zu Pflugscharen. Die Berliner Mauer gefallen. Vietnamveteranen wurden zu Großvätern. Die Mitglieder des *Cause* suchten nicht mehr nach Abenteuern, sondern nach todsicheren Anlagemöglichkeiten. Sie gingen ins »Büro«, um Geschäfte zu machen, zu reden, über die Aktienmarktanalysen von CNBC zu diskutieren, um Informationen über die Börse auszutauschen.

Calvino kam während der ersten Schicht. Er hatte einen schlechten Tag gehabt – eine Observierung hatte ein Zwölf-Stunden-Loch in seinen Tag gerissen. Er hatte versucht, die Sekretärin eines Klienten ausfindig zu machen, die abgetaucht war. Sie hatte sich bei einer Bestellung um fünf Riesen verrechnet – in Dollar –, und ihr Chef hatte sie in sein Büro bestellt, um ihr den Fehler zu zeigen. Er hatte ihr gesagt, dass man aus Fehlern lernen sollte. Nach dem Mittagessen kehrte sie nicht ins Büro zurück. Fehler waren tabu. Sie mussten totgeschwiegen werden. Auf einen Fehler hingewiesen zu werden, bedeutete eine schwere Verletzung, und Calvino wusste, was das bedeutete. Verletzungen mussten gerächt werden. Als er sie fand, sagte sie: »Ich kann nicht zurückgehen. Ich bin krank. Ich muss mich jetzt erholen.« Das gab er an seinen Klienten weiter. »Sie hat gekündigt. Gesundheitsgründe.«

Infolge des langen Arbeitstages hatte er seinen Anrufbeantworter noch nicht abgehört; er hatte noch nicht einmal Zeit gefunden, die Zeitung zu lesen. An einem Tisch weiter hinten erkannte er ein paar Stammkunden. Leute, die schon auf dem *Causeway* gelebt hatten, bevor es einen *Cause* gegeben oder jemand vom Internet gehört hatte. Ein paar Bekannte saßen zusammen, tranken, redeten, lachten. Er setzte sich dazu und schnappte das Ende einer Unterhaltung auf.

Ein Expatriierter Mitte vierzig namens Elroy hatte zu viel getrunken und verschliff die Worte, aber deshalb gab er sich trotzdem angriffslustig, gemein, streitsüchtig. »Spendiern Sie mir n Bier«, sagte er zu Calvino. »Kommen Sie schon, Calvino, Sie sin stinkreich. Spendiernse mir n verdammtes Bier!« Die Gespräche am Tisch verstummten, dann lächelte Elroy. »Aber erst muss ich pissen, klar?«

Elroy strauchelte, als er aufstand, und hätte beinahe seinen Stuhl umgestoßen. Nachdem er die Treppe hinauf zur Toilette verschwunden war, begann George Snow laut darüber nachzudenken, ob man Elroy nicht der »Liste« hinzufügen sollte. Georges Liste beinhaltete Expatriierte, die besser tot gewesen wären. Meistens waren es Leute, die so gewalttätig, starrsinnig oder selbstmörderisch waren, dass niemand begreifen konnte, wie es ihnen gelungen war, sich so viele gefährliche Leute zu Feinden zu machen und trotzdem noch am Leben zu sein. Wie die armen Touristenarschlöcher, die mit dem Motorrad verunglückten oder sich am Flughafen entführen ließen und ermordet wurden. Typen, die nichts wussten, niemanden kannten und als Leiche endeten.

»Er hasst Sie jetzt natürlich, Vinee. Er ist seit zwanzig Jahren in Thailand und träumt davon, es zu etwas zu bringen. Nur dass es nie geklappt hat. Elroy hat sein Bestes gegeben, aber er hats einfach nie geschafft, in die Spitzengruppe zu kommen. Das frisst ihn auf, Mann.« Snow liebte Baseball-Vergleiche. »Unterliga-Arschlöcher bleiben einfach Arschlöcher, aber Oberliga-Arschlöcher, die genießen wenigstens Respekt.« Was Snow meinte, war, dass Oberliga-Spieler eine Chance auf Unsterblichkeit hatten – den ultimativen Homerun.

Calvino verstand anfangs nicht. Er überlegte, was sie eigentlich meinten – erst Elroys Kommentar, dass er stinkreich, und dann Snows Feststellung, dass er in die Oberliga aufgestiegen sei. Er hatte sich im Lauf der Zeit eine Menge Beschimpfungen anhören müssen, aber stinkreich zu sein, hatte ihm noch niemand an den Kopf geworfen. »George, wovon reden Sie eigentlich? Und was sollte die Bemerkung von Elroy, ich wäre stinkreich?«

George spitzte die Lippen und pendelte mit dem Kopf vor und zurück und starrte Calvino an, als wollte der Mann ihn zum Besten halten. Vielleicht überlegte er, ob er auch Calvino der Liste hinzufügen sollte. »Sie spielen den Bescheidenen, was? Der alte Sam Spade, kühl und zurückhaltend im Augenblick des Ruhmes?«

»Bescheiden, wieso?« Er hörte George nur mit halbem Ohr zu. Gegenüber stand eine hoch gewachsene Ying mit schwarzem, trägerlosem Oberteil und Minirock an einen Tisch gelehnt und wiegte sich zur Musik in den Hüften.

»Ja, ja. Kühl bis ans Herz. Spielen Sie nur weiter. Sie haben Pater Andrew gerade zwanzig Riesen gegeben, um die Schule in Klong Toey fertig zu bauen, und zwar die US-Dollar-Art von Riesen. Aber Elroy können Sie nicht zu einem Bier einladen? Elroy hasst Sie. Jesus, Sie können von Glück sagen, dass ich Sie nicht auch hasse.«

Calvinos Aufmerksamkeit wurde von den Schuhen der Ying angezogen – weiß, mit Fünfzehn-Zentimeter-Plateausohlen, auffallend wie Litfasssäulen und spaltenweise mit Zeitungsnachrichten bedruckt. Die Ying drehte sich und brachte beide Schuhe zur Geltung. Ein Schuh war den Kennedys gewidmet, mit einem Schwarzweißfoto von John F. Kennedy auf der Rückseite. Der andere trug ein Bild von Lady Di.

»Wer hat Ihnen erzählt, ich hätte Pater Andrew zwanzig Riesen gegeben?«

»Er selbst, Mann! Heute Nachmittag, ich bin gerade von einem Interview mit ihm zurück. Ich weiß nicht, was Ihnen das bringt. Wollen Sie heilig gesprochen werden? Ihren Namen über dem Eingang sehen? Jedes Jahr die erste Wahl unter den Absolventinnen haben? Aber Sie werden schon wissen, was Sie davon haben.«

Als die Ying sich umdrehte, sah er die Silhouette eines kleinen Flugzeuges auf dem einen und einen Benz auf dem anderen Schuh. Spielzeugflieger und Benz waren maßstabsgetreu. Das Flugzeug hatte winzige, blinkende Landelichter an den Flügeln. Die Scheinwerfer des Miniatur-Benz gingen an und aus. Instrumente des Luxus, des Reichtums, von Tod und Verlust.

Calvino warf einen Blick auf sein Mobiltelefon und sah, dass Pater Andrew angerufen hatte; er hatte seine Nummer wie einen Fußabdruck auf dem kleinen Digitalbildschirm hinterlassen, aber Calvino hatte nicht zurückgerufen. Jetzt wusste er, warum Pater Andrew ihn hatte sprechen wollen. Um ihm für ein Geschenk zu danken, das er nicht gemacht hatte.

»Schon den Artikel in der *Bangkok Post* gesehen, dass die Polizei Ramsey als den Serienkiller identifiziert hat?«, fragte ein anderer Stammgast des »Büros«.

Calvino ließ den Kopf sinken und stieß einen langen Seufzer aus. »Daniel Ramsey.«

»Der Trottel, der im *Emporium* krepiert ist«, sagte Snow. »Wer hätte das gedünkt?« George liebte es, im »Büro« Sachen wie gedünkt statt gedacht zu sagen, in der Hoffnung, die Bürogirls würden sie aufschnappen und damit Touristen verwirren.

Calvino legte einen Fünfhundert-Baht-Schein auf den Tisch. »Sehen Sie zu, dass Elroy nicht gehen muss, ohne seine Bedürfnisse zu befriedigen.«

»Sie wollen doch nicht schon gehen, Mann?«, sagte George Snow. »Sind doch gerade erst gekommen. Haben Sies nicht gelesen, dass die Polizei zum Schluss gekommen ist, dass Ramsey der Serienkiller war? Klasse Story. Was glauben Sie, Vinee, Sie waren doch dabei? Hat Ramsey die fünf Kerle abserviert?«

Vinee glaubte, dass das Geld für Pater Andrew und der Zeitungsbericht eine speziell für ihn gedachte Botschaft enthielten. Er sollte gekauft werden. Sie kannten seinen schwachen Punkt. Calvino blickte auf die Uhr. »Ich muss gehen und mein Geld zählen.«

Er ging zu dem Mädchen mit den Schuhen voller schlechter Nachrichten. Die blitzenden Lichter von dem Spielzeugflugzeug und dem Benz tanzten auf dem Chrom der Jukebox. Sie hatte gemerkt, dass er sie anstarrte. »Suchst du jemanden für die Nacht?«

Die Antwort war vorgegeben: Ja, natürlich, ich suche jemanden für die Nacht.

Er hatte sie nicht nach ihrem Namen gefragt. Nicht, dass das wichtig war. Sie ging voraus, erst der Benz, dann der Flieger, ein Schritt nach dem anderen. Sie verließen das »Büro« zusammen, und Calvino dachte, dass er alle schlechten Nachrichten mit sich genommen hätte.

Calvino musste dreimal wählen und dann zehn Minuten warten, bevor er Jess an die Strippe bekam. Er saß im Dunkeln. Die blinkenden Lichter des Benz und des Fliegers waren wie Glühwürmchen. Die Ying saß mit übergeschlagenen Beinen nackt auf der Kante seines Schreibtisches. Sie hatte die Schuhe anbehalten. Er hatte sie darum gebeten, sie nicht auszuziehen. Die Straßenlampen vor seinem Büro gaben ihm gerade genug Licht, dass er die Umrisse der *Bangkok Post* auf seinem Schreibtisch undeutlich ausmachen konnte. Der Artikel besagte, dass die Polizei die Theorie hatte, dass die fünf Farang von Daniel Ramsey aus Los Angeles ermordet worden waren. Solche Lügen wollte er nicht bei Licht ansehen müssen. Aber die Dunkelheit machte sie auch nicht besser.

Endlich kam Jess an den Apparat. »He, Jess, wie gehts? Ich habe ein paar Fragen bezüglich der zwanzig Riesen, die auf Pater Andrews Bankkonto eingegangen sind, und warum es heißt, dass ich der Spender wäre. Wir wissen beide, dass das nicht stimmt. Und es ist nicht das Einzige, was nicht stimmt.«

»Was meinen Sie?«

»Wissen Sie, wer der Serienmörder war?«, fragte ihn Calvino.

Die Ying ließ ihre Zunge in sein Ohr schnellen.

»Danny Ramsey.« Die Stimme klang fest und bestimmt.

»Falsch. Es war nicht Ramsey. So stand es in der Zeitung. Aber wir wissen beide, dass das eine Ente ist. Chaiwat ist der Serienkiller. Sie wissen, dass er an der Universität von San Francisco sein Examen in Computerwissenschaft gemacht hat. Als Sie nach L.A. zurückgekehrt waren, gingen Pratt und ich in das Panyah-Haus zurück, und ich überprüfte seinen Computer. Ich kenne sogar Chaiwats Pseudonym beim *Cause.* Moondance. In einem Wort.«

»Guter Name.«

Sie stöhnte leise, während sie sein Hemd aufknöpfte.

»Er hatte eine riesige Datenbank über die *Cause*-Mitglieder angelegt. Er wusste auch, was Ramsey und Kowit trieben. Er hat sich Heroin besorgt und die Leichen der fünf Männer, die er ermordet hatte, nach Los Angeles geschafft. Das können Sie überprüfen. Ein Bestattungsinstitut auf dem Russian Hill, das einer chinesischen Familie gehört, hat die Arrangements getroffen. Einer seiner Studienkollegen gehört zu der Russian-Hill-Familie. Soll ich weitermachen?«

»Pratt hat mir bereits gesagt, was Sie in dem Computer entdeckt haben. Aber anscheinend gab es einen Crash der Festplatte, und alle Informationen sind verloren.«

Calvinos Stimme begann zu brechen. Sie hatte ihm das Hemd ausgezogen und schleuderte es quer durchs Büro. Er erkannte dunkel das verschwommene Gesicht von John F. Kennedy jr. An der Rückseite ihres Schuhs.

»Sie behaupten, dass die Informationen verloren gegangen sind, ja? Aber ich habe sie gelesen. Pratt ebenso. Unsere Festplatten hatten keinen Crash. Warum also zitiert Sie die *Bangkok Post* mit der Aussage, dass Danny Ramsey der Serienmörder war? Warum haben Sie diese Schwachsinnsstory rausgehen lassen?«

»Weil das zur Vereinbarung gehörte. Chaiwat, seine beiden Brüder und der Vater sind ins Zeugenschutzprogramm der Bundesbehörde aufgenommen worden. Sie werden Kowit und ungefähr sechs weitere böse Jungs ins Gefängnis bringen. Wir haben einen großen Rauschgiftring zerschlagen. Und noch etwas. Sie hatten Recht. Es gab jemanden in der Botschaft. Ein örtlicher Angestellter, der zwanzig Millionen Baht zu viel auf dem Konto seiner Frau hatte. Geld, das er nicht erklären konnte.«

Jeder hätte das Geld auf sein Konto überweisen können, um ihm etwas anzuhängen.

»Erinnern Sie sich an den Film? Wo sie den Bullen mit dem Geld auf seinem Konto reingelegt haben?«, fragte Calvino. »Sind Sie sicher, dass es nicht Morgan war?«

»Alle Hinweise deuten auf das einheimische Personal der Botschaft. Aber es war eine sehr peinliche Geschichte für Morgan. Ich meine, der Kerl arbeitete für ihn.«

»So ist das also. Morgan ist sauber, den hiesigen Kerl habt ihr am Schlafittchen, und alle sind glücklich mit Plan A. Wir wahren Gesicht, retten unseren Arsch, tolle Sache! Es wird kein thailändischer Lack angekratzt, weil der Killer ein Farang war, nicht wahr? Und das amerikanische Selbstbild bleibt auch heil, weil ein thailändischer Angestellter der Botschaft den Kopf hinhalten muss. Ein Handel, nicht wahr, Jess?« Er konnte seine Bitterkeit nicht unterdrücken.

»Manchmal muss man sich im Interesse einer höheren Gerechtigkeit mit ein paar kleineren Rechtsbrüchen abfinden. Wenn wir Chaiwat anklagen, wird kein Geschworener mehr der Aussage dieser Familie glauben. Dann haben wir verloren, Vinee. Und wir dürfen diesen Fall nicht verlieren. Wir müssen diesen Leuten das Handwerk legen. Nichts, was wir tun könnten, wird diese fünf Toten wieder zum Leben erwecken. Chaiwat wird für seine Taten bezahlen. Die Botschaft wird sicherstellen, dass so etwas nie wieder passiert.«

Sie knöpfte Calvino die Hose auf.

»Im nächsten Leben wird das alles richtig gestellt werden.«

»Die Hoffnung bleibt uns allerdings.« Calvino legte auf, ohne noch etwas zu sagen. Er zog die Ying hoch und setzte sie auf den Schreibtisch. Sie schien überrascht.

»Ist schon gut. Ich möchte deine Schuhe lesen.«

Er hob ihren rechten Fuß hoch und las – Klatsch, Skandale, Aktienkurse und Cartoons. Calvino übersetzte ihr die Schuhe in Thai, und sie begann zu lachen. Sie hatte keine Ahnung gehabt, dass die Schuhe irgendetwas bedeuteten. Sie lachte so sehr, dass sie pinkeln musste. Calvino beschrieb ihr den Weg, und sie stolperte den Gang entlang zur Toilette.

Calvino blieb allein zurück und dachte über Jess nach, diesen uramerikanischen Helden, der am Telefon plötzlich sehr thailändisch geworden war. Er hatte Calvino gesagt, dass er seit seiner Rückkehr nach Los Angeles sehr viel gelernt, dass sich sein Leben sehr verändert und dass er dabei etwas verloren, aber auch etwas gefunden habe. Gefunden hatte er, dass das Leben wie ein professionelles Wrestling-Turnier war, alles nur Show, Pose und viel Lärm, keine echten Schläge oder Tritte. Was er verloren hatte, war der Sinn für die Wirklichkeit des Geschehenen. Dass Calvino vier Riesen aus eigener Tasche bezahlt hatte, weil er dachte, dies wäre die einzige Chance, ihn lebend außer Landes zu bringen. Er hatte auch die Erinnerung an die Toten im *Emporium* verdrängt; an die Männer, die sie getötet hatten – das war kein inszeniertes Wrestling-Turnier gewesen, sondern grausame Realität. Oder die Männer in Calvinos Wagen, die der Bombe zum Opfer gefallen waren. Jess hatte darüber nachgedacht, wie er die Waagschalen von Gewinn und Verlust ausgleichen konnte. Dann hatte er Pater Andrew das Geld angewiesen. Calvino wollte gerne glauben, dass es nichts mit dem Kompromiss zu tun hatte, das Beweismaterial zu zerstören, das Chaiwat als den Mörder entlarvte. Dass das Geld einen anderen Zweck gehabt hatte – eine Sühne dafür, dass dem Bösen gestattet worden war, das Gute zu gefährden. In einer Welt, die aus den Fugen geraten war, schien das Geld irgendwie die Waagschalen auszugleichen. Jess hatte versucht, die Dinge in Ordnung zu bringen. Aber konnte diese Art der Sühne jemals etwas wieder in Ordnung bringen?

Calvino griff nach dem Telefon, um Pratt anzurufen. Seine Hand ruhte minutenlang auf dem Hörer. Er hob ihn nicht ab. Er würde warten, bis Pratt ihn anrief, zu einem Zeitpunkt seiner Wahl, um ihm in seinen eigenen Worten zu erklären, dass, wenn man in den Schatten der Großstadt tanzte, die Wahrheit sich täglich verfinsterte. In diesem Theater der Düsternis konnte man nur hoffen, sein Bestes zu tun und dabei nicht ins Straucheln zu geraten. Denn wenn man stürzte, fiel man hart.

Er öffnete die Schreibtischschublade, zog den Babypuder heraus und verteilte ihn im ganzen Büro. Er wollte am nächsten Morgen die Spuren der Ying verfolgen können. Er wollte wissen, wohin die Schuhe mit den schlechten Nachrichten in der Nacht hingegangen waren.

Er rollte eine Matte vor dem Schreibtisch aus, und nachdem sie sich geliebt hatten, ließ er sie ihre Schuhe ausziehen. Dann glitt er in den Schlaf.

Christopher G. Moore

Christopher G. Moore, der sein Alter mit 83,5 Reisejahren angibt, war in seinem früheren Leben Juraprofessor, dann Theaterautor. Später wurde er, was er bis heute geblieben ist, Romancier. In Bangkok etablierte sich der gebürtige Kanadier, der in Oxford studiert hat, als »Kultautor«. Zunächst in Bangkok selbst, dann mit Hilfe des Internets (www.cgmoore.com) im Global Village. Es war nur eine Frage der Zeit, bis Hollywood aufmerksam wurde und Calvino-Stoffe einkaufte.

Wenn Christopher G. Moore gerade mal nicht in Bangkok ist, dann ist er sicher in Manila, Oxford, Berlin oder Los Angeles anzutreffen.

Sein Lebensgefühl umschrieb er in einem Statement zu seiner Verlagssituation: »Meine Leser gehören zu einer globalen Vorhut, für die es nicht entscheidend ist, wo sie leben. Ich bin ein kanadischer Schriftsteller, der in Bangkok lebt. Mein aus Thailand stammender Agent in Paris wird von einem deutschen Agenten in Wien vertreten, der die Rechte an einen Verlag in Zürich verkaufte, dessen Herausgeber in Berlin sitzt.«

Bibliografie

Die Calvino-Romane: *Spirit House* (1992; dt. *Haus der Geister,* 2000); *Asia Hand* (1993); *Cut Out* (1994; dt. *Stunde null in Phnom Penh,* 2003); *Comfort Zone* (1995); *The Big Weird* (1996); *Cold Hit* (1999; dt. *Nana Plaza,* 2001); *Minor Wife* (2002); *Pattaya 24/7* (2004); *The Risk of Infidelity Index* (2007).

Die Land-of-Smiles-Trilogie: *A Killing Smile* (1991); *A Bewitching Smile* (1992); *A Haunting Smile* (1993).

Weitere Werke: *His Lordship's Arsenal* (1985); *Enemies of Memory* (1990; erneut 2003 unter dem Titel *Tokyo Joe*); *Saint Anne* (1994); *God of Darkness* (1998); *Heart Talk* (1998); *Chairs* (2000); *Waiting for the Lady* (2002); *Red Sky Falling* (2004); *Gambling on Magic* (2005).

Christopher Moore: Das große Geld und das große Verbrechen

In der Literatur sind großes Geld und Verbrechen traute Bettgenossen. Schriftsteller wissen seit jeher: aus dieser Verbindung entsteht ein explosives Gemisch aus Leidenschaft, Abenteuer, Intrige, Verrat und Gefahr. Kriminalromane sind also die literarische Suche nach den Motiven der Akteure im Drama um das große Geld, in dem das Verbrechen immer die gleiche Rolle spielt: Es ist eine der Marktkräfte, durch die die Ressourcen verteilt werden.

Geld und Verbrechen sind deswegen so anziehend, weil sie die Schnittstelle bilden: von Polizei, Richtern, Anwälten, Privatdetektiven und anderen Beteiligten des Strafverfolgungsapparats mit jenen, die das Gesetz brechen, um daraus einen Vorteil zu schlagen. Nicht alle Straftäter werden gleich behandelt. Nicht jeder Mörder kommt ins Gefängnis. Wir im Westen wissen das. Diese Wahrheit ist Bestandteil unserer Geschichte, sie ist Teil unserer Literatur. Wir beurteilen unseren Fortschritt daran, wie weit wir das Verbrechen an den Rand der Gesellschaft drängen können.

Wenn Sie die Gleichung vom großen Geld und vom Verbrechen aus dem Westen nach Südostasien übertragen, ändern sich einige grundlegende Voraussetzungen. Das Recht spielt eine untergeordnete Rolle. Einflussreiche Gruppen stehen über dem Gesetz. Der Polizeiapparat ist schwächer, weniger entwickelt und bei einer Machtprobe leicht einzuschüchtern. Das lässt sich an vielen Beispielen zeigen. Die Landesgrenzen sind nicht genau definiert und können von der Staatsgewalt kaum kontrolliert werden. Dies ermöglicht kriminellen Elementen, ohne großes Risiko Waffen, Frauen, Drogen und Tropenhölzer zu schmuggeln. Die Polizisten sind miserabel bezahlt, das führt zu Korruption. Die mächtigen feudalen Clans und ihre Anführer entscheiden selbst, wer für welches Verbrechen bestraft wird. Es gibt keine breite Mittelschicht. Die Kluft zwischen den Superreichen und der Masse der sehr armen, landlosen Bauern ist riesig.

Wie gelangen die Superreichen zu ihrem Wohlstand? Wie schützen und bewahren sie ihn? Wie verteidigen sie sich gegen die Kräfte, die ihnen den Wohlstand entreißen wollen? Das ist überall die gleiche Frage.

In Südostasien allerdings, wo die meisten Reichen ihren Wohlstand mit Monopol-Lizenzen, zwielichtigen Geschäften und illegalen Einkünften aus Glücksspiel, Drogen und Prostitution erworben haben, findet man eine ideale Umgebung, um darin Kriminalliteratur anzusiedeln.

Als ich 1992 mit meiner Serie um den Privatdetektiv Vincent Calvino begann, hatte noch niemand, und schon gar kein Außenseiter, versucht, eine Krimiserie in Thailand anzusiedeln. Vielleicht ist deswegen niemand auf die Idee gekommen, weil die Abstufungen in dieser Gesellschaft so fein sind, dass die Grenzen zwischen Gut und Böse bis zur Unkenntlichkeit verschwimmen. Und dann ist da das Problem mit der Sprache – Thai zu lernen, ist nicht einfach. Und wie kommt man an die inneren Kreise der Polizei und Justiz heran? Es gab zahlreiche Barrieren, die überwunden werden mussten (und müssen). In diesem Teil der Welt hat Kriminalliteratur keine Geschichte. Andererseits ist Thailand das einzige Land in Südostasien mit einer Tradition der freien Meinungsäußerung, die es einem Schriftsteller erst ermöglicht, über das große Geld und das große Verbrechen zu schreiben. Weniger tolerante Regimes hätten das unterbunden, hätten den Stecker aus dem Computer gezogen und den Autor aufgefordert, das Land zu verlassen oder über andere, weniger brisante und bedrohliche Themen zu schreiben. Kriminelle haben Angst davor, bloßgestellt zu werden. Gerade in einer Kultur, in der »das Gesicht verlieren« zum Schlimmsten gehört, setzt sich ein Kriminalschriftsteller Gefahren aus, wenn er den Anspruch an die Wahrhaftigkeit seiner Geschichte erfüllen will.

Bevor ich mich vor zwölf Jahren endgültig in Thailand niederließ, hatte ich in Vancouver, New York und London gelebt. Als ehemaliger Juraprofessor verbrachte ich viel Zeit mit Gesetzeshütern in den großen Metropolen. Ich war mit Polizisten des New York City Police Departments in Harlem und Brooklyn unterwegs und hatte ihre Welt aus der Nähe kennen gelernt. Freunde in Thailand machten mich mit vielen guten, ehrlichen Thai-Cops bekannt, die genau wie die Cops überall auf der Welt versuchen, dem Gesetz Geltung zu verschaffen. Die Hindernisse, die Polizei und Justiz in dieser für die Entwicklung Thailands sehr wichtigen Phase in den Weg gestellt wurden, boten also einen äußerst interessanten Rahmen für die Calvino-Romane.

Nicht nur der Handlungsaufbau macht einen guten Kriminalroman aus: Der Autor muss auch ein Gespür für den Schauplatz haben. Eine der Hauptfiguren der Calvino-Serie ist Bangkok. Ein geografisches Wirrwarr, mit Kanälen in der Farbe ausgelaufener Batterien, mit einem Verkehrschaos, in dem es kein Vor und Zurück gibt und die Straßen zu Parkplätzen werden, mit Motorrad-Killern, mit den Slums, mit Patpong, Nana Plaza, Soi Cowboy – dem Vergnügungsviertel, das viele Touristen kennen. Während des Booms der Neunzigerjahre wurden Tausende neuer Häuser hochgezogen – viele stehen leer, andere wurden nie fertig. Eine Zehnmillionenstadt. Die gebildete Thai-Mittelklasse chinesischer Abstammung in Luxuswagen, die Bauern aus dem Nordosten in Bussen, auf Mopeds oder den Hinterbänken der Tuk-Tuks. Bangkok ist ein Ort, an dem die Kulturen aufeinander prallen: städtisch und ländlich, chinesisch und thailändisch, Bergvölker und Thailänder, Farang und Thailänder. Die Farangs wiederum spalten sich auf in eigene Clans: Engländer, Deutsche, Franzosen, Italiener, Holländer, Dänen, Finnen und Russen. Viele leben hier in Thailand schon seit mehr als einer Generation. Sie sind Geschäftsleute, Diplomaten, Journalisten, ehemalige Militärangehörige, Hotelbesitzer, Ingenieure, Rechtsanwälte, Banker, Gangster und Ruheständler. Sie kommen einfach nicht von Bangkok los, einer Stadt, die sie trotz all der Nachteile mit einem Sirenenlied voller Verheißungen lockt.

In den Calvino-Romanen versuche ich, die Mannigfaltigkeit dieser Kulturen zu zeigen, und folge den Figuren bei dem Versuch, ihre Persönlichkeit zu bewahren, während sie langsam eine neue Identität als »Farang« entwickeln. Calvinos Gegner ist die Stadt mit den unterschiedlichen kulturellen Erwartungen. Ein sozialer Unterboden, auf dem manchmal keine Verständigung möglich ist. Meine Leser erzählen mir oft, dass sie sich selbst mit ihren Erwartungen in meinen Romanen wiederfinden. Die besten Kriminalromane – das gilt natürlich auch für andere literarische Gattungen – halten der Welt einen Spiegel vor und machen sie so kenntlicher. Bei Romanen aus unserer westlichen Kultur leiten sich das Geflecht der zwischenmenschlichen Beziehungen, die Erwartungen der Menschen und ihre Träume von einer gemeinsamen Grundlage her. Arbeitet man jedoch als Romanautor in einer anderen Kultur, kann man das nicht voraussetzen. Die Herausforderung des Calvino-Projekts bestand auch darin, eine Reihe subkultureller Formen als zusammenhängend darzustellen: die Kriminalität, das Leben der Ausländer, die sozialen Klassen, Polizei und Justiz.

Letztendlich reflektieren Kriminalromane immer die verschiedenen Aspekte der Verbrechensbekämpfung. Die Vincent-Calvino-Romane zeigen auch, wie sich die Justiz mit der Zeit entwickelt hat – wie sie den Mut und die Mittel gefunden hat, das Gesetz auch in der Klasse der Unberührbaren anzuwenden, nämlich gegen die Superreichen. Das geschieht allmählich. Es ist eine Fortsetzungsgeschichte. Wir sind erst am Anfang, und ein Ende ist nicht abzusehen.

Deutsch von Jan Christian Schmidt/kaliber .38 – krimis im internet

Weitere Informationen über Christopher G. Moore:
www.cgmoore.com
www.unionsverlag.ch

Meister der Metaphern

Der Übersetzer Peter Friedrich über Moore und Calvino

Ich weiß nicht mehr, was zuerst da war, meine Begeisterung für die Filme der schwarzen Serie mit Humphrey Bogart wie *Der große Schlaf* oder *Der Malteser Falke* oder für die Figur des harten, zynischen Privatdetektivs Philip Marlowe persönlich, wie ihn Raymond Chandler in seinen Büchern vorstellte. Diese Figur, ein echter Archetypus des zwanzigsten Jahrhunderts, ist von zahllosen Nachahmern verschlissen worden, ohne jemals wieder an die Qualität des Originals heranzureichen. Und plötzlich taucht da dieser Vincent Calvino auf und erfüllt den Archetypus mit neuem Leben, nicht als Kopie, sondern als eigenständige Gestalt der Jahrtausendwende. Nicht so einsam wie Marlowe vielleicht, dafür desillusionierter, verletzter – und doch immer bemüht, sich selbst treu zu bleiben. Vincent Calvino, der Uramerikaner. Gezwungen, Amerika zu verlassen, weil er sich selbst treu blieb, sich nicht dem Machtmissbrauch durch die Mächtigen beugen wollte. Jetziger Wohnort: Bangkok. Die Großstadt an sich, Mythos und Moloch zugleich. Straßenschluchten, Rotlichtviertel, schmutzige, übel riechende Slums, bittere Armut und Glaspaläste Seite an Seite. Ein Schmelztiegel verschiedener Völker, in dem Verbrechen, Korruption, Bürokratismus und Gewalt gedeihen. Eine buddhistische Kultur, uns so fremd wie die Sprache. Das Mekka für Sextouristen aus aller Welt.

Aber auch das Zuhause des Schöpfers von Vincent Calvino, des kanadischen Autors Christopher G. Moore, der seit Jahren hier lebt und auch »der Hemingway von Bangkok« genannt wird. In gewissem Sinn mag das stimmen. Sicher ist: Er schert sich wie Hemingway kaum um konventionelle Erzählstrukturen, aber er nimmt alle Hürden seiner Geschichten mit der Kraft seiner Sprache und der Wahrhaftigkeit seiner Figuren. Und vielleicht strickt Moore ebenso geschickt am Mythos Moore wie Hemingway am Mythos Hemingway. Eine schillernde Figur, so facettenreich wie seine Erzählungen. Ein Abenteurer der Literatur, der es gewagt hat, seine Geschichten im Selbstverlag zu publizieren, über das Internet zu vermarkten und damit Erfolg hatte.

Beim Übersetzen fiel mir eine Episode aus *Der große Schlaf* ein: Howard Hawks drehte gerade die Einstellung, in der der tote Chauffeur mitsamt triefender

Limousine nachts aus dem Hafenbecken gefischt wird, als ihm auffiel, dass er keine Ahnung hatte, wer eigentlich der Mörder war. Am Set konnte auch niemand weiterhelfen, nicht einmal der Drehbuchautor. Also rief Hawks bei Chandler persönlich an, der es ja eigentlich wissen musste. Aber Fehlanzeige! Und so weiß bis heute niemand, wer den Chauffeur der Sternwoods ermordet hat, oder ob er vielleicht einfach nur die Kontrolle über den Wagen verloren hatte. Wie im »wirklichen Leben«. Aber die Szene im Film ist sehr eindrucksvoll. Das Schöne daran ist, dass es keine Rolle für die Geschichte spielt. Auch Moore spinnt ein komplexes, äußerst spannendes Geflecht von Handlungsfäden, von denen einige im Nichts enden. Anders als Chandler in *Der große Schlaf* vergisst er sie allerdings nicht ... Wie im Leben ist selten etwas so, wie es auf den ersten Blick scheint. Bei aller Action stehen immer die Personen im Mittelpunkt, ihre Beweggründe und Abgründe und die Welt, in der sie sich bewegen. Diese Welt ist auch Christopher Moores Welt, und entsprechend farbig kann er sie beschreiben. Wenn er einen Monsunregen herunterprasseln lässt, wird der Leser nass. Calvino, der Außenseiter in einer fremden Welt, ist wohl eine Art *Alter Ego* des Kanadiers Moore in Bangkok. Das findet auch einen Widerhall in meiner eigenen Vergangenheit – vielleicht war mir deshalb dieser abgehalfterte Privatschnüffler von Anfang an so sympathisch.

Calvino zwischen allen Stühlen. Wie sehr er sich auch bemüht, in Thailand wird er immer ein Fremder bleiben. Eine fremde Kultur kann man nur wirklich verstehen, wenn man darin aufgewachsen ist und die Sprache als Kind erlernt hat. Aber auch den USA hat sich Calvino schon lange entfremdet. Zuhause ist ein warmer Windhauch, der nach Meer riecht. Der Geschmack eines guten Weins, der klare Ton einer Tempelglocke. Aber vor allem die Freundschaft zu einzelnen Menschen, auch solchen, die in einer fremden Kultur aufgewachsen sind, die in anderen Bahnen denken, deren Gefühle anders strukturiert sind, deren Sprache andere Nuancen der Realität beschreibt. Wenn ihre Sprache – wie beispielsweise die der Plains-Indianer Nordamerikas – hundert Nuancen von Grün und Blau benennen kann, aber nicht den Unterschied zwischen Grün und Blau kennt, dann lernen wir von ihnen, die Welt mit anderen Augen zu sehen. Und sie – vielleicht – von uns. Calvinos Freund Pratt, der thailändische Polizei-Colonel, zitiert Shakespeare, wenn er besonders thailändisch vieldeutig werden will. Wo Kulturen aufeinander prallen, da finden auch Begegnungen statt.

Moore macht es dem Übersetzer nicht leicht. Er erfindet immer neue originelle Metaphern. Auch hier gibt es eine Parallele zu Chandler. O-Ton Philip Marlowe: »Ich wollte die Decke hochgehen und mich durch die Decke ins Freie nagen.« Und Calvino? »Das Schlimmste war nicht der Schmerz, sondern dass er sich alt und langsam vorkam. Calvino hatte sich in seine Vierziger verbissen wie ein Hund in seinen Knochen.« Calvino und sein thailändischer Freund Pratt – das sind auch Metaphern für die zahllosen Menschen, die in multikulturellen Gesellschaften leben und mit ihrer Situation umgehen, nicht indem sie sich verschließen und sich zurückziehen, sondern indem sie sich dem Fremden öffnen, ohne sich darin zu verlieren. Ein wohltuender Kontrapunkt gegen die sich ausbreitende Fremdenfurcht. Hier liegt sicher einer von vielen Gründen, warum Christopher G. Moores Calvino-Romane sich so weit aus dem Einheitsbrei konventioneller Thriller herausheben. Und: Sie sind pures Lesevergnügen!

Der Übersetzer

Peter Friedrich, Jahrgang 1956, geboren und aufgewachsen in Caracas/Venezuela, studierte in Deutschland Theaterwissenschaft, Ethnogeografie, Kunstgeschichte und Sinologie/Japanologie. Jobs als Oldtimer-Restaurator, Filmkritiker, Reporter, Skilehrer. Seit 1987 lebt er in Süddeutschland als Filmemacher, Autor, Designer von multimedialen Museumsausstellungen und als Übersetzer aus dem Englischen.

»Übersetzer schaffen Internationalität. Ich bin dreisprachig aufgewachsen. Mein Bruder ist Anglo-Australier, ich selbst bin Deutscher mit venezolanischem Pass. Oder umgekehrt. Der Fluch der Internationalität ist möglicherweise, dass man keine Heimat kennt. Aber ich sehe das lieber positiv: Man ist überall zu Hause.«

metro – Spannungsliteratur im Unionsverlag

»Die *metro*-Bände gehören auf jeden Fall zum Besten, was derzeit an sogenannter Spannungsliteratur zu haben ist.« *Michaela Grom, Südwestrundfunk*

Bernardo Atxaga *Ein Mann allein*
Der große Roman einer vom Scheitern ihrer Revolution enttäuschten Generation – im Rhythmus eines Thrillers geschrieben.

Lena Blaudez *Spiegelreflex; Farbfilter*
Im westafrikanischen Benin ist Vodou Staatsreligion und damit so real wie Profikiller, Bürokraten und internationale Abzocker.

Patrick Boman *Peabody geht fischen; Peabody geht in die Knie*
»Peabody ist der niederträchtigste Ermittler, der jemals in Szene gesetzt wurde.« *WDR*

Hannelore Cayre *Der Lumpenadvokat*
»Eine verblüffende Geschichte voller Haken und Kapriolen.« *Le Figaro*

Driss Chraïbi *Inspektor Ali im Trinity College*
Inspektor Ali aus Casablanca kombiniert wie Sherlock Holmes und kommt daher wie ein marokkanischer Bauer.

Liza Cody *Gimme more*
»Mit Birdie Walker gelingt Cody ein großer, ein wunderbarer Bluff.« *Die Zeit*

José Luis Correa
Drei Wochen im November; Tod im April
Privatdetektiv Ricardo Blanco ermittelt an einem Ort, den es für die Kriminalliteratur erst noch zu entdecken gilt: Las Palmas auf Gran Canaria.

Pablo De Santis *Die Übersetzung; Die Fakultät; Voltaires Kalligraph; Die sechste Laterne*
»De Santis ist ein meisterhafter Erzähler. Kafka und Agatha Christie hätten ihr Vergnügen daran.« *NDR*

Garry Disher *Drachenmann; Hinter den Inseln; Flugrausch; Schnappschuss*
»Garry Disher ist zurzeit einer der besten Kriminalschriftsteller der Welt.« *WDR*

Rubem Fonseca *Bufo & Spallanzani; Grenzenlose Gefühle, unvollendete Gedanken; Mord im August*
Rubem Fonseca zeichnet witzig, satirisch, virtuos und opulent die Bourgeoisie Brasiliens.

Jorge Franco *Paraíso Travel; Die Scherenfrau*
»Jorge Franco gehört zu denjenigen kolumbianischen Schriftstellern, an die ich die Fackel mit Freude weiterreiche.« *Gabriel García Márquez*

Jef Geeraerts *Der Generalstaatsanwalt; Coltmorde*
»Geeraerts legt die Mechanismen von Korruption, Machtmissbrauch, politischer Gewissenlosigkeit und religiösem Wahn bloß.« *ZDF*

Friedrich Glauser *Schlumpf Erwin Mord; Matto regiert; Der Chinese; Die Speiche; Die Fieberkurve; Der Tee der drei alten Damen*
»An Glauser kommt kein Krimifreund vorbei.« *Peter Zeindler*

Joe Gores *Hammett* – Die Vorlage für den gleichnamigen Film von Wim Wenders

Jean-Claude Izzo Die Marseille-Trilogie: *Total Cheops; Chourmo; Solea*
»Izzo besingt seine Stadt wie ein Liebender.« *Stadtmagazin Krefeld*

Stan Jones *Weißer Himmel, schwarzes Eis; Gefrorene Sonne; Schamanenpass*
»Jones lässt uns in die Seele der Ureinwohner Alaskas schauen.« *Hessischer Rundfunk*

H. R. F. Keating *Inspector Ghote zerbricht ein Ei; Inspector Ghote geht nach Bollywood; Inspector Ghote hört auf sein Herz; Inspector Ghote reist 1. Klasse*
»Ghote gehört in den Pantheon der literarischen Detektive.« *100 Masters of Crime*

Yasmina Khadra *Morituri; Doppelweiß; Herbst der Chimären*
»Hier sieht man mal wieder, wie wichtig Literatur ist.« *Elke Heidenreich*

Thomas King *DreadfulWater kreuzt auf*
»King muss als einer der wichtigsten Autoren der Native Americans gelten.« *Die Welt*

Bill Moody *Solo Hand; Moulin Rouge, Las Vegas; Auf der Suche nach Chet Baker; Bird lives!*
»Zwischen jeder Zeile klingt wunderbarer Jazz durch.« *Badische Zeitung*

Bruno Morchio *Kalter Wind in Genua*
»Morchio gehört zum Olymp der italienischen Krimiautoren.« *Noir Magazine*

Christopher G. Moore *Haus der Geister; Nana Plaza; Stunde null in Phnom Penh*
»Konsequente Action, meisterhafte Sprache, dazu angelsächsischer Humor at its best.« *DeutschlandRadio*

Katy Munger *Beinarbeit; Gnadenfrist; Miststück*
»Eine tolle Heldin: Casey ist eine Mischung aus Philip Marlowe und Femme fatale.« *Brigitte Young Miss*

Peter O'Donnell *Modesty Blaise – Die Klaue des Drachen; Die Goldfalle; Operation Säbelzahn; Der Xanadu-Talisman; Ein Hauch von Tod*
»Mit Modesty wird es nie langweilig, höchstens einmal lebensgefährlich.« *Michael Kleeberg, FAS*

Celil Oker *Schnee am Bosporus; Foul am Bosporus; Letzter Akt am Bosporus*
»Celil Oker ist der Grandseigneur des türkischen Krimis.« *Stuttgarter Zeitung*

Leonardo Padura *Adiós Hemingway;*
Das Havanna-Quartett:
Ein perfektes Leben; Handel der Gefühle; Labyrinth der Masken; Das Meer der Illusionen
»Wir erleben Havanna live.« *NZZ*

Pepetela *Jaime Bunda, Geheimagent*
Was ist die Steigerung von James Bond? Jaime Bunda, Angolas effizientester Geheimpolizist!

Roger L. Simon *Die Baumkrieger*
»Simon bündelt explosive Konflikte zu einer spannenden Story.« *Das Magazin*

Susan Slater *Die Geister von Tewa Pueblo*
Tewa Pueblo in New Mexico liegt auf kargem Land. Die Eröffnung eines Spielkasinos verspricht Reichtum – doch um welchen Preis?

Clemens Stadlbauer *Quotenkiller*
»Manchmal glaubt man sich in einem Film der Marx Brothers.« *Wien Live*

Paco Taibo II *Vier Hände*
»Paco Ignacio Taibo II: ein Vagabund auf diesem Planeten.« *L'Humanité*

Masako Togawa *Schwestern der Nacht; Trübe Wasser in Tokio; Der Hauptschlüssel*
»Das Fremde und das Bekannte verschmelzen geheimnisvoll, die Spannung ist erschreckend.« *Ruth Rendell*

Gabriel Trujillo Muñoz *Tijuana Blues; Erinnerung an die Toten*
»Gabriel Trujillo Muñoz ist der fantasievollste und originellste Autor Mexikos, eine echte Entdeckung.« *Reforma*

Nury Vittachi *Der Fengshui-Detektiv; Der Fengshui-Detektiv und der Geistheiler; Der Fengshui-Detektiv und der Computertiger; Shanghai Dinner*
»Ein gelungenes Crossover mit Kultpotenzial.« *Der Standard*

Manfred Wieninger
Der Engel der letzten Stunde
»Gutes Buch, gutes Buch. Österreichische Krimiautoren haben einfach Saft.« *Die Weltwoche*

Helen Zahavi *Donna und der Fettsack; Schmutziges Wochenende*
»Zahavi gewinnt dem Machtkampf zwischen Mann und Frau bizarre Seiten ab.« *Stern*